ARSEN UND SPARGELSPITZEN

KLAUS MARIA DECHANT
BRIGITTE GLASER (HRSG.)

ARSEN UND SPARGELSPITZEN

Kriminelles aus Schwetzingen und der Kurpfalz

Mit Beiträgen von

Mathias Aicher, Isabella Archan, Dieter Aurass, Marlene Bach, Franziska Franz, Gina Greifenstein, Jürgen Heimbach, Kathrin Heinrichs, Franziska Henze, Uwe Ittensohn, Arnold Küsters, Paul Lascaux, Sunil Mann, Til Petersen, René Pöltl, Moni Reinsch, Claudia Schmid, Tina Seel, Jennifer B. Wind

emons:

Bibliografische Information der Deutschen Nationalbibliothek
Die Deutsche Nationalbibliothek verzeichnet diese Publikation in der Deutschen Nationalbibliografie; detaillierte bibliografische Daten sind im Internet über http://dnb.d-nb.de abrufbar.

MIX
Papier | Fördert gute Waldnutzung
FSC® C177064
FSC
www.fsc.org

Cäcilienstraße 48, 50667 Köln
info@emons-verlag.de

Umschlaggestaltung: Nina Schäfer, nach einem Konzept von Leonardo Magrelli und Nina Schäfer
Umsetzung: Tobias Doetsch
Gestaltung Innenteil: DÜDE Satz & Grafik, Odenthal
Lektorat: Nadine Buranaseda, typo18, Bornheim
Druck und Bindung: sourc-e GmbH
Printed in Europe 2025
ISBN 978-3-7408-2436-5
Kriminelles aus Schwetzingen und der Kurpfalz
Originalausgabe

Kriminalschriftsteller sehen sich durch ihren
garstigen Beruf genötigt, ebenso erschreckende
wie unerfreuliche Vorfälle und Menschen zu ersinnen.

Dorothy Sayers

Inhaltsverzeichnis

Vorwort

Kurzgeschichten sind wie eine Schachtel Pralinen, man weiß nie …

… was drin ist. Da kauft man ein Buch mit, in unserem Fall, neunzehn Kurzkrimis, man kennt bereits zwei oder drei Autorinnen und Autoren, und wenn man deren Geschichten gelesen hat, blättert man weiter, denkt, der Titel klingt interessant, oder ruft: »Was? Im Schwetzinger Schlosspark passiert ein Mord?« Und schon ist man mittendrin in einem neuen Kurzkrimi, den nächsten liest man direkt danach, lernt auf diesem Weg neue Autorinnen und Autoren kennen, außerdem sieht man seine Heimatregion mit ganz anderen Augen. Denn nicht nur in Schwetzingen wird gemordet und gemeuchelt, ebenso in Heidelberg, Mannheim, Speyer, überall in der Gegend ereignen sich Verbrechen.

Spätestens jetzt fragen Sie sich, warum die friedliche Kurpfalz plötzlich zum Hotspot von Mord und Totschlag wird. Der Grund heißt CRIMINALE und findet 2025 in Schwetzingen statt.

Die CRIMINALE ist das größte Branchenfest in Sachen deutschsprachiger Kriminalliteratur und führt jedes Frühjahr über zweihundert deutschsprachige Krimiautorinnen und Krimiautoren zusammen. In vielen Städten waren wir bereits: in Hamburg, Berlin, Wien, Bern und letztes Jahr in Hannover. Aber auch an beschaulicheren Orten wie Jever, Mosbach im Odenwald und 2025 eben Schwetzingen. Das SYNDIKAT, der Verein für deutschsprachige Kriminalliteratur, in dem mehr als siebenhundert deutsche, österreichische und Deutschschweizer Autorinnen und Autoren Mitglied sind, veranstaltet diese Treffen und hat als Geschenk für die Gastgeber immer einen Sammelband mit Kurzgeschichten im Gepäck, um Ihnen, liebe Leserinnen und Leser, mit Krimis aus Ihrer Region die Vielfalt, Originalität und Qualität zu präsentieren, die der deutschsprachige Kriminalroman zu bieten hat.

Im vorliegenden Band »Arsen und Spargelspitzen« zeigt sich die Bandbreite des Genres aufs Vortrefflichste. Wir, das Herausgeberduo, laden Sie auf einen kriminellen Streifzug durch Schwetzingen ein, liebevoll die Perle der Kurpfalz genannt. Wagen Sie einen Blick hinter die pittoresken Kulissen von Schloss, Marstall und Palais. Trauen Sie sich! Begegnen Sie vergiftenden Ex-Ehefrauen, mithilfe von Karma mordenden Männern und blutrünstigen Haushaltsgeräten. Lernen Sie, wie es sich mit der Farbe Blau töten lässt und warum Kunstfälschung mörderisch enden kann. Und das alles in nur einem Buch.

Herzlichst

Brigitte Glaser und Klaus Maria Dechant

Franziska Henze

Alles gut

Es gibt Tage im Jahr, die hasst sie mehr als die anderen. Weihnachten, Silvester, Ostern, den letzten Schultag vor den Sommerferien. Heute ist wieder so ein Tag. Sie wird mit ihren Mitschülern in dem stickigen Klassenraum darauf warten, dass Herr Krull sie einzeln nach vorne beordert, die Zeugnisse aushändigt und einen schönen Sommer wünscht. Emma will nicht daran denken. Nicht daran, dass sie die nächsten sechs Wochen mit ihrem Vater in der Wohnung hocken wird, während alle anderen verreisen. Auch nicht an ihr Zeugnis. Sie weiß von der Fünf in Mathe. In Englisch ist sie ebenfalls eine Niete. »Ich muss dringend deinen Vater sprechen, er soll in meine Sprechstunde kommen«, hat Herr Krull letzte Woche gesagt und einen Termin in ihr Mitteilungsheft geschrieben. »Bin leider verhindert«, hat sie mit der flüchtigen Handschrift ihres Vaters geantwortet, mit der sie alle Rechnungen, Briefe und Verträge unterzeichnet.

Heute ist also der letzte Schultag, und selbst ihr Vater weiß, dass sie das Zeugnis im Ranzen haben wird. Das interessiert ihn, obwohl er sich sonst nicht für sie interessiert. Aus seiner Prinzessin soll etwas Großes werden.

Sie rührt in ihrer Müslischale, in der sich die Cornflakes mit dem Milch-Wasser-Gemisch zu einem klebrigen, pappigen Brei verbunden haben, und schiebt sich das Zeug in den Mund, bis die Schale leer ist. Von nebenan dringt lautes Schnarchen zu ihr, unregelmäßig unterbrochen von dem schnappenden Geräusch, das ihr Vater macht, wenn er nach Luft saugt.

Emma geht ins Wohnzimmer. Dort liegt ihr Vater wie immer auf dem Sofa. Dicke Speichelfäden hängen aus seinem Mundwinkel. Die Flasche Doppelkorn, die auf dem Fußboden liegt, ist leer. In der Bacardi-Flasche daneben sind noch drei Fingerbreit Schnaps. Er muss in sein allabendliches Koma gefallen sein, bevor er sich darum kümmern konnte. Immerhin hat er es diesmal geschafft, den Fernseher auszuschalten. Emma trägt die Flaschen in die Küche, gießt den Rest Bacardi in den Ausguss, packt die Flaschen in eine ALDI-Tüte und stellt sie neben ihre Schultasche an die Tür.

»Nicht doch, Gaby, nein, geh nicht weg!«, schreit ihr Vater den Namen ihrer Mutter aus dem Wohnzimmer, es folgt lautes Wehklagen.

Emma füllt ein Glas mit Leitungswasser und kehrt zu ihm ins Wohnzimmer zurück. Sie beugt sich über ihn, streicht ihm sachte über die Wange. »Pst, leise, Papa.«

Benommen rappelt er sich auf, streckt sich. Die Haare kleben an der verschwitzten Stirn, und seine persönliche Geruchsmischung aus ungewaschen, Schweiß, Alkohol und Tabak strömt ihr entgegen. Sie hat Übung darin, den Gestank wegzudenken, damit ihr Essen drinbleibt.

»Alles gut?«, fragt der Vater wie ein Kleinkind.

»Ja, alles gut, Papa. Ich muss zur Schule. Im Kühlschrank sind noch Nudeln von gestern und Salami. Bis nachher. Und bitte mach nicht so einen Krach. Denk an die Nachbarn.«

»Was würde ich nur tun, wenn ich dich nicht hätte!« Er heult nun. »Du bist mein einziges Glück, ohne dich läge ich längst neben deiner Mutter unter der Erde.« Er tätschelt ihre Hand. »Du musst immer schön brav sein, Prinzessin, dann ist alles gut.« Er lässt sie los, seine Finger tasten weiter Richtung Fußboden. »Emma, wo ist sie? Ich weiß ja, dass die Flasche ...«

Hastig huscht Emma aus dem Raum, greift Schultasche und ALDI-Tüte und verlässt die Wohnung. Nein, es ist nicht alles gut. Es wird auch nie wieder alles gut sein. Weil sie zum ersten Schulausflug unbedingt einen Bauernzopf haben wollte, hat sich ihre Mutter viel zu spät auf ihr Fahrrad gesetzt, um zur Arbeit zu fahren. Der Unfall, der sie Minuten später tötete, zerschnitt ihr aller Leben in ein Vorher und ein Nachher, nur dass sich Emma vier Jahre später kaum noch an das Vorher erinnert.

Emma steigt die steinerne Treppe hinab, ihre Zehen berühren die kalten Stufen, die Sandalen sind längst zu klein. In der

Tüte klirren die beiden Flaschen bei jedem Schritt aneinander. Die Wohnungstür in der ersten Etage öffnet sich lautlos. Die Brodbeck steht plötzlich wie ein grauhaariger Geist direkt neben ihr, reißt ihr die Einkaufstüte aus der Hand und starrt hinein.

»Dein Säufervater ist eine Schande für dieses Haus. Ständig schreit oder jammert er rum, und aus eurer Wohnung stinkt es bis in die nächste Etage! Als ich ihn gestern an die Kehrwoche erinnert habe, ist er mir fast an die Gurgel gegangen. Und nun schickt er sein Kind los, die Flaschen entsorgen. Man sollte dem endlich ein Ende setzen. Das Jugendamt wartet nur auf solche Hinweise.«

»Lassen Sie mich!« Mit einem kräftigen Ruck zieht Emma die Tüte zurück an sich, springt die letzten Treppenstufen hinunter bis ins Freie.

»Säuferbalg!«, schallt es ihr wütend hinterher.

»Die Brodbeck ist die Pest«, sagt ihr Vater immer, »der müsste man mal rechts und links ein paar mitgeben.« Auch mit den anderen Nachbarn zankt sie regelmäßig, das weiß Emma. Erst vergangene Woche wollte sie den Kinderwagen der Familie Pohl, der unten im Treppenhaus stand, zum Sperrmüll stellen, das Ding gehöre schließlich in den Fahrradkeller.

Sechs Stunden später tritt Emma aus dem Schulhaus in die Sonne. Das Wetter ist zu schön für diesen beschissenen Tag. Ihr Zeugnis steckt in der Postmappe, die hinten in ihrem Ranzen klemmt. »Wird <u>nicht</u> versetzt nach Klasse sechs«, steht ganz unten auf dem Papier. Zweimal hat sie es gelesen. Sie ist eine Versagerin. So kann sie nicht nach Hause gehen! Wenn ihr Vater das Zeugnis sieht, wird er ausrasten. Erst wird er sie anschreien, wie das passieren konnte – sitzen geblieben, seine Prinzessin! –, und dann wird er unter lautem Geheule eine weitere Flasche leeren. Die Brodbeck wird noch heute das Jugendamt anrufen. Eine Träne piekt in ihrem Augenwinkel. Sie will nicht weggeholt werden.

»Tschüss, Emma, schöne Ferien!«, ruft Maria ihr zu und fliegt der Mutter in die Arme, die am Schultor wartet.

»Zur Feier des Tages gehen wir ins Restaurant ›Blaues Loch‹, wir müssen doch auf dein Zeugnis anstoßen. Papa und Niklas kommen auch hin«, sagt Marias Mutter und legt den Arm um ihr Kind. »Ich trag deine Schultasche.«

Lachend verschwinden sie. Emma schaut ihnen nach. Ob ihre Mutter sie von der Schule abgeholt hätte? Emma fällt es schwer, sich das vorzustellen. Sie erinnert sich kaum daran, wie sie aussah, der Vater hat alle Fotos versteckt, damit es nicht so wehtut. Wenn sie nur nicht um den Zopf gebeten hätte! Wenn ihre Mutter nur eine Minute später losgefahren wäre, *dann* wäre alles gut. Ihr Vater würde jeden Morgen ins Büro gehen, und Mama würde Englischvokabeln abfragen oder ihr bei Mathe helfen. Wenn sie damals nicht dafür gesorgt hätte, dass sich ihre Mutter verspätet, hätte sie heute ein gutes Zeugnis. Sicher wären sie auch in dieses Restaurant gegangen. »Blaues Loch«. Lustiger Name.

Einmal war sie dort, kurz nach der Einschulung. Eine Freundin von Mama hat dort Hochzeit gefeiert, und Emma, die gemeinsam mit einem anderen Kind Blumen gestreut hat, durfte bei dem anschließenden Empfang im Biergarten dabei sein. Wunderschön hat sie sich in dem weißen Kleid gefühlt und sich später vorgestellt, wie es wäre, wenn sie dort irgendwann ihren Traumprinzen heiraten und im Schloss leben würde.

Wie selbstverständlich tragen ihre Füße sie weiter, durch den Schlossgarten, plötzlich steht sie vor dem Restaurant. Sie merkt, dass sie durstig ist, die Zunge klebt am Gaumen wie Esspapier. Emma kramt in ihrer Hosentasche, aber das Einzige, was sie zutage fördert, sind fünfzig Cent. Sie beschließt, sich hineinzuschleichen, um auf der Toilette einen Schluck Wasser zu trinken.

Während sie sich unter den Wasserhahn beugt, öffnet sich die Tür in ihrem Rücken.

»Emma!« Maria steht hinter ihr und umarmt sie. »Bist du auch mit deinem Papa hier?«

Emma richtet sich auf, streicht sich nervös über die kurzen Haare.

»Nein, der muss arbeiten.« Eine Lüge. Wie immer.
»Komm doch mit zu uns, meine Mutter freut sich, wenn du dabei bist.« Maria fasst unter Emmas Arm, zieht sie mit sich.

Es dämmert bereits, als sich Emma auf den Heimweg macht. Sie hat einen Tag ohne Schimpfe rausgeschunden, um diese Zeit wird ihr Vater bereits auf dem Sofa schnarchen, eine Flasche im Arm, im Fernseher Kabel Eins oder RTL2, Krankenhausserie oder Polizeidoku. Sie hält das Alupäckchen mit dem Stück Schnitzel, das sie für ihn aufgehoben hat, zwischen den Fingern wie ein Geschenk. Was für ein herrlicher Nachmittag war das! Marias Mutter hat ihr eine Cola und etwas zu essen bestellt, und während sie warteten, spielten Niklas, Maria und sie Ich-sehe-was-was-du-nicht-siehst. Dann kam Marias Vater, er hatte sich extra freigenommen. So ist das also in einer Familie. Für einen Moment fragte sich Emma, wie es wohl wäre, wenn sie zu Marias Familie gehören würde, und schämte sich sofort für diesen Gedanken.

Wie auf Kommando springen die Straßenlaternen an. Ihr Vater sagt, sie soll im Dunkeln nicht allein draußen herumlaufen. Autofahrer könnten sie leicht übersehen, außerdem kriechen nachts die Seltsamen aus ihren Löchern. Wer die Seltsamen sind, von denen er immer spricht, hat sich Emma nie zu fragen getraut.

Als sie in ihre Straße einbiegt, sieht sie Lichter. Blau, flackernd, leuchtend. Ihre Schritte werden schneller. Rettungswagen und Polizei. Direkt vor ihrem Haus. Was, wenn etwas mit ihrem Vater ist? Sie muss an ihre Mama denken, rennt jetzt.

Die Haustür ist offen, ein breitschultriger Polizeibeamter steht im Eingang des hell erleuchteten Treppenhauses und studiert die Klingelschilder. Zwei Sanitäter schleppen eine Krankentrage treppab. Die Brodbeck liegt angeschnallt darauf, ihre Gesichtsfarbe ist so grau wie der Steinfußboden. Das Kittelkleid, das sie schon am Morgen trug, ist dunkelrot durchtränkt, die nackten Arme sind blutverschmiert. Sie rührt sich nicht. Sieht so eine Tote aus? Doch da ist diese Sauerstoffmaske über dem Gesicht und neben ihrem knorrigen Körper so eine Plastikflasche mit einem Schlauch dran, wie Emma es von »Grey's Anatomy« kennt.

Der Polizeibeamte wendet sich einem Mann in orangefarbener Jacke mit der Aufschrift »Notarzt« zu, der mit schweren Stiefeln die Treppe hinabsteigt. »Wird sie überleben?«

»Es sieht schlimmer aus, als es ist. Sie hat zwar einiges an Blut verloren, der Täter hat mehrfach mit einem Messer auf sie eingestochen, aber dem ersten Anschein nach sind keine lebenswichtigen Organe verletzt. Wir bringen sie ins GRN, direkt in den OP.«

»Hat sie irgendetwas gesagt? Wer ihr das angetan hat?«

Gespannt lauscht Emma dem Gespräch.

Der Notarzt schüttelt den Kopf. »Und ehe ihr auf dumme Gedanken kommt: Eine Befragung der Patientin ist frühestens morgen möglich.«

Er folgt den Sanitätern zum Rettungswagen, zieht schwungvoll die Tür hinter sich zu. Mit Blaulicht setzt sich das Fahrzeug in Bewegung.

Der Polizist sieht ihnen nach, entdeckt Emma. »Wer bist du denn?«

»Ich ... ich ...«, stottert sie, »ich wohne hier. Zweite Etage links.«

»Warst du vor einer halben Stunde auch da? Hast du etwas gesehen?«

»Nein, ich war bei einer Freundin zum Essen eingeladen. Letzter Schultag«, sagt Emma, als wäre damit alles erklärt.

»Schon ganz schön spät«, brummt der Mann, »dann mal ab ins Bett.«

Emma nickt und steigt, ohne sich noch einmal umzudrehen, die Stufen hinauf. In der ersten Etage steht die Wohnungstür der Brodbeck offen. Ein riesiger Fleck auf dem Boden glänzt rostrot im Schein der Deckenlampe, auch die Fußmatte ist durchweicht, das »Willkommen« darauf ist nur noch für denjenigen zu erkennen, der es vorher schon gelesen hat. Bei der Brodbeck war es sowieso nie ernst gemeint. Aus dem Augenwinkel sieht Emma einen Mann in einem weißen Overall, der im Wohnungsflur Fotos von weiteren Blutflecken macht. Das ist ja wie im Fernsehen! Wenn ihr Vater wüsste, was hier los ist! Sie rennt die letzten Stufen hinauf, zieht den Schlüsselbund vom Karabiner und schließt auf. Die Schultasche lässt sie im Flur fallen.

»Papa, hast du mitbekommen, was passiert ist? Jemand hat die Brodbeck mit einem Messer verletzt!«, presst sie aufgeregt hervor.

Erst jetzt realisiert sie die Stille. Kein Fernseher, kein Schnarchen. Was, wenn ihm etwas passiert ist? Schon einmal verschluckte er sich im Liegen an einem Keks, bekam keine Luft mehr, wenn Emma ihn nicht rechtzeitig aufgesetzt und auf seinen Rücken geklopft hätte … Warum nur ist sie heute so lange fortgeblieben? Sie hat einen schönen Nachmittag gehabt und ihn vollkommen vergessen. Noch immer das Alupäckchen mit dem Schnitzel in der Hand, läuft sie zum Wohnzimmer, öffnet mit zitternden Fingern die Tür.

»Papa?«, ruft sie.

Keine Antwort. Der Raum ist leer, ebenso wie das Bad und sein Schlafzimmer. Vielleicht ist er in der Kneipe? Da ist er manchmal, wenn er seine Vorräte leer getrunken hat. Sie seufzt. Dann muss sie das leckere Schnitzel für ihn eben in den Kühlschrank legen. Sie stößt die Tür zur Küche auf, drückt auf den Lichtschalter. Im selben Moment, in dem das Licht angeht, sacken ihre Knie unter ihr weg, das Schnitzelpäckchen fällt auf den Boden, sie fällt daneben. Ihre Ohren dröhnen, obwohl es so still ist.

Als sie wieder Gefühl in den Beinen hat, rappelt sie sich auf. Sie kann nicht hinsehen und muss es doch. Das große Fleischmesser liegt in der Spüle. Klinge und Griff sind blutverschmiert. Daneben ein Geschirrtuch, ein Pinguin ist darauf, sie haben vor ein paar Wochen in der Schule Siebdruck gemacht, »da habt ihr ein schönes Geschenk für die Mama zum Muttertag«. Auch das Tuch ist voller Blut, die Brust des Pinguins leuchtet feuerrot. Auf der Küchenablage entdeckt sie blutige Fingerabdrücke.

Tränen rinnen ihre Wangen hinab. Sie hat die Bilder des Abends deutlich vor Augen. Wie die Brodbeck wieder einmal an der Wohnungstür Sturm klingelt und ihren Vater durch die geschlossene Tür beschimpft. Ihn Säufer nennt, so laut, dass es im ganzen Haus zu hören ist. Sie werde das Jugendamt anrufen, damit die Emma holen und ins Kinderheim stecken. Wie ihr Vater wartet, bis sie verschwunden ist, das Messer nimmt und die Stiege zur Brodbeck hinabsteigt. Wie er klingelt und zusticht, sobald die Brodbeck öffnet, damit sie ein für alle Mal die Klappe hält.

Wenn die Polizei das herausfindet, werden sie ihren Vater ins Gefängnis stecken. Das dürfen sie nicht! Niemand darf sie trennen. Wenn er Emma nicht hat, wen hat er dann noch? Hastig umwickelt Emma das blutige Messer mit dem Geschirrtuch, nimmt den fusseligen gelben Spülschwamm, wischt die Ablage sauber und packt alles zusammen in den Müllbeutel unter der Spüle. Vorsichtig späht sie aus dem Fenster. Polizei und Rettungswagen sind weg.

Sie macht kein Licht an, als sie, den Müllbeutel fest an sich gepresst, im Treppenhaus nach unten steigt. Die Straßen sind menschenleer. Immer wieder biegt sie ab, schlägt Haken, bis sie den Beutel vor einem großen Wohnblock in eine Mülltonne wirft. Nun muss sie ihren Vater finden und mit ihm besprechen, was zu tun ist, damit alles gut wird. Auf keinen Fall darf er zur Polizei gehen und denen sagen, was er getan hat.

Seine Stammkneipe ist ein paar Straßenzüge entfernt. Erst letzte Woche holte sie ihn dort ab, als er abends nicht heimkam. Er hatte sein Glas gehoben, dem Wirt zugenickt – »Klaus, schau, das ist meine Prinzessin, mein ganzer Stolz, ich trink auf dich, Prinzessin!« – und alles in einem Zug heruntergekippt. Fast wäre sie auf dem Nachhauseweg unter seinem Gewicht zusammengebrochen, so sehr hat er sich abgestützt, aber schließlich schafften sie es. Am nächsten Morgen weinte er. Schwor, nie wieder zu trinken. Das Versprechen hielt nur bis zum Abend.

Das Wirtshaus ist schlecht besucht. Eine Gruppe Männer hockt um einen runden Tisch in der Ecke, mitten im Raum sitzen ein paar Rentner und spielen Karten, ansonsten keine Gäste.

»Hallo, Prinzessin«, der Wirt beugt sich über den Tresen zu ihr, »dein Vater ist nicht hier. Willst du eine Cola?«

Emma rennt raus, ohne zu antworten. Wo kann er sonst stecken? Zwei weitere Kneipen kommen ihr in den Sinn, obwohl er zuletzt nur hier oder auf dem heimischen Sofa getrunken hat. Die erste ist wegen Renovierung geschlossen, in der zweiten ist er auch nicht. Mit keuchendem Atem lässt sie sich auf eine Parkbank fallen, vergräbt das Gesicht in den Händen. Morgen wollen die Polizisten die Brodbeck befragen. Die wird ihnen erzählen, dass Emmas Vater ein gemeingefährlicher Messerstecher ist. Die Polizei wird ihn einsperren und Emma ins Kinderheim stecken. Sie hat so was neulich erst in einer RTL2-Doku gesehen.

Emmas Herz wird schwer, wenn sie daran denkt. Warum, verdammt, hat sie den Nachmittag mit Maria und ihrer Familie im Restaurant verbracht? Wenn sie direkt im Anschluss an die Schule nach Hause gegangen wäre, wäre das alles nicht passiert. Wenn sie sich getraut hätte, ihrem Vater mit dem Zeugnis unter die Augen zu treten, wäre das alles nicht passiert. Wenn sie keinen Zopf hätte haben wollen, wäre das alles nicht passiert. Es ist immer ihre Schuld.

Wenn sie jetzt nicht handelt, geht alles den Bach hinunter.

Sie springt auf.

Die meisten Fenster des hellgrauen Kastens sind schon dunkel, doch der breite Eingang des Krankenhauses ist gut beleuchtet. Am Empfang sitzt ein weißhaariger Mann mit Schnauzbart über eine Zeitung gebeugt. Er nimmt keine Notiz von Emma. Unsicher blickt sie sich um. Wohin nun?

Die Fahrstuhltür geht auf, ein Arzt tritt heraus, und Emma kann ihr Glück kaum fassen. Im Fahrstuhl ist noch jemand: Ein schmaler Krankenpfleger in hellblauem Kittel steht am Ende eines Krankenbetts. Darin liegt die Brodbeck, die Decke bis unters Kinn gezogen. Sie sieht aus, als würde sie schlafen. Die Fahrstuhltüren schließen sich wieder. Gebannt starrt Emma auf die Anzeige. Der Lift stoppt in der dritten Etage. Mehrere Stufen auf einmal nehmend, rennt sie die Treppen hoch, sieht gerade noch, wie der Mann das Krankenbett in ein Zimmer schiebt. Die Tür lässt er offen. Emma versteckt sich hinter einem Wäschewagen.

»So, Frau Brodbeck, erholen Sie sich mal schön. Wenn etwas sein sollte, drücken Sie einfach die Alarmklingel.«

Sekunden später verlässt der Mann den Raum, zieht die Tür zu und verschwindet in dem langen Gang, ohne Emma zu bemerken. Sie wartet einen Augenblick, kommt schließlich aus ihrem Versteck hervor und öffnet leise die Tür. Die Brodbeck ist allein, das Bett neben ihr ist bezogen, aber leer. Die sonst so laute Frau liegt still da und bewegt sich nicht. Die kleine Lampe über ihrem Bett taucht sie in graublaues Licht, aus dem Tropf neben dem Kopfende sickert eine durchsichtige Flüssigkeit durch den Schlauch in die Armbeuge. Die Brodbeck sieht ungewohnt friedlich aus.

Emma beugt sich über das blasse Gesicht. Kaum mehr als dreißig Zentimeter trennen sie.

»Frau Brodbeck?«, flüstert Emma.

Die Frau reißt die Augen auf, zuckt zusammen, als hätte sie etwas Schreckliches gesehen.

»Säuferbalg«, stößt sie leise hervor, ihre Stimme klingt verwaschen, ihre Augen funkeln böse wie immer. Sie versucht sich aufzurichten, sackt jedoch mit einem Stöhnen zurück.

»Ich muss mit Ihnen reden.« Emma fasst ihr an die Schulter. »Es ist wichtig.«

Die Brodbeck wendet den Kopf zur Seite, sagt nichts. Emma spürt, wie die Frau mit der freien Hand auf der Bettdecke herumtastet und das lange Kabel der Alarmklingel zu fassen kriegt.

»Nein!« Emma reißt ihr das Gerät aus der Hand.

»Hilfe«, krächzt die Alte. Ihre Stimme klingt ganz anders als am Vormittag im Treppenhaus. »Hilfe.« Ein weiteres Krächzen. Die Brodbeck umklammert Emmas Handgelenk, will ihr mit aller Gewalt die Alarmklingel wegnehmen.

Emma kann sich rauswinden. Warum hört die ihr denn nicht zu? Sie muss ihr doch erklären, dass sie ihre Klappe halten muss und dass sie ihren Vater nicht an die Polizei verraten darf!

»Pst!«, macht Emma.

»Hilfe!« Ein weiterer Versuch, lauter diesmal. Das Rufen wird von Husten unterbrochen, dennoch will die Brodbeck einfach nicht aufhören.

Emma lässt die Klingel auf den Boden fallen, streckt sich zum Nachbarbett und greift das Kopfkissen. Fest presst sie es auf das Gesicht der Brodbeck. Die Frau hebt die Arme, um das Kissen wegzuziehen, ihre Fingernägel kratzen über Emmas Arme, bohren sich hinein ins Fleisch, aber Emma lässt nicht nach. Mit ihrem ganzen Gewicht stützt sie sich auf das Kissen. Schließlich sinken die Arme der Frau auf die Decke.

Emma drückt weiter. »Jetzt bist du leise. Wenn du zugehört hättest, dann wäre das alles nicht passiert. Wenn!«

Emma richtet sich auf, nimmt das Kissen vom Gesicht der Frau. Deren Mund steht weit auf, als würde sie jeden Moment wieder um Hilfe rufen. Doch sie atmet nicht mehr. Emma schiebt der Brodbeck den Unterkiefer hoch, steckt die schlaffen Arme unter die Decke. Nun sieht sie aus, als würde sie schlafen. Behutsam legt Emma das Kissen wieder auf das Nachbarbett. Zuletzt löscht sie das Licht.

»Gute Nacht, Frau Brodbeck.«

Sie fühlt sich leicht, als sie das Zimmer verlässt. Niemand wird darauf kommen, dass es ihr Vater war, der die Brodbeck mit dem Messer verletzt hat. Sie hat dafür gesorgt, dass alles gut ist. Sie ganz allein.

Sanfter Nieselregen fällt vom Himmel, als sie aus dem Krankenhaus ins Freie tritt.

»Emma?«, hört sie plötzlich eine vertraute Stimme hinter sich.

Verwirrt bleibt sie stehen, dreht sich um. Die Schiebetür der Notaufnahme schließt sich schmatzend. Plötzlich steht er da. Mit wackeligen Schritten geht er auf sie zu.

Ihre Stirn kräuselt sich, sie versteht nicht.

Ihr Vater streckt ihr eine dick verbundene Hand entgegen.

»Fast vier Stunden habe ich in der Notaufnahme gesessen. Ist das zu glauben? Bloß wenn man sich beim Salamischneiden in die Hand säbelt, ist man neben den gebrochenen Beinen und Blinddarmdurchbrüchen ganz unten in der Nahrungskette.« Er streicht ihr mit der unversehrten Hand über die Haare. »Meine Prinzessin wird mich schon wieder gesund pflegen.«

»Beim Salamischneiden?«, echot Emma.

»Ja. Ich wollte uns die Salami mit Nudeln aufbraten, so wie wir das früher immer getan haben. Heute ist dein Zeugnistag, das habe ich nicht vergessen. Ich habe dir doch einen Zettel aufs Bett gelegt, dass ich ins Krankenhaus gehe. Dreizehn Stiche haben sie gebraucht!« Er klingt stolz.

»Einen Zettel aufs Bett?« Emma spürt, dass aus ihrem Gesicht alle Farbe gewichen ist.

»Aber, Prinzessin, wenn du meinen Zettel nicht gefunden hast, was tust du denn dann mitten in der Nacht im Krankenhaus? Ist alles gut?«

Paul Lascaux

Die blaue Stunde

1

»Ein blauer Mord«, sagte Till Reinacher, »dass ich das noch erleben durfte!«

Es war nicht klar erkennbar, ob er begeistert oder entsetzt war. Doch als er vom wundervollen Blaulicht der Einsatzfahrzeuge sprach, dachte man eher an Ersteres.

Der Pädagoge des Museum Blau wollte mich am Tag nach meiner Ankunft in Schwetzingen durch die Ausstellung führen.

»Nicht dass Sie mich falsch verstehen«, sagte Reinacher. »Natürlich ist das Sterben an sich ein schrecklicher Moment, und wenn man die Ursache nicht kennt, umso mehr. Auch war es seltsam, wie der Mann auf der Bank lag, hier gleich neben unserem Gebäude.« Er zeigte auf eine Sitzgelegenheit in einem kleinen Park direkt gegenüber dem Rathaus. »Aber Sie verzeihen, er hatte diese ausgesprochen aufregende Farbe an den Fingern und um die Lippen. Ob andere Körperteile ebenso blau gefärbt waren, entzieht sich meiner Kenntnis, denn er war vollständig bekleidet, das raue Frühlingswetter ließ keine andere Wahl.«

Reinacher hatte mich außerhalb der Öffnungszeiten des Museum Blau empfangen. Nun begleitete er mich auf einem Rundgang.

»Eine blaue Leiche wäre keine Option für Ihre Sammlung?«, fragte ich zur Sicherheit nach.

Reinacher lachte. »Nein, das nicht. Es sei denn, es käme eine Mumie rein, die aussieht wie ein Wesen aus dem Film ›Avatar‹.«

Das gedrungene Gebäude mit der weißen Fassade wies ein Obergeschoss mit steilem Giebel auf, in dem ein paar wenige Dachluken für Tageslicht sorgten. Wir öffneten ein hellblaues

Tor – noch war ich im Unterscheiden verschiedener Blautöne im Anfängerstadium – und betraten den mit unregelmäßigen Terrakottafliesen ausgestatteten Eingangsbereich.

»Im Erdgeschoss zeigen wir vier Räume mit Sammelstücken aus den Themenbereichen Blauer Purpur, Indigo, Kobalt und Ultramarin.«

Wir setzten uns im Hinterhof auf die Stufen der »Babylonischen Mauer«, während Reinacher weiter dozierte. »Im oberen Stockwerk beleuchten wir die Naturkunde der Farbe Blau.«

Ich war ein wenig überfordert von der überraschenden Vielfalt und vermisste in der »Biedermeierstube zur Blauen Stunde« den Ausschank für einen herzhaften Absinth, obwohl es dafür von der Tageszeit her etwas zu früh war.

»Problematischer ist das Ausstellen der Ideengeschichte einer Farbe, die mit den Jahrtausenden die Wahrnehmung der Menschheit geprägt hat. Denken Sie nur an die unzähligen Interpretationen des Himmels- oder Meeresblaus.«

»Ein alter Plattenspieler und ein paar Langspielplatten wären schon einmal ausreichend für den Blues«, beeilte ich mich, meinen Beitrag zu leisten.

»Den man allerdings bekommen könnte, wenn einem eine Leiche vor die Tür gelegt wird«, schloss Till Reinacher.

2

Mein Name war Simon Bauer. Ich war fünfunddreißig Jahre alt und lebte in Bern. Dort war ich als freier Reporter und als Detektiv tätig, beides Berufe, mit denen man höchstens ein wenig Butter, aber nicht das Brot darunter verdiente. Hatte man ein gewisses Alter noch nicht überschritten und musste keinen Anhang durchfüttern, reichte es knapp zum Überleben.

In Schwetzingen war ich als Detektiv unterwegs, ich würde mir jedoch auch Zugang zur lokalen Presse verschaffen, denn Information war alles, was man bei meiner Tätigkeit brauchte. Das Kopfkino stellte sich dann automatisch ein.

Vor drei Tagen hatte mich eine Serena Winkler angerufen, das heißt, sie hatte die Nummer der »Detektei Müller & Himmel« gewählt, die nach wie vor im Telefonbuch stand und deren Büro ich als Nachfolger von Heinrich Müller benutzen durfte, bis ich selbst Zugang zu eigenen Räumlichkeiten hatte. Ich liebäugelte damit, alles beim Alten zu lassen und in das Haus einzuziehen, das die Detektei beherbergte. Dann hätte ich nicht nur Zugang zum Büro, sondern auch zum umfangreichen Fachwissen meiner Vorgänger.

Diese Serena Winkler stand also in der Tür und betrachtete die Milchglasscheibe, auf der unübersehbar die Reste der alten Anschrift zu lesen waren, und fragte, ob sie hier richtig sei.

»Selbstverständlich. Treten Sie ein. Wir befinden uns in einer Übergangsphase.«

Sie nahm auf dem zweiten Stuhl mir gegenüber Platz, ein unscheinbares Wesen, das man nicht weiter bemerkt hätte, wenn es vor einer Mauer gestanden hätte. Die alten amerikanischen Hard-boiled-Krimis waren also reine Fantasie oder erzählten von dem einen Mal im Leben eines hartgesottenen Detektivs, in dem eine verruchte Blondine mit einem lockenden Bündel Dollars vor ihm saß, bevor er sich in den Kampf stürzte. Ich war allerdings keineswegs kampferprobt. So lauschte ich der Geschichte, die Serena Winkler zu erzählen hatte. Ein Großonkel sei ohne ihr Wissen nach Deutschland gereist, genauer gesagt, nach Schwetzingen, das liege zwischen Mannheim und Heidelberg.

»Sagt Google Maps«, fügte sie an. »Der Onkel heißt Gunther Winkler und steht mir nicht besonders nahe. Er ist pensioniert und hatte wenig mit der Familie zu tun.«

»Warum hatte?«, unterbrach ich Frau Winkler.

»Man hat ihn als Leiche zurückgeschickt, ohne Information darüber, was geschehen ist. Auf der Sterbeurkunde steht: ›Natürliche Todesursache: Kreislaufversagen‹.«

»Das geschieht älteren Männern schon mal«, brummte ich. »Vielleicht hat er in Schwetzingen etwas Herzzerreißendes erlebt.«

»Die literarischen Zitate kommen noch nicht so gut an«, beklagte sie und zog eine Schnute, die sie mir gleich sympathisch machte.

»Warum sind Sie hier?«

Sie hatte gezögert und geantwortet: »Wir, also die Familie Winkler, möchten, dass Sie den Todeshergang aufklären. Denn der Bestatter hat uns angerufen und gesagt, man habe Onkel Gunther obduziert. Aber niemand hat uns informiert, warum oder mit welchem Ergebnis.«

Letzteres stimmte nicht ganz, denn die Sterbeurkunde mit der Todesursache lag ja bei der Leiche, überlegte ich, als ich vom Museum Blau zu meinem Hotel ging, dem »Gästehaus am Schloss Schwetzingen«, ein dreistöckiger Bau, die Zimmer zu einem vernünftigen Preis, ein Hort wohldurchdachter minimalistischer Einrichtung, zentral in einer ruhigen Einbahnstraße gelegen.

Das war der Vorteil von Städten wie Schwetzingen – es war alles fußläufig.

3

Inzwischen war es Donnerstagnachmittag. Nach einer kleinen Stärkung in einem Brauhaus begab ich mich auf den Weg zur Schwetzinger Zeitung, deren Büros gleich um die Ecke an der Carl-Theodor-Straße lagen. Dort hatte ich mich mit Henriette Berg verabredet, die ich in Bern aus dem Autorenverzeichnis der Zeitung herausgesucht hatte.

Auf einem der wenigen Parkplätze vor dem Eckhaus saß auf der Beifahrerseite eines schmutzig blauen Toyota eine junge Frau, deren Gesicht ich nur zur Hälfte sehen konnte. Sie hatte ein Smartphone auf das Armaturenbrett gestellt, sang irgendein Lied nach und nahm sich dabei auf, wobei sie die Hände verwarf und den Mund spitzte, während sie wohl auf den Fahrer wartete. Eine weißhaarige Dame schüttelte den Kopf, weil das offenbar nicht mehr ihre Welt war.

Ich trat ins Gebäude und wurde von einem bezaubernden Wesen Ende zwanzig empfangen, das mich schon durch die Scheibe erspäht hatte. In einem kleinen Büro gab es auf beiden Seiten eines Schreibtischs gerade eben mal Platz für uns zwei.

»Wie schön, einmal einen Kollegen aus Bern zu Besuch zu haben«, eröffnete Frau Berg. »Womit können wir dienen?«

Ich erzählte ihr die Geschichte mit dem Toten, den man in seine Heimat überführt hatte, und berichtete, dass ich bereits die Fundstelle besichtigt hätte.

»Der kleine Park gegenüber dem Rathaus«, sagte sie fragend. »Ja, das hat uns ebenfalls gewundert, dass jemand einfach so dort stirbt. Doch es gab keine Presseerklärung der Polizei, deshalb haben wir uns auf einen kleinen Artikel zum Vorfall beschränkt.« Sie zog den ausgedruckten Text aus einem Aktendeckel hervor und reichte ihn mir über den Tisch. »Logischerweise gab es keine Todesanzeige. Ich weiß nicht genau, womit ich Ihnen behilflich sein könnte. Sie sollten zur Polizei gehen, ist ja gleich nebenan, da erfahren Sie bestimmt mehr.«

»Sie wissen nicht zufällig, wo sich der Mann aufgehalten hat, in welchem Hotel er übernachtet hat?«

»Ich habe ihn nicht gesehen, und auch der Text stammt von einer Kollegin. Ich fand es nicht bedeutsam genug, sie heute an ihrem freien Tag herzubestellen. Aber sie ist unsere Polizei- und Gerichtskorrespondentin, und sie hat mir am Telefon gesagt, der Mann habe Gunther Winkler geheißen.«

»Das stimmt«, erwiderte ich, »seine Familie hat mir den Auftrag erteilt, die Todesumstände zu recherchieren.«

»Genau da kommt nun wiederum meine Kollegin ins Spiel. Sie hat ein wenig nachgeforscht und nur noch eine Rosamunde Winkler gefunden. Die lebt hier im Viertel rund um die Schwetzinger Klinik, das von Einfamilienhäusern dominiert wird, und zwar am südlichen Rand. Ich gebe Ihnen die Adresse. Ob er sich dort aufgehalten hat, wissen wir nicht. Probieren Sie es, viele weitere Chancen haben Sie nicht.«

Ich bedankte mich für die unkomplizierte Hilfe und versprach, Frau Berg zu einem Mittagessen einzuladen, wenn ich Erfolg hätte.

»Dann hoffe ich doch sehr, dass es klappt«, verabschiedete sie mich.

4

Wieder auf der Straße musste ich auf dem Schlossplatz eigentlich nur über die eigenen Füße stolpern und wurde von Brauhaus zu Kaffeehaus weitergereicht. So stärkte ich mich mit einem Bier, bevor ich Frau Winkler aufsuchte. Der Nachmittag war noch jung, und die Frühlingssonne tauchte die Stadt in mildes Licht.

Fast schon befreundete ich mich mit dem blauen Tod. Ich überlegte, wann diese Farbe zum ersten Mal in mein Bewusstsein getreten war – abgesehen von der Tönung des Wassers, an die ich seit meiner Kindheit gewöhnt war, die jedoch nie als klares, reines Blau sichtbar war, sondern oft ins Grünliche oder in schmutziges Grau kippte.

Dann kam mir ein geliebtes Buch aus den achtziger Jahren in den Sinn, »Flauberts Papagei« von Julian Barnes. Er erwähnte darin den Reverend George M. Musgrave, der wiederum Blau als die Farbe Frankreichs identifizierte: »Der Gesamteindruck war ein helles, aber äußerst strahlendes Ultramarin.« Er fand es in der Kleidung von Frauen und Männern, in den Geräten der Landwirtschaft, dem Geschirr von Pferden und in den Städten, wo die Häuser »den azurnen Farbton innen wie außen« zeigten.

Bis zum Wohnort von Frau Winkler waren es anderthalb Kilometer, die ich ebenfalls zu Fuß zurücklegte, um etwas meinen Gedanken nachzuhängen. Die angegebene Adresse fand sich an der Ortsgrenze zu Oftersheim.

Schließlich stand ich vor einem Doppelhaus, das zwar zweigeschossig, aber wohl in schlechteren Zeiten aufgeteilt worden war und deshalb nur je eine Breite von fünf Metern aufwies. Die schäbigere, schon länger nicht renovierte Hälfte bewohnte Frau Winkler.

Ich erschien unangemeldet. Die Tür ging auf mein Klingeln hin dennoch rasch auf. Vor mir stand eine klein gewachsene ältere Dame im zerschlissenen Morgenrock, der eine gewisse Verwahrlosung noch betonte. Im Hintergrund beschallte Heino mit »Blau, blau, blau blüht der Enzian …« die Behausung. Frau

Winkler legte den Zeigefinger auf die Lippen, bat mich jedoch mit einer Geste der anderen Hand hinein.

Ob Heino der Frau aus der Seele sang? Jedenfalls hatte es das Lied bislang nicht in das immaterielle Weltkulturerbe geschafft, allein deswegen nicht, weil es ja ebenso gelb blühenden Enzian gab, aus dessen Wurzeln übrigens der gleichnamige Schnaps destilliert wurde, der jede Magenunpässlichkeit sofort beseitigte, allerdings mit dem Kollateralschaden, dass man selbst nach sieben Stunden beim unwillkürlichen Aufstoßen den bitteren Geschmack wieder im Rachen hatte. Danke, Heino.

Das Wohnzimmer lag in der hinteren Hälfte des Häuschens und bot durch ein Fenster Ausblick in einen verwilderten Garten. Im Inneren war alles in dunkelbraunem Holz gehalten, die Regale waren mit Nippes vollgestellt, Erinnerungsstücke an Reisen in den Süden. Das einzige Zugeständnis an die Moderne war ein ehemals weißer Flokati, der sich dem Grau düsterer Gedanken angepasst hatte. Indessen war das Lied zu Ende gesungen, und man konnte zu bedeutsameren Themen übergehen.

Ich stellte mich vor. Sie nannte ihren Namen. Rosamunde Winkler, kurz Rosa.

»Ich wurde nach meiner Großmutter getauft. Sie können mir glauben, als Mädchen in den sechziger Jahren mit einem Vorkriegsnamen aufzuwachsen ... Es gibt Erfreulicheres.«

»Bauer als Nachname ist im 21. Jahrhundert auch nicht das Gelbe vom Ei«, heuchelte ich Sympathie.

Sie schaute mich irritiert an, weil es plötzlich nicht mehr um sie ging. Sie schien das persönlich zu nehmen.

Die Erwähnung von Gunther Winkler brachte ein fernes Leuchten in die Augen der alten Dame.

»Gunther stand eines Tages vor der Tür, genau wie Sie«, begann Rosa. »Er wollte wissen, ob jemand aus seiner Familie die schweren Zeiten überlebt habe. Sein Großvater hatte sich rechtzeitig vor den Nazis in die Schweiz abgesetzt, sodass nur ein loses Band Gunther an die hiesigen Winklers knüpfte. Mein Großvater ist an der Front umgekommen, die Oma in den Nachkriegsjahren am Kummer verstorben. Ich habe sie beide nicht gekannt. Meine Eltern, die in den Kriegsjahren selber Kinder waren, wollten von dieser Zeit nichts mehr hören. In einem alten Karton unten im Büfett verstauben das Silberbesteck und das Meißner Porzellan mit dem blauen Zwiebelmuster, deren Herkunft immer schon ein Tabu war. Ich habe meine innere Ruhe erst gefunden, nachdem meine Eltern gestorben waren, keine vorwurfsvollen Blicke, kein beredtes Schweigen mehr. Da stand dieser Mann vor der Tür.«

Ich wusste längst nicht mehr, was ich sagen sollte, versuchte es dann. »Gunther?«

»Ja. Er hat sich hier einfach hineingedrängt, hat sich breitgemacht. Ein fröhlicher, lauter, aber gehetzter Mensch, eine ständige Herausforderung für mich, die ich die Letzte unserer Familie bin, zum Glück kinderlos, dann wird das Elend wenigstens nicht vererbt. Doch Ansprüche hatte der Mann. Er verlangte, nicht bat, verlangte, dass ich die hellblaue Bettwäsche durch eine andere ersetze. Dabei hätte er um die Beherbergung dankbar sein dürfen. Nun begann das Gedankenkarussell, sich von Neuem zu drehen.«

»Sie haben von seinem Tod gehört?«, fragte ich unsicher.

»Es stand in der Zeitung«, erklärte sie. Die plötzliche Kälte in ihrer Stimme ließ mich aufhorchen. Rosa Winkler erhob sich, öffnete die mittlere Schublade eines Sekretärs und kehrte mit einer zerknitterten Postkarte zurück. »Gunther hat sie mitgebracht als Beweis für sein plötzlich erwachtes Interesse. Sie stammt von meiner Großmutter, ist datiert auf den 2. Juni 1946, an seinen Großvater gerichtet.«

»Mit einem Zensurvermerk«, stellte ich fest. »›U. S. Civil Censorship Germany, passed 30125.‹ Doch ich kann den Text nicht lesen.«

»Das ist Sütterlin.« Sie nahm mir die Karte aus der Hand und deklamierte:

»Unsre Lieben!

Aus Schwetzingen grüßt euch herzlich die ganze Fam. Winkler.

Ihr werdet erstaunt sein von uns was zu hören. Wir sind alle in bester Gesundheit, unser lieber Vater ist am 11. 2. 1945 an Lungenentz. gestorben. Der Schmerz ist furchtbar. Wenn nur Emil kommen würde, aber da wird wohl schlechte Hoffnung sein. Er ist seit Nov. 1943 verm. auf der Krim. Wir haben schon viel versucht etwas zu erfahren. Herbert ist schon vor Kriegs.Schluß nach Hause entk. Er ist versehrt am rechten Arm. Seine beiden Mädels Erika u. Gudrun sind schon groß. Elise ihr Mann ist in Egiybtien in Gef. Er schreibt immer gut. Sie hat einen Gerhard und eine Gudrun. 6 + 5 Jahr. Edwin ist in Nordfrk. (Nordfrankreich).

Wird gesung. Und will auch
heim. Irmgard wurde die-
ses Jahr konfirmiert. Unser
Haus ist 50% artiller. beschädigt
wir wohnen eng beisammen.
Unsere Landwirtsch. treiben wir
fort und nicht mehr so groß.
Eben gibt's nichts anders.
Am Schluß grüßt euch und wünscht
alles gut im Namen Aller

Rosa.«

Später im Hotel lud ich YouTube auf das TV-Gerät und zog mir als Enzian-Kontrastprogramm »Nothing Matters« von The Last Dinner Party rein, und zwar die Liveaufnahme vom Glastonbury Festival 2023, in der Abigail Morris, die Sängerin der Frauenband, in einem knöchellangen weißen Kleid mit blutüberströmtem Saum über die Bühne hetzt und ins Publikum brüllt: »And I will fuck you like nothing matters.«

Ich wiederholte den Song so oft, bis jemand an die Wand hämmerte.

5

Das Polizeirevier Schwetzingen mit einer Außenstelle der Kriminalpolizei befand sich im barocken Marstall, der um 1750 als Pferdestall des Kurfürsten erbaut worden war. Heute diente das u-förmige Gebäude mit den Gärten des Hofs verschiedenen Zwecken.

Ich hatte mich als Reporter angemeldet und wurde von einem Herrn in Zivil empfangen. Er begrüßte mich höflich, aber doch mit einem gewissen Erstaunen darüber, dass ein lokaler Todesfall die Schweizer Presse interessierte.

Ich wurde in ein schmuckloses Besprechungszimmer gebeten, wo man sich mangels irgendwelcher Ablenkungen voll und ganz auf das Gespräch konzentrieren konnte. Mein Ansprechpartner hatte sich ohne Dienstgrad als Meier vorgestellt. Ich erwähnte in einem Nebensatz, dass mich die Familie des Verstorbenen engagiert und mit einer Vollmacht ausgestattet hatte.

Als unsere Vorfahren noch Jäger und Sammler waren, lagen die obere und die untere Zahnreihe parallel aufeinander. Man nannte es Kopfbiss, und der war zum Zerreißen von rohem Fleisch unabdingbar. Mit der Entdeckung des Feuers und somit gekochter Nahrung sowie dem Anbau von Getreide wurden die Kauflächen wichtiger als die Reißzähne, und es entwickelte sich der uns geläufige Überbiss. Interessanterweise ermöglichte erst das Zurückweichen des Unterkiefers die Bildung der f-Laute oder der stimmlosen labiodentalen Frikative, wie die Phonetiker zu sagen pflegten.

Das hatte jedoch auch zur Bildung von Karies geführt, was mir mein Zahnarzt nach einem entsprechenden Vortrag mitgeteilt hatte, also nicht der Überbiss, sondern die Ernährungsumstellung. Welche evolutionäre Entwicklung hingegen zum massiven Überbiss des Herrn Meier geführt hatte, ließ sich nicht rekonstruieren, genauso wenig, ob damit bisher unerkannte Zahnerkrankungen verbunden waren. Jedenfalls hatten sich die f-Laute in seinem Rachen so weit zurückgezogen, dass sie zu einem kaum erträglichen »fchu« erweitert worden waren. Begriffe, in denen f oder v ausgesprochen werden sollten, waren kaum zu verstehen. Allerdings machte Herr Meier nicht den Eindruck, dass es ihn stören würde.

Ich war also eher auf sein mahlendes Gebiss und die daraus hervorgehenden Geräusche konzentriert als auf den Inhalt des Gesagten und musste deswegen nachfragen, als Meier aus dem Bericht der Rechtsmedizin zitierte.

»Entschuldigen Sie. Ich habe gerade etwas verpasst, weil ich an die Sterbeurkunde dachte, die die Familie erhalten hat. Dort steht: ›Natürliche Todesursache: Kreislaufversagen‹.«

»Das stimmt schon«, entgegnete Meier, »aber was dazu geführt hat, war eine Zyanose.«

»Und die äußert sich in einer Blaufärbung der Haut?«

»Sie wissen Bescheid«, stellte Meier fest. »Zuerst gibt es eine Unterversorgung des Bluts mit Sauerstoff. Dadurch entsteht hämoglobinarmes Blut, das wiederum die Blaufärbung bewirkt. Eine Herzinsuffizienz lässt dabei eine Blauverfärbung an den Extremitäten entstehen, also zum Beispiel an den Fingern. Wobei, so sagt es der Obduktionsbericht, nicht immer klar ist, ob der Sauerstoffmangel durch die verminderte Herzleistung erzeugt wurde oder umgekehrt.«

Der Polizist räusperte sich. Ich ließ ihm Zeit.

»Unsere Rechtsmedizin befindet sich in Heidelberg, deswegen hat die Überstellung des Leichnams in die Schweiz ein wenig länger gedauert, auch weil niemand von einer Fremdeinwirkung ausgegangen ist und die Untersuchung deshalb nicht prioritär war. Dafür möchten wir uns entschuldigen. Und im Prinzip darf ich solche Informationen nur Angehörigen im Rahmen der Akteneinsicht zur Kenntnis geben. Da Sie mit einem Mandat der Familie kommen und die Sache nicht heikel ist, geht das wohl in Ordnung.«

»Herr Winkler hatte seine Ausweispapiere bei sich?«, fragte ich.

»Ja. Leider wissen wir nicht, wo er genächtigt hat, und wir haben kein Gepäck gefunden.«

6

»Sagen wir mal so, die Küche in den Lokalen hat wenig regionales Profil: Pfälzisches neben Bayrischem, Flammkuchen neben Pizza, Brotzeitteller à la Was-der-Kühlschrank-so-hergibt. Hier sogar ein Schweizer Worschtsalat – wen überrascht's? – mit Käse.«

Ich hatte Henriette Berg am Freitagmittag zum Lunch ins Restaurant »Zum Grünen Baum« eingeladen, das sich praktischerweise im selben Haus befand wie die Schwetzinger Zeitung. Wir stießen mit einem hellen Kurpfalzbräu an.

Auf der Kurpfälzer Schnitzelkarte wurde ich fündig und bestellte dreihundert Gramm Schnitzel »nach Art eines fahrenden Volkes« mit Paprikasoße und Kroketten.

»Wer wohl ›ein fahrendes Volk‹ sein mag?«, rätselte Henriette.

»Das kann sich nur auf den deutschen Urlauber beziehen, der stundenlang den Stau vor dem Gotthardtunnel genießt«, gab ich zurück.

Das aufgetischte Menü war vielversprechend, aber nicht ganz so vielversprechend wie die taubenblauen Augen meiner Kollegin, in die ich offenbar zu lange gestarrt hatte.

»Hast du Angst vor meinen Augen?«, fragte Henriette.

»Nein, davor nicht«, sagte ich, »doch du bringst mich auf eine Idee.«

Und bevor ich wusste, was noch hätte daraus werden können, hatte ich mein Smartphone in der Hand und googelte mich durch psychiatrische Fachbegriffe.

»Fertig lustig«, sagte ich dann. »Gunther Winkler litt an einer Zyanophobie.«

»Was meinst du damit?«

»Das ist die panische Angst vor Blau. Im Deutschen redet man allgemein von Chromatophobie. Einzig die Amerikaner unterscheiden die einzelnen Farben, und je nach kultureller Prägung sowie der jeweiligen Bedeutung können die Symptome milder oder heftiger ausfallen.«

»Die da wären?«

»Die psychologischen Anzeichen der Krankheit reichen von Wut über Hoffnungslosigkeit bis zur Angst vor dem Sterben. Körperlich äußert sich das in Schwäche- und Schwindelanfällen, Kopfschmerzen bis zu erhöhtem Blutdruck. Gehen wir einmal davon aus, dass es auch bei einem im Alter vorgeschädigten Herzen zu einer Insuffizienz und zum Infarkt kommen kann, in unserem Fall verbunden mit einem Sauerstoffmangel im Blut, also der Zyanose, dann haben wir die Todesursache.«

»Dann war es ein natürlicher Tod, obschon nicht unbedingt erwartbar«, meinte Henriette.

»Da wäre ich mir nicht so sicher. Frau Winkler hat davon gewusst. Gunther verlangte nämlich, dass sie die hellblaue Bettwäsche wechselte. Und sie begriff sofort, wer mit der blau angelaufenen Leiche gemeint war, obwohl in eurem Artikel kein Name stand.« Ich nahm den letzten Schluck Kaffee. »Kommst du mit, Henriette?«

7

Wir nahmen ein Taxi. Bald standen wir vor Rosa Winklers Häuschen. Auch diesmal öffnete sie die Tür schnell, doch der zurückweisende Ausdruck in ihrem Gesicht verhieß nichts Gutes.

»Sie schon wieder.« Winkler stöhnte.

Wenigstens ohne Heino.

»Sie sind immer zu Hause anzutreffen«, stellte ich fest.

Rosa Winkler seufzte. »Die Agoraphobie wird schlimmer. Die Angst vor größeren Menschenmengen. Das liegt in der Familie.«

»Wann hat Gunther Ihnen von seinem Problem erzählt?«, fragte ich ohne weitere Erklärungen.

»Welches Problem?«, versuchte sie abzulenken.

»Von der Zyanophobie!«

»Keine Ahnung, wie man das nennt. Aber als er die Bettwäsche gewechselt haben wollte, wuchs ein bestimmter Verdacht«, erklärte Rosa. »Erwarten Sie jetzt ein Geständnis?«

Ich schüttelte den Kopf.

»Ich wollte nur helfen, ihm die Panik zu nehmen«, sagte sie so laut, als ob sie die gesamte Nachbarschaft informieren müsste. »Wir haben uns mit der Zeit nämlich ganz gut verstanden.« Etwas gedämpfter fuhr sie fort. »In der Familie haben wir gelernt, dass man sich mit seinen Ängsten auseinandersetzen muss. Wer unter Höhenangst leidet, soll auf Türme steigen.«

»Deswegen haben Sie mit ihm das Museum Blau besucht?«, fragte Henriette.

»Ja. Ich wollte ihn mit der Farbe konfrontieren, um seine Panik zu mildern.«

»Das ist gründlich schiefgegangen«, stellte ich fest.

»Das kann man so sagen.« Sie seufzte, senkte den Kopf und wurde bedeutend leiser. »Bald einmal, noch bevor wir überhaupt ins Haus gehen konnten, entwickelte er eine immer stärkere Atemnot. Er setzte sich auf die Bank und stand nicht mehr auf. Als er erkannte, wie seine Finger langsam blau wurden, hat er wohl seine eigene Hölle gesehen.«

»Und Sie haben ihn einfach vor dem Museum zurückgelassen?«, fragte Henriette, die es augenscheinlich kaum glauben konnte.

Rosamunde Winkler drehte sich von uns weg und beichtete unter Tränen: »Ich wollte doch nur, dass es in mir drin wieder still wird.«

Marlene Bach

Schneckenalarm

Sie war eine von vielen, keine, die den Blick auf sich zog, wenn man ihr in der Straßenbahn gegenübersaß. Doch es gab einen Platz, an dem sich Rosemarie fühlte wie eine Königin: auf der Bank in ihrem Garten.

In Jahren mühevoller Arbeit hatte sie ein Paradies geschaffen, war den Hang keuchend und schweißgebadet wohl tausendmal hoch- und runtergestiegen. Ein Unterfangen, das sich gelohnt hatte. Heute stand hier, zwischen üppigem Grün, überhängenden Rosenbüschen und dem Lavendel, der den Duft der Provence verbreitete, ihre Bank. Weinrot gestrichen wie der Thron einer Königin. Von ihrem Garten aus konnte sie den Neckar im Tal dahinfließen sehen, und auf der gegenüberliegenden Flussseite schimmerte die Schlossruine in rötlichem Sandstein. Im Sommer fuhren unten die weißen Schiffe vorbei, von denen, so schien es ihr manchmal, die Touristen bewundernd zu ihr hochschauten.

Hier oben hatte sie das Sagen, entschied über Leben und Tod, über Schneckenkorn und Bierfallen, gewährte Gnade oder zerteilte die Plagegeister mit der Schere. Eure Majestät Rosemarie, Herrscherin über das grüne Reich.

Das majestätische Gefühl verflüchtigte sich leider schnell, wenn sie nach kurzem Fußmarsch zu Hause die Tür aufschloss.

»Na, was machen deine Schnecken?«, fragte Werner, während sie die schmutzigen Schuhe abstreifte.

Wie so oft seit seiner Berentung saß ihr Mann Zeitung lesend im Sessel, wenn er nicht zum Boulespielen war. Seine Leidenschaft. So hatte jeder seins, und das war auch gut so.

»Hast du wieder mal einen Massenmord begangen?« Er musterte ihre verdreckte Hose, dann steckte er die Nase wieder in die Zeitung, ohne auf eine Antwort zu warten.

Werner hatte keine Ahnung vom Gärtnern und von Schnecken erst recht nicht. Er nahm die Sache nicht ernst, dabei war sie ernst. Sehr ernst sogar. Die Gier des schleimigen Getiers kannte keine Grenzen. In ihrer Nacktheit wirkten sie so harmlos und konnten doch in einer Nacht alles vernichten, was Rosemarie mühsam gehegt und gepflegt hatte. Werner aber mokierte sich, wenn sie mit Schneckenkorn, Bier oder Kaffeesatz loszog. Ihre Waffen im Kampf gegen den gefräßigen Feind.

Rosemarie ging in die Küche und räumte das Geschirr in die Spülmaschine, das sich während ihrer Abwesenheit angesammelt hatte. Sie schreckte zusammen, als sie Werners Stimme hinter sich hörte.

»Drüben ist jemand eingezogen.«

Die Neuigkeit hatte ihn sogar aus seinem Sessel getrieben.

»Ach ja?«

Das Nachbarhaus stand seit einer ganzen Weile leer. Es gab Rosemarie immer noch einen Stich, wenn sie daran dachte. Mit der alten Lore, die vor einigen Monaten verstorben war, hatte sie so manchen Plausch am Gartenzaun gehalten.

»Das ist Verwandtschaft«, sagte Werner. »Eine Nichte von Lore. Ich habe sie getroffen, als sie aus dem Haus kam. Die habe ich früher schon mal drüben gesehen.«

»Na, irgendjemand muss das Haus ja erben.«

Rosemarie öffnete das Gefrierfach des Kühlschranks und holte die Dose mit dem Eis heraus. Werner redete, sie fuhr mit dem großen Löffel durch die cremige Masse und füllte sie in eine Schale. Ihr kleines Nachmittagsglück. Zart schmelzend umhüllte das Eis die Seele mit einer Schicht aus Sahne und Zucker.

»... stammt aus dem Rheinland. Scheint mir eine interessante Person zu sein«, drang es wie von Ferne an ihr Ohr.

Rosemarie legte die Eisdose zurück ins Gefrierfach, Werner blieb im Türrahmen stehen.

»Ich denke, wir sollten sie einmal einladen. So von Nachbar zu Nachbar. Wäre eine nette Geste.«

Sie hörte, wie er sich wieder in seinen Sessel fallen ließ. *Eine nette Geste.* Rosemarie schob den Löffel mit dem Eis in den Mund. Diesmal blieb das wohlige Gefühl aus. Werners Lieblingsgeste war der ausgestreckte Mittelfinger, wenn er Auto fuhr. Ihr Werner war kein Mann der netten Gesten.

Die neue Nachbarin erschien pünktlich auf die Minute. Brünett, schlank, in einem Kleid, das handbreit über den Knien endete, einen Blumenstrauß in der Hand. Sie sah aus, als wäre sie einer der Zeitschriften entstiegen, in denen Frauen mit winzigen Fältchen um die Augen belegten, dass sich das Altern aufhalten ließ, wenn man nur die richtige Hautcreme benutzte. Werner hatte es sich nicht nehmen lassen, sie persönlich einzuladen.

»Hallo, ich bin die Erika«, stellte sie sich vor. »Aber meine Freunde nennen mich Eri.«

Eri hatte bislang in Köln gewohnt und war Lores einzige noch lebende Verwandte. Da die Rente nicht mehr lange auf sich warten lassen würde, hatte sie, hocherfreut über das Erbe, ihren Job als Arzthelferin gekündigt und entschieden, fortan in Heidelberg zu leben.

»Da bleibe ich doch nicht in einem Kölner Hinterhof hocken«, erklärte Eri. Hier, in der Stadt der Dichter und Denker, wolle sie ihren Lebenstraum verwirklichen und Autorin werden, ihr erster Roman sei schon so gut wie fertig.

Während sich Rosemarie in der Küche um das Essen kümmerte, wurde im Wohnzimmer munter weitergeplaudert. Werner schilderte der Nachbarin die Vorzüge der neuen Heimat.

»... Was, das kennen Sie noch nicht? ... wird Ihnen sicher gefallen, Heidelberg ist eine wunderbare Stadt!«

Er prahlte mit Heidelberg, als wäre er der neue Kurfürst. Sein Schloss, seine Alte Brücke, sein Kongresszentrum. Auf einmal war Heidelberg die tollste Stadt der Welt. Man sehe sich nur die Bahnstadt an, beeindruckend, was da entstanden sei. Das alles von dem Mann, der noch vor nicht allzu langer Zeit Gift und Galle gespuckt hatte, weil »die« erst dann aufhören würden zu bauen, wenn auch der letzte Quadratzentimeter in Heidelberg zubetoniert wäre.

»Eine alte Stadt im Aufbruch zur Moderne«, tönte er, »hier kann jeder seinen Platz finden, einen Ort, an dem es ihm gefällt. Jung, alt, es ist für alle etwas dabei.«

Während Rosemarie das Geschirr auf- und abtrug und den Nachtisch servierte, blubberte Werner in einem fort. Eri hing an seinen Lippen und legte den Kopf leicht schräg, wenn sie ihn ansah. Als sie sich verabschiedete, war man per Du.

In der Nacht fand Rosemarie nicht in den Schlaf. Sie kannte Werners Gockeleien. Ein Hahn, der sich ab und zu einmal aufplustern musste.

Auch wenn die Zeiten, in denen Werner sie »mein Schatz« genannt hatte, lange vorbei waren, waren sie ein gutes Team. Sie hatten so viel zusammen gemeistert in vierzig gemeinsamen Jahren, Martha und Johannes, ihre beiden Kinder, großgezogen, die Eltern zu Grabe getragen, Werners Herzinfarkt überstanden. Sie und Werner waren zusammengewachsen wie der Efeu und die Mauer.

Trotzdem war Rosemarie ein wenig beunruhigt. Die neue Nachbarin hatte für ihren Geschmack etwas zu laut über Werners mäßig witzige Bemerkungen gelacht. Aber vielleicht waren sie so, die fröhlichen Rheinländer.

Nein, Sorgen musste sie sich sicher nicht machen. Sie kannte ihren Werner. Seine Gockeleien hatten noch nie zu etwas geführt.

Eri wurde das neue Tagesthema. Werner musste schnell einmal hinüber, um beim klemmenden Garagentor zu helfen. »Probleme sind dazu da, um sie zu lösen«, hörte sie ihn an der Tür verkünden, als Eri klingelte und um Hilfe bat. Oder er verschwand mit einer Flasche »Heidelberger Goldtröpfchen« nach nebenan, ein kleiner nachbarschaftlicher Gruß, die Rheinländerin wisse ja noch nichts über den guten Heidelberger Wein.

Anlässe für einen Besuch gab es genug. Als Rosemarie Einspruch erhob, erntete sie Spott.

»Du verschwindest doch auch jeden Tag zu deinen Schnecken«, entgegnete Werner, und schon war er wieder zur Tür hinaus.

Rosemarie beschloss, Ruhe zu bewahren und abzuwarten.

Nach über zwei Monaten – Werner war vor wenigen Minuten zum Boulespielen aufgebrochen – klingelte es. Die rheinische Frohnatur wartete vor der Tür.

»Hast du mal einen Moment Zeit, Rosemarie?«

Rosemarie spürte ihr Herz bis in den Hals hinein pochen. Folgte jetzt die große Offenbarung? Ich liebe deinen Mann, er wird dich verlassen.

»Wir sollten mal miteinander reden«, begann Eri, stürmte herein und nahm ungefragt auf dem Sofa Platz. »Ich denke immer, was mag Rosemarie davon halten? Ständig hängt ihr Mann bei mir rum.« Sie sah Rosemarie an, mit einer Mischung aus Bewunderung und Mitleid im Blick. »Mir ist das so unangenehm. Der redet ja wie ein Wasserfall. Wie hältst du das nur aus?«

Es dauerte einige Sekunden, ehe Rosemarie die Botschaft verstand. Aus dem Nachbarhaus drohte keine Gefahr, die rheinische Konkurrenz war keine Konkurrenz.

»Und dann ...« Eri schüttelte den Kopf. »Ich weiß nicht, ob ich dir das überhaupt erzählen soll ...« Sie zögerte. »Er sagt so ... so unfreundliche Dinge über dich.«

»Ach ja?«

»Soll ich es dir erzählen oder lieber nicht?«

Wollte sie das wirklich hören? Die Neugier siegte, Rosemarie nickte.

»Also, letztens meinte er ...« Eri schaute besorgt zu ihr, als wollte sie prüfen, ob Rosemarie vertrug, was sie mitzuteilen hatte. »Tja, den genauen Wortlaut kriege ich nicht mehr hin. Aber es war so was in der Art, dass du oft so ... so unterwürfig bist.«

Ein Stich, der saß. Sicher, sie hatte auch schon das ein oder andere unschöne Wort über Werner verloren. Zum Beispiel, wenn sie bei Lore zum Kaffee gewesen war. In vierzig gemeinsamen Jahren blieb das nicht aus. Trotzdem, dass er so über sie dachte, das hätte sie nicht geglaubt. Es trieb Rosemarie die Tränen in die Augen. Und was sollte das überhaupt heißen, sie sei unterwürfig? Nur weil sie nicht zu jedem Blödsinn, den er von sich gab, ihre Meinung äußerte?

»Tut mir leid, ich hätte dir das gar nicht erzählen sollen.« Eri hatte wohl bemerkt, wie sehr Rosemarie getroffen war. »Soll ich ihn bitten, nicht mehr zu kommen? Wenn du das willst, mache ich das.«

Wollte sie das? Rosemarie war zu gekränkt, um einen klaren Gedanken zu fassen.

»Obwohl … Ich finde, du hast ein Recht zu erfahren, was dein Mann über dich denkt. Also, ich würde auf jeden Fall wissen wollen, was mein Mann über mich in der Nachbarschaft erzählt. Wenn du möchtest, horche ich ihn ein bisschen aus. Aber du darfst dir nichts anmerken lassen, sonst funktioniert das nicht, okay?«

Rosemarie sagte nicht Ja und nicht Nein. Die Liebe änderte sich mit der Zeit, die kleinen Zärtlichkeiten waren im Alltag untergegangen wie so vieles andere auch. Dennoch hatte sie immer geglaubt, Werner würde sie schätzen. Hatte sie sich so getäuscht?

Eri begann zu plaudern, Belanglosigkeiten, freundlich, interessiert, ein wenig Balsam auf Rosemaries aufgewühlte Seele. Als sie schließlich aufbrach, drehte sie sich noch einmal in der Tür um.

»Ach, ich habe dummerweise meine Geldbörse verloren, Rosemarie. Du hast nicht zufällig hundert Euro im Haus, mit denen du mir aushelfen könntest?«

Rosemarie holte das Geld, Eri strahlte.

Bald darauf klingelte Eri erneut. Sie konnte vom Küchenfenster aus sehen, wenn Werner das Haus verließ. Er war am Tag zuvor bei ihr gewesen, um ihr ein Buch über die Heidelberger Bergbahn vorbeizubringen.

Bei einem Kaffee packte Eri aus.

»Ich sag es ja nicht gern, aber was der so über dich vom Stapel lässt, ist wirklich sehr unschön. Hast du echt so zugenommen? Werner meinte, das müssten an die dreißig Kilo sein.«

Ja, sie hatte zugenommen. Wie fast alle Frauen in ihrem Alter. Dreißig Kilo? Möglich, so über die Jahre hinweg. Bei jedem Kind war was hängen geblieben. Werner war schlank wie früher, dafür hatte er kaum noch Haare auf dem Kopf. Spielte das etwa keine Rolle?

Eri wurde zur regelmäßigen Besucherin und versorgte Rosemarie mit Werners kleinen und großen Bösartigkeiten. Dass sich Rosemarie außer für Schnecken und Sträucher für nichts mehr interessiere. Dass die Zeiten, als sie sich angeregt unterhalten konnten, lange vorbei seien. Dass sie nicht mehr auf sich achten würde.

Rosemarie hätte sagen können, sie wolle nichts mehr davon hören, doch sie schaffte es nicht, Eri wegzuschicken, obwohl sie wusste, dass es alles zerstören konnte. Es war wie eine Sucht, die sie über Eris Schwäche hinwegsehen ließ: Die neue Nachbarin hatte nicht nur ihre Geldbörse verlegt, sie war auch knapp bei Kasse. Rosemarie half aus, hier ein Fünfziger, da ein Hunderter.

Abends saß sie mit Werner vor dem Fernseher, Seite an Seite.

»Was schaust du denn so komisch?«, fragte er irritiert, als sie den Mann neben sich musterte, den sie glaubte, gekannt zu haben.

»Du hattest auch mal mehr Haare auf dem Kopf«, erwiderte sie und würgte mit Mühe alles runter, was sie gern auf seine Boshaftigkeiten erwidert hätte.

»Haben wir heute schlechte Laune?«, fragte Werner.

Schlechte Laune war ein laues Lüftchen gegen das, was Rosemarie empfand. Die Wut über seine abfälligen Worte rumorte in ihr wie ein Tornado in der Blechbüchse.

An dem Tag, als die Büchse einen Riss bekam, strahlte die Sonne vom wolkenlosen Himmel. Werner war aus dem Haus, um sich mit seinen Boulekumpanen zu treffen. Die Post hatte eine nette Überraschung gebracht. Das Finanzamt schrieb, die Steuerklärung, die Werner fluchend Stunde um Stunde ausgefüllt hatte, sei bearbeitet, und siehe da, der Fiskus erklärte sich bereit, etwas wieder herzugeben.

Rosemarie legte die erfreuliche Nachricht in Werners Zimmer. An seinem Schreibtisch stand die Schublade ein wenig offen. Normalerweise hätte Rosemarie gar nicht darauf geachtet, da sie jedoch neuerdings mit einem Fremden zusammenlebte, siegte der Drang, kurz hineinzuspähen.

Es gab nichts zu entdecken, keine abfälligen Notizen über die dick gewordene Ehefrau, nur Büroklammern, alte Post, Kontoauszüge.

Fast hätte sie die Schublade einfach zugeschoben, da blieb ihr Blick an dem Auszug hängen. An der Zahl mit den drei Nullen. Tausend Euro. Und noch einmal tausend Euro. Der Kontoauszug vom letzten Monat. Werner war der Finanzminister im Haus, Werner holte die Auszüge. Sie hatte keine tausend Euro abgehoben, schon gar nicht zweimal. Rosemarie trieb es in die Küche ans Gefrierfach. Sie nahm das Eis heraus und löffelte es direkt aus der Dose. Was war hier los?

Als Werner die Haustür aufschloss, war die Eisdose leer und Rosemaries Herz voller Zorn. Kaum war er zur Tür herein, stellte sie ihn zur Rede.

»Wofür brauchst du so viel Geld? Was hast du mit den zweitausend Euro gemacht?«

Werner konnte ihr nicht in die Augen schauen. Er setzte sich auf die kleine Bank an der Garderobe und zog umständlich seine Schuhe aus.

»Ich spreche mit dir! Antworte gefälligst!«

»Ich …« Werner löste den nächsten Schnürsenkel. »Ich … Ein Geschenk für dich. Das sollte eine Überraschung werden. Ein … ein …«

Rosemarie trat auf ihn zu, die Hände in die Hüften gestemmt. »Hör auf zu lügen! Du hast mir noch nie etwas geschenkt, das teurer ist als fünfzig Euro. Wozu brauchst du das Geld?«

Er hob die Schultern, die Angst im Genick.

»Verdammt noch mal, jetzt rede!«

»Ich … habe … ihr … ich meine, Eri …« Dann fehlten dem Vielredner die Worte.

Eri. Natürlich. Rosemarie fing an zu begreifen.

»Zahlst du ihr Geld, damit sie dir erzählt, was ich über dich sage?«, fragte sie.

»Was?« Werner sah sie verständnislos an. »Wofür soll ich zahlen?«

»Schon gut. Wofür bezahlst du sie?«

»Also, es ist so ...« Räuspern, Hüsteln. Werner war dabei, Zeit zu schinden.

»Nun spuck es endlich aus!«

»Es ist so ...« Er hob den Kopf. »Ich ... ich leihe ihr Geld. Für ... den Druck. Von ihrem Buch. Sie will doch ihren Roman veröffentlichen und hat nur einen Verlag gefunden, der Geld von ihr will. Sie hat mich gebeten, ihr etwas zu leihen. Vorübergehend. Und da habe ich gedacht, man sollte ein solches Talent unterstützen. So ist das«, sagte er und atmete hörbar ein. »Sie hat mich regelrecht angefleht. Ich habe es einfach nicht geschafft, ihr das abzuschlagen.«

Vorstellbar war es. Werner, der Spezialist für Unterwürfigkeit, hatte wahrscheinlich nicht Nein sagen können. Pleite-Eri, die sich überall Geld lieh.

»Du gibst ihr zweitausend Euro? Für ein Buch? Spinnst du?«

Und da sie gerade beim Streiten waren, brach auch der Rest aus Rosemarie heraus. Sie hatte sowieso längst genug von Eri gehört. Es war an der Zeit aufzuräumen.

»Denkst du, ich lasse mich gehen? Ich interessiere mich bloß für Schnecken? Denkst du das über mich? Erzählst du so etwas bei Eri? Dass ich fett geworden bin?«

Werners Augen wurden groß.

»Eri hat mir alles gesagt.«

»Rosemarie!« Er schüttelte den Kopf. »Ich bitte dich, so würde ich nie über dich reden.« Werner kam zu ihr, und es war so viel Wärme in seinem Blick, als wären sie wieder das junge Paar, das sich heimlich hinter dem Kiosk traf. »Das glaubst du doch wohl nicht? Die saugt sich irgendwas aus den Fingern, von dem sie denkt, das passt!«

»Ach, passt das, ja?«

»Nein, nein, natürlich nicht. So war das nicht gemeint. Aber die reimt sich einfach was zusammen.«

Rosemarie wollte es zu gern glauben.

»Wir brechen den Kontakt ab«, entschied sie. »Die nimmt

uns aus. Eri kommt hier nicht mehr ins Haus, und du besuchst sie nicht mehr.«

Werner zog sie an sich und klopfte ihr beruhigend auf den Rücken. »Auf keinen Fall. Damit ist Schluss. Wie kann sie dir nur so was erzählen?«

Die Windstille hielt drei Tage und zwei Nächte. Der Vollmond leuchtete hell am Himmel, vielleicht konnte Rosemarie deshalb nicht schlafen. Vielleicht auch, weil sie nicht wusste, wem sie glauben sollte. Hatte Eri tatsächlich alles erfunden, was Werner über sie gesagt haben sollte? Schon möglich. Sie selbst hatte mit Eri über den Garten gesprochen, hatte vom Lavendel und der Schneckenplage erzählt. Und welche Frau nahm nicht im Lauf der Jahre ein paar Kilo zu?

Rosemarie wollte sich gerade auf die andere Seite drehen, als Werner aus dem Bett stieg. Leise und behutsam, ohne Licht zu machen, nicht wie sonst mit einem Ächzen. Sie hörte, wie er zur Schlafzimmertür schlich und dabei nach seinen Kleidern griff.

Rosemarie hielt die Augen geschlossen. Wartete, was geschah. Ein paar Minuten, dann wurde die Haustür mit einem dumpfen Geräusch zugezogen.

In Windeseile war sie aus dem Bett, lugte aus der Haustür hinaus und sah den abtrünnigen Gatten Richtung Nachbarhaus verschwinden.

Bald darauf ging nebenan das Licht an, ein heller Schein fiel durch Eris Küchenfenster nach draußen.

Rosemarie warf den Bademantel über und lief hinaus auf den plattierten Weg, der zu Eris Haustür führte, vorbei an der Hausecke bis zum Küchenfenster.

Die Küchentür stand offen, sie konnte sehen, wie Werner und Eri im Flur miteinander redeten. Werner zog etwas aus der Hosentasche. Was war das? Ein Bündel Geldscheine?

Unglaublich! Rosemarie trat noch näher an die Scheibe und stieß vor lauter Neugier mit der Stirn daran. Das Geräusch war leise und dennoch laut genug, sodass sich Eri umdrehte und zum Fenster schaute. Rasch bückte sich Rosemarie, wollte den

Rückzug antreten, aber es war zu spät. Kaum war sie an der Hausecke, tauchte Eri auf.

»Na, wen haben wir denn da? Rosemarie im Bademantel! Werner ist auch schon da. Komm doch rein.«

Rosemarie stapfte hinter Eri her.

»Ist mir nur recht!« So ein Lügner. Na, der konnte was erleben.

Der arme Sünder wartete im Flur.

»Wir hatten gesagt, sie kriegt kein Geld mehr von uns! Wieso tust du das?«, fuhr sie ihn an. »Schleichst dich nachts hier rüber wie ein Verbrecher, um ihr unser Erspartes in den Rachen zu stopfen. Für so ein dämliches Buch! Und du«, sagte sie zu Eri, »gibst ihm jetzt gefälligst das Geld zurück!«

»Tut mir leid«, entgegnete Eri, »das geht nicht. Lore hat mir das Haus vermacht, allerdings kaum Bares. Ich brauche es. Dringend.«

»Dann verkaufst du eben das Haus!«

»Wozu denn, solange ihr Geld habt, das ihr mir geben könnt.« Die rheinische Frohnatur lächelte, einen Anflug von Überlegenheit im Gesicht. »Werner, willst du ihr erzählen, warum ich das Geld behalten kann? Und ihr mir noch mehr spendieren werdet? Oder soll ich das übernehmen?«

Werner war wie erstarrt, als hätte ihn ein Fluch zu Stein verwandelt.

»Ich zeig's ihr mal«, flötete Eri und verschwand Richtung Wohnzimmer. »Komm mit, Rosemarie.«

Auf der Anrichte stand ungeöffnet die Flasche »Heidelberger Goldtröpfchen«, Werners Gastgeschenk, daneben lag Eris Handy. Sie fuhr mit dem Finger über das Display, tippte einmal hier, einmal dort.

»Lass das«, sagte Werner scharf, der hinter ihnen eingetreten war.

Doch Eri hielt Rosemarie das Handy hin. Nur drei, vier Sekunden, dann war Werner bei ihnen und schlug nach Eris Hand. Eri war schneller, wich zurück, bevor er sie treffen konnte. Rosemarie hatte genug gesehen. Werners nackter Hintern im Bett. Unter ihm Eri, die – genauso nackt – direkt in die Kamera schaute.

»Dafür zahlt dein Werner«, triumphierte Eri. »Information, das bringt heute Geld. Du wolltest welche haben und hast dafür gezahlt. Werner will, dass ich welche zurückhalte, und zahlt dafür. Ich kann mein kleines Video aber auch gleich durch die Welt schicken, wenn ihr wollt. Instagram, Facebook, TikTok. Das geht bestimmt viral, bevor sie es löschen können. Tausende und Abertausende, die Werners nackten Arsch bewundern werden. Seine Boulefreunde, halb Heidelberg, die Nachbarschaft. Es gab noch eine zweite Kamera. Darauf erkennt man Werners Gesicht viel besser.«

Werner ballte die Hände zu Fäusten, dass die Knöchel weiß wurden.

»Du miese Schlampe!«, stieß er hervor.

»Werner, wir gehen.« Rosemarie drehte sich um. »Wir lassen uns nicht erpressen.«

Eris Stimme hielt sie zurück.

»Überleg es dir gut. Es war nicht allzu schwer, an Werners Handy zu kommen. Ich habe all seine Kontakte. Was Martha und Johannes wohl sagen, wenn ich ihnen ein Video schicke, das zeigt, wie sich ihr Papa durch die Nachbarschaft vögelt?«

»Halt den Mund!« Werners Stimme wurde laut. »Halt endlich den Mund! Glaub ihr kein Wort, Rosemarie. Sie lügt. Das bin nicht ich in dem Video, das ist so ein Fakeding. Du kennst mich! Du weißt, dass ich so was nie tun würde.«

»Oh, ich habe da noch mehr.« Eri tippte wieder auf ihr Handy. »Hier, da sieht man ihn ganz eindeu…«

Mit wutverzerrtem Gesicht griff Werner nach der Flasche »Heidelberger Goldtröpfchen« und reckte den Arm in die Höhe. Eri wich vor ihm zurück, stolperte und stürzte rücklings zu Boden. Statt zuzuschlagen, hielt Werner inne. Seine Brust hob und senkte sich wie ein Blasebalg. Schließlich ließ er die Flasche langsam sinken.

»Wusste ich es doch. Ein Schlappschwanz bist du, im Leben und im Bett«, schimpfte Eri und drehte sich auf alle viere, um wieder aufzustehen. »Hast du wirklich geglaubt, ich wäre mit dir in die Kiste gegangen, weil es mir Spaß macht?« Sie zog sich an der Anrichte hoch. »Ihr beide werdet schön weiterzahlen.

Ich wusste gleich, dass euch euer kleines Spießerleben was wert ist.«

Werner wurde um den Mund herum ganz weiß, so wie damals, kurz bevor er mit seinem Herzinfarkt zusammengesunken war. Da riss Rosemarie ihm die Flasche aus der Hand.

Dass die Zugezogene aus dem Rheinland verschwunden war, fiel zunächst niemandem auf. Die sympathische Erika hatte zu einem Freund fahren wollen, jemandem, den sie noch aus Kölner Hinterhofzeiten kannte. Rosemarie erzählte es allen, die es hören wollten. Als Monate später die Polizei an der Tür klingelte, wusste Rosemarie auch nichts anderes zu berichten und bedauerte, dass sich die rheinische Frohnatur nicht mehr hatte blicken lassen.

»So eine unterhaltsame Person«, schwärmte Rosemarie. »Nicht wahr, Werner?«

Der Gatte nickte.

Eris Handy war mit ihr verschwunden, das Haus geputzt und aufgeräumt, die Tür sorgfältig verschlossen, der Mülleimer geleert. Das Übliche, wenn man verreiste.

Und während Werner Boule spielte – neuerdings etwas unkonzentriert, wie seine Mitspieler befanden –, widmete sich Rosemarie voller Eifer ihrem Garten. Nach getaner Arbeit saß sie auf der weinroten Bank und genoss die Aussicht. Hier oben kehrte Frieden in ihr Herz ein.

Die wahre Größe einer Königin zeigt sich darin, ob sie vergeben kann. Rosemarie hatte vergeben.

Werner sagte jetzt wieder »mein Schatz« zu ihr, und abends auf dem Sofa rückte er ein wenig näher. Er verstand nun auch das Problem mit den Schnecken viel besser. Dass Schnecken unersättlich waren und immer weiter fraßen, bis sie alles zerstört hatten, was einem lieb und teuer war. Manchmal halfen da nur drastische Maßnahmen. So war das Leben halt.

Das neue Beet neben der weinroten Bank war schon fast ganz zugewachsen. Ein Beet voller Erika. Die kleinen Sträucher wussten den sonnigen Standort zu schätzen.

Königin Rosemarie blickte hinunter zur Stadt. Auf dem

Neckar brach sich silbern das Sonnenlicht. Schön war es, ihr Heidelberg. Was hatte Werner noch gesagt? Eine alte Stadt im Aufbruch zur Moderne. Und er hatte völlig recht: Hier gab es für jeden einen passenden Platz.

Til Petersen

Ich bin tot

Ich bin tot. Und, was soll ich sagen, dieser Zustand oder, besser, dieser besondere Lebensabschnitt hat völlig zu Unrecht einen schlechten Ruf. Man hat seine Ruhe, keiner will was von einem, nicht mal das Finanzamt. Diese angenehme Phase erlebe ich jetzt seit ungefähr drei Jahren. Alles cool, easy, gechillt, wie das junge Menschen nennen. Wenn sie es noch so nennen. Ich bin da nicht mehr auf dem Laufenden. Alles locker also, zumindest wenn man lediglich auf dem Papier tot ist und ausreichende Ressourcen hat, diesen bequemen Schwebezustand zwischen Leben und Ableben dauerhaft zu erhalten.

Mein aktuelles Problem, während ich Sie an meinen Gedanken teilhaben lasse, ist, dass ich befürchte, so in den nächsten zwanzig oder dreißig Minuten endgültig das Zeitliche zu segnen. Genau kann ich das nicht festmachen. Tod durch Vergiften ist eben keine exakte Wissenschaft, schon gar nicht, wenn man wie ich nicht vom Fach ist.

Ich weiß, das klingt unverständlich und kryptisch. Ich erkläre es Ihnen gleich, bin jedoch eben mal kurz abgelenkt.

»Hallo, können Sie mich hören?«

Die Stimme klingt dumpf, als hielte sich jemand beim Sprechen ein Kissen vor den Mund. Ich möchte antworten. Aber da kommt nichts. Nicht mal ein Zucken der Lippen. Glaube ich wenigstens. Jemand schlägt mir mehrfach auf die Wange. Zweimal rechts, dreimal links. Wie von Geisterhand öffnen sich meine Lider. Dann fällt Licht in mein Auge. Ich vermute, es ist mein linkes. Richtig zuordnen kann ich es nicht. Es blendet. Zweimal. Wie ein Blitz. Dann nehme ich verschwommen etwas Orangefarbenes wahr.

»Keine Reaktion der Pupillen. Atmung unregelmäßig. Er schwitzt stark. Ich lege einen Zugang. Ringerlösung und zehn Milligramm Adrenalin!«

Ein Stich in den Arm. In der dumpfen Stimme liegt Stress.

»Weiß jemand, wer das ist?« Eine Frau ruft durch den Raum. *»Hat er keinen Ausweis bei sich? Führerschein? Pass?«*

»Nein, nur eine Puderdose in der Innentasche der Jacke. Und ein Handy. Ist gesperrt.«

Ich vernehme Murmeln.

Natürlich habe ich keinen Pass dabei oder sonstige Papiere. Das wäre ja noch schöner. Ich bin hier inkognito und liege mit einem ziemlich affigen weinroten Rokokokostüm auf dem Sandsteinboden des Mozartsaals im Schwetzinger Schloss.

Es wird erfrischend kühl in der Bauch- und Brustgegend. Man hat offenbar die mit Brokat besetzte Weste und das darunterliegende Hemd geöffnet. Ich höre aus der Ferne ein unregelmäßiges Fiepen.

So, ich glaube, die sind jetzt erst mal beschäftigt, und ich kann, nein, ich muss Ihnen die Situation im Einzelnen wie versprochen erläutern. Und ganz ehrlich, es ist genauso skurril, wie es sich bis hierher anhört.

Im Allgemeinen erfreue ich mich ja bester Gesundheit. Gut, ich muss mich ein bisschen halten mit dem Zucker, und alterstypische Probleme mit der Prostata grätschen hie und da dazwischen. Alte-weiße-Männer-Sachen eben. Nichts von Belang. Finanziell bin ich, nicht zuletzt dank der deutschen Bürokratie und deren Behäbigkeit, bestens ausgestattet. Sagen wir so, es reicht für ein komfortables Leben auf einer Finca im Westen Mallorcas, nahe dem Prominentendörfchen Deiá.

Ich heiße übrigens Arturo Hernandez-Canicio de Cordoba. Kann kein Schwein in Europa außerhalb Spaniens fehlerfrei aussprechen. Und genau das ist der Plan. Eigentlich heiße ich nicht so. Ich nenne mich nur so. Früher, als ich noch offiziell gelebt habe, hieß ich Friedemann Heij und war Bauträger und Immobilienmakler. Der Name der Firma – Sie werden es kaum erraten – »Immobilien-Heij«. Eine Jugendsünde, wie ich gestehen muss. Ich fand das chic, und irgendwann kommst du aus der Nummer nicht mehr raus. Und bitte ersparen Sie sich und mir jeden faden Witz darüber. Ich kenne sie alle.

Ungeachtet des etwas verunglückten Wortspiels – wir trieben es mit der Werbung noch auf die Spitze: »›Immobilien-Heij‹, große Wohnträume auch für kleine Fische« –, der Erfolg war uns hold. Ganz nach dem kaufmännischen Motto »Im Einkauf liegt der Gewinn« haben wir uns vor allem dort bedient, wo die Not am größten war. Scheidungsopfer, plötzlich Arbeitslose und Betrogene von windigen Investmentberatern. Überall dort, wo das Wasser schon weit über den Hals hinaus steht, ist der Zeitdruck in der Regel groß, die Preise dagegen sind klein.

Wenn ich übrigens von »wir« spreche, beziehe ich immer meine ehemalige Frau Brigitte mit ein, bisweilen sogar Geliebte und Seelenverwandte. Brigitte Massel, seinerzeit vierundzwanzig Jahre jung, blond, schön, klug und Geschäftskundenberaterin bei der Bank. Ich damals: fast dreißig, nicht unattraktiv, bettelarm, dafür mit der eloquenten Attitüde des souveränen Geschäftsmanns. Brigitte zu imponieren, war überraschend einfach. Dachte ich. Das geliehene Porsche-Cabrio, die teuren Abendessen und den auf Pump gekauften Schmuck hätte ich mir sparen können. Wie erwähnt, sie war klug. Sie hatte von Anfang an das Potenzial erkannt, das in der Kombination aus ihrem Beruf und meiner Berufung steckte.

Gemeinsam waren wir unschlagbar. Mit jedem abgeschlossenen Geschäft wuchsen ihr Ansehen und meine Kreditlinie in der Bank. Wir pervertierten das Robin-Hood-Prinzip, nahmen von den Bedrängten und gaben den Begüterten, zu denen auch wir alsbald gehörten. Die Heijs waren jemand in der Stadt. Schwetzingen, wenigstens der wohlhabende Teil der Bevölkerung, lag uns zu Füßen. Die bessere Gesellschaft war das Parkett für unsere finanziellen und gesellschaftlichen Kapriolen.

»Blutdruck siebzig zu vierzig, Puls bei fünfzig, vierzig … Kammerflimmern … Mach den Defi klar! Zweihundert Joule!«

Meine Güte, was für ein Stress. Und so laut. Entschuldigen Sie, dass ich noch mal kurz unterbrechen muss. Dabei fühle ich mich gerade ziemlich gut. Könnte am Champagner liegen, den mir vorhin diese ausgesprochen attraktive Dame mit dem verlockenden Dekolleté gereicht hat. Sie kam mir irgendwie bekannt vor. So unbeschwert, so leicht, so … Aua! Hat der mir eben etwa Strom durch die Brust gejagt? Frechheit. Wenn ich mich nur wehren könnte. Dem würde ich was erzählen.

»Keine Veränderung. Ich erhöhe auf zweihundertfünfzig Joule – alles zurück!«

Herrgott! Schon wieder dieser Schmerz.

»Wir haben ihn wieder. Sieht aber nicht gut aus. Er muss umgehend ins Krankenhaus. Tückisch, so ein Herzinfarkt. Achtung, er erbricht sich. Dreh den Kopf auf die Seite.«

Das war kein Herzinfarkt, du Eimer! Ich bin mir sicher, ich wurde vergiftet. Merkt das denn niemand von euch Hobbymedizinern? Verflixter Fachkräftemangel. Wenn man nicht alles selbst macht.

Jetzt legen sie mich auf eine Trage. Vermute ich jedenfalls. Es scheint, als würde ich leicht aufrecht sitzen. Die sollen bloß auf meinen Anzug aufpassen. Das Ding war obszön teuer. Handarbeit aus Italien. Satinbrokat. Und hoffentlich öffnet keiner die Puderdose. Außer diejenige, für die sie bestimmt ist.

Wo waren wir vorhin stehen geblieben? Ach, genau: Schwetzingen lag uns zu Füßen. Brigitte und ich waren das Traumpaar der Hautevolee. Und in Schwetzingen heißt das eben auch, immer wieder mal einzutauchen in das höfische Leben des 18. Jahrhunderts, in die Zeit des Kurfürsten Carl Theodor. So wie bei der Benefiz-Rokoko-Modenschau, von der man mich gerade so unsanft holpernd entfernt. Ach, was haben wir sie geliebt, diese kurzen und dennoch ausschweifenden Ausflüge in die fürstliche Dekadenz.

Bis vor etwa dreieinhalb Jahren. Da trat sie in unser Leben: Rodica. Rodica Szabo! Witwe, Göttin und, wie ich erst sehr viel später erfahren durfte, Steuerfahnderin. Niemand, den ich bis dahin kennengelernt hatte, rollte das R so inbrünstig wie dieser ungarische Feuertopf. Eine Figur wie eine antike Statue mit der Oberweite von Dolly Buster und rotem Haar, das sich glänzend an der perfekt geformten Taille vorbeischmiegte bis dahin, wo Männerhände gerne verweilen. In einem blumigen Sommerkleid stand sie eines Tages einfach so da auf der Schwelle zu unserem Maklerbüro.

Obwohl Rodicas Aufwartung keinesfalls dienstlicher Natur

war, holte ich mir damit nicht nur den natürlichen Feind eines jeden Geschäftsmanns ins Haus, sondern auch den Anfang vom Ende meiner Ehe. Das mag daran gelegen haben, dass Brigitte zu jenem Zeitpunkt zur Kur in Bad Wiessee und damit weit außerhalb ihres Wirkungs- und Machtbereichs weilte. Und der ganz große Zauber war die Ehe sowieso nicht mehr. Zwanzig Jahre und genauso viele Kilos später war es dann doch mehr Routine denn Leidenschaft.

Wenn ich ehrlich zu Ihnen und mir bin, es war hauptsächlich Brigittes resoluter Familienführung zu verdanken, dass ich bis dato meine Freiersfüße weitgehend im Griff hatte. Bei Rodica jedoch versagten alle Sicherungen. Als solvente Beamtin – als solche stellte sie sich vor, und ich hatte zu diesem Zeitpunkt keinen Grund, tiefer zu bohren – hatten wir schnell ein passendes Objekt gefunden, eine großzügige Wohnung im noblen Musikerviertel, Altbau, luxussaniert. »Wissen Sie, liebe Rodica, meine Frau, Gott hab sie selig, wäre hin und weg von diesem Kleinod auf dem Wohnungsmarkt ...«, schmachtete ich die Enddreißigerin an und belog sie frech in puncto Familienstand. Wie bereits erwähnt, nicht eine einzige Sicherung war dringeblieben.

Es kam, wie es kommen musste: ein Abendessen, gegenseitige Bekundungen, wie sehr wir doch unsere Partner vermissten, letztlich ein Zimmer im edlen Hotel »Adler Post«. Wir waren binnen acht Stunden ein Liebespaar geworden. Allerdings nur für etwa achtundvierzig Stunden.

Einen Augenblick, ich glaube, mein Typ ist gefragt.

»Wir nennen wir ihn jetzt? John Doe? Max Mustermann? Hatte ich noch nie, einen Namenlosen. Selbst die Penner, die wir in Mannheim aufgelesen haben, hatten alle 'nen Namen. Pappe, Mütze, Fussel ...«

Fussel – ich glaube, dem kachle ich eine. Zumindest dieser Teil meines Plans geht auf. Mich erkennt niemand. Ist gerade suboptimal. Bloß welcher Morddebütant nimmt, bitte schön, seinen Ausweis mit zur Arbeit? Ich mache das zwar nicht hauptberuflich, genau genommen zum ersten Mal, aber so blöd bin ich nun auch wieder nicht. Okay, okay, immerhin blöd genug, um mich in diese Situation zu bringen.

»Unbekannte männliche Person, heißt das offiziell. Wobei ich Mozart passend fände. Schau dir die Kutte an. Und wie der geschminkt ist. Irgendwie tuckig.«

Tuckig? Raucht der ölige Lappen, dieser Heckenpenner? Kultiviert nennt man das. Außerdem ist das Pflicht bei derartigen Events. Vor allem, wenn man unerkannt bleiben möchte.

»Kollege, drück mal ein bisschen auf die Tube. Unserem Opa hier geht langsam die Luft aus. Puls nur noch bei fünfundvierzig fallend.«

Opa? Jetzt schlägt's dreizehn. Ich bin im besten Mannesalter, wobei ich gerade etwas zu schwächeln scheine. So ging mir das übrigens schon vor dreieinhalb Jahren. Brigitte kam – die Gründe spielen keine Rolle – zwei Wochen früher aus der Kur zurück, was mich dazu zwang, die kurze, dafür heftige Affäre umgehend zu beenden. Eigentlich kein Drama, doch ich hatte die Rechnung ohne Rodica gemacht. Wenn ich bis dahin gedacht hatte, ihr Temperament in seiner Gänze erlebt zu haben – und glauben Sie mir, wir hatten einiges erlebt in diesen achtundvierzig Stunden –, wurde ich eines Besseren belehrt. Der arg strapazierte Begriff Furie trifft es am besten. Eine rasende, wütende, Furcht und Schrecken verbreitende Rachegöttin – so die Definition, die Google uns liefert.

Nicht dass unüberwindbarer Liebeskummer Ursache für die unbändige Wut gewesen wäre, nein, es war der schlichte Umstand, dass man eine Frau wie Rodica nicht verlässt. Ich hätte mich wohl im Vorfeld informieren sollen. Zum Beispiel über die Umstände des Todes ihres verstorbenen Mannes. Ein unglücklicher Sturz vom Turm des Merkurtempels trotz des fast brusthohen eisernen Geländers. Wie ich heute weiß, war er wohl mit Rodicas Launen nicht mehr einig geworden und hatte mit Scheidung gedroht. Na ja, jetzt hat der arme Kerl ja Ruhe. Und ich vermutlich ebenfalls bald, wenn ich meine beiden Aushilfspfleger hier so lamentieren höre.

Jedenfalls gab es für Rodica kein Halten. Sie enterte unser Büro, stieß unaussprechliche ungarische Flüche aus, wurde noch wilder, als sie mitbekam, dass sich meine vermeintlich verstorbene Frau bester Gesundheit erfreute, beendete damit, wie eingangs erwähnt, meine Ehe und outete sich schließlich als Steuerfahnderin, die bei ihrem nächsten Besuch sicher mit einem Gerichtsbeschluss und einigen helfenden Händen auf der Matte stehen würde.

Autsch, das tat weh. Keine Frage, Rodica und ihre helfenden Hände würden fündig werden. Wir hatten es wild getrieben, was finanzielle Transaktionen anging, vor allem bei der Vermeidung von Steuern. Und das könnte mich im besten Fall eine Stange Geld, im schlimmsten Fall ein paar Jahre freie Kost und Logis auf Staatsknete kosten.

»Unbekannte männliche Person, vermutlich Anfang sechzig, mehrfach Kammerflimmern, Zugang und Nasensonde gelegt.«

Warum schreien die alle so? Und von wegen Anfang sechzig! Ich bin achtundfünfzig, du Flachzange. Die holprige Fahrt ist zu Ende. Ich werde ausgeladen. Komme mir vor wie eine Retoure bei DHL. Geht zurück, funktioniert nicht mehr. Sie sehen, ich muss mich ein bisschen beeilen, um die ganze Geschichte loszuwerden.

Bei aller Wut auf meine Eskapade waren Rodicas Drohungen selbst Brigitte zu viel. Immerhin hatte auch sie einiges zu verlieren. Sie warf mich zwar noch am selben Tag aus dem Haus, nur um mich für denselben Abend wieder einzuladen. Es gebe etwas Wichtiges zu besprechen. Das vorzeitige Ableben meiner Teilzeitgespielin. Sie hatte sogar schon einen fertigen Plan ersonnen. Rodicas Hang zu einem bemerkenswert aufwendigen Make-up sollte ihr zum Verhängnis werden. Ein Puder mit einem Kontaktgift sollte die Probleme lösen. Tetrodotoxin genau genommen, das Gift des Kugelfischs.

Sie werden es vielleicht nicht glauben, das Zeug lässt sich ganz legal im Internet kaufen. Ein Milligramm macht fünfhundert Euro. Wir haben drei bestellt. Die Idee, ich sollte mich mit Rodica zu einem Versöhnungsessen treffen und ihr als Präsent die Dose eines sündhaft teuren Gesichtspuders überreichen. Brigitte war überzeugt, dass die Delinquentin zwar höchst irritiert wäre, angesichts des ungewöhnlichen Geschenks jedoch neugierig genug, es noch am selben Abend auszuprobieren. Also mörserte Brigitte – geschützt mit Maske, es flogen noch ein paar im Haus herum – brav die Krümel des Gifts, das vom Chemieunternehmen nicht weit von Schwetzingen frei Haus geliefert wurde. Es unter das Puder zu mischen, war am Ende bloß eine Fingerübung.

Tja, was soll ich sagen? Die Idee war im Grunde ja gar nicht schlecht, aber mal eben so ein Leben auszulöschen, war nicht so mein Ding. Und es kam erschwerend dazu, dass der sich frostig entwickelnde Abend – Rodica hatte zu meiner Überraschung meine Einladung angenommen – völlig eskalierte. Anderes Hotel, dieselbe Leidenschaft. Ein Geschenk indes hatte die in ein grünes Etuikleid gehüllte Schönheit nicht erwartet. Nur pure Lust. Daher blieb die Puderdose, wo sie war. In meiner Tasche.

Wissen Sie eigentlich, wie Tetrodotoxin wirkt? Es blockiert irgendwas in den Nervenbahnen, was den Konsumenten zunächst sprach-, dann bewegungsunfähig macht. Richtig, genau der Zustand, in dem ich mich gerade befinde. Von wegen Herzinfarkt. Nach den vielen Hobbyvirologen gibt es neuerdings offensichtlich auch Hobbynotärzte. Einen Moment bitte, ich muss da kurz zuhören.

»Nein, ich kann Sie nicht zu ihm lassen. Wir konnten die Identität des Patienten bisher nicht klären.«

»Wenn ich es Ihnen doch sage, das ist mein Mann!«

Lutsch mich rund und nenn mich Bärbel, war das eben die Stimme von Brigitte? Ich fass es nicht! Wegen dir bin ich extra von Mallorca hierher geflogen. Ich hab dich gesucht wie einen kleinen Kreuzer, und jetzt tauchst du aus dem Nichts auf?

»Schauen Sie hier, Herr Dr. Schnelzel, sein Reisepass! Ich wusste, dass er irgendwann einen Infarkt bekommt. Bei dem Stress.«

Na ja, wirklich Stress hatte ich die letzten Jahre nicht. Dann soll sie ihm doch den alten Lappen zeigen. Darauf bin ich nie und nimmer zu erkennen. Und gültig ist er auch nicht mehr. Aber wieso ist Brigitte plötzlich da? Steckt sie etwa hinter …?

»Der Pass ist alt, und auf dem Bild, das könnte jeder sein.«

So blöd ist dieser Arzt gar nicht.

»Er hat sicherlich sein Handy dabeigehabt. Wenn ich es entsperre, glauben Sie mir dann?«

Ups, das könnte funktionieren. Doch ich hatte ja ganz vergessen, Ihnen zu berichten, warum ich hier bin, und natürlich, warum ich auf dem Papier tot bin. Ist eigentlich schnell erzählt. Nach der wirklich wundervollen Nacht mit Rodica war mir klar, zu Hause brauchte ich mich nicht mehr blicken lassen. Und meiner Affäre mein Leben zu verpfänden, war schon gar keine Option. Also tat ich, was ein weiser Mann mit einer ansehnlichen hohen Kante tut. Ich türmte. Liquide Mittel schaffte ich binnen vierundzwanzig Stunden auf ein Nummernkonto auf den Caymans und mich selbst nach Mallorca. Frische Papiere, die mich als der venezolanische Privatier Arturo Hernandez-Canicio de Cordoba auswiesen, waren leicht im Darknet zu bekommen.

Das Ableben von Friedemann Heij glaubhaft vorzutäuschen, war dagegen etwas aufwendiger. Hier musste mein ehemaliger Zahnarzt Dr. Heribert Majowski herhalten. Ich wusste um eine Handvoll halb legaler Immobiliendeals des Dentalmediziners. Ein paar Drohungen hatten gereicht, um mir in Mallorca einen Totenschein zu erschwindeln. Majowski hatte dazu nur das Zahnschema eines Obdachlosen bestätigen müssen, den es bei einem Waldbrand bei Alcúdia dahingerafft hatte. Der arme Teufel hatte mangels Interesse von Brigitte zwar eine sehr kleine Beerdigung, dank mir jedoch einen prächtigen Grabstein, auf dem ich mich als geliebten Gatten und allseits geschätzten Freund preise. Das mit dem geliebten Gatten war natürlich gelogen, ich hatte Brigitte ja nicht mehr hinterlassen als das Immobilienbüro und die Portokasse.

Es hätte also alles wunderbar sein können, wäre da nicht diese Party gewesen. Auch wenn man eher zurückgezogen lebt, Bekanntschaften bleiben nicht aus mit der Zeit, und die ziehen bisweilen Einladungen nach sich. Und du kannst ja nicht immer absagen. Ist doch irgendwie auffällig. Also ging ich halt hin zum Fest vom Matze Kruse, irgend so einem Schlagerfuzzi, der am Ballermann die Hüften schwingt und dazu leidlich singt. Ich konnte ja nicht ahnen, dass sich die Paparazzi bei diesem Nobody die Klinke in die Hand gaben.

Zack landete ich auf der Titelseite eines dieser Boulevardblätter. Und das mit Namen, also meinem Decknamen, und dem interessanten Fakt, dass man mir eine gewisse Nähe zu südamerikanischen Drogenkartellen nachsagt. Fake News eben. Die offenbar gelesen werden. Zumindest von Brigitte, wenn sie beim Friseur ist. Mit dem Namen meines Alter Egos war es ihr ein Leichtes, mich mittels eines Detektivs ausfindig zu machen. Der Brief, den ich in der Folge erhielt, war eindeutig. *Komme nach Schwetzingen, bringe mir meinen Teil des Geldes mit, und ich lasse dich nicht auffliegen! Danach hörst du nie wieder etwas von mir.* Ich habe natürlich jedes Wort geglaubt. LOL – ZWINKERSMILEY.

Also der Teil mit der Erpressung, der war schon glaubhaft. Aber sie würde niemals Ruhe geben, mich stattdessen auspressen wie eine reife Orange. Und das völlig zu Recht, so wie ich Brigitte hintergangen hatte. Und dazu mit der rachsüchtigen Rodica im Nacken. Nein, sie würde mich vernichten wollen. Und dem aktuellen Empfinden nach steht meine einstmals geliebte Frau kurz davor, jetzt tatsächlich Witwe zu werden.

Die entfernten Stimmen nähern sich.

»Das tut mir sehr leid, Frau Heij …«

Das muss dieser Arzt sein, dieser Dr. Schnelzel. Hat Brigitte ihn doch mit dem alten Pass rumgekriegt?

»Es sieht nicht gut aus für Ihren Mann. Ich habe gerade mit dem Chefarzt gesprochen. Wir müssen ihn in ein künstliches Koma versetzen. Oder«, der Arzt stockt, *»hat Ihr Mann eine Patientenverfügung?«*

Nein, hab ich nicht, du Dachlatte. Außerdem ist sie schuld daran, dass ich hier liege.

»Sicher, ich habe sie sogar dabei. Hier, sehen Sie, keine lebensverlängernden Maßnahmen.«

Oooh, bist du raffiniert. Was habe ich erwartet, meine Unterschrift konntest du schon immer perfekt fälschen. Ans Geld kommst du trotzdem nicht.

»Ich möchte bei ihm sein, wenn es zu Ende geht.«

»Selbstverständlich, Frau Heij. Bitte.«

Ich höre, wie ein Stuhl über den Boden gezogen wird, jemand ist mir sehr nah. Brigitte. Ich rieche ihr Parfüm. »Mademoiselle« von Chanel. Sie nimmt meine Hand.

»Hallo, Friedemann. Freust du dich auch so, mich zu sehen?«
Beißender Spott erreicht mein Ohr.

»Echt witzig, dass wir dich mit deinen eigenen Waffen geschlagen haben.«

Wer, zum Teufel, ist »wir«?

»Ich war mir sicher, dass du die Puderdose behalten hast. Und ich war mir noch sicherer, dass du versuchen würdest, mich damit umzubringen. Schau mal, was ich hier habe. Entschuldige, Schatz, du kannst ja gar nichts sehen. Die Dose. Habe sie in der Innentasche deines Jacketts gefunden.«

Jaaa, mein Gott, sie hat ja recht. Irgendwie wollte ich das Teufelszeug an ihr abstreichen. Offenbar hat sie den Spieß umgedreht.

Sie legt die Dose auf den Nachtschrank.

»Wusstest du, dass man das tolle Pülverchen in Champagner auflösen kann? Du hast gar nicht mal aufgesehen, als Rodica dir das Glas vom Tablett gereicht hat. Ja, die hübsche Hofdame. Hast sie nicht erkannt. Großartiges Make-up. Und du hast natürlich bloß auf die Auslage gestarrt. Typisch.«

Hämisches Lachen. Dann betritt noch jemand den Raum.

»Hast du es, Brigitte?«

Dieses rollende R. Ich kenne nur einen Menschen mit diesem Zungenschlag. Rodica. Oh mein Gott. Die beiden stecken unter einer Decke. Doch was genau soll Brigitte haben?

»Noch nicht. Wir haben uns ein bisschen unterhalten. Endlich hat Friedemann mal zugehört. Das Handy habe ich hier. Was habe ich dir gesagt, Rodica, das Passwort ist immer noch unser Hochzeitstag. 28052001. Eine andere Ziffernfolge konnte er sich nie merken. Er hat sie für alles verwendet.«

Ich spüre, wie Brigitte abermals meine Hand nimmt.

»Was meinst du, welcher Finger?«, fragt Rodica.

»Er ist der Daumentyp«, antwortet Brigitte und legt meinen rechten Daumen auf eine Glasplatte. *»So, Friedemann, gleich habe ich Zugriff auf dein Konto. Das ist dann mein Konto.«*

Verflucht, woher weiß sie das? Woher weiß diese Hexe, dass das Nummernkonto mit meinem Fingerabdruck geschützt ist? Oha, der Detektiv hat wohl ganze Arbeit geleistet.

Ich werde kraftloser. Das Herz hat eben kurz ausgesetzt. Ich glaube, es geht zu Ende.

»*Unser Konto*«, höre ich Rodica noch aus der Ferne protestieren. »*Wer hat denn mit seinen Kontakten von dem Nummernkonto überhaupt erfahren?*«

»*Und du wirst dafür entsprechend entlohnt, Schätzelein.*« Brigitte wirkt distanziert. »*Es war wirklich eine wunderbare Zeit mit dir, aber ich glaube, unsere Zusammenarbeit endet hier. Ich brauche dich nicht mehr.*«

Mich durchfährt es. Die beiden hatten etwas miteinander? Und Brigitte gibt Rodica nun den Laufpass? Das könnte ins Auge gehen.

»*Rodica! Was soll das?*« Brigitte ist aufgebracht.

Dumpf höre ich einen Stuhl zu Boden fallen.

»*Was willst du mit der Puderdose? Bleib weg!*«

Ich glaube, ich weiß, was sie damit will. Und ich glaube, dass Brigitte und ich bald wieder zusammen sind. So in zwanzig oder dreißig Minuten ungefähr. Wie ich schon sagte, Vergiften ist keine exakte Wissenschaft. Bis gleich, Brigitte.

Ich bin jetzt tot.

Jürgen Heimbach

Der Geruch von Erde

Anton Kremm wusste schon beim Aufwachen, dass das kein gewöhnlicher Tag werden würde. Obwohl er diese Träume aus Dunkelheit, Schreien und Schüssen seit seiner Kindheit kannte und sie ihn jetzt, als Mann von fast dreißig Jahren, nur noch selten erschreckten, war es an diesem Morgen anders gewesen. Die Unruhe war auch nach dem Aufwachen und dem ersten Kaffee geblieben, und er ahnte, dass sie mit dem Besuch bei seinem Vater am Abend zu tun hatte.

Als er einige Stunden später an seinem Schreibtisch im Verwaltungsgebäude des Eisenbahn-Ausbesserungswerks Schwetzingen saß und auf das Schrillen des Signaltons wartete, der das Schichtende für die Arbeiter und Angestellten ankündigte, hatte er den Traum vergessen.

Um ihn herum sprangen alle auf, verschlossen ihre Aktentaschen, griffen ihre Mäntel und Hüte von der Garderobe und verließen mit einem Abschiedsgruß den großen Raum.

Anton brummte etwas zurück, ohne dabei den Blick von den Akten zu heben. Er würde wie immer als Letzter aufbrechen. Würde wie immer ohne Gesellschaft und Begleitung das Betriebsgelände verlassen, würde wie jeden Freitag für seinen Vater Hans, seit der nach einem Unfall im Rollstuhl saß, einkaufen, um sich dann von ihm beschimpfen zu lassen, was für ein Weichei er sei, wie er einer so unmännlichen Arbeit als Bürohengst nachgehen könne. Nach dem zweiten Bier würde der Vater milder werden, würde von seiner Arbeit in der Wagenrichthalle früher erzählen, von der Präzision und der Kraft, die es verlangte, einen Güterwaggon auseinanderzunehmen, zu entrosten und all das und ihn schließlich wieder instand zu setzen. Anton nahm sich jedes Mal vor, ihn nach der dritten oder vierten Flasche zu fragen, warum er ihn so enttäuschte. Und enttäuschte sich selbst, weil er wieder eine Ausrede fand, es nicht zu tun.

Ein Mann, etwa so alt wie Anton, klopfte ihm auf die Schulter, riss ihn aus seinen Gedanken.

»Du hockst da wie ein Affe auf dem Schleifstein, Anton«, bemerkte er lachend.

Bernd Kraushaar war der einzige Kollege, mit dem er ab und an ein Bier trank. Die Frage nach dem »Warum mit Bernd?« hätte er nicht beantworten können. Es hatte sich ergeben, weil Bernd ihn einfach gepackt und mit in die Kneipe genommen hatte.

»Musst ein bisschen Sport treiben, Spargeltarzan«, fügte er hinzu, spannte den rechten Oberarm. »Kommt gut bei den Mädels.« Lachend verließ er das Büro.

»Wollen Sie nicht gehen? Es ist Wochenende!«, rief ihm die junge Frau mit den brünetten Locken zu, während sie ihren Mantel überzog und einen Schirm ergriff.

»Gleich, Fräulein Reichert«, erwiderte er und konnte selbst mit dem angedeuteten Lächeln nicht seinen Unwillen über die Störung kaschieren.

Sie ließ sich nicht beirren. »Sie müssen mal raus. Nicht immer nur die Arbeit.«

»Jaja, mache ich.« Er winkte ab. Dabei hielt er den Blick auf das große Rechnungsbuch vor sich geheftet.

Die junge Frau blieb einen Moment stehen, schüttelte den Kopf und verließ den Raum. Das Klackern ihrer Absätze auf dem Steinboden hallte noch einige Momente nach.

Um halb sechs sah Anton hinauf zu der großen Uhr über der Tür. Er zog die Schublade seines Schreibtischs auf, legte Buch und Stifte behutsam hinein und verschloss sie. Anschließend stellte er den Tischkalender vorsorglich von Freitag, dem 10. März 1972 auf Montag, den 13. März 1972 vor. Diese Frage, warum er das schon vor dem Wochenende tat, hätte er ebenfalls nicht beantworten können.

Er genoss die Stille um sich herum. Kein Mensch war mehr in den Büros, auch auf dem Werksgelände war außer den wenigen Arbeitern im Rangierbetrieb niemand mehr. Er stieg die Treppe vom ersten Stock des Verwaltungsgebäudes, in dem sein Büro lag, hinunter ins Foyer, durchquerte den Raum, öffnete die schwere Tür. Draußen dämmerte es bereits, und leichter

Nieselregen schlug ihm entgegen. Der Nebel, der schwer über dem Werk hing, ließ die Konturen der Gebäude im fahlen Licht der Leuchten verschwimmen. Anton stellte den Kragen seines Mantels auf und lief mit eingezogenen Schultern nah an der Gebäudemauer vorbei. Seinen Wagen hatte er wie jeden Tag draußen vor dem Werksgelände geparkt.

Plötzlich tauchte aus dem Nebel ein Mann vor ihm auf, drückte ihn gegen die Mauer und eine Hand auf seinen Mund.

»Ruhig. Ganz ruhig!« Eine dunkle Stimme. Leichter Akzent.

Anton dachte im selben Moment über die Herkunft dieses Akzents nach und wunderte sich sogleich, dass er sich darüber Gedanken machte.

»Wo ist dein Auto?«

Ein starker Nikotingeruch ging von dem Mann aus. Anton drehte den Kopf so weit wie möglich zur Seite. Woher wusste er, dass Anton einen Wagen besaß?

»Was wollen Sie von mir? Wie sind Sie hier reinge…?«

Die schwere Hand legte sich auf seinen Mund, dieses Mal mit mehr Druck.

»Pst! Du musst mir helfen, Anton!«

Woher kannte der Mann seinen Namen?

Ein Güterzug rumpelte am Werksgelände vorbei. Der Fremde wartete, bis alle Wagen durch waren. Dabei sah er sich immer wieder um.

»Du musst mich rausbringen.« Er blickte hinter sich. »Gestern ist in Wiesloch Josip Senić umgebracht worden. Mit zwei Genickschüssen.«

»Ich kenne den Mann nicht«, war alles, was Anton dazu einfiel.

»Du solltest ihn kennen«, erwiderte der fremde Mann.

»Mein …« Antons Antwortversuch wurde rüde von der Hand des Mannes unterbrochen.

»Pst!« Er lauschte. Ein leichtes Schaben drang zu ihnen herüber. »Sie wollen auch mich töten.«

»Hier?«

»Idiot!«, zischte der Mann. »Bring mich in Sicherheit!«

Jetzt waren deutlich Schritte zu hören.

»Los!«, befahl der Mann und zog Anton an der Mauer des Verwaltungsgebäudes vorbei Richtung Kesselhaus.

Dort drückte er ihn in eine Nische, presste ihn gegen die Mauer. Warum sollte irgendjemand in diesem Werk einen Menschen töten wollen? In Filmen oder Büchern tat man so etwas. Wieder so ein schlechter Scherz von Bernd, wie er ihn gelegentlich machte, um ihn aus seiner, wie er sagte, Lethargie zu rütteln? Da hatte er aber schon bessere Ideen gehabt. Anton reichte es. Entschlossen schob er sich an dem Mann vorbei auf die Werkstraße, der zu überrascht war, um ihn festhalten zu können.

Drei Gestalten schälten sich aus dem Nebel. Üblicherweise müsste nun Bernds Lachen die Situation auflösen, doch es kam nicht. Stattdessen blickten ihn die drei in ihren dunklen Anzügen, die sich weder mit Mänteln noch mit Schirmen vor der Nässe schützten, finster an.

»Guten Abend!«, rief Anton ihnen entgegen und wäre fast auf dem schmierig-feuchten Untergrund ausgerutscht. Er konnte ein leises Zittern in der Stimme nicht unterdrücken. »Was wollen Sie hier? Unbefugten ist das Betreten des Geländes verboten.«

Die drei redeten kurz miteinander in einer Anton fremden Sprache, die für ihn dennoch, und das irritierte ihn, vertraut klang.

»Ich werde dem Pförtner Bescheid sagen und …« Er sah den Schlag nicht kommen, ein heftiger Schmerz im Gesicht, am Kinn. Er taumelte zurück.

Sofort war einer der drei bei ihm, packte ihn am Kragen.

»Wo ist Bruno?«, fragte er auf Deutsch, das einen harten Akzent hatte.

Anton rieb sich das Kinn, wo ihn die Faust getroffen hatte.

»Bruno?«, wiederholte der Mann. Die beiden anderen Männer blieben im Hintergrund.

»Ich kenne keinen Bruno.«

Der Mann stieß Anton weg, öffnete sein Jackett, Anton erkannte eine Schusswaffe, die im Schulterholster steckte.

»Wo ist Bruno?«

Anton tat einen Schritt zurück, der Mann kam ihm gleich nach, stolperte. Reaktionsschnell wandte Anton sich um und lief los, an der Nische vorbei, in die der Fremde ihn eben noch gedrückt hatte, und weiter zum Kesselhaus, schlug einen Haken nach rechts zur Tischlerwerkstatt dahinter.

Die Rufe, die hinter ihm erklangen, verstand er nicht. Schritte hörte er keine. Außer Atem stellte er erleichtert fest, dass die Tür zur Tischlerwerkstatt unverschlossen war. Er hob sie ein wenig an, um ein Knarzen der Scharniere zu vermeiden.

Nach einigen Sekunden hatten sich seine Augen an die Dunkelheit im Inneren gewöhnt, und er konnte die Umrisse der Schränke und Werkbänke ausmachen. Es roch nach Öl, Lack und Holzstaub. Anton atmete durch den Mund, um ein verräterisches Niesen zu verhindern. Wo konnte er sich verstecken, für ein paar Stunden, bis zum Tagesanbruch, hoffend, dass die Männer bis dahin verschwunden waren? Und wenn nicht? Was dann? Morgen war Samstag und außer den Gastarbeitern, die im hinteren Teil des Areals wohnten, kein Mensch auf dem Werksgelände. Der Rangierbetrieb, der länger als die anderen blieb, hatte auch längst Feierabend.

Langsam tastete er sich vor, um nirgends anzustoßen, als er ein leises »Hierher« vernahm. Anton blieb stehen und lauschte.

»Hier.«

Er folgte der Stimme, bis sich unvermittelt vor ihm jemand erhob, dass er zusammenzuckte.

»Das war dumm, sehr dumm.« Mit diesen Worten wurde er weiter in den Raum gezerrt.

»Sind Sie Bruno?«, fragte Anton, als sie sich hinter einer Kreissäge auf zwei Kisten niedergelassen hatten.

»Haben die mich so genannt?«

»Ja. Sind Sie Bruno?«

Der Mann ließ sich Zeit, bevor er mit einem »Ja« bestätigte.

»Wir kennen uns nicht. Was wollen Sie?«

Wieder wartete Bruno einige Momente, bevor er antwortete. »Ich kenne dich. Schon lange.«

Verwirrt schaute Anton zu dem Mann, aber es war zu dunkel, um in dessen Gesicht irgendetwas lesen zu können.

»Hat dein Vater nie von Bruno erzählt? Nie von seinem Freund Bruno?«

Jetzt wo er in längeren Sätzen sprach, fiel Anton auf, dass sein Akzent trotz des einwandfreien Deutschs stärker war, als er anfangs gedacht hatte. Er konnte erkennen, dass der Mann nicht groß war, jedoch breite Schultern und kaum mehr Haare auf dem Schädel hatte.

»Mein Vater?« Er schüttelte den Kopf. Dachte nach, versuchte sich zu erinnern. Dieser Akzent, der weckte eine Erinnerung. Der Name sagte ihm dennoch nichts. »Was hat er mit Ihnen zu tun?«

Der Lichtstrahl einer Taschenlampe irrte umher, traf sein Gesicht und verhinderte, dass er eine Antwort auf seine Frage erhielt. Bruno riss ihn zu Boden und robbte im Schutz der Säge weg in die Richtung, aus der die Taschenlampe ihn angestrahlt hatte. Nach wenigen Metern hielt Bruno inne, und Anton musste einen Aufschrei unterdrücken, als er gegen den Mann stieß.

Nur zwei oder drei Meter von ihnen entfernt liefen die drei Männer vorbei, dorthin, wo sie eben noch gesessen hatten.

Bruno krabbelte weiter, Anton folgte ihm bis zu einem Durchlass in die große Wagen-Richthalle. Schienen auf dem Boden, Laufkatzen an den Decken und überall verteilt die gedeckten Güterwagen, die zur Inspektion oder zur Instandsetzung hierhergebracht wurden. Ein paar wenige diffuse Leuchten, die die Nacht über brannten, tauchten den riesigen, hohen Raum in gespenstisches Licht. Anton warnte Bruno, auf die vier langen Gruben achtzugeben. Sie durchzogen die Halle wie Kanäle. Langsam liefen sie an den Wagen vorbei, dabei bückte sich Bruno immer wieder, um unter den Wagen durchzuschauen, ob sich ihnen ein Verfolger näherte.

Er entdeckte einen Güterwagen, dessen Schiebetür ein Stück offen stand. Umsichtig, um kein Geräusch zu verursachen, schob Bruno sie so weit auf, dass Anton mit seiner Unterstützung hineinklettern konnte. Oben drehte er sich um, streckte eine Hand nach unten, um nun Bruno zu helfen, doch bevor der zupacken konnte, sprang ihn von hinten einer der Männer an, leise wie eine Raubkatze.

Anton beugte sich vor, erkannte schemenhaft, dass sich Bruno zu wehren verstand. Es war bloß ein Angreifer. Ein Schlag von Bruno ließ den Mann rückwärts taumeln. Dabei wollte er seine Waffe aus dem Holster ziehen. Bruno war schneller. Ein Tritt von ihm ließ die Waffe durch den Raum fliegen, dann zog Bruno aus einem Eimer eine Metallstange und schlug mehrmals auf den Mann ein. Deutlich war das Brechen von Knochen zu hören. Kurz darauf nur noch ein Stöhnen und Wimmern. Ein vierter Schlag auf den Kopf ließ ihn endgültig verstummen.

Bruno hob den Toten in den Waggon, kletterte behände hinterher, zerrte ihn in eine Ecke neben Anton. Den stieß er gleich darauf aus dem Wagen, atmete vernehmlich ein und aus, bevor er Anton packte. Er lief mit ihm über eine der Schiebebühnen, mit denen die Waggons zu den verschiedenen Arbeitsgruppen verschoben werden konnten, in den hinteren Teil der Halle.

Hinter einer Reihe von Spinden ließ er Anton endlich los, wartete, bis sie beide wieder ruhig atmeten. Bruno erhob sich langsam, spähte in den Raum, gab Anton mit einem Nicken zu verstehen, dass im Moment keine Gefahr bestand. Er hockte sich neben Anton, reckte aber von Zeit zu Zeit den Kopf, um zu prüfen, dass sich ihnen niemand näherte.

»Den lassen wir erst mal in dem Waggon«, erklärte Bruno. »So schnell findet ihn da keiner.«

»Warum haben Sie das getan?«

»Was?«, fragte Bruno zurück, kramte eine Zigarettenschachtel aus der Tasche, hielt sie Anton hin.

Er lehnte ab. Bruno sah ihn verwundert an, bevor er sich im Schutz der Werkbank und seiner Hände eine Zigarette anzündete. Bei jedem Zug achtete er darauf, dass die Glut unsichtbar blieb.

»Den Mann umgebracht. Sie haben ihn umgebracht. Das war unnötig.«

»Natürlich war das nötig«, widersprach Bruno. »Wenn ich sie nicht töte, töten sie uns. So einfach ist das.« Er nahm einen tiefen Zug. »Das ist das Gesetz des Kriegs. Hat Hans dir das nicht beigebracht? Dein Vater lebt heute, weil er sehr viele Menschen getötet hat.«

»Mein Vater?«, gab Anton empört und viel zu laut von sich.

Brunos Hand schoss vor und verschloss Antons Mund. »Leise! Bist du verrückt?«

Anton nickte, dass er verstanden hatte.

»Mein Vater hat keinen im Krieg umgebracht. Er war hinter der Front. Mechaniker. In Frankreich.« Er sprach jetzt leise, flüsterte fast. Trotz der Dunkelheit versuchte er, eine Reaktion in Brunos Gesicht zu erkennen. Unmöglich.

»In Frankreich?«

Anton schien, dass der Mann still lachte.

»Mechaniker? Hinter der Front?« Er machte eine Pause. »Hat er das behauptet?« Er ließ die aufgerauchte Zigarette fallen und zertrat sie mit dem Absatz seines Schuhs.

Anton schwieg eine Zeit lang, bis er schließlich ein »Ja« mehr hauchte, als es auszusprechen.

So schnell, dass Anton zu keiner Reaktion fähig war, hockte Bruno vor ihm und presste seinen Kopf zwischen die Hände, kräftige Hände und ein Griff wie ein Schraubstock. Er zog ihn bis auf wenige Zentimeter an sein Gesicht heran.

»Hör mir gut zu, Ante!«, begann er.

Die Nennung des Namens löste eine Welle unterschiedlichster Gefühle bei Anton aus. Ante. Ante.

»Schlaf, mein kleiner Ante.«

»Komm zu Mama, Antilein.«

Seine Mutter hatte ihn so genannt. Als sie noch lebte und er noch klein war. Sehr klein. Plötzlich hatte er ihr Gesicht vor sich. Die warmen Augen. Den Geruch von Erde. Ihr helles Lachen.

Bruno riss ihn brutal aus den Erinnerungen, drückte Antons Kopf noch fester zwischen seinen starken Händen.

»Hans und ich haben in Kroatien gekämpft. Gegen die Partisanen. Gegen Titos Kommunisten. Ich bin ein Ustaša. Wir haben für ein freies Kroatien gekämpft. Kennst du unseren Gruß?« Er wartete die Antwort nicht ab. *»Za dom spremni«*, sagte er, gab den drei Worten einen heroischen Ausdruck, seine Augen gingen kurz nach oben. »Das heißt ›Für die Heimat bereit‹. Hans hat ein Kämpferherz. Ohne Angst. Ohne Furcht. Wen er zwischen seine Finger kriegte …

»Nein!«, entfuhr es Anton. Gegen seine Absicht und wieder so laut, dass Bruno ihm erneut den Mund zupressen musste. Mehr als dass sein Vater in Frankreich, dass er als Mechaniker hinter der Front gewesen war, hatte er nie gesagt. Nachfragen des jungen Anton hatte er damit abgetan, dass der Krieg vorbei sei und er ihn vergessen wolle. Nur wenn man vergesse, könne man auch wieder von vorne anfangen, etwas aufbauen.

»Die Wahrheit ist brutaler als der Krieg.« Bruno ließ von Anton ab, stieß ihn ein Stück zurück und zündete sich eine neue Zigarette an.

Anton rieb sich Wangen und Ohren.

»Nach dem Krieg hat Hans mir geholfen, nach Deutschland zu kommen und mich zu verstecken. Der jugoslawische Geheimdienst verfolgt alle aufrechten Patrioten, um sie zu töten. Selbst diejenigen, die ihnen helfen. Hans sitzt im Rollstuhl?«

Anton benötigte einen Augenblick, bis er verstand, dass das eine Frage war. Er nickte.

»Ein Unfall?« Bruno verzog den Mund zu einem boshaften Grinsen. »Glaubst du das? Hast du das überprüft? Er hat bezahlt, wie so viele. Und er wird mir jetzt wieder helfen, wie er mir damals geholfen hat. Sonst wäre ich sicher in Bleiburg gelandet. Du weißt von Bleiburg? Hat Hans auch davon nichts erzählt?«

»Nein.« Anton mühte sich, das Gesicht seiner Mutter zu erinnern. Dabei spukte noch immer das »Antilein« durch seinen Kopf.

»In Bleiburg«, begann Bruno mit unüberhörbarer Bitterkeit in der Stimme, »haben die Briten die kroatischen Soldaten, die sich ergeben haben, an die Partisanen ausgeliefert. Das Todesurteil für Tausende.«

»Mein Vater …«, wisperte Anton, als hätte er dem Mann neben sich nicht zugehört, der vernehmlich an seiner Zigarette zog.

»Hans hat mich gerettet, hat sein eigenes Leben riskiert. Aber du«, Bruno schlug Anton so unvermittelt mit der Innenseite seiner Hand gegen die Stirn, dass Anton nach hinten gegen die Wand kippte, »du bist nicht aus demselben Holz geschnitzt. Ist Hans wirklich dein Vater?«

»Mein Vater, mein Vater, was soll das?«, entfuhr es Anton laut und heftig.

Bruno wollte ihm wieder die Hand auf den Mund pressen, doch Anton stieß ihn so heftig von sich, dass er ihn nicht festhalten konnte. Anton stürmte durch die Halle, stolperte dabei, nahm nichts um sich wahr, lief gegen einen Tisch, der scheppernd umfiel. Anton rappelte sich auf, rannte weiter, stieß sich das Knie an einem Bock, der zur Ablage von Werkzeugen genutzt wurde, stöhnte auf, humpelte weiter dahin, wo er einen Ausgang vermutete, nur weg von diesem Mann und seinen Lügengeschichten über seinen Vater.

Mit einem Mal wurde ihm gewahr, dass er trotz der Dunkelheit ein leichtes Ziel abgab. Er rannte geduckt von Waggon zu Waggon, achtete darauf, nicht in eine der Gruben zu stürzen, hielt inne, um zu lauschen. Er schätzte den Weg bis zur Mauer, da wo sich eine Tür nach draußen befinden musste, auf weniger als zehn Meter. Er lauschte noch einmal und wollte los.

In dem Moment schlangen sich zwei Arme um seinen Oberkörper, so fest und stark, dass Anton sich nicht bewegen konnte. Er schrie auf, dann wurde er in einen kleineren Raum am Rand geschleppt und in eine Ecke gestoßen. Vor ihm bauten sich zwei Männer auf, von denen er bloß die Gestalt erkennen konnte. Bei dem Gedanken an den dritten, den Bruno erschlagen hatte, zuckte er zusammen. Würden sie sich nun an ihm rächen?

Die beiden sprachen leise miteinander, und die wenigen Worte, die zu ihm drangen, konnte Anton nicht verstehen. Eine ihm fremde Sprache, doch auch sie, ihr Klang, ihre Melodie, weckte Erinnerungen.

Darüber nachzudenken, hatte er keine Zeit. Einer der Männer verließ den Raum, der andere schaltete eine kleine Leuchte an, die nur in der direkten Umgebung ein wenig Licht spendete.

»Wo ist Bruno?«, fragte er und versetzte Anton mit dem Fuß einen Tritt in die Seite.

Unwillkürlich schüttelte er den Kopf. Der Mann beugte sich zu ihm herunter und schlug ihm zweimal mit der flachen Hand ins Gesicht, nicht hart, aber fest genug, dass es schmerzte, eindeutig die Botschaft, dass es schmerzhafter werden würde.

»Also?« Ein weiterer Schlag, dieses Mal kräftiger. Schmerzhafter.

»Ich kenne Bruno nicht«, erwiderte Anton.

»Das sah eben anders aus.« Der Mann lachte.

»Ich kenne ihn wirklich nicht.«

»Und warum ist er zu dir gekommen?«

Anton zuckte mit den Schultern, was einen erneuten Schlag zur Folge hatte.

»Wenn du nicht redest, wirst du sterben. Langsam sterben. Das verspreche ich dir.« Der Mann richtete sich auf, trat einen Meter zurück, zündete sich eine Zigarette an. »Du willst Bruno also nicht kennen?« Er inhalierte tief, blies den Rauch in Antons Gesicht. »Er ist ein Terrorist.« Er zog an der Zigarette, schien an einer Antwort aber nicht interessiert zu sein. »Terroristen wie Bruno ermorden Menschen, verüben Bombenanschläge auf Botschaften, Reisebüros. Es sterben Unschuldige dabei. Bruno hat viele Menschen auf dem Gewissen. Du kennst die Ustaša. Weißt, was sie im Krieg gemacht hat. Zusammen mit den Deutschen. In den Konzentrationslagern. Säuberungen. Morde. Hundertausende …«

Plötzlich war draußen ein Ruf zu hören. Sofort sprang der Mann zu Anton, versetzte ihm einen Schlag, der ihn zur Seite fallen ließ. Die nächsten Sekunden erlebte er wie durch einen Schleier, Geräusche eines Kampfes, Schreie, zwei Schüsse. Anschließend Stille. Bis jemand ihm rechts und links auf die Wangen schlug.

»Ante«, hörte er Brunos Stimme.

Der Mann setzte ihn auf. Anton hatte den metallenen Geschmack von Blut im Mund, wischte sich über die Lippen. Auf dem Boden lag die Leuchte, er erkannte, dass Bruno den Raum verließ, um wenig später mit dem Mann, der ihn eben geschlagen hatte, zurückzukehren. Eine Hand hatte er in dessen Haare gekrallt und zog den Kopf unnatürlich weit nach hinten, in der anderen hielt er eine Schusswaffe, deren Mündung er an den Hals des Mannes drückte.

Zwei Meter vor Anton schlug er den Kopf des Mannes mit solch großer Wucht gegen die Wand, dass der augenblicklich zusammensackte. Gekrümmt lag er neben Anton. Sein Atem ging flach.

»Zwei haben wir, Ante«, sagte Bruno. »Wir müssen uns nur noch den Dritten schnappen und die Leichen verschwinden lassen.«

Er sagte das so ruhig und unaufgeregt, als würde Anton an seinem Schreibtisch Holz für die Neubeplankung eines Güterwagens bestellen.

»Steh auf, Ante!«, befahl er.

Langsam, mit Mühe, kam Anton dem nach. Klopfte sich, als er endlich aufrecht stand, den Staub von der Kleidung.

»Hier!« Bruno hielt ihm die Schusswaffe entgegen. »Erschieße ihn!«

Entsetzt sah Anton den Mann an.

»Los, mach jetzt. Ich hab's dir doch schon einmal gesagt. Wenn du es nicht tust, wird er uns beide töten.« Er zwang Anton, die Waffe zu nehmen, drehte Antons Arm so, dass der Lauf auf den bewegungslosen Körper zielte. »Abdrücken. Es ist nicht schwer.«

Anton wollte seinen Arm wegdrehen.

Bruno lachte, nahm die Waffe wieder an sich, beugte sich ein Stück vor und schoss dem Mann zweimal in den Kopf. Antons Ohren dröhnten von dem Knall in dem Raum, der Geruch des Pulvers brannte in seiner Nase. Er musste sich übergeben.

Bruno ließ sich nicht davon beeindrucken. Er packte Anton am Kragen, zog ihn hoch und blickte ihn verächtlich an. »Wo können wir den verschwinden lassen? So, dass ihn keiner findet. Du kennst dich aus?«

Anton war zu verwirrt, um antworten zu können.

»Los, denk nach!« Bruno stieß ihm den Lauf der Waffe in den Rücken.

»Im Entrostungsschuppen«, schlug Anton endlich vor. »Da gibt es einen Kübel mit dem alten Metall, da werden die …«

»Wo ist der?« Bruno hob die Leuchte auf, schaltete sie aus und steckte sie ein.

Anton deutete nach Norden.

Gemeinsam schleppten sie den Toten durch die große Halle,

entlang den Schienen, vorbei an den Gruben und den Waggons zur Nordseite. Die Tür dort war verschlossen. Bruno zündete ein Streichholz an, suchte den Boden ab, bis er eine Eisenstange fand, um damit die Tür aufzubrechen. Das Geräusch war laut, und er signalisierte Anton, ruhig zu bleiben, gab ihm dann ein Zeichen, nach draußen zu gehen.

Der Entrostungsschuppen war nicht abgeschlossen. Drinnen schaltete Bruno die Leuchte ein, lief zu einem der großen Kübel, der zu zwei Dritteln mit Metallteilen gefüllt war. Er kletterte hinein und räumte die Metallteile an einer Stelle weg.

»Los, bring ihn her!«, zischte er.

Widerwillig zerrte Anton den Leichnam bis vor das metallene Gefäß. Gemeinsam hievten sie den Körper über den Rand. Oben schoben sie den Leichnam zu der Stelle, die Bruno freigeräumt hatte, was nicht einfach war, da bei jedem Schritt ein Metallteil nachgab und sie stolperten und ihnen mehrere Male der tote Körper entglitt. Schließlich bedeckten sie ihn mit den beiseitegelegten Teilen.

Verschwitzt und schwer atmend lehnten sie sich an den Kübel.

»Ist der … der andere Mann weg?«, wollte Anton wissen, während sich Bruno eine Zigarette anzündete.

»Nein. Der will uns töten. Der verschwindet erst, wenn er seinen Auftrag ausgeführt hat. Oder er tot ist.«

»Warum hassen diese Leute Sie so?«

Überrascht blickte Bruno ihn an.

»Hans hat wirklich nichts erzählt.« Er inhalierte zweimal tief, bevor er antwortete. »Meine Familie ist umgebracht worden. Von Titos Leuten. Meine Frau, mein Sohn, mein Bruder, seine Frau. Alle. Einzig mich haben sie nicht bekommen, weil Hans mir geholfen hat.« Er stieß sich vom Kübel ab. »Wir müssen den letzten Mann finden.«

Anton rührte sich nicht.

»Kennst du meine Mutter?«, fragte er aus einer Eingebung heraus.

Bruno hob die Brauen, schien zu überlegen, was er auf diese Frage erwidern sollte.

»Deine Mutter …?« Mit einer neuen Zigarette verschaffte er sich Zeit. »Hast du noch eine Erinnerung an sie?«

»Nur wenig.« Anton dachte daran, wie Bruno ihn Ante genannt, wie ihn die Koseform Antilein an seine Mutter erinnert hatte.

»Sie ist tot?« Bruno fragte in einem Ton, der verriet, dass da etwas folgen würde.

»Bei einem Terrorangriff der Briten in den letzten Kriegstagen umgekommen.«

Bruno lachte. »Hat Hans dir das weisgemacht?«

Es bereitete ihm offensichtlich Freude, den Sohn seines Freundes mit anderen Wahrheiten zu konfrontieren.

Anton bejahte.

»Wie heißt deine Mutter?«, fragte er zwischen zwei Zügen.

»Ana.«

»Wie geschrieben?«

»Wie?«, fragte er verständnislos.

»Buchstabiere ihren Namen!«

»A-N-A. Mit einem N.«

»Nicht mit zwei N? Warum?«

»Der Mann auf dem Amt hat ihn falsch notiert. Und dann konnte man es nicht mehr ändern.«

»Aha«, sagte Bruno. Er ließ sich Zeit, bevor er nachhakte. »Sagt wer?«

»Hans. Mein Vater.«

Wieder eine Pause.

»Der Name deiner Mutter wird mit einem N geschrieben, weil der Name Ana in Kroatien so geschrieben wird. Deine Mutter war Kroatin. Dein Vater hat sie kennengelernt, als er da stationiert gewesen ist. Du bist in Kroatien geboren. Sie haben dich Ante getauft. Ana ist nicht bei einem Luftangriff in Deutschland gestorben. Titos Partisanen haben sie gefoltert und getötet. Sie ist in den Bergen von Dalmatien begraben.«

Anton musste schlucken, zögerte, bevor er fragte: »Kennen Sie den Ort?«

Bruno nannte den Namen, buchstabierte ihn.

»Und mein Vater?«

»Der hatte Glück, dass sie ihn nicht erwischt haben. Er ist mit dir zurück nach Deutschland. Dort wurde aus Ante Anton.«

»Er hat nie davon erzählt.« Er stand auf, ging umher. »Warum hat er nie etwas gesagt?«

Die Beantwortung der Frage wurde von dem Knall einer Schusswaffe und einem Aufschrei Brunos unterbrochen. Er griff sich an den Bauch, stürzte zu Boden.

»Runter!«, zischte er Anton mit matter Stimme zu.

Er folgte dem Befehl gerade rechtzeitig, dass die nächste Kugel ihn knapp verfehlte und über ihm in der Wand hinter dem Kübel einschlug.

Bruno schob sich unter großen Mühen über den Boden, dorthin, von wo der Schuss abgegeben worden war. Er richtete sich ein Stück auf, erneut zischte eine Kugel an seinem Kopf vorbei.

Geduckt rannte Anton los. Der Schütze musste an der Stirnseite des Raums lauern. Er ignorierte die Schmerzen, wenn er gegen eine Werkbank oder anderes stieß, bis er das Tor erreichte und wieder in der großen Richthalle war.

Er versteckte sich hinter einem Waggon, der über einer der Gruben stand. Bald erklangen die Schritte seines Verfolgers. Er nutzte den Waggon, um auf die andere Seite der Grube zu gelangen, wartete, bis er sich sicher war, dass der andere nicht mehr weit weg war, und lief in den hinteren Teil der Halle. Dabei trat er laut auf.

Mit dem Schuss hatte er gerechnet, er verfehlte ihn aber deutlich, dann vernahm er Schritte auf der anderen Seite der Grube, kurz darauf einen Schrei, als der Mann in das Loch stürzte. Anton rannte ein paar Meter weiter, bis er innehielt, ein Wimmern und Stöhnen hörte. Langsam kehrte er zurück, bis er vor der Grube stand. Den Mann da unten konnte er nicht sehen, doch mit einer ihm unbekannten Genugtuung registrierte er das Schmerzenswimmern.

Anton blieb eine Minute, bevor er zurück in die Entrostungshalle kehrte, wo Bruno noch immer leise stöhnend auf dem Boden lag. Er hielt ihm einen Zettel entgegen. Anton beugte sich über den Verletzten, griff nach dem Papierstück. Hielt es nah vor die Augen, um die mit krakeliger Schrift notierten Ziffern erkennen zu können.

Bruno sagte etwas zu ihm, das er nicht verstand. Er beugte sich tiefer hinunter.

»Ruf die Nummer an. Ist ein Doktor. Bring ihn her.« Bruno blickte ihm in die Augen, er hatte den Zweifel darin erkannt. »Tu, was ich dir sage.«

Anton nahm die Waffe vom Boden, richtete sich auf, schob sie in den Hosenbund und vermied es, Bruno anzuschauen, als er wegging.

In seinem Büro suchte er im Kursbuch nach Zugverbindungen nach Dalmatien, stellte seinen Tischkalender zurück auf Freitag, den 10. März, anschließend verließ er in dem dicht wabernden Nebel im diffusen Licht der Lampen das Gelände über die Gleise im Norden. In der Nase den Geruch von Erde.

Er wusste, dass mit dieser Nacht seine Träume aus Dunkelheit, Schreien und Schüssen Geschichte waren.

Anmerkung und Dank

Vielen Dank an Joachim Kresin vom Stadtarchiv Schwetzingen für seine Unterstützung bei meinen Recherchen zur Geschichte des Eisenbahn-Ausbesserungswerks in Schwetzingen, der mir außerdem das materialreiche Buch »Das Eisenbahn-Ausbesserungswerk Schwetzingen« von Siegfried Born, 1995 herausgegeben vom Bürgermeisteramt Schwetzingen, zukommen ließ. Er stellte auch den Kontakt zu Jürgen Mächtel her, der ab 1971 im Ausbesserungswerk arbeitete und mir wertvolle Hinweise zu den Werkstätten, Abläufen und vielem anderen geben konnte. Vielen Dank ebenso ihm. Der in diesem Text erwähnte Josip Senić wurde tatsächlich am 9. März 1972 in Wiesloch mit zwei Genickschüssen ermordet, und er war nicht das einzige Opfer der Auseinandersetzung zwischen dem jugoslawischen Staat und seinen Sicherheitsdiensten auf der einen und exilkroatischen Organisationen auf der anderen Seite, deren Ziele von Anschlägen und Attentaten Personen und Institutionen des jugoslawischen Staats waren. Mehr dazu unter anderem in dem Buch »Migration und Innere Sicherheit – Kroatische Exilgruppen in der Bundesrepublik Deutschland 1945–1989« von Matthias Thaden, Berlin 2022.

Tina Seel

Wu wei

Die Ampel sprang auf Rot, aber Guido Koppermann bremste nicht. Im Gegenteil, er schaltete noch einen Gang hoch, stieg aus dem Sattel seines Rennrads und düste quer über die große Kreuzung. In seinem Windschatten sah man einen Hund im fliegenden Galopp. Guido feuerte ihn an und lachte dabei.

Für Guido Koppermann waren Verkehrsregeln gut gemeinte Empfehlungen, rote Ampeln die denkbar höchste Form der Provokation. Sie raubten ihm wertvolle Lebenszeit. Ignoranz war das Mindeste, was er ihnen entgegenbringen konnte. Mit seinen zweiundsechzig Jahren hatte er nach wie vor Augen wie ein Adler, dreihundertsechzig Grad im Blick, zum Bremsen hätte es jederzeit gereicht.

Hinter ihm brüllte es.

»Ah jo! Jetzt rennt er widder bei Rot driwer!« Wie an einer unsichtbaren Leine hängend, war ihm seine Frau gefolgt. Sie schnaufte und geiferte laut vor sich hin, während sie in die Pedale trat.

Seit vielen Jahren prophezeite sie sein Ableben, nur damit, wenn es so weit wäre, sie zumindest sagen könnte, dass sie es ja schon immer prophezeit habe. Eigentlich hörte sie auf den klangvollen Namen Aloisia. Doch wenn ein Name – und sei er auch noch so schön – durch den Kurpfälzer Fleischwolf gedreht wurde, kam er bis zur Unkenntlichkeit verstümmelt hinten wieder heraus und erhielt zu allem Überfluss noch ein De davor, damit auch klar war, wer gemeint war. De Heribert, de Eckardt, d'Gerlinde, d'Ilse und, war von Aloisia die Rede, wurde ein lang gezogenes d'Aliieß daraus.

Guido hatte sie 1991 im Rahmen eines Kegelausflugs auf der »Grünen Woche« in Berlin kennengelernt. Sie sah Bombe aus, da war sich der Kegelklub einig. Blond, schlank und mit ordentlich was hintendran, womit nicht ihr Hintern gemeint war, auf den all jene glotzten, die vorher nicht in ihren Ausschnitt gefallen waren, sondern ihr Elternhaus. Wie sich schnell herausstellte, war ihr Vater der Spargelkönig von Schwetzingen und hatte nicht nur eine beträchtliche Anzahl an Ländereien, sondern auch fünf Häuser in den besten Lagen von Heidelberg.

Aloisia Koppermann war ein Gesamtpaket, und Guido Spitz, der aus Hannover kam und weder vorne noch hinten was dran hatte, dafür aber unverschämt gut aussah, durfte es auspacken. Seine Zukunft stand auf rosig, und Aloisia stand auf ihn. Als ihm sein Kumpel zu diesem außergewöhnlichen Fang gratulierte und neidvoll konstatierte, dass er ja jetzt noch weniger als gar nichts arbeiten müsse, um ein wunderbares Leben zu führen, haute ihm Guido weltmännisch auf die Schulter und sagte: »Merk dir mal eins, mein Lieber, selbst wenn die Latte niedrig liegt, musst du das Balancieren beherrschen.«

Ein Jahr später fand die Hochzeit statt, und zur Feier des Tages legte Guido seinen Nachnamen ab, wie einen alten Mantel, der ihm zu klein geworden war. Aus Spitz wurde Koppermann, Aloisia war im Glück. Nicht nur wegen des gesicherten Fortbestands des Namens, sondern auch weil es einen Slogan gab, der Generationen überdauerte, mit einem Bekanntheitsgrad von gefühlten zweihundert Prozent: »So fängt bei uns der Frühling an, mit Spargel vom Gut Koppermann.« Ein neuer Werbespruch wäre keine Option gewesen. Das hatte auch Aloisias Vater, der alte Koppermann, klar erkannt und seine damalige Brautrede mit einer denkwürdigen Erklärung beendet: »Des wär ja nicht gegangen, weil uff Spitz reimt sich jo bloß Witz.«

Aloisia hatte sehr laut gelacht und Guido noch viel lauter, denn der größte Witz war ja, dass er jetzt Koppermann hieß und quasi steinreich war. »Saus und Braus bis dorthinaus«, war von da an sein persönlicher Slogan, den er immer zum Besten gab, wenn sein Kumpel am Telefon wissen wollte, wie es denn so lief. Und bekam Guido mal mit, dass man ihn hinter vorgehaltener Hand Spargeltarzan nannte, bezog er es auf seinen Astralkörper und hielt es für ein Kompliment.

In Schwetzingen begegnete man ihm stets mit dem gebotenen

Respekt, zum einen weil er der Mann von der Koppermann war, zum anderen weil er reinstes Hochdeutsch sprach, was einen Kurpfälzer direkt in die Defensive zwang. Wie auf Kommando versuchte jeder in seiner Gegenwart, Hochdeutsch zu sprechen, woraus wiederum eine völlig neue Sprache erwuchs. Das Hochpfälzische, wie Guido es heimlich nannte. Sogar d'Aliieß presste anfänglich ihren Dialekt in ein Korsett.

»Hascht du Kopfweh, Schatz?«, hatte sie ihn einmal gefragt, weil er, statt ihr beim Tragen zu helfen, in der Ecke herumstand und sich die Schläfen massierte.

»Nee, wieso?«

»Isch hab jetzt gedenkt, du hascht Kopfweh.«

»Gedenken, liebe Aloisia, ist etwas anderes als denken«, hatte er milde lächelnd gesagt und ihr über den blonden Schopf gestrichen.

D'Aliieß hatte kurz überlegt und dann ein bisschen zu hysterisch gelacht. Guido fand das niedlich, das war nun allerdings über dreißig Jahre her.

Mittlerweile waren sie wieder zu Hause. Aloisia stand an der Spüle und goss die Nudeln ab, während Guido am Tisch saß und sie von hinten musterte. Was war nur aus ihr geworden? Die einst langen blonden Haare waren mittlerweile aschgrau und auf das Minimum einer drahtigen Kurzhaarfrisur getrimmt. »Kurz vor der Glatze«, war es Guido rausgerutscht, als sie damals vom Friseur gekommen war. Jetzt sah sie endgültig aus wie ihre Mutter. Auf den Hüften und an ihrem Hintern hatten es sich im Laufe der Jahre die Kilos bequem gemacht wie Kissen auf dem Sofa. Keines würde je wieder verschwinden. Und wenn sie sich, wie in diesem Moment, nach den Tellern im obersten Schrank streckte, ging ihr Rock nach oben und legte zwei dicke Krampfadern frei, von denen ihr Hausarzt vor Kurzem meinte, man müsse da demnächst mal die Luft rauslassen. Es war bloß ein Scherz gewesen, d'Aliieß hatte daraufhin den Arzt gewechselt.

Guido fuhr sich leise seufzend mit zehn Fingern durch die Haare. Seit ihm Anfang vierzig die erste graue Strähne begegnet war, ließ er sie regelmäßig schwarz färben, weswegen er in bestimmten Kreisen auch gerne mal Rex Guido genannt wurde.

Schlecht gelaunt ging er zum Fenster, wippte auf den Füßen, ließ die Fingergelenke knacken und schaute einer Spinne zu, wie sie ihrer Beute den Strick um den Hals legte. Wenigstens eine, die wusste, wie man es machte.

Am Abend saß er wie jeden Donnerstag mit seinen Sportsfreuden Eckardt und Heribert in »Klausi's Pub«. Hier waren sie Mensch, hier durften sie rein. Es war eine Raucherkneipe, deshalb mussten sie auch nicht raus.

Eckardt Seither, genannt de Eckie, war Busfahrer mit Leidenschaft. Wer in Schwetzingen entlang seiner Route wohnte, brauchte keine Uhr. Er musste nur warten, bis de Eckie vorbeibretterte, dann wusste er auch so, dass es jetzt 12:24 oder 15:36 oder 17:42 Uhr war. Sein Bus war stets pünktlich. Das war kein Wunder, sondern das Ergebnis eiserner Disziplin, denn Eckardt Seither war gnadenlos. Wenn er im Spiegel einen sah, dem die Zunge aus dem Hals hing, weil er auf den Bus zurannte, drückte er direkt auf die zischende Türverriegelung, haute den Gang rein, ließ die Kupplung kommen und fuhr los. Er habe den Längeren, sagte er immer, den ganz schön viel Längeren.

Guido hängte seine Jacke an den Haken unter der Theke. Er bestellte ein Welde und erklärte den Abend als eröffnet. Zum Einstieg gab er eine, wie er sie nannte, astreine Eckie-Aktion zum Besten und schilderte in blumigen Worten, wie er am gestrigen Tag rein zufällig an der Bushaltestelle gewesen war und den Kohlheimer Gustav hatte rennen sehen. Und wie de Eckie im entscheidenden Moment die Tür verrammelt und Gas gegeben hatte. Und wie der Kohlheimer, rot wie ein Teekessel kurz vor der Explosion, schier durchgedreht war.

»... und warte, was hat er dann zu mir gemeint?« Guido tat so, als würde er überlegen. »›De Seither Eckardt is so eine dumme Sau‹, hat er gesagt. Und da hab ich ihm mal freundschaftlich auf die Schulter gehauen und gemeint: ›Unterschätz mir mal die Intelligenz der Schweine nicht, mein Lieber.‹«

Eckardt prustete los, und Heribert erhob sein Bierglas.

»Darauf ein Herrengedeck!« Der Wirt wusste Bescheid.

Heribert Wolf war pensionierter Kriminalhauptkommissar und hatte, wie er gerne betonte, in seinem Leben alles gesehen und wollte allein deshalb nichts mehr hören. Passend dazu sagte er auch nicht allzu viel. Umso verwunderlicher war es, dass er kein einziges wöchentliches Treffen mit seinen Kameraden ausfallen ließ.

»Das nächste Mal macht der dich kalt, Eckie.« Guido lachte und suchte in seiner Jackentasche nach den Zigarillos. »Apropos kaltmachen ...« Er entzündete sein silbernes Caseti-Feuerzeug. »Also, nicht dass ich einen umbringen wollte, aber nur mal rein von der Theorie her, gibt es den perfekten Mord, oder gibt es ihn nicht?«

»Ach Gott!«, stöhnte Heribert, sackte in sich zusammen und verdrehte die Augen auf Viertel vor zwölf.

»Wieso ›Ach Gott‹?«, parierte Eckardt. »Das is eine hochinteressante Frage!«

»Mir kriechen se all«, entgegnete Heribert, »da kannscht du Gift drauf nehmen, mein Freund.«

»Auf jeden Fall«, beschwichtigte Guido ihn und fuhr mit dem Zeigefinger durch seine Cartier-Kette am Hals. »Gar keine Frage, bloß welches Gift *genau* sollten wir darauf nehmen?«

»E 605!«, kam es von Eckardt wie aus der Pistole geschossen. Er sagte immer »fümpf« statt »fünf«. »E 605, das hot sich immer bewährt, hot sich das.«

»Jo, geh fort!« Heribert schüttelte den Kopf. »E 605, das hot doch schon seit zig Johr keine Sau mehr g'schluckt.« Er musste es ja wissen. »Un iwwerhaupt, was soll jetzt am E 605 der perfekte Mord sei? Des wär jo ein Anfängermörder, wär des.«

Guido verstand nur Bahnhof und ermunterte Eckardt, seine Theorie auszuführen.

Der nahm einen großen Schluck Bier, wischte sich den Schaum vom Mund und hob den Zeigefinger. »E 605 is ein Pflanzenschutzmittel. Das war sehr beliebt seinerzeit. Vor allem bei Selbstmordkandidat:innen.«

Zum Entsetzen von Heribert genderte Eckardt neuerdings hin und wieder. Aber bloß, weil er wusste, dass Heribert das aufregte.

»Selbstmord mit E 605?« Guido zog an seinem Zigarillo.

»Ha, zuhauf seinerzeit!«, brillierte Eckardt und hob die Brauen. »Ein Schluck und schun hascht du dich su… spendiert.«

»Suhizidiert«, korrigierte Heribert ihn.

»Odder so. Jedenfalls, dann isch over, wie der Schäuble immer sacht.«

»Aha, interessant.« Guido runzelte die Stirn. »Und was daran ist der perfekte Mord?«

»Ha, des is doch klar wie Kloßbrüh!«, antwortete Eckardt und sprach jetzt für seine Verhältnisse sehr hohes Deutsch. »Die Zielperson kriecht einen Schluck E 605 in die Thermoskann zum Kaffee. Dann geht das Opfer in den Schrebergarten, macht eine Kaffeepaus, nimmt einen Schluck und dann Gut Nacht, Johanna. Dann kommt die Polizei und sieht sofort: Aha, Schaum vorm Mund, E 605. Das muss ein Selbschtmord sein. So sicher wie das Amen in de Dings.«

Heribert brummelte etwas in seinen Bart, Eckart ließ sich allerdings nicht aus dem Konzept bringen.

»Des is dann so klar, dass das Opfer noch nicht einmal mehr in die Pathologie muss.«

»In die Rechtsmedizin«, verbesserte Heribert ihn genervt.

»Genau. So sieht's aus.«

»Hochinteressant«, sagte Guido. »Und wo kriegt man dieses E 605?«

»Ha, im Internetz.« Eckardt leerte sein Glas in einem Zug. »Beim Amazon wahrscheints. Da muscht du einmal guugelen.«

Als er daraufhin sein Handy aus der Hosentasche fischte, nahm Heribert es ihm direkt wieder aus der Hand.

»Odder du rufsch halt E 605 ins Universum, dann kummt's mit DHL. Die hören jo mittlerweile alles ab«, sagte Eckardt und holte sich sein Telefon wieder.

Guido musste niesen. Heribert reichte ihm sein kariertes Stofftaschentuch.

»Also, do gibt's wirklich interessantere und effektivere Giftsorten, wenn's drum geht, jemand dezent ums Eck zu bringe«, sagte er dann und klang ungewohnt großkotzig.

»Ah ja?«, bohrte Guido. »Und was wär das? Also nur mal so …«

»Das sach ich dir, wann der net debei is«, meinte Heribert und deutete auf Eckardt. Der blies ein beleidigtes »Pfe!« durch die Lippen und verschwand demonstrativ Richtung Klausi's Klo.

Heribert zeigte dem Wirt sein leeres Glas und rückte näher an Guido heran.

»Jetzt bass uff!«, sagte er.

Das sagte er immer, wenn etwas von Bedeutung kam. Unbemerkt startete Guido die Tonaufnahme seiner Apple Watch.

***

Zwei Tage später saß er wieder in der Küche. Es war früh am Morgen, seine Frau wollte auf ihr Wochenendgrundstück am Ortsrand. Seit sie vor zwei Jahren die Spargelfelder verkauft und sich aus dem Handel zurückgezogen hatte, pflegte sie mit Leidenschaft einen großen Garten. Es gebe einen Haufen zu tun, hatte sie mehrmals betont, wohl in der Hoffnung, er käme mit. Guido hatte nicht einmal mit der Wimper gezuckt. Ignoranz war eine Sprache, die er fließend beherrschte.

Aloisia stand mit dem Rücken zu ihm, ihre Filterkaffeemaschine rumorte vor sich hin. Guido hasste diesen billigen Sound einer Maschine, die nichts konnte, als Wasser in Plörre zu verwandeln. Wie betörend war doch das Rauschen seiner »Eureka Mignon«-Mühle, wenn sie die Arabicabohnen zu feinstem Pulver mahlte und den Raum mit aromatischen Duftmolekülen flutete. Wie wunderbar das Brummen seiner »Marzocco«, wenn der Espresso sahnig aus der Maschine lief und sich in der Tasse eine vollendete Crema bildete. Wäre Guido noch einmal auf die Welt gekommen, er hätte keine Spargelkönigin aus Schwetzingen geheiratet, sondern eine Kaffeeplantagenprinzessin aus Espírito Santo.

Wenn er einen Cappuccino zubereitete, war Guido Koppermann in seinem Element. Die Sensoren seiner Hand erspürten genau den Moment, wo die Baristamilch die fünfundsechzig Grad erreicht hatte. Wenn sich das weiße Gold in die Untiefen des Espressos ergoss, um sich dann wie eine wärmende Decke auf die Crema zu legen, war Guido eins mit dem Universum.

Mit winzigen, kaum sichtbaren Handbewegungen zeichnete er eine Blume in den Milchschaum, an guten Tagen gelang ihm sogar ein Schwan.

»Latte Art«, hatte er einmal stolz verkündet und seiner Frau den Cappuccino gereicht.

»Kumm, geh fort. Streich liewer die Latte am Zaun drauße«, hatte d'Aliieß damals geantwortet und ihn stehen lassen.

Im Radio lief »Es fährt ein Zug nach nirgendwo«. Guido beobachtete Aloisia, wie sie den Filterkaffee in die Thermoskanne plätschern ließ. Mit spitzen Fingern schraubte sie den Deckel zu und leckte sich affektiert die Fingerspitzen ab, als hätte sie einer fünfstöckigen Hochzeitstorte den letzten Schliff verpasst.

Vor drei Jahren war sie auf die Idee gekommen, sich in einem Nagelstudio die Nägel machen zu lassen. »Gelnägel«, hatte sie erklärt und mit den Krallen vor seinem Gesicht herumgefuchtelt. Guido hatte sichtlich verstört reagiert. Nicht dass er keine gemachten Nägel mochte, die Nutten im Puff »Anabelle« in Worms hatten sie ja auch, aber die von Aloisia standen in starkem Kontrast zu ihrer sonstigen Erscheinung, sie passten einfach nicht zu ihr. Als sie merkte, dass er ihre Begeisterung nicht teilte, meinte sie bloß, er solle mal froh sein, dass sie sich nicht seinerzeit ein Arschgeweih habe tätowieren lassen. Und da war Guido wirklich froh. Seitdem wechselten die Designs alle drei Wochen. An Weihnachten trug sie Snowflake, und als ihr Vater beerdigt wurde, hatte sie sich auf den Mittelfinger einen kleinen Totenkopf zaubern lassen. »Mein Beileid«, hatte er damals gesagt und ihr in Gedanken die Fingerkuppen abgehackt.

Guido hörte leise und unauffällig die Aufzeichnung aus seiner Apple Watch ab und machte sich Notizen. Plötzlich kam d'Aliieß von hinten und haute ihm ins Kreuz.

»Du kriegsch noch än Buckel«, rüffelte sie.

Guido drückte nicht nur den Rücken durch, sondern auch die Kiefer aufeinander und den Kugelschreiber so fest auf den Zettel, dass die obere Hälfe absprang und die Mine wie eine Ariane-Rakete ins Weltall schoss und im Nichts verschwand. Doch davon bekam d'Aliieß nichts mit, sie war bereits aus der Tür.

Guido stand auf, schob die Gardine zur Seite und schaute ihr abschätzig nach, wie sie davonfuhr. Dann pfiff er durch die Zähne. An der Tür erschien ein Hund, der aussah wie Lassie 2.0. Er hörte auf den Namen Doornkaat, wie der gleichnamige Korn, den ihm Eckardt vor vier Jahren zusammen mit zehn Dosen Hundefutter in die Hand gedrückt hatte, als klar war, dass Guido den Collie in seine Obhut nehmen würde.

De Ecki wollte seine Frau zum Muttertag mit einem Hund überraschen. Die konnte aber ihre Freude nicht so richtig zeigen, wie er Guido erklärte, als er ihm den Hund überließ. D'Aliieß konnte ihre Freude auch nicht so richtig zeigen, als Guido am selben Tag mit dem Tier in die Küche kam.

»Was issn jetzt des?«, fragte sie mit versteinerter Miene.

»Nach was sieht's denn aus?«, zischte Guido und kraulte den Hund am Kinn.

»Der kummt mir nicht ins Haus!«

»Er ist ja zum Glück schon drin.« Guido schob sie zur Seite, nahm einen Suppenteller aus dem Schrank und kippte den Inhalt einer Futterdose hinein. Der Hund war hellauf begeistert.

»Jetzt dreht er durch. Jetzt isses so weit.« Seine Frau stöhnte und ließ sich theatralisch auf einen Stuhl sinken.

»Doornkaat, auf geht's!«, rief Guido und pfiff durch die Zähne, der Hund gehorchte aufs Wort.

»Doornkaat?«, keifte d'Aliieß. »Häßt das Viech jetzt wie 'n Schnaps, oder was?«

»Doornkaat ist ein Kornbrand. Es ist nur im weitesten Sinne ein Schnaps«, belehrte Guido sie.

»Ah jo und die Kornflasch mit Ohre is än Hund, oder nit?«

Doornkaat war noch ein Stückchen näher an sein Herrchen herangerückt, und weil d'Aliieß ihn von da an »das Hundeviech« nannte, sah er sie in aller Regel bloß mit dem Hinterteil an. Vor allem beim Fressen.

Nachdem sich Guido sicher sein konnte, dass die Luft rein war, holte er sein Rennrad aus der Garage und schob es über den Hof. Er pfiff nach seinem Hund, lief dann aber schnell zurück ins Haus. Er hatte seine Apple Watch vergessen.

Hinten im Hof saß Doornkaat und rührte sich nicht von

der Stelle. Das tat er immer, wenn Boomie, »der Dreckskater«, wie d'Aliieß ihn hieß, von einem der Nachbargrundstücke anrückte, um im Garten der Koppermanns seine Geschäfte zu erledigen oder um ihnen eine maximal zerfleischte Opfergabe auf die Treppe zu legen. Als Boomie Doornkaat sah, setzte er sich in sicherem Abstand vor ihn hin. Hätte er gelangweilt ein Lied pfeifen können, hätte er es in diesem Moment ganz sicher gemacht. Stattdessen bleckte er gähnend die spitzen Zähne, als hätte er gerade heute alle Zeit der Welt und absolut nichts vor. Dann fing er an, seine Pfote abzulecken und sich zigmal über die Ohren zu streichen, bis Guido aus dem Haus kam und »Abflug, Kamerad!« brüllte. Da fiel Boomie direkt wieder ein, dass er ja eigentlich in den Garten der Koppermanns kacken wollte.

Guido befreite Doornkaat mit einem Pfiff aus seiner Erstarrung, schaute auf seine Uhr und schwang sich aufs Rennrad. Ganz gegen seine Gewohnheiten stoppte er zehn Minuten später an der Kreuzung Carl-Theodor-Straße und warf erneut einen Blick auf die Digitalanzeige. Dann sah er den Bus kommen, und am Steuer saß: de Eckie. Guido winkte ihm fröhlich zu, und obwohl Eckardt Grün hatte, legte er extra für ihn eine kleine außerplanmäßige Vollbremsung ein, sodass jeder im Bus ruckartig einmal nach vorne und hinten schaukelte. Dann riss er das Fenster auf.

»Guidooh, wie?«, brüllte er.

Guido lachte und zeigte ihm den Daumen hoch. Dann machte er sich mit Doornkaat auf den Weg nach Hockenheim. Die Kaffeerösterei »Bonafede« war Guido Koppermanns Wallfahrtsort. Dort holte er sich jede Woche zweihundertfünfzig Gramm frisch geröstete »Demeter Camocim«-Espressobohnen. Im »Bonafede« hatte Aloisia Hausverbot.

Einmal, vor ein paar Jahren, hatte er sie mitgenommen und ihr vor Ort einen Vortrag gehalten über die Aromen, die Röstungen, die Anbaugebiete. Stolz, als wäre es seine eigene, zeigte er ihr an der Wand die Auszeichnungsurkunde zum Röster des Jahres. Der stets zurückhaltende Besitzer blinzelte ihnen lächelnd zu und reichte ihr daraufhin einen Espresso, damit sie schmecken konnte, was ihr Mann bislang nur beschrieben hatte.

D'Aliieß nahm einen Schluck, verzog das Gesicht und sagte zu Guido: »Des is alles kalter Kaffee.«

Da war der Ofen aus gewesen.

Donnerstagabends, als sie wieder in »Klausi's Pub« saßen, fing Eckardt direkt wieder an. Er habe sie jetzt, die perfekte Methodik vom perfekten Mord.

»Hör uff!«, stöhnte Heribert.

Guido stieß ihm den Ellenbogen in die Rippen.

»Silveschter um Punkt Mitternacht.«

»Jetzt kummt widder der Schwachsinn«, grummelte Heribert in seinen Bart.

»Wieso Silvester?«, wollte Guido wissen.

»Ha, gibt's einen besseren Moment, jemand abzuknalle, wenn all um dich rum ach schießen? Da braucht er nicht einmal einen Schallschutz uff seiner Knarre, gell, Heribert?«

»Nicht schlecht«, sagte Guido.

»Ah jo«, Eckardt grinste, »un wie sie dann all für dich runnerzählen: zehn, neun, acht ... verstehsch?« Er kippte sich den Korn in den Rachen und lachte sich kaputt.

»Da muss man aber sehr geduldig sein, Silvester ist erst in sechs Monaten«, sagte Guido und blies den Rauch durch die Lippen.

»Wieso? Pressiert's?«, wollte Eckardt wissen und fing wieder an zu keuchen.

Drei Stunden später lag Guido im Bett und las aufmerksam in einem Buch. Da riss Aloisia die Tür auf und räumte mit einer Handbewegung das Hundeviech vom Bett. Guido spannte die Gebissmuskeln an und schwieg. Doornkaat setzte sich wie immer vor die Tür und wartete.

D'Aliieß ließ sich in die Federn fallen und ächzte so laut, als hätte sie vierzehn Stunden in einem Bergwerk nach seltenen Erden gegraben.

»Was liest er dann widder?«, fragte sie, ohne dass sie es wirklich wissen wollte.

»›Wu wei‹«, antwortete Guido.

»Wu wer?«

»›Wu wei‹.« Guido klappte das Buch zu und hielt es ihr hin.

D'Aliieß drehte ihm sofort den Rücken zu.

»Eine philosophische Lehre aus dem Daoismus. Wu wei bedeutet, keine Handlung vorzunehmen, die nicht im Einklang mit dem natürlichen Lauf des Universums steht.« Guido schlug das Buch wieder auf und zitierte: »›Es gilt, eine Haltung einzunehmen, in der sich das Vertrauen in sich selbst entfaltet und die vitalen Kräfte des Lebens die Führung übernehmen. Die Absicht der Absichtslosigkeit.‹ Oder für dich, liebe Aloisia, einfacher ausgedrückt: Handeln durch Nichthandeln.«

»Ah jo, im Nichthandeln bischt du jo Wu-wei-Weltmeischter«, brummelte sie. »Mach's Licht aus, mir schlofen!«

»Wu wei bedeutet, dann zu schlafen, wenn man müde ist, und nicht, weil eine bestimmte Uhrzeit ist oder jemand sagt, dass jetzt geschlafen wird.«

D'Aliieß klopfte zornig ihr Kopfkissen zurecht, ein paar Minuten später schnarchte sie laut. Guidos Kieferknochen mahlten, er setzte seine Zahnschiene ein, knipste das Licht aus und starrte in die Dunkelheit. Doornkaat lag zwischenzeitlich wieder mit im Bett.

Als Guido eine Woche darauf nach ein paar Bieren in »Klausi's Pub« die Kernpunkte des Daoismus besprach, brillierte vor allem Eckardt.

»Handeln durch Nichthandeln«, wiederholte er andächtig. »Das wär jo praktisch so, wie wenn meine Alte ums Eck käm und will, dass ich das Auto wasch, weil Samschtag is, und ich ihr dann sauber erklär, dass man ein Auto wäscht, weil es saudreckig is und nicht, weil Samschtag is.«

Guido haute ihm lobend auf die Schulter.

»Und wenn's dann auch noch anfangt, wie aus Eimern zu kübeln«, fügte Eckardt auf Hochpfälzisch hinzu, »dann is das der Inbegriff vom Wu wei. Das Auto picobello, ohne dass ich mir die Finger und so …«

»Wo er recht hat, hat er recht«, sagte Guido zu Heribert und gab Eckardt Feuer.

Der nahm einen tiefen Zug und überlegte als Nächstes, wie man durch Nichthandeln einen perfekten Mord konstruieren könnte. Beten und andere die Drecksarbeit machen lassen, war sein Ansatz. Invest in Opferkerzen, Fürbitten bis dorthinaus, Bittprozessionen bis zum Erbrechen und zu Fuß nach Lourdes. Connection zur Muttergottes und so weiter. Und wenn dann nix passiert, resümierte er, wär er wieder beim E 605, notfalls im Weihwasser. Gut Nacht, Maria.

Guido bekreuzigte sich, und Heribert überlegte kurz, ob er vielleicht einmal eine Pause bräuchte und ein paar Treffen ausfallen lassen sollte.

»Oder du delegierscht das Ganze an einen Wu-wei-Auftragsmörder«, meinte Eckardt abschließend, als sie sich später auf der Straße verabschiedeten.

»Der wird schwer zu finden sein.« Guido seufzte.

»Genau!« Eckardt hob den Zeigefinger. »Weil du darfscht ihn jo praktisch nicht beauftragen.«

***

Es war das erste Mal seit Muttertag vor vier Jahren, dass Doornkaat ihm nicht entgegenkam, als Guido das Tor öffnete. Auch als er die Haustür aufschloss, rührte sich nichts. Er pfiff durch die Zähne, aber alles, was durch die Tür kam, war d'Aliieß mit einem Stapel Bettwäsche in der Hand.

»Wo ist der Hund?«, fragte Guido.

»Im Bus noch Monnem wahrscheints«, antwortete sie ihm und schob ihn grob zur Seite.

Guido ging durch alle Zimmer, rief in den Keller, lief raus auf die Straße und dann in den Garten, dort sah er ihn liegen. Er hatte Schaum vorm Maul, es war kein Leben mehr in ihm.

Guido klappte in sich zusammen. Er brach in die Knie, schüttelte den leblosen Körper, strich ihm über das Fell und rief unaufhörlich seinen Namen. Die Tränen liefen ihm übers Gesicht, tropften am Kinn hinab und fielen auf Doornkaats Fell, wo sie noch einen Moment verharrten, bis sie versickerten. Als er den Staubsauger im Haus hörte, rannte er ins Wohnzimmer und trat mit voller Wucht auf das Gerät.

»Was hat der gefressen, dass er jetzt tot im Garten liegt?«

Aloisia sah ihn nicht an und drückte erneut auf Start. »Was

weeß dann ich! Wenn der so bled is und Rattegift nicht vom Hundefutter unnerscheide kann ...«

Guido riss ihr den Staubsaugerschlauch aus der Hand. »Was für Rattengift?«

Am späten Morgen des darauffolgenden Tages stand Guido in der Küche und starrte auf die knatternde Kaffeemaschine. Aloisia lief geschäftig in der Küche herum, packte ein paar Sachen zusammen, riss die Kühlschranktür auf und haute sie wieder zu. Dann rannte sie die Treppe hoch und verschwand für eine Weile im Bad. Als sie wieder in die Küche kam, sah sie, wie Guido die Thermoskanne behutsam zuschraubte, sie einen Moment kopfüber hielt, um sicherzugehen, dass sie dicht war, und sie mit einem Geschirrhandtuch sorgfältig abrieb. Für einen Moment war sie gerührt, denn es war eine geradezu zärtliche Geste, das hatte er zuvor noch nie getan. Sie griff nach der Thermoskanne und ließ sie in ihre Tasche fallen.

Wenig später gingen sie über den Hof. Da standen Guidos Rennrad und das Fahrrad von Aloisia. Guido hatte die Handkarre dranmontiert und das Gefährt zu einem Lastenfahrrad gemacht. Im Karren lag Doornkaat, der nun seine letzte Reise antreten würde, eingewickelt in die Hundedecke. Am frühen Morgen hatte Guido Aloisias ganzen Stolz, all die wunderbaren Rosen, die in voller Blüte standen, abgeschnitten und auf Doornkaat verteilt. Aloisia, nachhaltig irritiert von den Gefühlsausbrüchen ihres Mannes, verkniff sich jeglichen Kommentar und schluckte den Ärger bis auf Weiteres herunter. Sie hatte in der Nacht sofort zugestimmt, als er den Wunsch äußerte, den Hund auf dem Wochenendgrundstück zu begraben. Man könnte ja, so dachte sie, hinterher noch die Kirschen vom Baum holen, wo er schon mal dabei wäre.

Zu ihrer Verwunderung stieg Guido auf ihr Fahrrad und bedeutete ihr, sie solle mit seinem fahren. Aloisia wollte gerade loslegen und ihn fragen, ob er noch ganz dicht wär, riss sich aber, als sie seinen Blick sah, direkt am Riemen. Umständlich versuchte sie, das Bein über die Stange zu schwingen und aufs Rennrad zu steigen. Als sie endlich startklar war, schaute Guido auf die Uhr, strich Doornkaat noch eine gefühlte Ewigkeit über den Kopf, bis er dann endlich aufsattelte und losfuhr.

Der seltsame Trauerzug rollte in gemäßigter Geschwindigkeit durch die Straßen. Guido mit Doornkaat voraus, Aloisia stöhnend und schnaufend auf dem Rennrad hinterher. Als sie auf die Carl-Theodor-Kreuzung zufuhren, nahm Guido die Geschwindigkeit raus, obwohl die Ampel grün war. D'Aliieß verlor augenblicklich die Contenance.

»Ah jo, 's is grün, do macht's jo kään Spass!«, keifte sie laut von hinten, da sprang die Ampel auf Rot.

Guido zögerte einen Moment, nahm dann aber Fahrt auf und brüllte »Hopp, hopp!«, als er über die Kreuzung bretterte.

»Irchendwann fahrt dich noch änner um!«, schrie Aloisia, wollte bremsen, trat jedoch ins Leere.

Auf einen dumpfen Aufprall folgte ein ohrenbetäubendes Quietschen der Bremsen. Dann war Stille.

Guido stand auf der anderen Straßenseite. Er schloss für einen Moment die Augen, atmete tief ein und wieder aus. Erst dann drehte er sich um.

Als sie vier Wochen später wieder in »Klausi's Pub« saßen, brachte Guido den Daoismus erneut ins Gespräch und fragte sich im Beisein seiner Sportsfreunde, wie man durch Nichthandeln, also ohne zu kochen, das perfekte Wu-wei-Essen auf den Tisch bekomme. Heribert zeigte intuitiv auf sein Bier. Eckart hingegen überlegte kurz und meinte dann, er könne ja in Zukunft bei ihnen essen, das würde er seiner Alten daheim schon schmackhaft machen irgendwie. Guido strahlte ihn an und hielt ihm die Hand hin. Eckart schlug zaghaft ein, dann verschwand er Richtung Klausi's Klo.

Im Hintergrund lief »Die kleine Kneipe«, und Heribert summte leise mit.

Guido zündete sich einen Zigarillo an. »Lebt eigentlich Peter Alexander noch?«

»Isch mein, der is ermordet worde.« Heribert grinste.

»Aha«, sagte Guido und blies den Rauch durch die Lippen. »Ich glaub ja nicht, dass es den perfekten Mord gibt.«

»Mer kriechen se halt all«, pflichtete Heribert ihm bei und gab dem Wirt ein Zeichen.

In Klausi's Klo schaute sich Eckardt Seither gedankenverloren beim Pinkeln zu. Er dachte an Guido, der draußen an der Theke hockte und so bewundernswert gefasst war. Immer wieder hatte er erzählt, wie d'Aliieß an dem Tag mit seinem Rennrad fahren wollte, weil an ihrem Rad der Anhänger mit dem Hund hing. Und dass er ihr mehrmals gesagt habe, dass er das für keine gute Idee halte, weil sie es ja gewohnt sei, im Rücktritt zu bremsen. Und dass sie ja außerdem ständig über rote Ampeln fahre, und er ihr jedes Mal gesagt habe, sie solle doch anhalten und warten, bis Grün sei. Nicht dass da mal was passiere.

Eckardt seufzte laut vor sich hin, zog den Reißverschluss hoch und fädelte den Gürtel unter dem Bauch ein.

»De Guido«, murmelte er, als er sich die Hände wusch und in den Spiegel schaute. »Was für än feiner Kerl.«

Er konnte kaum in Worte fassen, wie unendlich dankbar er war, dass er ihm zu keiner Sekunde auch nur den leisesten Vorwurf gemacht hatte, dass er am 3. Juli um 12:24 Uhr Aloisia Koppermann totgefahren hatte.

Gina Greifenstein

Ein Koch verdirbt den Brei

Carola, Regieassistentin

»So kann ich nicht arbeiten!« Mit zornesrotem Gesicht verschränkte Starkoch Josef Laufer die Arme vor der Brust, die in einer makellos weißen, stärkegesteiften Kochjacke steckte.

Ich auch nicht, dachte Regieassistentin Carola und hätte ihm das Klemmbrett, auf dem sich alle wichtigen Daten für die bevorstehende Kochsendung befanden, am liebsten um die Ohren gehauen. Sie hatte schon lange die Nase voll von diesem eingebildeten Fatzke. Dabei hatte sie nur ganz vorsichtig angedeutet, dass er doch seine Rezeptwahl überdenken solle. Laufers Rezepte waren mindestens so alt wie er – und genauso angestaubt.

»Junge Frau, es ist Spargelzeit, und Spargel mit paniertem Schnitzel und Hollandaise ist ein Klassiker. Und eines lassen Sie sich gesagt sein: Klassiker gehen immer!«, blaffte er und sah dabei aus wie ein trotziger Junge. »Wie ich, ich bin ebenfalls ein Klassiker. Meine Fans wollen keinen experimentellen Schnickschnack, die wollen bodenständige, ehrliche Küche.«

»Wir möchten jüngere Leute ansprechen. Von denen ist aber nun mal ein Großteil Vegetarier und Veganer, und die sollten wir ins Boot holen. Unsere Einschaltquote sinkt von Sendung zu Sendung. Wenn das so weitergeht, gibt es dieses Format bald nicht mehr.« Und meinen Job auch nicht, hängte Carola in Gedanken an.

Laufer war alt genug, um in den Ruhestand zu gehen und die Fernsehlandschaft hinter sich zu lassen, sie dagegen hatte noch knapp dreißig Jahre vor sich, in denen sie arbeiten und in die Rentenkasse einzahlen musste.

»Die sollen halt das Schnitzel weglassen«, sagte er grantig.

»Und die Hollandaise – was bleibt von dem Rezept dann übrig?«, fragte Carola hörbar gereizt.

Kritisch zog Laufer eine Braue gen Haaransatz. »Wieso die Hollandaise?«

»Butter? Eier? Das alles essen Veganer nicht.« Musste sie ihm jetzt sämtliche Nahrungsmittel erklären?

»Für diese Veganer-Spinner koche ich eh nicht. Das können meine jungen Kollegen tun.«

Das tun die ja, dachte Carola. Und die sind es, wegen denen die Streamingplattformen heißlaufen. Bei dir läuft außer den Herdplatten nichts mehr heiß.

»Hören Sie zu, junge Frau. Ich mache diese Kochsendung seit fünfundzwanzig Jahren, ich werde ja wohl wissen, was die deutsche Hausfrau will.« Er straffte die Schultern und sah auf sie herab. »Und überhaupt, ich lasse mir doch nicht von so einem jungen Küken vorschreiben, was ich zu kochen habe! Wo ist der Regisseur? Ab sofort spreche ich nur noch mit dem Bäcker und nicht mit der Brezel.«

Wutschnaubend drehte sich Laufer um und ließ Carola einfach stehen.

Der Bäcker, wie Laufer ihren Chef nannte, hatte sich wohlweislich nicht am Set blicken lassen. Er hatte es netterweise ihr überlassen, den Koch über das bevorstehende Aus der Sendung zu informieren.

»Wenn die Quoten morgen nicht besser sind, war es das für Sie! Dann ist das die letzte Staffel, die wir drehen!«, rief sie ihm mit all ihrem zusammengenommenen Mut hinterher. »Das soll ich Ihnen von Bernhard ausrichten!«

Er hielt inne und drehte sich noch einmal zu ihr um. »Bernhard? Wer, zum Teufel, ist Bernhard?«

»Der Regisseur. Wenn Sie bei Schnitzel mit Spargel und Hollandaise bleiben, war das heute Ihre vorletzte Sendung.« Nun war es Carola, die sich umdrehte und den Sternekoch stehen ließ.

Wenn das die letzte Staffel sein sollte – na und? Sie hatte die Schnauze gestrichen voll von diesem arroganten und sich selbst total überschätzenden Sternekoch, dessen Stern bereits seit Langem verblasste. Acht Jahre war sie bei dieser Kochsendung inzwischen dabei, acht ganze Jahre hielt sie diesen abgehalfterten Großkotz aus. Etwa sechzig Sendungen hatte sie mit ihm in dieser Zeit durchgestanden. Und Jahr für Jahr war der Typ schlimmer geworden. Vielleicht wäre es wirklich das Beste, wenn diese Ära ein Ende hatte. Sie hatte immer gute Arbeit abgeliefert, sie würde in einer anderen Produktion unterkommen.

Was ihr jedoch fehlen würde, wären die ausgewählten Orte, an denen sie drehen durften. Neuschwanstein war genauso dabei gewesen wie die Residenz in Würzburg. Und gerade waren sie im Schwetzinger Schloss. Genauer gesagt, in der etwas abseits gelegenen Orangerie, dort wo in der dunklen Jahreszeit die Pflanzen untergebracht wurden, die einen Winter in Deutschland nicht unbeschadet überstehen konnten.

Und sie hing an diesem Kochformat. Ja, sie würde es gerne weitermachen – ohne Josef Laufer. Mit einem der jungen Köche, über die Laufer so despektierlich gesprochen hatte. Am allerliebsten mit einer jungen, unverbrauchten Köchin. Einen neuen Star am Kochhimmel aufbauen, dazu hätte sie große Lust.

Doch dafür müsste Laufer verschwinden. Der Jüngste war er ja nun wirklich nicht mehr. So ein hübscher kleiner Herzinfarkt vor der Kamera ... Ja, das wäre die Lösung für alle Probleme und die Rettung für die Sendung.

Sie müsste ihm etwas unterjubeln, das einen Herzinfarkt auslösen könnte. Ein Gift, das es nicht nur in der Apotheke gab, ein Gift, an das man so rankam.

Marie aus der Maske eilte schnellen Schrittes auf sie zu, grüßte mit einem Nicken und war auch schon vorbei. Bloß das Parfüm, das sie heute aufgelegt hatte, hing noch ein Weilchen in der Luft.

Maiglöckchen! Carola erkannte den Duft sofort. Maiglöckchen waren giftig, sehr giftig. Dass es gerade Mai und somit Maiglöckchenzeit war, erkannte Carola als ein Zeichen. Verträumt sah sie aus dem deckenhohen und beinahe bodentiefen Sprossenfenster, vor dem sie stand, hinaus in den schönen Schlossgarten. Sie sollte später einen Spaziergang durch die gepflegte Anlage unternehmen, vielleicht wuchsen ja irgendwo ein paar von den hübschen, wunderbar duftenden Todesbringern? Sie müsste Laufer nur bis morgen dazu bringen, irgendwas mit Pesto zu kochen. Spargel mit Pesto, zum Beispiel, oder einen Spargelsalat mit Pestomarinade.

Marie, Maskenbildnerin

»So kann ich auf gar keinen Fall vor die Kamera!«, maulte Josef Laufer, der vor Marie im Sessel saß und sich kritisch im Spiegel betrachtete. »Geht das nicht ein bisschen frischer, jünger?«

Wie stellst du dir das vor, alter Sack?, dachte sie genervt und ein gutes Stück verzweifelt. Jedes Mal veranstaltete er diesen Zirkus.

Ja, sie hätte aus dem fast Siebzigjährigen einen faltenfrei-glatten Vierziger machen können, aber das hätte mehr Stunden gedauert, als sie zur Verfügung hatte. Außerdem handelte es sich hier nicht um einen aufwendigen Kinofilm, sondern um eine popelige, längst überholte Kochsendung. Überhaupt waren heute eh bloß die Probeaufnahmen, warum also regte sich der eingebildete Kerl unnötig auf?

Inzwischen hatte sie eine beinahe zentimeterdicke Schicht Schminke auf die tiefen Falten gekleistert – jünger ging partout nicht.

»Wo ist eigentlich Ihre Kollegin? Die hat es um einiges besser gemacht!«

»Hier gibt es nur mich, und das seit zwölf Jahren.« Um einen sich überaus wichtig fühlenden Kochlöffelschwinger und seine Beiköchin kameratauglich zu schminken, genügte *eine* Maskenbildnerin. Eigentlich – wenn man nicht Josef Laufer schminken musste, der jedes Mal ein Wunder vollbracht haben wollte.

Der Koch musterte sie kritisch. »Ach ja? Sind Sie sich da sicher?«

»Ganz sicher«, bestätigte Marie.

»Dann sollten Sie vielleicht mal einen Fortbildungskurs belegen, denn was ich da im Spiegel sehe, ist ja wohl nicht Ihre beste Leistung!«

Du unverschämter Wicht! Was du da im Spiegel siehst, ist die ausgeleierte Visage eines alten Krauters, der den Zeitpunkt für einen würdigen Rücktritt aus dem Kameralicht verpasst hat und sich verkrampft an seinen Kochlöffel klammert, den er längst abgegeben haben sollte. Marie kochte innerlich.

Er brachte sie regelmäßig mit seinen Unverschämtheiten ans Ende ihrer Geduld, heute hatte er es eindeutig übertrieben. So wütend, wie sie war, musste sie stark an sich halten, dass sie ihm nicht das spitze Ende des Puderpinsels durchs Ohr in sein ignorantes bisschen Gehirn rammte.

Allerdings würde sie im Anschluss wegen Mordes ins Gefängnis wandern, denn dass sie beim Pudern nur ein klein wenig ausgerutscht war, würde ihr sicherlich niemand abkaufen.

Doch es gab andere Mittel und Wege. Kontaktgifte, die über die Haut aufgenommen wurden und so zum Tode führen konnten. Oder etwas, das zumindest einen fiesen und gemein juckenden Ausschlag hervorrufen würde. Obwohl, wennschon, dennschon. Ausschlag heilte wieder ab, aber tot blieb tot.

An Pfeilgiftfrösche kam Marie nicht ran, Blauer Eisenhut mit seinem gefährlichen Aconitin war da leichter zu kriegen. In jedem Gartencenter konnte man ihn kaufen. Hach, einfacher noch: Der Drehort der aktuellen Sendung war immerhin ein Schloss mit herrlichem Schlosspark. Eventuell wuchsen hier ein paar dieser dunkelblauen, äußerst dekorativen Dolden.

Fein zermahlen und in die Camouflagecreme oder ins Puder eingebracht …

Manni, Beleuchter

»So kann ich nicht kochen!« Mit zusammengekniffenen Augen sah Josef Laufer zu Manni rüber. »Das ist viel zu hell, außerdem blendet mich dieser Scheinwerfer. Sie Trottel, merken Sie das nicht? Wo ist denn überhaupt der andere Beleuchter? Mit dem gab es diese Probleme nicht.«

Welcher andere Beleuchter?, fragte sich Manni. Das war eine Einmannshow, da genügte *ein* Beleuchter. Und dieser Beleuchter war von Anfang an er gewesen, er war quasi direkt proportional zu Laufer gealtert. Keiner am Set kannte den Sternekoch so gut wie er, umso mehr ärgerte er sich, dass der ihn nach all den Jahren gemeinsamer Arbeit noch immer verwechselte.

»Ich kann nicht blinzelnd und halb blind vor der Kamera stehen. Mein Publikum will schließlich meinen offenen, freundlichen Blick sehen«, nörgelte Laufer weiter.

Dein Publikum will dich bald gar nicht mehr sehen, du Arsch, ich kenne die Einschaltquoten, dachte Manni stinksauer. Und jetzt wollte ihm dieser eingebildete Topfkratzer seine Arbeit erklären. Der konnte bloß schnippeln, in Töpfen und Pfannen rumrühren und vielleicht noch etwas Geschmack an sein Essen bringen.

Obwohl, das Schnippeln machte er ja gar nicht selber, das erledigte seit Jahren diese nette Beiköchin Linda. Der Sternefuzzi machte hier fast gar nichts selber. Und wie er das arme Ding rumscheuchte. Dabei würde sie sich vor der Kamera viel besser ausnehmen als der langweilige alte Sack. Nur was Manni dachte, interessierte ja niemanden. Beim Fernsehen zählten halt allein bekannte Namen und Gesichter.

»Ich muss Sie doch gut ausleuchten. *Ihr* Publikum will schließlich ganz genau sehen können, was Sie da tun«, sagte Manni beschwichtigend. Er hatte gelernt, mit schwierigen Fernsehtypen umzugehen. Aber dieser Laufer brachte ihn regelmäßig an den Rand eines Nervenzusammenbruchs.

Manni war von Natur aus ein friedliebender Mensch, dieser Kerl aktivierte in ihm allerdings Gedanken und Gefühle, die ihm ansonsten fremd waren. Bilder von Fäusten, die sich in Laufers Visage und Magen bohrten. Fantasien von Füßen, die ihn in die altersbedingt sicherlich bereits recht verschrumpelten Weichteile traten. Visionen von Händen, die sich um Laufers Hals legten und kräftig zudrückten oder die ihn in das seichte Gewässer jenseits des Wegs vor der Orangerie tauchten, bis der Kerl nicht mehr zappelte – das alles geisterte durch Mannis Gehirnwindungen.

Mit einem kräftigen Kopfschütteln verjagte er diese bösen Gedanken, er würde sich an Laufer garantiert nicht die Hände schmutzig machen. Der Typ schaffte sich mit seiner unangenehmen Art selbst ab. Es wurde gemunkelt, dass die Sendung auf der Kippe stand. Ihm sollte es recht sein, er würde dem Ganzen im Allgemeinen und Josef Laufer im Besonderen keine Träne nachweinen.

»Natürlich kann ich den Scheinwerfer anders einstellen, bloß dann wirkt Ihre Nase größer, und das Kinn wirft einen Schatten, den man für ein Doppelkinn halten könnte.« Damit würde er den gefallsüchtigen Kerl bestimmt ködern.

Und bingo.

»Wenn das so ist, die kurze Zeit werde ich schon irgendwie überstehen.« Laufer lächelte ein verkrampftes Lächeln.

Und so blieb der Scheinwerfer wie er war – wie er bei jeder einzelnen verdammten Sendung eingestellt gewesen war.

Hannes, Kameramann

»Können Sie nicht ein wenig näher rankommen?«

Der stechende Blick des Kochs traf Hannes durch die Linse der Studiokamera hindurch mitten in die Augen.

»Näher und mehr von links. Links ist meine Schokoladenseite.« Demonstrativ reckte Laufer die linke Seite seines Gesichts in die Kamera.

Deine Schokoladenseite, mein Lieber, ist dein Rücken – wenn du nämlich das Studio verlässt, war alles, was Hannes dazu einfiel.

Nein, stopp, korrigierte er sich im Stillen. Deine Schokoladenseite ist deine Beiköchin Linda. Und weil du das ganz genau weißt, willst du sie auf gar keinen Fall im Bild haben. Deswegen soll ich näher rankommen, damit man nur deine fiese, fett geschminkte Fresse sieht. Dabei wärst du ohne Linda aufgeschmissen. Würde sie nicht immer so schnell reagieren, würde dir ein Fehler nach dem anderen unterlaufen. Wie vorhin. Da hättest du die Semmelbrösel zum Panieren in den Topf mit der Hollandaise gekippt, wäre sie nicht dazwischengegangen. Und warum? Weil du Idiot zu eitel bist, die längst notwendige Brille zu tragen.

Überhaupt fand Hannes, dass sich Linda großartig vor der Kamera machte. Sie war hübsch und natürlich, und sie hatte Ahnung vom Kochen. Außerdem war sie ungemein fotogen, was man von Laufer nicht behaupten konnte. Für Hannes wäre sie die perfekte Nachfolgerin für diese Kochshow, aber ihn fragte ja keiner.

»Näher ran!«, befahl Laufer. »Herrgott, kapieren Sie das nicht? Hier geht es um mich und nicht um die Kücheneinrichtung!«

»Wenn ich noch näher komme, sieht man, wie dick Sie geschminkt wurden. Das käme nicht so gut, Herr Laufer.«

Reflexartig griff Josef Laufer in sein Gesicht und betastete die inzwischen im Zerbröseln begriffene Make-up-Kruste. Dabei blieb etwas von dem verklepperten Ei, in dem er zuvor die Schnitzel gewendet hatte, an der markanten Nase hängen.

»Außerdem sieht man dann fast nichts von Ihrer reizenden Assistentin.« Diese Bemerkung hatte sich Hannes nicht verkneifen können.

Linda errötete daraufhin beschämt, was ganz entzückend aussah.

Laufer errötete auch, was man trotz der dicken Schicht Schminke erkennen konnte, wobei es sich dabei aber nicht um eine dezente Schamesröte, sondern eher um eine ausgewachsene Zornesröte handelte.

»Assistentin?«, echauffierte sich Laufer. »Fräulein, ähm, Dings ist nicht meine Assistentin!«

Da kochte der Kerl seit so vielen Jahren mit Linda zusammen, und er kannte nicht mal ihren Namen. Hannes wollte es nicht glauben.

»Frau, nicht Fräulein«, verbesserte die Nichtassistentin gefasst. »Und ich heiße Linda.«

»Genau«, bestätigte Laufer. »Frau Linda ist meine Küchenhilfe, sonst nichts. Was wir hier seit Jahren aufzeichnen, ist *meine* Show. Schon der Name ›Die Josef Laufer Kochshow‹

sagt das klar und deutlich. Die Küchenhilfe muss also keinesfalls mit ins Bild. – Können wir jetzt weitermachen?«

Wie hielt Linda das aus?, fragte sich Hannes. Wie konnte sie bloß widerstehen, ihm die Bratpfanne, in der das heiße Butterschmalz auf die panierten Schnitzel wartete, über den Schädel zu ziehen? So freundlich wie sonst schaute sie allerdings nicht aus. Ihn würde es nicht wundern, wenn sie ihre Kochjacke ausziehen und Laufer vor die Füße werfen würde. Doch sie tat es nicht.

Ungern hob Hannes als Zeichen des Einverständnisses den rechten Daumen. Er sagte jedoch nichts von dem Eiklecks an Laufers Nase. Linda auch nicht. Und Marie, die sonst bereitstand, um mit Pinsel und Puder kleine Make-up-Fehler zu beheben, sprang ebenfalls nicht herbei, um das Ei, das im heißen Licht der Scheinwerfer angetrocknet war und wie ein eitriges Furunkel an Laufers ausladendem Riechkolben wirkte, zu entfernen.

Vielleicht sollte ich es ausnutzen, dass Laufer schlecht sieht?, kam es Hannes in den Sinn. Erst kürzlich war dieser Unsympath über eines der Kabel am Boden gestolpert, das eigentlich nicht zu übersehen gewesen war. Ein Sturz über so ein Kabel wäre sicherlich nicht tödlich, es würde den Koch jedoch zu Fall bringen und aufgrund seines Alters eventuell einige Zeit aus dem Rennen werfen. Obwohl Hannes nicht viel zu sagen hatte, er würde natürlich für Linda als Laufers Ersatz plädieren.

Andererseits konnte er kündigen und sich einen Job bei einer anderen Show suchen.

Linda, Beiköchin

Küchenhilfe? – Linda glaubte, sich verhört zu haben. Mehr war sie also nicht für den alten Blödmann? Im Vertrag stand Beiköchin, nicht Küchenhilfe. Und um als Küchenhilfe zu arbeiten, hätte sie nun wirklich keine Ausbildung zur Köchin machen müssen. Was bildete sich dieser blöd grinsende Lackaffe eigentlich ein? Das, was er alle zwei Wochen vor der Kamera kochte, dafür brauchte es keinen Sternekoch, das würde jede gestandene Hausfrau schaffen, selbst eine Küchenhilfe!

Überhaut hatte das, was Laufer da produzierte, nicht viel mit Sterneküche zu tun. Okay, die Menschen vor den Fernsehern – auch Anfänger – sollten es problemlos nachkochen können, konnte es nicht trotzdem ein bisschen, nur ein kleines bisschen raffinierter sein? Wenn sie hier das Sagen hätte, gäbe es ab sofort eine junge, frische und unverbrauchte Küche, nicht Spargel mit Hollandaise und paniertem Schnitzel. Nichts gegen diese Kombination, ab und an schmeckte das richtig gut, aber dafür teure Sendezeit verbrauchen?

Ein leiser Seufzer entfuhr ihren Lippen. Wenn sie doch bloß einmal die Chance bekäme, vor der Kamera zu kochen … Sollte sie die Regieassistentin einfach mal darauf ansprechen? Hinten bei ihren Sachen lag ein fast fertiges Manuskript für ein Spargelkochbuch. Vielleicht würden ihr ja ein paar dieser neuen Rezepte gefallen.

»Was stehen Sie denn da so doof rum?«, riss Laufer sie unfreundlich aus ihren Gedanken. »Der Spargel muss raus aus dem Wasser. Himmel, Sie sind ja zu gar nichts zu gebrauchen! Wozu wurden Sie denn angestellt, Sie unnützes Ding? Zum Rumstehen und Löcher-in-die-Luft-Gucken ganz sicher nicht. Haben Sie überhaupt eine Ahnung, was Sie für ein Glück haben, dass Sie hier arbeiten und vom Meister persönlich lernen können? Wenn es Ihnen zu viel ist, dann gehen Sie, vor der Tür stehen sie Schlange, um mit mir kochen zu dürfen!«

Einen Moment lang überlegte Linda tatsächlich, ob sie seiner Aufforderung folgen sollte. Aber nein, sie hatte es bis hierher geschafft, irgendwie war sie ja doch im Fernsehen angekommen. Und es gab Zuschauerzuschriften, in denen angeregt wurde, mehr von ihr und weniger von Laufer zu zeigen. Ob er das überhaupt wusste? Falls ja, ignorierte er das erfolgreich.

Mit einer Spargelzange holte sie die etwas zu weich gewordenen Stangen aus dem Topf, legte sie nebeneinander auf eine Glasplatte und stellte diese im vorgeheizten Backofen warm.

Eines war klar, freiwillig würde Laufer nie das Feld räumen.

Und wenn die Sendung abgesetzt wurde, würde im schlimmsten Fall auch sie abgesetzt und arbeitslos werden.

Wenn er jedoch während der Aufzeichnung ausfiele, wäre das ihre Möglichkeit zu zeigen, was sie konnte. Magenkrämpfe oder Durchfall wären ideal. Nur wie und vor allem womit sollte sie das auf die Schnelle auslösen? Ihr fielen die Herztabletten ein, die sie vor der Abreise hierher für ihren Opa aus der Apotheke geholt und vergessen hatte, ihm zu bringen. Davon ein paar mit dem Stößel zermahlen, der in jeder Sendung als Dekoration herumstand und ihres Wissens bisher nie benutzt worden war, und ab damit in Laufers Getränk …

Der Tag der Aufzeichnung

»Liebe Freunde des guten Essens!«, begrüßte Josef Laufer all die Kochbegeisterten jenseits der Kamera mit einem süßen Lächeln.

Carola verzog das Gesicht, sie konnte diese abgedroschene Phrase, die Laufer seit Anbeginn der Sendung und begleitet von diesem fiesen Grinsen in die Welt hinaussäuselte, nicht mehr hören. Es wurde Zeit, dass dieser Kochshow-Dinosaurier von der Mattscheibe verschwand.

»Heute begrüße ich Sie aus dem gemütlichen Schwetzingen, und zwar nicht von irgendwo in der Stadt, sondern direkt aus der Orangerie des prächtigen barocken Schwetzinger Schlosses.« Nach einer theatralischen Pause fuhr er fort. »Warum ausgerechnet Schwetzingen, werden Sie sich vielleicht fragen. Das, liebe Freunde, ist nicht von ungefähr. Es ist Spargelzeit, und in Schwetzingen befinden wir uns quasi mitten in einem der bekanntesten Spargelanbaugebiete Deutschlands. Doch wenden wir uns dem Essen zu, denn das ist es ja, weswegen wir zusammengekommen sind, nicht wahr?«

Wieder dieses süßlich-schiefe Lächeln, kombiniert mit einem anzüglichen Augengezwinker, Carola hätte kotzen können.

Marie sog leise die Luft durch die Zähne. Augenzwinkern war nicht gut. Nicht gut für Laufers dickes Make-up, das durch die heißen Scheinwerfer längst auf seinem Gesicht angetrocknet war und nun in den gefältelten Augenwinkeln zu bröseln begann, und das in Nahaufnahme. Wenn er das hinterher sah, würde er ihr wieder einmal die Hölle heißmachen.

»Bevor wir uns einem allseits beliebten Spargelgericht zuwenden, nämlich Spargel mit Sauce Hollandaise und panierten Schnitzelchen, gibt es vorweg etwas Leichtes. Ich wollte schon immer in meiner Sendung innovativer und, ja, ein wenig extravaganter kochen. Und das werden wir ab sofort tun. Die Zeit bleibt schließlich auch in der Küche eines Sternekochs nicht stehen!«

Carola glaubte ihren Ohren nicht zu trauen. Jetzt verkaufte er ihre Anregung als seine Idee. Wieder mal typisch für den Kerl!

»Als Vorspeise habe ich einen feinen Spargel-Orangen-Salat mit grünem Spargel und Radicchio für Sie vorbereitet, ein Dessert wird es ebenfalls geben, eine köstliche Spargel-Panna-Cotta mit Erdbeersalat.«

Beiköchin Linda, die sich wie immer während der Aufzeichnung dezent im Hintergrund hielt, erstarrte. Das waren *ihre* Rezepte, die er da in die Welt hinausposaunte. *Deswegen* hatte sie heute Morgen noch Orangen und Radicchio besorgen müssen. Und *deswegen* hatte er ihr gesagt, sie könne ausnahmsweise erst eine Stunde vor Drehbeginn erscheinen – weil er da ungestört *ihre* Rezepte hatte vorbereiten können! Dieser Mistkerl …

Das große Küchenmesser lag einladend nah auf der Arbeitsfläche, das Licht der Scheinwerfer spiegelte sich verlockend in der blanken Klinge. Es wäre nur ein Schritt, um es zu ergreifen, ein weiterer, um es Laufer in die aufgeplusterte, weiß gestärkte Brust zu rammen.

»Für den Salat habe ich den grünen Spargel schon vorab gekocht und abkühlen lassen«, dozierte Laufer, der nichts von Lindas mörderischen Gedanken ahnte. »Obwohl auf den Orangen ›bio‹ draufsteht, müssen sie heiß abgewaschen werden, damit wir die Schale verwenden können. Der Abrieb verleiht der Marinade ein ganz besonders intensives Aroma. Und nun zeige ich Ihnen, wie man eine Orange schneiden muss, um zarte Filets zu erhalten.«

Ein metallenes »Ping« erklang, gefolgt von einem dumpferen »Plong«, dem niemand am Set Aufmerksamkeit schenkte. Niemand außer Manni. Der hatte parallel zu den ungewohnten Geräuschen im Augenwinkel eine Bewegung erhascht. Dort wo die Bewegung geendet hatte, lag eine große Flügelschraube.

Mit dem Messer, das Linda Minuten zuvor beinahe als Mordwerkzeug benutzt hätte, schnitt Laufer jetzt geschickt die Schale der Orange bis ins Fruchtfleisch hinein weg.

»Und für die Panna Cotta habe ich heute in aller Frühe den weißen Spargel in Milch gekocht«, plauderte Laufer munter weiter.

Heute ist er gar nicht mal so schlecht, dachte Carola gerade, als ein Quietschen über ihnen die Ruhe am Set durchschnitt.

Alle Blicke bis auf den von Laufer, der auf die zu filetierende Orange geheftet war, wanderten nach oben. Gerade rechtzeitig, um zu sehen, wie sich wie in Zeitlupe einer der großen Scheinwerfer aus der Halterung an der Beleuchtungsbrücke löste, zwei Meter in die Tiefe stürzte und exakt auf Laufers Halbglatze landete. Derart getroffen, fiel der Koch wie ein gefällter Baum um, der Scheinwerfer kam dicht neben seinem lädierten Haupt auf dem jahrhundertalten roten Backsteinboden zum Liegen. Laufer machte keinen Mucks, der Scheinwerfer erlosch nach mehrmaligem Zucken des Lichts.

»Ups!«, entfuhr es Beleuchter Manni.

Wie es für den Rest des Filmteams weiterging

Starkoch Josef Laufer war leider – oder nicht leider, da scheiden sich die Geister – nicht mehr zu helfen.

Die Berufsgenossenschaft stufte das Geschehene nach ordnungsgemäßer Prüfung als tragischen Arbeitsunfall ein.

Für die verunglückte Spargelkochsendung sprang netterweise Linda als Showköchin ein. Ihr Auftritt war ein großer Erfolg, und so kocht sie nun in »Lindas Küche«, wie die extra für sie entwickelte Kochsendung genannt wird. Ihr Spargelkochbuch erschien ein Jahr später und wurde schlagartig zum Bestseller.

Regieassistentin Carola ist inzwischen Regisseurin und wurde für die Kochsendung »Lindas Küche« bereits zweimal ausgezeichnet.

Maskenbildnerin Marie schminkt jetzt Linda, wofür sie im Vergleich zu Faltengesicht Laufer nur die Hälfte, ach was, nur ein Drittel der Zeit braucht.

Kameramann Hannes ist nach wie vor bei der Show. Da er seit Kurzem mit Linda verheiratet ist, hat er keinen Grund mehr für einen Wechsel. Und er hat schon knapp fünf Kilo zugenommen.

Und Beleuchter Manni? Der kontrolliert nun immer alle Befestigungsschrauben mindestens dreimal. Und er hatte endlich sein erstes Date mit Marie.

Sunil Mann

Im Kreis der Familie

Immer dasselbe! Man hat vor zu verreisen, und alle wollen in letzter Minute noch etwas erledigt haben. Kennen Sie sicher. Das Telefon klingelt ununterbrochen, und wenn ich drangehe, höre ich ihren Stimmen sofort an, dass es eilt. Liegt auf der Hand – wenn sie mich anrufen, eilt es immer. Als wären sie am selben Morgen auf die Idee verfallen, als hätten sie vorher nicht wochen- oder monatelang darüber nachgedacht. Wie sie dann angespannt und oft etwas verlegen rumdrucksen, bis sie auf den Kern ihres Anliegens zu sprechen kommen! Das dauert. Mich treibt es in den Wahnsinn.

»Gerne vor den Sommerferien?«, sagen sie, wenn sie ihren Wunsch endlich gestammelt haben.

Stets Fragezeichen am Ende der Sätze. Wie beim Arztbesuch nach einer verheerenden Diagnose. »Je eher, desto besser?«

Selbstverständlich gehe ich auf besondere Anliegen ein, das gehört bei meinem Job dazu, Kundenzufriedenheit ist die oberste Priorität. Allerdings bestehen die wenigsten auf bestimmten Methoden. Und falls doch: Der Kunde ist König. Hauptsache, das Problem ist schnell aus der Welt geschafft und es gibt keine Spuren, die in ihre Richtung weisen. Das war noch nie ein Thema, ich bin ein Profi und arbeite zuverlässig und diskret. Meine fast hundertprozentige Erfolgsquote sagt alles.

Leider existiert keine App, auf der man meine Leistungen bewerten kann. Es wären ausnahmslos Fünf-Sterne-Rezensionen, davon bin ich überzeugt. Ich habe auch keine Website, keine geschäftliche E-Mail-Adresse, schalte keine Inserate auf einschlägigen Portalen oder verteile Flyer, wie das die besonders bescheuerten Amateure manchmal tun. Sind dann jeweils eher kurze Karrieren. Ich verlasse mich ausschließlich auf Mund-zu-Mund-Propaganda. Das funktioniert einwandfrei, ich kann mich vor Aufträgen kaum retten.

Jahrelang war das so.

Entsprechend konnte ich mir eine hübsche Villa am Zürichsee leisten, habe drei Autos, einen weitläufigen Garten mit Pool. Genug Platz für zwei, vielleicht sogar für Kinder. Wer weiß? Das wird sich zeigen.

Auf jeden Fall ist es jetzt definitiv: Antonia wird bei mir einziehen. Aber erst nach der Hochzeit, selbstverständlich erst nach der Hochzeit. Vorher käme das unter keinen Umständen infrage. Onkel Matteo wäre nicht sonderlich erfreut, das ist uns beiden klar. Und in der Familie, in dieser ohnehin schon von internen Querelen gebeutelten Familie, würde das nur zusätzlich für Spannungen sorgen. Das wollen wir um jeden Preis vermeiden. Deswegen haben wir jeden Schritt minutiös geplant. Wie bereits erwähnt, ich bin ein Profi und äußerst diskret.

Mit den Nachbarn bin ich locker befreundet. Gemeinsame Grillpartys im Sommer, einmal im Jahr ein Quartiersfest, weihnachtlich dekorierte Fenster in der Adventszeit. Man passt sich an, wird Teil einer Gemeinschaft. Gehört irgendwo dazu. Das finde ich schön. Es sorgt für ein bisschen Normalität in meinem Leben.

Wenn die Nachbarn fragen, was ich arbeite, antworte ich: »Im Transportwesen.«

Was der Wahrheit entspricht. Ich transportiere. Zielpersonen vom Hier ins Dort, vom Diesseits ins Jenseits. Leichen zum See, in die Müllverbrennungsanlage, ins Säurebad. Keine Spuren, Sie erinnern sich.

Meist verzichten sie auf tieferschürfende Fragen. Transportwesen klingt abschreckend, nach komplizierten und tendenziell langwierigen Erklärungen. Das luxuriöse Haus mit den riesigen Fensterfronten Richtung See ist ihnen Antwort genug.

Der für mich zuständige Steuerberater ist weniger leicht zu überzeugen. Zwar hat Stefan dauernd mit selbstständigen Unternehmern zu tun. Doch meine Aufträge waren früher so außerordentlich gut bezahlt, dass ich ziemlich tricksen musste, damit er nicht misstrauisch wurde. Ununterbrochen fingierte ich Belege, Quittungen, erstellte Rechnungen, die ich nie verschickt habe. Erklären Sie mal einem Staatsangestellten, wie Ihre Einnahmen als freischaffender Auftragskiller zustande kommen. Da stoßen Sie schnell an Grenzen, das kann ich Ihnen versichern. Der Staat zwingt mich zu lügen. Ist so. Die Berufsbezeichnung auf dem Formular einzutragen, wäre unvorstellbar. Auf einer Steuererklärung sieht das einfach nicht vertrauenerweckend aus.

Die Hochzeit findet in Schwetzingen statt. Onkel Matteos Wahl. Offenbar gibt es einen wichtigen Punkt in seinem Leben, der ihn mit der Stadt verbindet. Ich nehme es wenigstens an. Genau weiß ich es nicht, denn er hat sich diesbezüglich zugeknöpft gegeben, was sonst gar nicht seine Art ist. Womöglich hat er hier seinen ersten Mord begangen. In unserer Familie wird man da schnell mal nostalgisch und schwelgt in verklärten Erinnerungen. Dass er in jungen Jahren herumgezogen ist, ist uns bekannt.

Wie ein Handwerker nach alter Tradition ist er drei Jahre und einen Tag lang durch die Lande gewandert und hat seine Dienste angeboten, wo Not am Mann war. Hinter sich eine Blutspur quer durch Europa herziehend, hat er praktisch angewendet, was man in unserer Sippe schon früh in der Theorie mitkriegt. Hat die Methoden verfeinert, hat gelernt, schnell und kaltblütig zu agieren, hat seine Fingerfertigkeit zur Kunst erhoben.

Wie wir alle, die wir uns für diesen Berufszweig entschieden haben. Natürlich ist keiner aus unserer Generation mehr herumgewandert, das haben die nur früher gemacht. Wir haben uns das Können in der erweiterten Umgebung angeeignet. Untreue Ehemänner, nervige Nachbarn, Konkurrenz am Arbeitsplatz. Simple Aufgaben, vergleichbar mit dem Gemüseschnippeln in den Lehrjahren angehender Köch:innen.

Daher lehnte ich solche Aufträge lange Zeit kategorisch ab. Ich war auf High-End-Kund:innen spezialisiert, da stimmte der Aufwand mit dem Ertrag überein. Den Rest überließ ich dem Nachwuchs oder gleich den Auftraggeber:innen. Gewisse Dinge kann man problemlos selbst erledigen, man muss nicht jede Lappalie im Leben an andere delegieren. Das hat meine Kundschaft ebenfalls eingesehen. Seit der Pandemie, als alle mehr als genügend Zeit hatten nachzudenken, sind meine Aufträge drastisch zurückgegangen. Die Leute haben gelernt, Brot zu backen, kaputte Dinge zu reparieren und Tomaten auf dem Balkon anzupflanzen. Leider auch, berufliche Konkurrenz oder Nebenbuhler eigenhändig aus dem Weg zu räumen. Wenn sie mich überhaupt noch buchen, versuchen sie, den Preis herunterzuhandeln, verlangen Mengenrabatt, drohen, zur Konkurrenz zu gehen.

Das hat zur Folge, dass meine Finanzlage mittlerweile dramatisch aussieht, obschon ich sogar die einfachsten Aufträge annehme. Wenn es so weitergeht, muss ich über kurz oder lang die Villa und mindestens zwei Autos verkaufen. Selbstverständlich habe ich die Familie nicht informiert, der Gesichtsverlust wäre fatal für meine weitere Karriere.

Zum Glück habe ich Antonia kennengelernt.

Ich bin zu früh dran. Die verdammte Schweizer Pünktlichkeit. Das Land, in dem man lebt, prägt einen, ob man will oder nicht. Bei gewissen Dingen, wie zum Beispiel bei der Schweizerischen Bundesbahn, ist das ein Segen, da schätzt man diese minutengenauen Abfahrts- und Ankunftszeiten. An mir nervt mich das manchmal, doch ich kann nichts dagegen tun. Es ist tief in mir verankert, ich bringe es nicht mehr weg.

Ich parke meinen Wagen in der Zeyherstraße, direkt gegenüber vom »Brauhaus zum Ritter«, wo das Hochzeitsbankett stattfindet. Onkel Matteo hat den Rittersaal gemietet, hundertfünfzig Gäste werden erwartet. So wie ich die Familie kenne, kommt jede:r einzelne von denen. Ein siebengängiges Menü, Wein und Grappa im Überfluss, das lässt sich niemand nehmen.

Aus allen Himmelsrichtungen reisen sie an, wir sind eine weit verzweigte Familie. Von der südlichsten Stiefelspitze Italiens, aus New York, aus Mannheim, das über die berüchtigte Pista della morte direkt mit Palma di Montechiaro in Sizilien verbunden ist. Wir sind überall.

So oder so – eine Hochzeit ist immer ein schöner Anlass, diesmal noch schöner als sonst. Denn ab heute werden Antonia und ich zusammen sein, endlich, nichts steht uns jetzt noch im Weg. Na ja, fast nichts. Aber von Nebensächlichkeiten lassen wir uns nicht aufhalten. Gleichzeitig werde ich schlagartig meine Geldsorgen los.

Gut gelaunt schlendere ich am Brauhaus vorbei. Ein sonniger Tag, das Licht hell, die Blätter an den Bäumen zartgrün. Über mir ein weiter Himmel, Stratuswolken ziehen gemächlich nach Osten. Die Cafés und Restaurants auf dem Schlossplatz sind gut besucht, es ist kurz vor der Mittagszeit. Rechts von mir das barocke Schloss Schwetzingen, offensichtlich war Lachs damals die Trendfarbe.

An der Weggabelung verharre ich und betrachte die Skulptur, die dort steht. Wikipedia verrät mir, dass das »Glücksschwein von Schwetzingen« dem Bildhauer Peter Lenk zu verdanken ist, der Carl Theodor, Kurfürst von der Pfalz, auf einem Schwein reitend, verewigt hat. In Unterwäsche. Seine Hände hat er dabei um die Taille einer ebenfalls nur leicht bekleideten und wesentlich jüngeren Mätresse gelegt, er wirkt konzentriert und beinahe ein wenig besitzergreifend, sie hingegen stolz und leicht amüsiert. Als »faulen Kerl und Glücksschwein« hat Friedrich II. ihn bezeichnet, nicht nur weil Carl Theodor – anders als er – friedliebend war und lieber auf Diplomatie als auf Krieg setzte, sondern weil er auch Prunk und amourösen Abenteuern zugetan war. Als strenger Preuße war dem Friedrich all das nicht geheuer. Außerdem ist es Carl Theodor zuzuschreiben, dass Bayern heute den Leberkäs kennt. Man möchte sich die kulinarische Einöde, die ohne ihn in Bayern herrschen würde, gar nicht vorstellen.

Mein Herz pocht erwartungsfroh, während ich an Antonia denke und die Häuserzeile entlangspaziere. Ein Restaurant reiht sich ans nächste, weiße Sonnenschirme, wohin man blickt, Palmen in Töpfen, eine entspannte Atmosphäre. Am Ende des Schlossplatzes mache ich kehrt. Mir bleibt fast eine Stunde, bis die Feier beginnt. Ich überlege, mich irgendwo hinzusetzen und einen Kaffee zu trinken, als ich jemanden meinen Namen rufen höre. Unwillig drehe ich mich um, es kann sich nur um jemanden aus der Familie handeln. Sonst kennt mich hier ja keiner. Mir wäre jetzt zwar mehr nach Ruhe, um mich auf den Anlass einzustimmen, als mich in Smalltalk verwickeln zu lassen, der zwangsläufig in Klatsch und Tratsch übergeht. Ignorieren kann ich den Typen leider unmöglich, denn er ruft schon wieder nach mir. Endlich entdecke ich Cousin Vincenzo, er sitzt vor einem Lokal namens »Zum grünen Baum« und winkt mir zu. Mit einem verhaltenen Seufzen zwinge ich mir ein Lächeln ins Gesicht und laufe auf ihn zu.

Er ist fülliger geworden, seit wir uns auf Onkel Riccardos Beerdigung vor einem Jahr gesehen haben. Die war in Neapel. Das Gesicht wirkt teigig, sein Haar glänzt fettig und ist straff zurückgekämmt, über der Oberlippe klebt ein lächerlicher Schnauz. Das weiße Hemd, zu dem er eine rosafarbene Krawatte trägt, spannt über seiner Wampe. Er springt auf, begrüßt mich mit einer Umarmung, küsst mich auf die Wangen. Es fühlt sich an, als würde er mich ablecken.

Ich erschaudere, unterdrücke meinen Ekel und setze mich ihm gegenüber hin.

»So sieht man sich wieder!«, ruft er viel zu laut und reibt sich die Hände.

»Ja«, erwidere ich. Die ganze Familie ist eingeladen, so eine riesige Überraschung ist unser Aufeinandertreffen nicht.

»Wie läuft's?«, will er wissen.

»Kann nicht klagen.«

»Hab gehört, du hast dir eine Villa gekauft.« Der verschlagene Zug um seine Mundwinkel entgeht mir nicht.

»Ist schon eine Weile her.«

»Muss ziemlich teuer gewesen sein.«

»Qualität hat ihren Preis.«

»Mit Blick auf den Zürichsee.«

Es sind nicht einmal Fragen. Wieso erwähnt er Dinge, von denen er weiß, dass sie mir bekannt sind?

Ich nicke.

»Muss traumhaft sein, gerade im Sommer.«

»Ich bin viel unterwegs«, erkläre ich etwas ungehalten. »Da brauche ich einen Rückzugsort, an dem ich mich wohlfühle.«

Er nickt, eifrig und unaufhörlich. Längst weiß ich, dass er scharf auf mein Territorium ist. So verschwiegen sich die Familie nach außen gibt, so geschwätzig ist sie intern. Und Schweizer Honorare sind nun einmal höher. Die Lebenskosten auch, aber darum geht es Vincenzo nicht. Er will dahin, wo ich bin. In die erste Liga, mit einem äußerst lukrativen Kundensegment.

So einfach ist das allerdings nicht. Bei uns werden die einzelnen Reviere erst nach längeren Diskussionen und reiflicher Überlegung vergeben. Erstens weil man um jeden Preis vermeiden will, dass sich Familienmitglieder gegenseitig ins Gehege geraten, zweitens spielt die Professionalität eine gewichtige Rolle. Da macht mir keiner was vor, meine Position ist sozusagen unantastbar, solange niemand von der miserablen Geschäftsentwicklung erfährt, während sich Vincenzo irgendwo in der Provinz die Sporen abverdient, seit Jahren schon, ohne wirklich vom Fleck zu kommen.

»Immer noch Single?« Er wechselt das Thema abrupt.

»Ja«, lüge ich.

Je weniger er weiß, desto besser. Antonia und ich haben uns in den vergangenen zwölf Monaten um Diskretion bemüht, obschon uns bewusst war, dass man in dieser Familie gewisse Neuigkeiten nur schwer unter dem Deckel halten kann. Ihre Augen und Ohren sind überall.

Vincenzo grinst hinterhältig. »An Onkel Riccardos Beerdigung vor einem Jahr …«

»In Neapel.«

»… da hätte ich schwören können, da liefe etwas zwischen dir und Antonia.«

»Wir haben uns gut verstanden«, sage ich kühl. »Mehr war da nicht.«

»Und jetzt wird geheiratet.«

»So ist es.«

Er nickt wieder und sieht sich nach der Kellnerin um, während Erinnerungsfetzen an jenen Sonntag durch meinen Kopf flimmern. Die Familie traf sich nach der Abdankung zum Leichenschmaus in einem der besten Restaurants Neapels, in der »Osteria La Chitarra«. Nach dem Essen musste ich dringend zur Toilette, durchquerte das Lokal und stieg die Treppe hinab. Antonia kam gerade herauf, sie war mir vorher schon aufgefallen, als wir alle vereint hinter dem Sarg zum Grab geschritten waren. Dunkles, lockiges Haar, leicht aufgeworfene Lippen und so blaue Augen, dass es sich anfühlte, als versänke ich im Meer. Sie lächelte mir zu, ich lächelte zurück. Sie blieb auf meiner Höhe stehen, und dann ging alles sehr schnell. Sie packte mich am Schlips und zog mich hastig hinter sich her die wenigen Stufen hinunter, schleppte mich in die Damentoilette und dort in die erstbeste Kabine. Kennen Sie sicher. Ich wehrte mich nicht.

Unsere erste Begegnung, wenn man das so nennen will, war so wild und leidenschaftlich, dass wir sie zwei weitere Male an diesem Tag wiederholten. Vermutlich wäre es sogar zu einem vierten Treffen in der Damentoilette gekommen, wenn Tante Aurelia, die neben mir saß, nicht verständnisvoll gemeint hätte, sie könne gut nachvollziehen, weshalb ich so oft aufs Klo müsse. Ihr sei auch komisch im Magen, der Seeteufel sei vermutlich nicht mehr ganz frisch gewesen.

Antonia und ich blieben in Kontakt und trafen uns von da an regelmäßig. In verschwiegenen Hotels an Orten, wo uns keiner kannte. Wir schmiedeten Zukunftspläne, was nicht ganz unproblematisch war, gab es ja einige Hindernisse zu überwinden. Doch uns war klar, dass wir zusammen sein wollten, dass wir füreinander bestimmt waren, selbst wenn alles dagegensprach.

Vincenzo bestellt Espresso für uns beide, zu meiner Erleichterung stürzt er seinen in einem Schluck herunter.

»Wo hast du geparkt?«, erkundigt er sich beiläufig, wirft ein paar Münzen auf den Tisch und erhebt sich.

Ich sage es ihm, er nickt und meint, dass er noch kurz etwas erledigen müsse. Wir sähen uns auf der Feier.

Eine Viertelstunde und zwei Zigaretten später mache auch ich mich auf den Weg. Vor dem »Brauhaus zum Ritter« drängt sich meine Verwandtschaft, es wird gelacht, man ruft sich Grußworte zu, die Männer rauchen Zigarillos und stehen breitbeinig da, die Hände in den Hosentaschen vergraben. Es dauert wie immer ewig, bis ich mich durch die versammelte Sippe gekämpft habe. Küsschen links und rechts, ich schüttle Hände, lasse mir auf den Rücken klopfen, wechsle hier und da ein paar Worte. Endlich schaffe ich es ins Lokal hinein.

Im Rittersaal reihen sich lange, weiß gedeckte Tische aneinander, sie sind mit festlichen Blumengestecken dekoriert, Silberbesteck, die Servietten kunstvoll gefaltet. Ein hoher Raum mit großen Fenstern und hell gestrichenen Wänden, die gesäumt von Sitzbänken sind, wie sie um die zwanziger Jahre des letzten Jahrhunderts in Eisenbahnen gängig waren. In der Belle Époque wurde hier noch getanzt, zwischenzeitlich ist der Saal restauriert worden.

Ich suche nach dem Kärtchen mit meinem Namen, denn selbstverständlich existiert eine Sitzordnung. Onkel Matteo muss Stunden dafür aufgewendet haben. Denn wie in jeder Familie gibt es auch in unserer interne Sympathien und noch viel mehr Aversionen. Tanten, die sich gegenseitig nicht ausstehen können, oder Onkel, die auf der Stelle einen Streit vom Zaun brechen, wenn sie aufeinandertreffen. Endlich finde ich den mir zugewiesenen Platz. Ich habe alles genaustens geplant, eigentlich kann nichts mehr schiefgehen. Der Kellner ist instruiert, bestochen und mit dem nötigen Material versorgt. Ich bin ein Profi, das habe ich bereits erwähnt.

Eine gute halbe Stunde später sitzen auch die Letzten. Das Servierpersonal schenkt Champagner aus, Häppchen werden gereicht. Hundertfünfzig Stimmen erfüllen den Saal und hallen von den Wänden wider. Hundertsechsundvierzig, um genau zu sein. Denn erstens ist mir gerade nicht nach Reden, zweitens ist der Platz neben mir leer. Auch Onkel Matteo ist bislang nicht aufgetaucht. Genauso wenig wie Antonia. Suchend schaue ich mich um, als sich unvermittelt Cousin Vincenzo auf den benachbarten Stuhl fallen lässt. Er grinst mich an, nickt wissend. Ausdruckslos starre ich zurück. Das hat mir gerade noch gefehlt. Ein ganzer Nachmittag neben dieser Trantüte. Mein Blick streift seine Hände. Sie wirken wie verbrüht. Gerötete Haut, als hätte er sie in kochendem Spaghettiwasser gebadet, Schmutz unter den Fingernägeln. Vorhin ist mir das nicht aufgefallen. Wenigstens für die Hochzeitsfeier hätte er etwas Aufwand betreiben können. Kein Wunder, bringt er es zu nichts.

Ich verschwende keinen weiteren Gedanken an ihn, denn mit einem Mal verstummen die Gespräche, und eine ehrfürchtige Stille breitet sich aus. Einige ältere Frauen schluchzen, andere schlagen sich verzückt die Hände vor den Mund, die Männer nicken anerkennend.

Das Brautpaar bleibt einen Moment lang im Durchgang stehen und schreitet dann langsam durch den Saal. Onkel Matteo in einem grauen Satinanzug und weißem Hemd mit blutroter Fliege. An seinem Arm Antonia. Sie ist zum Hinknien schön mit ihren dunklen Locken, die sie hochgebunden hat, dem schlichten weißen Kleid, das ihre Figur betont. Sie trägt kaum Make-up, sie braucht das nicht.

Am Vormittag haben sie im kleinsten Kreis auf dem Standesamt geheiratet, so stand es in der Einladung, die kirchliche Hochzeit wird später in Neapel stattfinden. Oder eben nicht, doch das wissen nur wir. Antonia und ich. Die Erbin seines beachtlichen Vermögens. Sie guckt nicht in meine Richtung, wie wir verabredet haben, nichts soll uns verraten, niemand soll misstrauisch werden.

Antonia setzt sich auf einen der beiden freien Plätze an der Tafel in der Mitte des Raums, nur eine Tischreihe von mir entfernt. Derweil bleibt Onkel Matteo stehen, nestelt einen Spickzettel aus der Brusttasche seines Anzugs und räuspert sich umständlich.

»*Cara famiglia*«, beginnt er und schaut in die Runde.

Lächelt mir zu, wohlwollend und väterlich. Ich erröte und senke beschämt den Blick.

Die Rede dauert eine gefühlte Ewigkeit, sie trieft vor Kitsch und Plattitüden. Als er fertig ist, betreten die Kellner den Saal, sie schenken Weißwein ein, kurz danach wird der Salat serviert. Vincenzo redet ohne Unterlass auf mich ein, ich höre nur mit halbem Ohr zu und versuche, ihn meine Ungeduld nicht spüren zu lassen. Ich stopfe den Salat in mich rein und kann es kaum erwarten, bis die leeren Teller abgeräumt werden. Als es so weit ist, beschleunigt sich mein Puls.

Als Nächstes wird die Spargelsuppe aufgetragen. Ein mehrgängiges Menü ohne Spargel um diese Jahreszeit wäre unvorstellbar. Hierzulande sowieso, schließlich gehört der Spargel zusammen mit Fußball und dem sonntagabendlichen »Tatort« zu den heiligen drei Grundpfeilern der deutschen Kultur.

Ich setze ein stoisches Gesicht auf, als der junge Mann, der den Tisch mit dem Brautpaar bedient, den Suppenteller vor den Bräutigam hinstellt. Dabei halte ich den Atem an. Nur noch Sekunden trennen mich von Antonia und Matteos Vermögen. Cyanid wirkt innerhalb kürzester Zeit. Ich kann nur hoffen, dass Onkel Matteo zu der Hälfte der Menschheit gehört, die den typischen Bittermandelgeruch des tödlichen Gifts nicht wahrnehmen kann.

Onkel Matteo langt nach dem Löffel, tunkt ihn in die sahnige Flüssigkeit und führt ihn zur Nase, riecht daran und schließt genüsslich die Augen. Bingo! Gebannt verfolge ich, wie sich seine Lippen öffnen, er hat den Löffel schon fast im Mund, als plötzlich Tante Aurelia neben ihm auftaucht. Sachte berührt sie ihn an der Schulter, er lässt die Hand sinken. Leise redet sie auf ihn ein, er lacht, wendet sich zu ihr hin, der Löffel taucht langsam in der Suppe ab. Sie spricht weiter, worüber, kann ich von meinem Platz aus nicht verstehen, obwohl es stiller geworden ist, jetzt da die meisten Gäste mit Essen beschäftigt sind.

Schmatzend plappert Vincenzo neben mir weiter und schiebt sich gleichzeitig Suppe in den Mund. Ich höre ihm immer noch nicht richtig zu, meine Aufmerksamkeit gilt allein Onkel Matteo und seiner Spargelsuppe. Tante Aurelia scheint ihm Wichtiges mitzuteilen zu haben, denn sie steht immer noch neben ihm und redet und redet.

Als sie endlich an ihren Platz zurückkehrt, prüft er mit dem Finger die Temperatur der Suppe, verzieht angewidert das Gesicht und winkt den Kellner heran. Fassungslos verfolge ich, wie er den Teller in die Küche zurückgehen lässt. Der Servicemitarbeiter wirft mir einen Blick zu, zuckt unauffällig mit den Schultern und trägt die erkaltete Suppe weg. Onkel Matteo wartet, und als er eine neue dampfende Vorspeise erhält, lächelt er zufrieden. Im nächsten Moment sieht er mich direkt an und zwinkert mir zu.

Ich erstarre. Mit einem Mal bin ich überzeugt, dass er von meinen Absichten weiß. Unauffällig schaue ich mich im Saal um. Ein paar Verwandte senken ertappt die Köpfe, andere hingegen fixieren mich ungerührt. Wissen alle davon? Mir bleibt keine Zeit, weitere Überlegungen anzustellen. Glücklicherweise habe ich einen Plan B. Wesentlich weniger subtil, aber genauso effizient. Ich bin ein Profi, wie bereits erwähnt.

Ich ziehe meine Beretta aus dem Hosenbund, entsichere sie und schieße Onkel Matteo dreimal in die Brust. Den Kopf verschone ich, ich will den Hochzeitsgästen die Schweinerei nicht zumuten. Verblüfft reißt er den Mund auf, fasst sich ans Herz und kippt samt Stuhl nach hinten.

Antonia ist sofort aufgesprungen, als ich die Waffe hervorgeholt habe. Genauso wie wir es für den Notfall besprochen haben. Sie rennt zum Ausgang des Rittersaals, ich folge ihr. Spitze Schreie erfüllen den Raum, während wir ins Freie stürzen. Ich packe Antonias Hand und haste mit ihr im Schlepptau zu meinem Wagen auf der gegenüberliegenden Straßenseite. Öffne die Fahrertür. Antonia wirft sich auf den Beifahrersitz, sie keucht. Ich stecke den Schlüssel ins Schloss und will ihn gerade drehen, als mich ein seltsames Gefühl innehalten lässt.

Sie stehen alle an den hohen Fenstern des Rittersaals, die gesamte Sippe drängt sich hinter den Scheiben und stiert zu uns herüber. Mittendrin Cousin Vincenzo, ein schmieriges Grinsen in der Visage. Plötzlich teilt sich die Menge, alle rücken zur Seite und lassen Onkel Matteo nach vorne.

Verdammt! Es durchfährt mich siedend heiß. Sein Hemd hat drei Einschusslöcher, Blut ist nicht zu erkennen. Kugelsichere Weste. Er hat tatsächlich gewusst, was ich vorhatte. Hätte ich bloß auf seinen Kopf gezielt. Unsere Blicke kreuzen sich, er zwinkert mir erneut zu. Schlagartig wird mir klar, was er mit uns vorhat. Vincenzos vom Waschen geröteten Hände, der

Schmutz unter seinen Fingernägeln. Das konnte nur eines bedeuten.

»*Maledetto!*«, ruft Antonia neben mir. »Worauf wartest du? Lass sie glotzen!«

»Nicht!«, schreie ich, als ihre Hand vorschnellt.

Doch meine Warnung erreicht sie zu spät. Sie hat den Zündschlüssel bereits gedreht. Der Motor stottert. In der nächsten Sekunde explodiert die Autobombe, und im Wagen wird es gleißend hell und glühend heiß.

Uwe Ittensohn

Domkaninchen

0:00 Uhr. Domkustos Dr. Sebastian Cornelius, sozusagen der Hausherr des Speyerer Doms, ist achtsam, überlegt und allseits respektiert. In allem, was er tut, strahlt er Gelassenheit und Erhabenheit aus. Ganz so, wie es sich aus seiner Sicht für einen Domkapitular ziemt.

Heute, mitten in der Osternacht, ist diese Ruhe nur äußerlich – ein dünner Schutzfilm über einer aufgewühlten Seele. Die vergangenen Kartage waren von morgens bis abends mit Gottesdiensten im Dom prall gefüllt, erst vor anderthalb Stunden hat die Feier zur Osternacht unter Leitung des Bischofs geendet. Doch er denkt bereits an morgen. Für zehn Uhr ist das große Pontifikalamt mit einem vielköpfigen Choraufgebot angesetzt.

Aufgrund einer gesundheitlichen Unpässlichkeit des Domorganisten wird ausgerechnet ihm dabei das Spiel auf der Orgel zufallen. In Stunden wie dieser drückt die Last der Verantwortung wie ein schweres, ehernes Joch auf seine Schultern.

Er seufzt. Schon kurz darauf hüllen sich jedoch endlich die ersten Wölkchen des Schlafs um seinen aufgewühlten Geist. Sie lösen alle Bedenken in warmer Wohligkeit auf. Das mächtige Geläut des Doms hebt an, um zur Mitternacht zu schlagen. Es beruhigt ihn stets, von diesen Klängen beim Einschlafen begleitet zu werden.

Das Muster der Glockenschläge folgt wie alles in der Kirche eh und je der gleichen Ordnung. Zwölfmal würde die zweitgrößte Glocke – Friederike Wilhelmine Karoline – von einem eisernen Hammer seitlich angeschlagen werden, danach weitere zwölfmal die Kaiserglocke, mit über fünf Tonnen die größte des Geläuts.

Er liebt sie, seine Glocken. Wie immer zählt er die Schläge mit. Die ersten zwölf lassen ihn in wohligen Halbschlaf gleiten. Dann folgt die Kaiserglocke. Eins, zwei, drei … Bei Schlag vier scheint ihm der Schlaf einen Streich zu spielen. Er wirkt seltsam gedämpft und misstönig. Schlag fünf wieder zu leise mit eindeutigen Fehltönen. Wie von einem Stromschlag getroffen, krümmt sich sein Körper in eine Sitzposition. Er will sichergehen, nicht zu träumen. Erneut dieser Misston. Was ist das? Ist die mächtige Kaiserglocke mit ihren zwei Metern Durchmesser etwa gesprungen?

0:00 Uhr. *Schnell hinauf, weg aus der Reichweite dieser Gesichtslosen. Ein Balanceakt, damit ihm niemand folgen konnte. Er stieß die Leiter fort, schnitt ihnen den Weg ab. Ein beherzter Sprung. Seine Füße, die auf dem Staub der Jahrhunderte den Halt verloren. Ein dumpfer Schlag. Sein Bewusstsein wich wie Tauben, die aus einem Turmfenster flohen. Ein letzter Schmerz, Erleichterung. Es war vorbei.*

0:03 Uhr. Er steht auf. Es ist ihm, als würde ein schwerer, kalter Stein auf seinen Eingeweiden lasten. Ein defektes Geläut wenige Stunden vor dem Osterpontifikalamt – unvorstellbar. Man würde zum Gespött der Stadt werden, ausgerechnet am Ostersonntag.

In diesem Augenblick reißt ihn das Vibrieren seines Handys aus den finsteren Gedanken. Er geht dran.

»Bin auf dem Weg zum Dom. Kann mir das gar nicht erklären. Will mir das ansehen«, schnarrt Alois Körner, der Domtechniker, grußlos. In seiner Stimme liegt eine Mischung aus Sorge und Betroffenheit. Funktioniert etwas im Dom nicht, nimmt er es persönlich, als wäre es sein eigenes Versagen.

»In zehn Minuten am Nordportal«, erwidert Kustos Cornelius, während er ein frisches Hemd vom Bügel zerrt.

23:55 Uhr. *Der nicht enden wollende Steg über das Deckengewölbe des Langhauses verlor sich vor ihm in der Finsternis. Hinter ihm Deckenlampen, deren Lichtschein ihn verfolgte. Warum sprangen sie klickend an, wenn er sie passiert hatte?*

Wiesen sie seinen Verfolgern den Weg? Aber wo waren sie?

Er konnte nicht mehr. Ob er sich ihnen stellen sollte, alles erklären? Immerhin war er ein guter Christ, wenngleich orthodoxen Glaubens.

0:20 Uhr. Ein stummer Händedruck.

»Schon was vom Bischof gehört, Doktor?«, fragt der Domtechniker.

»Nein, Gott bewahre. Hoffentlich hat er geschlafen«, erwidert Kustos Cornelius mit tiefen Sorgenfalten, während sie durch das Seitenportal treten.

»Sollten uns zuerst das Schaltpanel in der Sakristei anschauen. Vielleicht ist es nur ein Softwarefehler, haben die letzten Tage ein Update bekommen«, sagt der Techniker, während er, ohne auf Antwort zu warten, nach links Richtung Sakristei abbiegt.

Die Tür steht weit offen. Er wirft dem Domtechniker einen bedeutungsvollen Blick zu, legt den Zeigefinger auf die Lippen. Sie schleichen in den unbeleuchteten Raum. Bleiben stehen, horchen, gehen ein paar Schritte, horchen erneut. Nichts.

Der Techniker aktiviert die Taschenlampen-App seines Smartphones. Der Lichtkegel huscht über aufgezogene Schubladen, unordentlich herumliegende Gegenstände und wahllos auf die offenen Laden und den Boden darunter geworfene Paramente – Messgewänder, Stolen und Ähnliches.

Wieder schauen sie sich wortlos an.

Ein Einbruch, aber um was zu stehlen? Was gibt es hier schon?, fragt sich Kustos Cornelius. Die silbernen Messgeschirre, die Kollekte und alles, was sonst noch Wert hat, sind im Tresor untergebracht.

***23:50 Uhr.** Ob es hier weiterging? Wo war er? Alles war dunkel. Er wusste weder, wo die oft versteckt liegenden Lichtschalter waren, noch traute er sich, die Beleuchtung anzuschalten.*

Wohin sollte er bloß? Vor ihm eine Tür, ob sie zum Dach des Langhauses führte? Sollte er sich hier im Dunkel verbergen, bis seine Verfolger aufgaben? Er ließ die Flamme seines Feuerzeugs anspringen. Trotzdem blieb er orientierungslos und drückte sich in eine Mauernische. Reichte das, um seine Häscher zu täuschen? Das Gasflämmchen erlosch.

Als wäre es eine Antwort, erschienen kleine Lichtpunkte vor und um ihn herum – dämonische Augen. Sie waren überall. Und er war allein, ohne Ausweg.

War es die Art von Fegefeuer, die sich der Allmächtige für ihn Sünder ausgedacht hatte?

0:32 Uhr. Wortlos weist er auf die offene Tür zur Untersakristei. Sie wird normalerweise von den Sakristanen nach ihrem Dienst ins Schloss gezogen. Der Techniker deaktiviert die Taschenlampen-App. Allein mit dem spärlichen Licht des Handydisplays steigen sie mehr tastend als sehend die dunkle Treppe hinab in den fensterlosen Raum. Hier ist alles, was man übers Kirchenjahr braucht, ordentlich verstaut.

Obwohl er als Domkustos die Untersakristei im Lauf seiner Dienstzeit schon Hunderte Male betreten hat, erschaudert er.

Lauert ihnen womöglich der unsichtbare Fremde auf?

Kustos Cornelius lässt den Blick schweifen. Mit weißen Leintüchern verhängte alte Kandelaber – stille Gespenster. Mit grobem Stoff überspannte Prozessionskruzifixe in den Regalen – gekrümmte Leichname.

Er gibt ein Zeichen innezuhalten und lauscht. Nichts.

Auf Zehenspitzen begibt er sich zu jener massiven Holztür, die auf den kleinen, mit hohen Gittern umfriedeten Hof zwischen Sakristei und Querschiff hinausführt. Als er die Klinke ergreift, schwingt sie widerstandslos nach innen.

Sie nicken sich zu, in der stummen Einsicht, nicht allein in diesem weitläufigen Gebäude zu sein.

***23:45 Uhr.** Im Dunkeln drückte er sich an der Wand entlang, den Nordostturm nach oben. Der raue Sandstein raspelte ihm unbarmherzig die Haut von den Fingerknöcheln. Schmerz fühlte er keinen, so groß war die Angst. Nur immer weiter hoch, Abstand zwischen sich und die Verfolger bringen.*

0:30 Uhr. Der Techniker lässt vorsichtig die Fingerkuppen über die seitlich an der Tür liegenden Kontakte der Alarmanlage gleiten. Sie ist erst vor wenigen Wochen installiert worden.

Sein fragendes Gesicht verrät, was er denkt. Warum hat sie nicht angeschlagen? Eigentlich hätte sie ihm und dem Sicherheitschef des Bistums einen stillen Alarm aufs Mobiltelefon senden müssen. Seine Gedanken werden durch das Halbstundengeläut unterbrochen, das gedämpft bis hierher klingt. Alles scheint in bester Ordnung. Ein Lächeln huscht über sein Gesicht.

»Nicht zu früh freuen«, mildert Kustos Cornelius den Optimismus des Technikers. »Zur halben Stunde werden die Glocken drei und vier angeschlagen. Das vorhin mit dem Fehlton war die eins, die Kaiserglocke.«

23:40 Uhr. Vor ihm lag die Holztür im Schein eines Lichts. War es das Mondlicht, oder wo kam der Lichtstrahl her? Ein Zeichen? Sollte er ihm folgen? War das ein Ausweg?

0:34 Uhr. Kustos Cornelius stellt sich dicht neben den Techniker, den Mund nah an dessen Ohr. Er bricht das Schweigen.

»Er kann nicht mehr in der Sakristei sein. Er ist von außen durch diese Tür gekommen, dann hoch in die Sakristei, hat dort was gesucht und ist hierdurch verschwunden.« Dabei zeigt er auf die offen stehende Tür, die hinab zur Krypta führt. »Was will er da?«

Er nimmt sich nicht die Zeit, auf eine Reaktion seines Begleiters zu warten. Er hält entschlossen auf die Tür zur Krypta zu.

Der Domtechniker greift nach dem Stoff seines schwarzen Sakkos und hält ihn zurück. »Sollen wir nicht die Polizei …?«

»Ach was, bis die hier sind und dann die ganze Welt verrückt machen. Es ist Ostersonntag, nur noch wenige Stunden bis zum Pontifikalamt …«

Der Techniker nickt kraftlos. Sein Gesichtsausdruck verrät, dass es ihm nicht passt, was hier geschieht.

Kustos Cornelius geht weiter, biegt alles, was die liturgischen Abläufe in seinem Dom stören könnte, wie lästiges Gestrüpp zur Seite, unbeugsam, von niemandem und nichts aufzuhalten.

»Können wir nicht wenigstens unseren Sicherheitschef, also ich meine, er müsste ja wissen, warum die Alarmanlage …«, startet der Domtechniker einen weiteren Versuch.

»Wenn's unbedingt sein muss.« Mit einer wegwerfenden Geste signalisiert er, dass sie das alles bloß aufhalten würde, und steuert die Treppe zur Krypta hinab.

Sein Mitarbeiter schüttelt den Kopf und tippt im Gehen hektisch auf dem Display seines Handys.

23:35 Uhr. *Wie ein Kaninchen auf der Treibjagd hastete er zur Nordtreppe der Krypta. War sie verschlossen, war das das Ende dieses unbarmherzigen Kesseltreibens.*

Er drückte den stählernen Türgriff nieder. Die Tür blieb wie eine Wand vor ihm stehen. Er warf sich beherzt gegen das schwere Türblatt. Es gab ihm den Weg ins Kirchenschiff frei.

Endlich, das fahle Mondlicht, das durch die Fenster des Obergadens fiel, schenkte ihm wieder Orientierung.

Er wandte sich nach rechts, um auf dem Weg zu verschwinden, auf dem er gekommen war.

Ein tiefer Ton, den er mehr fühlte als hörte, ließ ihn förmlich abprallen. Die Orgel. Wer spielte da und vor allem jetzt um diese Zeit?

Er drehte sich instinktiv um, bloß weg von diesem Ton, die Treppen hinauf in den weitläufigen Chorraum – weg von dem Dämon, der ihm das antat.

0:38 Uhr. Sie erreichen die Krypta über die südliche, versteckt gelegene Seitentür neben dem Ostaltar. Mond und Sterne lassen das Fenster hinter dem Altar eine eigenartige Fluoreszenz abstrahlen und hüllen den düsteren, halb unter der Erde liegenden Raum in gespenstisch bleiches Licht.

»Die Kaisergräber …«, zischt Kustos Cornelius.

Ohne dass es einer Erläuterung bedarf, scheint der Techniker zu wissen, worauf er anspielt, und flüstert mehr zu sich selbst: »Grabräuber.«

Eilig, ohne Licht anzuschalten, durchqueren sie den Raum.

»Mist!«, schreit der Domtechniker, als er sich am Taufbecken stößt.

»Still! Weiter!« Er zerrt ihn am Ärmel hinter sich her.

In der ausgedehnten Halle der Krypta tasten sie sich im

grauen Mondlicht von Pfeiler zu Pfeiler in Richtung der Kaisergräber. Vor den Treppenaufgängen rechts und links zu den Grabmalen halten sie inne. Nichts. Kein Laut dringt aus den Treppengängen.

»Hier brauchen wir Licht«, flüstert der Techniker.

»Mhm«, grunzt Kustos Cornelius unzufrieden und lässt kurz darauf das Deckenlicht aufflammen.

Sie schirmen ihre Augen, die sich an die Dunkelheit gewöhnt haben, mit den Händen ab.

»Wir teilen uns auf. Sie nehmen die rechte, ich die linke Treppe.«

»Aber ...«, setzt der Techniker an, dem die Aussicht, allein jenem Eindringling zu begegnen, anscheinend gar nicht passt.

»Los, weiter.« Schon nimmt Kustos Cornelius die ersten Stufen der linken Treppe.

Der Techniker fügt sich. Sie eilen die Treppen empor, nur um sich auf dem hufeisenförmigen Gang, der um die Steinsarkophage der Kaiser, Könige und deren Gattinnen herumführt, alsbald wiederzutreffen.

Alles ist wie immer. Kustos Cornelius atmet auf, froh, dass die Horrorvision von geöffneten Sarkophagen und verstreuten Knochen nicht eingetreten ist.

23:31 Uhr. *Wie Messerklingen schnitten die kaltweißen Mondlichtstreifen durch die deckennahen Fenster in die dunkle Krypta.*

Waren das gelblich schimmernde Raubtieraugen, die ihn aus den hintersten Ecken des Raums fixierten? Ein Rudel Wölfe?

Er musste raus. Hier gab es keine versteckten Winkel, um sich darin zu verbergen. Eine Treppe vor ihm.

»Sind da nicht die Kaisergräber?«, flüsterte er kaum hörbar vor sich hin.

Er hielt sich rechts, tastete sich an der Wand entlang, doch sie wich in eine unregelmäßige Mauernische. Er stolperte, fiel. Der Schmerz im Knie ließ ihn aufstöhnen.

Hinter ihm Schritte. Es mussten mehrere sein. Er raffte sich auf, lief weiter.

Seine Rechte fand den Handlauf und glitt daran entlang.

Die Treppe führte ihn tief ins undurchdringliche Dunkel der Gruft. Verzweifelt rieb er sich die Augen. Wie ging es weiter? In seinem Kopf materialisierte sich die Erinnerung – mächtige Steinsärge, dazwischen Vertiefungen.

Ein Scharren, wie schwerer Stein auf Stein. Schob sich da ein Sarkophagdeckel zur Seite? Er bekreuzigte sich. Dann diese zwei großen gelben Augen, die von dort im Dunkel zu ihm hochstarrten. Der Leibhaftige?

Panische Angst schnürte ihm die Kehle zu.

Hier passierte das Unfassbare. Er rannte, stieß gegen rauen Stein, fiel aufs Gesicht. Er schmeckte Eisen. Weg, bloß weg von diesem Ort des Grauens. Auf Knien und aufgeschürften Händen trieb ihn Angst wie ein waidwundes Tier die Treppe hinab, zurück in die Krypta.

Was war das? Hatte er die Geister der toten Kaiser gegen sich aufgebracht?

0:50 Uhr. »Wir nehmen den nördlichen Aufgang. Die Tür steht offen.«

Wieder werfen sie sich bedeutungsvolle Blicke zu. Sie sind ihm auf den Fersen.

Von hier gelangt man ins Mittelschiff und letztlich überall in dieses mächtige Gebäude mit hundertvierunddreißig Metern Länge, vier Türmen, zwei Kuppeln und drei Kapellen.

Kustos Cornelius schaut nervös auf die Armbanduhr. »Nur noch zehn Minuten bis zum nächsten Stundenschlag. Wir müssen hoch zu den Glocken, sehen, was er dort angerichtet hat. Wir nehmen den Nordostturm und gehen durch den Dachstuhl.«

Wollen sie rechtzeitig sein, wird die Zeit knapp. Der Weg von hier den Turm hinauf, über den Dachboden zur sechseckigen Westkuppel mit dem Glockenstuhl ist weit. Sie wissen das beide und setzen zum Spurt durch das einzig vom Mondlicht erleuchtete Kirchenschiff an.

»Argh! Mist! Was ist das?«, blökt der Techniker gequält.

Kustos Cornelius wendet sich um, sieht, wie ein Schatten von seinem gestürzten Begleiter zur Seite springt.

»Stopp, stehen bleiben!«, brüllt er.

»Sie? … Ich dachte …«, hört er eine bekannte Stimme.

»Was treiben Sie hier?«, herrscht er den Mann an, den er als Karl Wegner, den Sicherheitschef des Doms, erkennt.

»Na ja, Alois, also ich meine, Herr Körner hat mich verständigt und mir aufgetragen hierherzukommen.«

»Das ging schnell.«

»Na ja, ich war nicht weit von hier unterwegs, Doktor.«

»Aha, um diese Zeit?« Wieder schaut er auf die Armbanduhr. »Sei's drum, wir müssen schnellstmöglich hoch zu den Glocken.«

Der gestürzte Domtechniker rappelt sich umständlich auf und reibt sich ächzend das Knie.

»Lassen Sie sich Zeit.« Kustos Cornelius klopft ihm mitfühlend auf die Schulter. »Wir gehen vor. Sie können ja nachkommen.«

23:25 Uhr. *Er stob die Treppe zur Untersakristei hinunter. Irgendwas war hier faul. Er hastete zu der Tür, durch die er eingetreten war.*

Er hörte ein Scharren auf der anderen Seite. Was war das? Hatte man ihn entdeckt?

Er wandte sich um. Hinter ihm eine weitere Tür, er riss sie auf. Eine Treppe führte hinab – hinab zur Krypta.

0:59 Uhr. Sie halten erst an, als sie unterhalb des Glockenstuhls vor der Tür des Turmuhrenraums stehen. Sein Herz wummert vor Anstrengung.

Über ihnen hängt das alte zeigerlose Zifferblatt mit der verrutschten römischen Vier, uhrentypisch aus vier senkrechten Strichen gebildet, das Firmenschild der Turmuhrenfabrik »Porth« darauf. Seinerzeit bei der Wiedererrichtung des Westbaus gefertigt. Wie immer, wenn es in sein Gesichtsfeld gerät, erfüllt ihn das wohlige Gefühl der Vertrautheit.

Wieder wirft er einen Blick auf die Armbanduhr. »Noch eine Minute. Los, weiter.«

Sie nehmen die letzte Treppe und stehen kurz darauf an der Basis des mehrstöckigen Glockenstuhls vor der Kaiserglocke.

Seine Augen weiten sich, als Kustos Cornelius die Ursache für den Misston erkennt. »Mein Gott!«

23:20 Uhr. *Es war genauso einfach gewesen, wie es ihm dieser vermummte Typ gesagt hatte. Nun galt es nur noch, die großen Mappen zu finden, in denen sich die Ausbeute der Kollekten der letzten Tage befand.*

»Es ist eine einmalige Gelegenheit«, hörte er ihn in seiner Erinnerung sagen. Die Kollekte der Kartage auf einen Schlag, bevor sie am Ostersonntag vom Sakristan abgeholt wurde. Nicht das, was man ein Vermögen nannte, aber für wenige Minuten Arbeit. »Reinspazieren, rausholen, weg damit.«

Das »Reinspazieren« vorhin hatte schon mal gut geklappt. Warum unterstützte ihn dieser Kerl bei diesem Diebstahl, insbesondere als Mann der Kirche?

»Die haben eine Abreibung verdient, und dir armem Wicht wird es guttun«, war die Antwort gewesen.

Nun hieß es suchen. Die Sakristei war weitläufiger als gedacht, zum Glück vom Vollmond erhellt. Dennoch war die Anzahl der Schränke in der Kredenz – einer Anrichte, auf der die Chorgewänder der Geistlichen vor der Messe ausgebreitet wurden – überschaubar.

»Einfach systematisch durchsuchen, Schublade für Schublade, Schrank für Schrank«, hatte er ihm geraten.

Dann war die erste Suche beendet. Nichts. Hatte er etwas übersehen?

Plötzlich ein Knarzen hinter ihm. Was war das? Ein kalter Luftzug im Nacken.

Eine blecherne Stimme aus dem Nichts. »Lass das sein, Gott wird dich strafen!«

Sein Herz pochte. Er war entdeckt. So schnell er konnte, hastete er die Treppe, über die er gekommen war, in die Untersakristei. Nichts wie raus hier.

1:00 Uhr. Ein Surren des altertümlichen Elektromotors zeigt den Schlag zur vollen Stunde an.

Ohne eine Chance einzugreifen, werden sie Zeugen eines

grausigen Schauspiels. Zwischen der Kaiserglocke und einer hölzernen Quertraverse des Glockenstuhls liegt seltsam verrenkt ein menschlicher Körper. Der Unterarm des Unglücklichen – oder besser das, was davon übrig ist – klemmt zwischen Glockenrand und Schlaghammer. Ärmel, Gewebefetzen und Knochenreste dämpfen den ersten Schlag.

»Schnell abstellen, alles abstellen!«, schreit Kustos Cornelius außer sich.

Ein lautes Klacken verrät, dass der Domtechniker, der ihnen auf dem Fuß gefolgt ist, mit der ganzen Handfläche auf den Not-Aus-Knopf klatscht und die bizarre Tragödie beendet.

Schon beugt sich der Sicherheitschef über den Kopf des schrecklich Zugerichteten und tastet nach der Halsschlagader. Durch ein mattes Kopfschütteln gibt er zu verstehen, was Kustos Cornelius längst befürchtet.

23:15 Uhr. *»Damit kommst du rein«, hatte er ihm gesagt. »Erst das Gittertor zum Hof, dann die Holztür zur Untersakristei. Er passt in beide Türen.«*

Ein Kontrollblick – um diese Zeit war hier niemand unterwegs –, aufschließen und rein. Es war ein Kinderspiel.

Mit einer Kapuze eng ums Gesicht gezogen und einer Sonnenbrille war er vermummt gewesen, als er ihn auf dem Parkplatz vor dem Haus des Dompfarrers angesprochen hatte. Er war ihm unheimlich gewesen. Jemand wie er musste auf der Hut sein. Fremde konnten gefährlich sein. Mit Grauen erinnerte er sich daran, wie er vor einigen Monaten von diesem wilden betrunkenen Mob Jugendlicher durch den Domgarten gehetzt und geprügelt worden und erst wieder im Krankenhaus erwacht war. Die Blessuren waren verschwunden, die Angst tief in seinem Inneren war geblieben.

Ihn hatte er an seinen Schuhen erkannt – einen Mann, der hier immer herumlief und der im Dom arbeitete. Daher vertraute er ihm. So wie er dort gewöhnlich saß und bettelte, waren ihm die Schuhe der Passanten näher als deren Gesichter. Er wollte ihm etwas Gutes tun – ein Ostergeschenk. Natürlich war es ein Vorwand, für was auch immer.

Ein komischer Kauz war das, aber ihm sollte es recht sein. Zweitausend Euro, die es mit einmal rein und raus in nur zehn Minuten zu holen gab, waren schnell verdientes Geld, und was hatte er zu verlieren? Er würde einen Großteil davon zu seiner Mutter nach Bulgarien schicken und ihr damit helfen, übers Jahr zu kommen.

»Die gute Absicht gleicht die Sünde aus«, war die Antwort des Dommanns auf seine geäußerten Bedenken gewesen.

1:07 Uhr. Gemeinsam befreien sie den eingeklemmten Leichnam.

Kustos Cornelius' Einwand, man solle auf die Spurensicherung warten, zerstreut der Sicherheitschef eilig. »Wir müssen es versuchen. Wenn er auf festem Boden liegt und wir an ihn rankommen, können wir ihn vielleicht durch eine Herzmassage zurückholen.«

Doch die Hoffnung erlischt so schnell wie die flackernde Flamme eines Streichholzes. Das Herz des übel zugerichteten Mannes schlägt nicht mehr und lässt sich durch die linkischen Versuche des Sicherheitschefs auch nicht wieder dazu bewegen.

Kustos Cornelius bekreuzigt sich.

»Er muss sich beim Sturz das Genick gebrochen haben. Sein Kopf hängt unnatürlich zur Seite«, bricht der Techniker das Schweigen.

»Aber was hat er da oben gesucht? Und wie kam er dort hoch?«, fragt Kustos Cornelius.

»Damit.« Der Techniker weist auf eine umgestürzte Leiter. »Ich muss da von Zeit zu Zeit hoch zu den oberen Glocken, um die Zapfen der Joche in ihren Lagern zu schmieren.«

»Deshalb wird er wohl kaum hochgeklettert sein.«

»Vielleicht wollte er einen Bronzeklöppel da oben stehlen und auf dem Schwarzmarkt …«, setzt der Sicherheitschef zu einer Erklärung an.

»Unsinn. Glockenklöppel sind aus weichem Eisen. Die sind nichts wert«, erwidert Kustos Cornelius.

Der Techniker reibt sich das Kinn, als überlegte er, ob es angesichts des Risikos, auch eine harsche Abfuhr seines Vorgesetzten zu ernten, opportun ist, etwas zu sagen. »Vielleicht war es diese neue …«

Er stockt. Anscheinend wägt er sorgsam ab, was er preisgeben kann.

»Kommt noch was?«, fragt Kustos Cornelius und starrt ihm in die Augen.

»… diese neue Alarmanlage, meine ich, Doktor.«

»Was jetzt? Wollte er die hier oben etwa klauen?«

»Nein, ich meine, sie hat ihn vielleicht hierher…« Wieder stockt der Mann.

»Sie sprechen in Rätseln, Körner. Sie wird ihn ja wohl kaum eingeladen haben, den Glockenstuhl zu inspizieren.«

Der Sicherheitschef lacht eine Spur zu laut auf.

»Anstatt zu lachen, sollten Sie uns jetzt lieber erklären, was es mit dieser neuen Alarmanlage auf sich hat«, sagt Kustos Cornelius.

»Nichts Besonderes.«

Kustos Cornelius schnaubt ärgerlich. »Könnten Sie beide mal zur Sache kommen?«

»Na ja, sie versucht, den Eindringling in die Flucht zu schlagen«, antwortet der Sicherheitschef.

»Wie bitte? Und was ist daran neu, dass bei Alarm eine Sirene angeht und der Einbrecher erschreckt und abhaut?«

»Es ist keine Sirene, es ist etwas Neuartiges.«

»Und was soll das heißen, Wegner? Wir haben hier eine Leiche. Mit jeder Minute, die wir warten, ohne die Polizei zu rufen, erhöhen wir das Risiko, uns strafbar zu machen.«

Aus dem Gesicht des Sicherheitschefs ist jede Farbe gewichen. »Na ja, das Alarmsystem oder, besser, seine Steuerung ist völlig neu – ein Prototyp aus den USA.«

»Aha, und das bedeutet?«, bohrt Kustos Cornelius weiter. Er ist bekannt dafür, dass er in Situationen wie dieser einem Terrier gleich erst ablässt, wenn er alles weiß.

»›AIAmNet‹.«

Die Verärgerung, die sich mit jeder Antwort, die er dem Mann aus der Nase ziehen muss, in ihm ausbreitet, wird immer augenfälliger. Eine aufsteigende Hitze in seinen Wangen verrät ihm, dass sein Gesicht rot anläuft. »Was soll dieses Kauderwelsch? Ich will jetzt eine Erklärung und keine Ausflüchte!«

»›AIAmNet‹ steht für Artificial Intelligence Ambiance Network«, kommt ihm der Techniker zur Hilfe. »Das bedeutet, dass die zentrale Steuerung aller Raumfunktionen mit der Sicherheitstechnik via künstliche Intelligenz verknüpft wurde.«

»Aha, künstliche Intelligenz«, erwidert Kustos Cornelius und schweigt. Er hat keine Lust, durch eine Rückfrage den beiden Techniknarren seine Unerfahrenheit in diesen Dingen auf die Nase zu binden. Sein Gehirn arbeitet jedoch auf Hochtouren, und eine ungute Ahnung von dem, was hier vorgefallen sein könnte, erfasst ihn. Er schaut sie durchdringend an.

»Na ja, wenn die Sensoren der Alarmanlage einen Eindringling registrieren, werden bestimmte Raumfunktionen angesteuert«, fährt der Sicherheitschef fort.

»Und die wären?«

»Zum Beispiel wird die Beleuchtung eingeschaltet. Besondere Lichteffekte werden aktiviert, vorher festgelegte Geräuschsequenzen wiedergegeben. Die Orgel spielt einen tiefen Ton und so weiter.«

»Die Orgel spielt? Meine Orgel? Und was ist dabei so schlimm, dass man in den Glockenstuhl flieht?«

»Es ist das große C auf der Zehn-Meter-Pfeife.«

»Verstehe«, sagt Kustos Cornelius. Er weiß, welches Gefühl das tiefe, kaum hörbare Brummen auslöst, das alles im Dom in Vibrationen versetzt und jedem unweigerlich in die Eingeweide fährt.

Auch auf dem Gesicht des Domtechnikers, der sich mit jeder Antwort seines Kollegen unmerklich etwas näher an seine Seite stellt, zeichnet sich Unglauben ab.

»Du hast doch nicht …?«, fragt der Techniker und schaut seinem Kollegen tief in die Augen.

»*Was* hat er nicht?«, fragt Kustos Cornelius.

»Na ja, die Amerikaner haben uns da – natürlich völlig kostenlos – ein Upgrade …«

»Du meinst nicht etwa diese neue Betaversion?«

Der Sicherheitschef schaut betroffen auf seine Fußspitzen.

»Doch, sie war kostenlos, und man wollte uns damit als Erstanwender groß rausbringen und eine fette Sonderzahlung leisten.«

»Du meinst, dich groß rausbringen und dir eine fette Sonderzahlung leisten?«, schnarrt der Techniker.

»Ja, aber ich konnte ja nicht ... Die Verantwortung dafür tragen die Amerikaner.«

»Es hat ihn in den Tod getrieben!«, schreit der Techniker und ringt nach Luft.

Der Kopf des Sicherheitschefs zuckt in Richtung der Leiche auf dem Boden.

Unwillkürlich folgen sie seinem Blick.

Wie von einem Magneten angezogen, tritt Kustos Cornelius bedächtig auf den Leichnam zu und kniet sich neben ihn. Er fischt ein frisches weißes Stofftaschentuch aus seiner Sakkotasche und zieht an einem nur mit Mühe zu erkennenden gelben Plastikplättchen, das aus der Hosentasche des Toten ragt.

»Wenn das nicht ...« Er stockt. Das Herausziehen des gelben Etwas verlangt all seine Konzentration. »Das ist unser Sakristeischlüssel.« Wie zur Bestätigung ist nun auch die Aufschrift »Sakristei« auf dem Schlüsselanhänger zu lesen. »Wie kommt er zu unserem Schlüssel?«, speit er den anderen förmlich entgegen.

Während sie schweigen, reibt sich Kustos Cornelius nachdenklich das Kinn.

Alle Wut ist mit einem Mal gewichen. Einzig die für ihn typische kühle, scharfsinnige Überlegtheit ergreift von ihm Besitz. In seinem Kopf fügt sich nun alles, was er erfahren hat, wie ein Mosaik zusammen.

»Deshalb waren Sie so schnell hier, Wegner. Er ist ... er war ...« Erstauntes Entsetzen legt sich auf seine Züge. »Sie haben diese arme Seele benutzt, um Ihre künstliche Intelligenz zu testen – er war Ihr Versuchskaninchen.«

Isabella Archan

Der Duft von Pils und Klunkern

»Alle krigge mit, wenn isch bsoffe bin, awwer käner merkt, wenn isch Dorscht heb«, meldete sich Felix zu Wort.

»Kapier ich net«, sagte der Wiener. Er gab selbst oft Sätze von sich, die keiner an einer Theke in einem Brauhaus in Baden-Württemberg verstand.

Felix lächelte. »Alle merken es, wenn ich betrunken bin, aber keiner merkt es, wenn ich Durst habe.«

Der Spruch stammte von seinem Patenonkel Jakob, der nie um eine Weisheit verlegen gewesen war. Von ihm hatte Felix die Angewohnheit, vor dem ersten Schluck eines richtig guten Pils erst mal daran zu schnuppern. Würzig, bitter, zart, blumig. Es gab viele Beschreibungen, doch das Gefühl, das in die Nase stieg und sich im Hirn ausbreitete, musste man erleben.

»Wohl bekomm's, Prost!« Der Wiener grinste. Einer seiner Schneidezähne hatte einen braunen Belag. Sie stießen an. Der Inhalt der Gläser bewegte sich wie flüssiges Gold. »Auf gute Zusammenarbeit!«

Felix nickte. Ja, er war gut in dem, was er tat. Safeknacker und Fassadenkletterer, hätte er auf Visitenkarten drucken lassen können, wenn er welche gebraucht hätte. Natürlich hätte Felix seinem Gegenüber nicht vertrauen sollen. Hinnerher is ma immer schlauer! Auch der Satz stimmte.

Felix kannte den alten Wiener, der, laut eigenen Angaben, vor einigen Jahren nach Schwetzingen übersiedelt war, nur von den Besuchen im Brauhaus. Dort vertrieb sich der gebürtige Österreicher gewöhnlich die vielen einsamen Abende, wie er erzählte.

An dem geselligen Ort hatte er rasch Kontakt zu seinesgleichen gefunden, sprich zu Felix. Man roch sich, könnte man genauso sagen. Es war ein wenig wie ein Treffen mit entfernten Verwandten. Wie sich Theaterleute oder die Ärzteschaft untereinander erkannten und verstanden, so war es auch bei Kleinkriminellen. Schnell waren sie ins Plaudern geraten. Seit drei Wochen waren die Brauhauszusammenkünfte fast schon ein Ritual.

Seit der Scheidung fühlte sich Felix ebenfalls oft mutterseelenallein. Laura fehlte ihm. Die Trennung hatte ihn zu einem Lonesome Cowboy werden lassen, was mit seinen nebenberuflichen Tätigkeiten zusammenhing, die sich unter dem Radar seines kargen sozialen Umfelds abspielten.

Am helllichten Tag war er ein braver Bürger und Steuerzahler, der einer anständigen Arbeit nachging, wenn man das Verkaufen von Versicherungspolicen als seriös erachtete. Des Nachts wurde Felix zu einem Geschöpf der Unterwelt. Die Bezeichnung hatte er aus einem Comic übernommen. Zu schade, dass er sie höchstens anderen seiner Art mitteilen konnte.

Das Gefühl der Verbundenheit über Landesgrenzen hinweg hatte Felix verführt, nicht lange über den Vorschlag des Wieners nachzudenken, sondern ihn ohne Sicherheitsnetz anzunehmen. Dazu hatten das Gurren in der Sprache des in die Jahre gekommenen Kleinkriminellen oder Strizzis, wie er sich selbst bezeichnete, und der sanfte Singsang in dessen Dialekt Felix eingelullt. Mit seinem weißen Bart erinnerte er Felix an den Weihnachtsmann, noch dazu wo eine mögliche Bescherung in der Luft lag.

»Ich sag dir, Felix«, redete er bereits weiter, »es wird watscheneinfach. Die Bewohner in der ›Alten Mälzerei‹, der Valentin und sein Lebensgefährte, sind bei seiner Mama in Speyer. Und der Valentin is zugleich unser Auftraggeber. Er hat alles bestens vorbereitet. Die Alarmanlage is ausgeschaltet, er wird später sagen, er hat's vergessen. Der Tresor is hinter einem Bild, ganz klassisch. Den Code hab ich vom Valentin längst gekriegt. Wird also ein Einbruch der Extraklasse, jawohl! Nur die Zeit drängt. Morgen muss es laufen.«

»Sehr knapp«, monierte Felix nach einem nächsten Schluck Pils. Es duftete nach Vanilleeis und Veilchen und schmeckte perfekt. »Warum so eilig?«

Der alte Wiener kicherte in seinen Weihnachtsmannbart

hinein, als wäre es die lustigste Pointe der Welt. »Pass auf, Valentin will weg aus der Beziehung und braucht Geld. Sein Freund wird nicht geschädigt, weil die Versicherung zahlt.«

»Aha.«

»Um das Verscherbeln, also das Verticken der Klunker, den Goldschmuck und mehrerer teurer Uhren, brauchst dich nachher gar nicht zu kümmern. Leicht verdientes Geld. Nur schnell muss es eben gehen. Ich würd's ja selber erledigen, wenn ich nicht zu alt wär und morgen noch dazu endlich auf eine verdiente Kur fahren würd. Schau, ich hab den Zitterer.« Zur Bestätigung hob der Strizzi beide Hände und reckte seine zitternden Finger in die Höhe.

Felix trank und nickte.

Die Carl-Theodor-Straße, die Felix jetzt entlangschlenderte, verlief tatsächlich schnurgerade bis zu seinem Ziel. Optisch fiel die ehemalige Mälzerei aus der Reihe, die ihren Standort zwischen den Bürgergebäuden und einigen modernen Bauten hatte. Die Malzdarre ragte im wahrsten Sinn des Wortes hervor. Ein Industrieobjekt mit Ziegelsteinmauerwerk, das an glorreiche Zeiten der »Schwanenbrauerei« erinnerte.

Auf der gegenüberliegenden Straßenseite blieb Felix stehen und legte den Kopf in den Nacken, um den hohen Schlot bis zu seinem Ende zu erspähen. Wie ein Zeigefinger reckte er sich in den Himmel. Ganz oben wurde der Schornstein von der Schlotkrone umrahmt, die mit ihren nach außen gebogenen Zacken eine Kappe für einen Riesen hätte sein können. Der Bau verlieh dem Beobachter das Gefühl an eine gute alte Zeit, in der Mauern noch dick und Ehefrauen treu gewesen waren.

Felix holte tief Luft. Er verspürte Lust, direkt hochzuklettern und von ganz oben die Aussicht über seine Stadt zu genießen. Gefährlich, verboten und deshalb nicht machbar, trotzdem eine Versuchung. Wie eine Süßigkeit aus der »Kurfüsteria«, an der er vorhin vorbeigelaufen war.

Buildering nannte sich die Trendsportart, die Felix lange, bevor sie in Mode gekommen war, begeistert hatte und die er weiterhin mit Enthusiasmus betrieb. Ohne Sicherung und Seil an Gebäuden hochzuklettern, war jedes Mal ein Adrenalinkick der feinsten Sorte.

Außerdem besserten Felix' Leidenschaft und Können ihm die Einnahmen auf. Vom Gehalt eines Versicherungsvertreters hätte er gut, aber nicht so gut leben können. Die mondäne Wohnung auf zwei Etagen mit Garten und Terrasse hatte Laura anfangs verzaubert. Dazu die teuren Reisen, Fünf-Sterne-Hotels waren selbstverständlich. Nun hauste sie bescheidener bei ihrem neuen Lover. Der besaß dafür angeblich andere Qualitäten.

Felix verharrte eine Weile auf seinem Beobachtungsposten und begutachtete Höhe und Beschaffenheit der Mauer. Die Gegebenheiten waren perfekt. Bis zum ersten Stock würde das Hochklettern eine Kleinigkeit sein. Die Ziegelsteine boten schmale Vorsprünge zum Festklammern der Finger und Halt für die Zehen in seinen speziellen Barfußschuhen mit gerippten Sohlen.

Er war bereit.

Fast meinte Felix einen immer noch schwachen, doch charakteristischen Geruch nach Malz wahrzunehmen, der zu ihm herüberwehte. Setzte man die dunklen Malze Temperaturen von über hundert Grad aus, bildeten sich Aromen von Karamell und Honig aus. Bei noch höherer Hitze entstanden Röstmalze, die nach Bitterschokolade, Kaffee oder Pumpernickel schmeckten. So hatte der Patenonkel, der in einer Brauerei gearbeitet hatte, den Geschmack bei der Bierherstellung beschrieben.

Jener Patenonkel Jakob hatte Felix' Vater das eine oder andere Mal zur »Alten Mälzerei« mitgenommen, bevor der Betrieb 1978 geschlossen worden war. Da war Felix noch nicht auf der Welt gewesen. Felix' Eltern waren schon vor seiner Geburt nach Stuttgart gezogen. Bei einem der Verwandtschaftsbesuche hatte der damals bereits betagte Jakob dem achtjährigen Buben sein erstes Pils spendiert. Einen Pfiff Bier zwar nur, wie man einen Schluck von dem Getränk im schönen Österreich nannte, doch das Aroma auf Gaumen, Zunge und Kehle vergaß Felix nie.

»Das ist der Geschmack des Himmels!«, hatte der Patenonkel ganz auf Hochdeutsch philosophiert.

Vielleicht war es die Erinnerung an jenen alteingesessenen

und stolzen Schwetzinger Jakob, die Felix per Handschlag und, ohne groß nachzuhaken, den Vorschlag des Österreichers hatte annehmen lassen. Felix führte kein unglückliches Dasein, aber Momente der reinen Seligkeit hatte er seit dem Start in sein Singledasein nicht mehr erlebt. Einzig der sogenannte Nebenjob erfüllte ihn noch mit Freude.

Die Leichtigkeit des Seins verzückte Felix bei jedem Coup aufs Neue. Sein Hauptberuf bot ihm den Anschein von Seriosität und die Möglichkeit, ohne Aufsehen fremde Behausungen von innen und außen zu inspizieren. Der Rest waren gute Planung, kontinuierliches Training und das Timing, das genau passen musste.

Das Schaufenster der Goldschmiede im Parterre der »Alten Mälzerei« war in einem sanften Orangeton beleuchtet. Die akkurat gestutzten Bäume, die den Gehweg säumten, schränkten zwar die Sicht etwas ein, boten jedoch zugleich Schutz vorm Gesehenwerden.

Gleich würde Felix den Laden betreten, sich umschauen, die Schmuckstücke begutachten. Nicht, um etwas zu kaufen, sondern um auch hier seiner Nase etwas Gutes zu tun. Für die meisten hatte Gold keinen Geruch, doch Felix meinte bei Klunkern der edlen Art ebenso einen hauchzarten Duft zu erspüren. Schneeglöckchen, hätte er gesagt, wenn ihn jemand gefragt hätte. Oder Kletterrosen, kurz bevor sich die Blüten öffneten.

Es zog Felix an, dem Sog ähnlich, den Bienen fühlen mussten, wenn sie sich ihren bevorzugten Blumen näherten. Die üppige Auswahl an Eheringen ließ Felix sofort wieder an seine gescheiterte Beziehung mit Laura denken.

Er blieb doch, wo er war.

Sollte der Wiener mit seinen Angaben recht haben und das Vorhaben gelingen, würde Felix Laura ganz altmodisch ein Kuvert mit geruchslosen und banalen Scheinen zukommen lassen. Zwar würde sie wissen, dass ihr Ex wieder rückfällig geworden war, ihn verpfeifen und die Kohle abgeben, würde sie jedoch niemals. Wenn sie ihn anrufen würde, um ihn zu beschimpfen, würde er sie an die guten Tage wie an ihre nervigen und unberechtigten Unterhaltsforderungen erinnern.

Die Idee allerdings, direkt in Schwetzingen, nah seines jetzigen Zuhauses, einen Einbruch durchzuziehen, war eine Premiere. Der Spruch, dass man nicht dort essen sollte, wo man hinschiss, stimmte. Aber auch, dass einmal keinmal war.

Dieser eine einfache Einbruch, und gut war's.

Felix wurde nicht jünger und hatte die fünfundvierzig vor drei Wochen hinter sich gelassen. Wer wusste schon, wie lange er seinem Körper die Strapazen noch zumuten konnte?

Felix mochte Schwetzingen, ja, er liebte die Stadt. Die Heimat seines Patenonkels war ein Juwel unter den vielen Orten, an denen er bereits gewohnt hatte.

Klein, aber wirklich fein mit dem prachtvollen Schloss und der prunkvoll gestalteten Gartenanlage. Bald würde Felix im nahenden Frühling durch die Zierkirschenallee mit ihrem Blütenmeer flanieren. Die Festspiele besuchen. In der Innenstadt in einem der Cafés sitzen, abends ein Bier im Brauhaus am Schlossplatz genießen. Das Flair einer südlichen Metropole empfand Felix in dem Fleckchen Baden-Württembergs.

Genau hier wollte er alt werden, nur bitte nicht allein und ohne Bindung.

Dazu kam, dass sich die Nähe zu Mannheim und Heidelberg bestens eignete, um Ausflüge dorthin zu unternehmen, den ein oder anderen Einbruch, und rasch wieder zurück zu sein. Seine Ex-Frau hatte ständig darum gebeten, dass Felix diesen speziellen Nebenjob bleiben lassen sollte. Der Gedanke, ihn im Gefängnis besuchen zu müssen, hatte sie um den Schlaf gebracht. Und was hätte Patenonkel Jakob wohl dazu gesagt, wenn er noch leben würde? Felix schüttelte den Kopf und zog die Schultern hoch.

Vielleicht würde er in die andere Richtung schwenken und nach heute Nacht das Kleinkriminellenleben ganz sein lassen. Er überlegte, sich auf einer Dating-App anzumelden. Sportlicher Single und gut situiert, diese Eigenschaften mussten final zu einem Happy End führen, oder?

Felix sog noch einmal den imaginierten Duft längst vergangener Zeiten und seiner verlorenen Liebe ein und konzentrierte sich.

Der Goldschmied war ohnehin nicht sein Ziel, sondern das Apartment einen Stock höher. Die Fenster sahen neu aus, oben mit jeweils einem Rundbogen. Kein Licht, keine Bewegung, dort drinnen hielt sich zurzeit niemand auf. »Ein Klacks für einen wie dich, Burschi«, hatte der Wiener noch hinzugefügt.

An der Mauer hochzuklettern und einzusteigen, war sicherlich kein Problem. Beim zukünftigen Tatort sah also die Möglichkeit des Eindringens wirklich prima aus. Spontan rieb sich Felix die Hände, weil es kühl war und er sich trotz der trüben Gedanken auf das Vergnügen des Kletterns freute.

Nach dem Start würde Felix in wenigen Minuten den Fenstersims erreicht haben. Danach rasch den Heber aus seinem selbst gebastelten elastischen Werkzeuggürtel ziehen, am Fensterrahmen ansetzen und in der Wohnung verschwinden. All das, bevor auch nur ein Neugieriger, der keinen Schlaf fand, den Mann auf dem Mauerwerk als real und nicht als Produkt nächtlicher Fantasie gespeichert hätte.

Als Letztes würde Felix Zeit haben, sich dem Tresor zu widmen. Nicht einmal das würde ein Kunststück werden, wenn die Safekombination stimmte, die der alte Wiener von diesem Valentin erhalten hatte.

Schwieriger würde es sein, die Wertgegenstände zu verkaufen. Das Darknet war voll mit verdeckten Ermittlern, die nur darauf lauerten, einem Anbieter von gestohlenem Diebesgut auf die Schliche zu kommen. Doch das Danach war bei diesem Auftrag nicht Felix' Problem.

Eine Touristengruppe hatte sich am Eingang der Goldschmiede eingefunden. Eine mollige Frau mit einem bunten Schirm und einer krächzenden und hörbar überstrapazierten Stimme brüllte über die Besucherinnen und Besucher hinweg.

»Also, Leute, aufgepasst! Bis 1731 lässt sich die Geschichte der ›Schwanenbrauerei Kleinschmitt‹ zurückverfolgen. Das Stammhaus war der ›Güldene Schwan‹ und hat sich in der heutigen Zeyherstraße befunden. In den 1750er Jahren entstand an der Ecke der aktuellen Carl-Theodor-Straße zur Mannheimer

Straße die Gastwirtschaft. Sie war wiederum der Muttersitz der künftigen ›Schwanenbrauerei‹. 1882 übernahm Martin Kleinschmitt den Betrieb. Aus Platzgründen wurde die Brauerei 1895 in den südlichen Stadtteil verlegt. Zur gleichen Zeit ist die Mälzerei errichtet worden, die wurde 1907 erhöht. Schließlich hat die Frankfurter ›Binding-Brauerei‹ das Unternehmen gekauft. Leider hat diese den Betrieb noch im selben Jahr geschlossen. Heute gibt es neben dem Juweliergeschäft, vor dem wir stehen, private Wohnungen in den oberen Stockwerken.« Sie ließ eine Spannungspause. »Nun zu unserem Quiz: Wer weiß, was genau Verheierte ist und warum man es so nennt? Es winkt ein Gutschein.«

»Ein badischer Eintopf. Weil Kartoffeln und Spätzle dabei sind, heißt es so«, murmelte Felix automatisch. »Patenonkel Jakobs Lieblingsessen, aber nicht mehr meins. Her mit dem Gutschein.«

Als die mollige Frau den Kopf in Felix' Richtung drehte, als hätte sie ihn gehört, spazierte er zügig weiter.

Nie wieder Verheierte würde hingegen der Tote essen, der in der Mitte des Zimmers lag.

Inzwischen war es ein Uhr nachts und Felix eigentlich dabei, seinen Plan durchzuziehen. Anders gesagt, er hatte Einbruch und Diebstahl rasch und ohne Aufsehen erledigen wollen.

Wenn da nicht die Leiche wäre.

Ein älterer Mann, nicht so alt wie der Wiener, aber geschätzt um die sechzig, wirkte nicht, als ob er schliefe, wie es in den Kriminalfilmen gerne betont wurde. Seine offenen Augen starrten Richtung Decke zu einem kitschigen Lüster empor, dessen Dekor im Licht der Straßenlaterne glitzerte. Der Mund des Opfers war weit aufgerissen, als wäre es bereit, eine Arie anzustimmen.

Die blutige Wunde seitlich am Schädel allerdings besagte, dass nichts und niemand Valentins Lebenspartner und Bewohner des Apartments einen Ton entlocken konnte – wenn es sich um den Hausherrn handelte, wovon Felix freilich ausging.

Erst in dem Moment stutzte er darüber, dass er nicht einmal

den Namen des Verblichenen wusste. Naiver und dümmer hatte sich Felix noch nie bei einem Job angestellt.

Hatte ebenjener Valentin alles arrangiert? Selbst zugeschlagen? Oder neben dem Österreicher einen weiteren Handlanger bezahlt für die Drecksarbeit?

Wie die Touristengruppe vor der ehemaligen Mälzerei war eine Mördertruppe am Werk gewesen: einer, der skrupellos Geld brauchte, einer, der ohne Gewissen tötete, und einer, der die Fäden zog. Nicht zu vergessen der Idiot, dem man alles in die Schuhe schieben konnte. Oder einfach den saublöden Deppen, wie es der alte Wiener Strizzi formuliert hätte. Der böse, sehr böse Weihnachtsmann, der den ahnungslosen, unglücklichen Felix in eine Falle gelockt hatte.

Draußen waren Sirenen zu hören.

Felix presste die Augen zusammen, nur um sie sofort wieder aufzureißen. Keine Veränderung. Das verwüstete Zimmer, der Tote und, ebenfalls nicht zu übersehen, der längst geöffnete und geleerte Safe. Wie ein ausgestopftes Reptil mit aufgerissenem Maul lag er auf die Seite gekippt neben dem erschlagenen Bewohner.

Felix war für Sekunden wie gelähmt.

Gleich würde er verhaftet werden. Das erste Mal in seinem Leben.

Nicht einmal Laura hatte ihn verraten, als er ihr sein Doppelleben gebeichtet hatte, um seinerseits nicht des Fremdgehens beschuldigt zu werden. Die Ehe war trotzdem gescheitert, eine Niederlage, aber kein solches Drama wie das, in dem er sich gerade befand.

Nun stand Größeres auf dem Spiel: seine Freiheit.

Ein kostbares Gut, wertvoller als aller Schmuck der Welt. Nicht nur wegen Einbruchs würde er verurteilt werden, sondern wegen Mordes. Aus niederen Beweggründen, aus Heimtücke und Habgier, wie die juristischen Formulierungen auch lauten mochten. Jahrzehnte hinter Gittern würde er verbringen, alles sprach gegen ihn.

Sein gutes Leben und den absehbar wohlverdienten Ruhestand im schönen Schwetzingen konnte er vergessen, eine

Ewigkeit würde er bis zu seiner Entlassung einsitzen. Kurz sah Felix das Gesicht seines geliebten Patenonkels vor sich, Jakob war unendlich traurig und tief enttäuscht. Wasser konnsch net uffhewe, wäre sein Spruch dazu, dessen war sich Felix sicher.

Als die Gesichtszüge des Patenonkels in Felix' Hirn zu denen des Strizzis mit Weihnachtsmannbart wechselten, kam endlich wieder Bewegung in Felix. Niemals würde er dem verlogenen und verräterischen Trinkkumpanen den Gefallen tun und das Bauernopfer spielen. Verpfeifen würde er alle und jeden.

Doch Felix erinnerte sich. Der alte Wiener hatte von einer Kur gesprochen. Anzunehmen, dass er sich abgesetzt hatte. Mochte ein Partner des Getöteten existieren, war sein Name bestimmt nicht Valentin. Und bestimmt hatte der ein wasserdichtes Alibi.

Der Lärm der Sirenen schwoll an. Felix hielt sich die Ohren zu, es half nur marginal.

Schließlich hechtete er zum Fenster. Dort hinaus gab es keine Flucht. Er raste zur Tür. Abgeschlossen. Das hätte er sich denken können.

Panik und Verzweiflung begannen ihren Wettlauf in Felix' Emotionen.

»Wie eine Maus in der Falle, das war's, Felix«, sagte jemand laut neben ihm. Als er herumwirbelte, war da niemand außer dem Toten auf dem Boden. Er hatte mit sich selbst geredet.

Felix zog sich die Handschuhe aus und streifte die eng anliegende Kapuze vom Kopf. Um Spuren brauchte er sich keine Sorgen mehr zu machen. Er schwitzte im schwarzen Trikot, obwohl es in der Wohnung kälter war als draußen. Wozu die Heizung aufdrehen, Sparen war selbst bei den Reichen angesagt, die duftende Klunker in ihren Tresoren lagerten.

Über seinen eigenen Scherz brach Felix in schallendes Gelächter aus. Hoch, schrill und wie ein überdimensionierter Lachsack schüttelte er sich hin und her. Er lachte, bis ihn das Seitenstechen dazu zwang, sich zu beruhigen.

Ich kann jetzt bloß noch nach oben, oder?, war keine stumme Frage, sondern die einzige Möglichkeit.

Felix kletterte die Fassade aufwärts.

Er erreichte das Dach, wuchtete sich mit Schwung hoch, als würde er ein Felsplateau erklimmen. Dann balancierte er mit ausgestreckten Armen darauf weiter, bis er zum Mauerwerk des Schlots gelangte.

Stück um Stück, Ziegel um Ziegel, Stein um Stein arbeitete er sich nach oben. Seine Finger krümmten sich in Spannung, seine Zehen suchten nach jedem noch so schmalen Vorsprung. Je höher er gelangte, desto windiger wurde es. Die Kälte des nur langsam in die Gänge kommenden Frühlings setzte ihm zu.

Einmal rutschte er fast ab.

Sein Schrei raste in die Nacht und gegen den wolkenbedeckten Himmel. Bitte, bitte, nur kein Regen, flehte er einen Gott an, an den er nie geglaubt hatte.

»Hier spricht die Polizei! Steigen Sie sofort herunter!« Eine Stimme schallte aus einem Megafon. »Sind Sie lebensmüde?«

Nein, das war Felix nicht. Aber er konnte nicht aufhören. Immer weiter kletterte er, immer höher.

Wie durch Zauberhand verwandelten sich seine Fassungslosigkeit ob der ihm gestellten Falle, seine Angst vor den Konsequenzen, seine Befürchtungen vor dem, was vor ihm liegen würde, in reine Freude.

Er stoppte.

Es war schön, so hoch oben zu sein. Keiner, der Buildering betrieb, konnte von sich behaupten, den Schlot der »Alten Mälzerei« in Schwetzingen erklommen zu haben. Auch keiner von denen, die unten mit bangen Blicken zu ihm hochsahen.

Die Polizisten, deren Streifenwagen sich vermehrt hatten, stierten zu Felix hinauf. Mit den blauen Lichtern leuchteten sie mittlerweile die gesamte Länge der schnurgeraden Carl-Theodor-Straße aus. Zu ihnen gesellten sich mehr und mehr Schaulustige. Felix konnte Kinder unter ihnen erkennen. Sie hockten auf den Schultern ihrer Eltern und sogen das Spektakel ihres jungen Lebens auf wie einen Actionfilm, der eigentlich erst ab sechzehn freigegeben war.

Der runde Spot eines Scheinwerfers wanderte über das Gebäude und traf in der Sekunde auf Felix, als er unter einem gemeinsamen Aufschrei der Menge erneut abrutschte und sich erst einen Meter tiefer wieder abfangen konnte.

Handykameras blitzten auf, Rufe schallten zu ihm hoch.

»Spring!«, schrie eine Frau.

Eine andere kreischte: »Ich liebe dich!«

Felix dachte, es könnte Laura sein, seine Laura, die von der Polizei hierhergeholt worden war, um ihn zur Vernunft zu bringen. Bis ihm einfiel, dass seine Ex-Frau weit weg im schönen Wien lebte. Mit ihrem Neuen, dem Harry. Ha, noch ein Österreicher, der Felix' Dasein zum Schlechteren verändert hatte. Er hätte es wissen müssen.

Zwei Krankenwagen waren inzwischen vor Ort. Daneben eine dunklere Limousine, die Felix als Leichenwagen identifizierte. Wenn er losließ, würde das sein letztes Fahrzeug sein, in dem er eine Wegstrecke zurücklegte.

Doch zuerst wollte er weiter. Höher, bis ganz nach oben.

Eine Taube flatterte an ihm vorbei, berührte mit den Flügeln seine Wange. Fast, ja, fast verlor er die Balance, sein Oberkörper beugte sich nach hinten, die Schwerkraft erkannte ihre Chance.

Aber er schaffte es ein weiteres Mal, sich zurück an die Steine des Schlots zu pressen. Nicht nur das, er war unter der Schlotkrone angelangt. Die eisernen Verstrebungen gaben ihm mehr Halt. Eine Verschnaufpause war möglich.

»Wie wunderbar!«, flüsterte Felix, als er sich umsah.

Schwetzingen lag unter ihm.

Dutzende Lichtstraßen zogen sich wie lebendige Adern durch die dunkleren Flächen der Stadt. Die Bäume waren düstere Zwerge, die Autos wie aus dem Spielzeugladen. Schließlich ein blauer Drache, der seine Schwingen einem Schutzmantel gleich ausgebreitet hatte: das Schloss, angestrahlt in blau schimmerndem Glanz.

Felix' Staunen wurde jäh durch den Lärm der Rotoren eines Hubschraubers unterbrochen. Dass der Pilot nirgendwo landen konnte, war Felix klar, doch das Geräusch zerstörte das Momentum einer perfekten Aussicht. Die Realität boxte sich zu Felix durch.

Springen und sterben mit der Wucht dieses Rundumblicks

auf sein Zuhause oder, langsam und die letzten Kräfte mobilisierend, wieder nach unten klettern und sich ergeben. Überleben gegen den Verlust der Freiheit. Das waren die Optionen.

»Was soll ich tun?« Felix wandte sich vom nächtlichen Stadtpanorama ab und zum Himmel.

Eine Stimme, rau und liebevoll gleichermaßen, meldete sich. Im sausenden Wind umbrauste sie ihn wie eine stürmische Umarmung: Ein wahres Pils schmeckt immer auch etwas bitter, Felix. Wie das Leben manchmal.

Felix lauschte.

Er meinte den Patenonkel in dem Rauschen zu vernehmen, das ihn einhüllte. Begleitet von einem ganz speziellen Duft. Nicht Pils, nicht Klunker, sondern Mitgefühl und Zuneigung. Gleich Milch und Honig, erschnupperte Felix.

»Jakob? Lieber Patenonkel Jakob?«

Nie um einen Spruch verlegen, war der Schwetzinger Patenonkel gewesen. Genauso jetzt nicht: Solang gsunge wird, is die Kirsch net aus!

Felix musste dem Satz nachspüren. Dann lachte er wieder. Leise diesmal, ein Lachen, das Melancholie und Sehnsucht ausdrückte.

»Ja, Jakob, du hast recht. Es besteht noch Hoffnung.«

Felix traf seine nächste Entscheidung ohne Bedauern.

René Pöltl

Schwetzinger Meisterschuss

Vor gerade einmal einer Stunde habe ich die Sitzung des Gemeinderats geleitet. Das ist meine Aufgabe, denn ich bin seit über einem Jahrzehnt der Schwetzinger Oberbürgermeister. Derzeit wird unsere Stadt von einer Debatte im Bann gehalten, die sehr emotional und wenig sachorientiert verläuft.

Wir planen am Rande Schwetzingens einen größeren Windpark. Das wird uns die Chance geben, den Strombedarf unserer Stadt vollständig aus eigener Kraft abzudecken. In der heutigen Sitzung sollte der Gemeinderat den Aufstellungsbeschluss für den Bebauungsplan auf den Weg bringen. Aber wie so oft bei solchen Projekten haben sich kurz nach Bekanntwerden Widerstände formiert, die zur Gründung einer Bürgerinitiative mit dem Namen »Windspargelfreies Schwetzingen« geführt haben. Vorsitzender ist der ehemalige Ingenieur Heribert Strenger.

Zur Gemeinderatssitzung erschien auch die Bürgerinitiative. Transparente hatte ich untersagt.

»Sie sind ein undemokratischer Bürokrat mit Machtanspruch, Herr Paulus!«, sagte Strenger.

»Es gibt nun mal verbindliche Regeln, die für alle gleichermaßen gelten«, erwiderte ich. »Demonstrative Auftritte sind in einer Sitzung des Gemeinderats generell unzulässig. Hier steht nur der sachliche Austausch mit Argumenten im Mittelpunkt.«

Ich atmete innerlich erst mal durch. Immer ruhig bleiben, sagte ich mir. Bei der zu Beginn der Sitzung angesetzten Bürgerfragestunde sprengte Heribert Strenger mit zahlreichen Vorschlägen und Fragen den Rahmen.

»Die Bürgerfragestunde ist genau das – eine Fragestunde. Einzelne Fragen können an das Gremium gestellt und kurze Hinweise zur Sache gegeben werden«, erklärte ich. »Es geht nicht darum, eine eigene Tagesordnung zum Inhalt der Sitzung zu machen, was Sie gerade versuchen. Deswegen muss ich Ihnen an dieser Stelle das Wort entziehen.«

Mit Mühe gelang es mir, die Gemüter einigermaßen zu beruhigen. Bevor wir in den offiziellen Tagesordnungspunkt über den geplanten Windpark einsteigen konnten, sackte Stadtrat Peter Thibaut zusammen. Zack und weg. Zum Glück haben wir im Stadtrat einen Allgemeinarzt, der ihm sofort zu Hilfe eilte und mit der Wiederbelebung begann. Peter Thibauts Kreislauf hatte komplett versagt. Ich bat die Zuhörer und die Mitglieder der Bürgerinitiative, den Saal zu verlassen, und als der Notarzt erschien, verließ auch der Gemeinderat den Ratssaal.

Peter Thibaut musste nach erfolgreicher Wiederbelebung in das Universitätsklinikum Heidelberg gebracht werden. Der Notarzt sagte mir noch, dass Thibaut Schaum im und um den Mund gehabt habe, was auf eine mögliche Vergiftung hindeuten könnte, und stimmte mit mir ab, deswegen die Polizei zu verständigen.

Jetzt stehe ich allein im Ratssaal und warte auf ihre Ankunft. Dabei fällt mir auf, dass Peters Trinkglas umgefallen ist und die Colareste über den Tisch geflossen sind, die angebrochene Flasche steht noch daneben.

***

Fünf Minuten später treffen die ersten Polizeibeamten ein und sichern den Tatort. Ich kenne sie gut, da sie zum Schwetzinger Revier gehören, und schildere ihnen die Situation. Schnell wird klar, dass die Kollegen der Kriminalpolizei aus Heidelberg hinzugezogen werden müssen. Nach einer weiteren Stunde sind sie da und untersuchen den möglichen Tatort. Das Team wird von Kriminalhauptkommissar Moritz Klinger angeführt.

»Gift möglicherweise?«, fragt er. »Ich hoffe, dass wir das zeitnah aufklären können.«

Währenddessen rufe ich Anna an, die Ehefrau von Peter Thibaut. Ich kenne sie seit vielen Jahren, vom ersten Tag meiner Arbeit in Schwetzingen an. Ihre Familie lebt hier seit Generationen, sie haben bereits in der Mitte des 18. Jahrhunderts als

Bedienstete in der Sommerresidenz von Kurfürst Carl Theodor gearbeitet. Kaum jemand anderes hat so einen Einblick in die Geschichte und so ein gutes Gespür für die Belange der Stadt und ihrer Menschen.

Anna hat schon von anderen Mitgliedern des Gemeinderats erfahren, was ihrem Ehemann passiert ist. Ich bringe sie auf den aktuellen Stand und versuche, sie etwas zu beruhigen.

»Pass auf dich auf, Anna, und bewahre trotz allem Ruhe. Die Ärzte werden das hinbekommen. Ich melde mich morgen wieder bei dir.«

Erst nach Mitternacht verlassen die letzten Polizeibeamten Ratssaal und Rathaus und lassen mich mit wenigen Mitarbeitern der Stadtverwaltung zurück. Was für ein Abend, denke ich und spüre erst jetzt, wie erschöpft ich bin.

Die Nacht war kurz und unruhig, ich konnte keinen klaren Gedanken fassen. Die Ereignisse des Vorabends lassen mich nicht los. Ein Mitglied des Schwetzinger Gemeinderats könnte vergiftet worden sein! Vor dem Schlafengehen hatte ich noch meiner Frau Saskia von den Ereignissen berichtet.

»Wenn die Windkraftgegner zu solch rabiaten Mitteln gegriffen haben sollten, wäre das mit nichts zu rechtfertigen«, sage ich beim Frühstück.

Meine Frau sieht mich skeptisch an. »Ich kann mir beim besten Willen nicht vorstellen, dass irgendjemand von der Bürgerinitiative so etwas tut, Ron. Wir sollten erst mal abwarten, was die Untersuchungen der Polizei ergeben, am Ende war es etwas ganz anderes, ein Schwächeanfall oder Ähnliches.«

***

Als ich in meinem Büro im Rathaus eintreffe, finde ich meine Assistentinnen Stenja Rachel und Sophie Ebert ziemlich aufgewühlt vor. Am späteren Vormittag erreicht mich ein Anruf von Kriminalhauptkommissar Klinger.

»Hallo, Herr Oberbürgermeister. Die Laborergebnisse sind eindeutig. In der angebrochenen Colaflasche von Stadtrat Thibaut war eine giftige Substanz. Es handelt sich um Cadmium, ein Schwermetall. Es wurde durch den Hals der Flasche eingebracht, anschließend ein neuer Kronkorken daraufgesetzt. Geschickt gemacht. Die Dosis war gering und könnte dennoch tödlich sein, wenn es schlecht läuft. Die Ärzte in der Uniklinik wissen Bescheid und versuchen, Herrn Thibaut gezielt zu behandeln.«

»Jetzt bin ich geschockt. Haben Sie bereits eine Idee, was passiert sein könnte?«, frage ich.

»Klar ist, dass die Vergiftung mit Absicht erfolgte, ein Zufall ist ausgeschlossen. An das Cadmium gelangt man nur über die chemische oder pharmazeutische Industrie, es wurde wegen seiner Gefährlichkeit vor Längerem verboten. Wir konzentrieren uns nun auf Personen, die Stadtrat Thibaut verärgert haben könnte.«

»Ich fürchte, da steht das Thema Windpark ganz oben, denn Thibaut ist nicht nur ein politischer Befürworter des Projekts, sondern wird auch eigene Ackerflächen für die Verwirklichung zur Verfügung stellen.«

»Ja, wir beginnen heute noch mit den ersten Vernehmungen in diese Richtung«, sagt Klinger.

Nach dem Telefonat informiere ich meine Frau über WhatsApp, sie ist nicht minder besorgt über diese Entwicklung.

Pass auf dich auf, bei der kriminellen Energie kann man nichts ausschließen. Nicht dass du auch noch Ziel dieser Leute wirst.

Keine Sorge, mir passiert sicher nichts, antworte ich und bin dennoch beunruhigt, da sich die Grenzen von Respekt und Achtung in den vergangenen Jahren extrem verschoben haben. Selbst Kommunalpolitiker sind gefährdeter als früher.

***

Nach der Mittagspause schaue ich bei Anna Thibaut vorbei.

»Hallo, Anna, wie geht es Peter?«

»Komm rein. Ich war bis eben bei ihm. Er liegt nach wie vor im Koma, sein Zustand ist unverändert, aber stabil. Die Ärzte hoffen, dass sie die Auswirkungen des Gifts in den Griff kriegen, augenblicklich ist vor allem seine Nierenfunktion stark eingeschränkt und sein Gesamtzustand schlecht. Schrecklich, ich kann es noch gar nicht begreifen.«

Ich nehme Anna freundschaftlich in den Arm. »Ja, das ist unbegreiflich. Ausgerechnet Peter, der keinem etwas zuleide tun kann. Eure ganze Familie ist immer so hilfsbereit und dann das! Ich kapiere es nicht.«

»Es ist dieses Windparkprojekt, Ron, das die halbe Stadt verrückt macht. Dabei geht es um unsere Zukunft. Wie, zum Teufel, hat Peter das Gift zu sich genommen?«

»Deswegen bin ich da. Es wurde Cadmium in seiner Colaflasche gefunden. Hoffentlich war es nur eine geringe Menge. Die Polizei führt die ersten Vernehmungen durch. Naheliegenderweise fangen sie mit Mitgliedern der Bürgerinitiative an.«

»Oje, das ist alles zu viel für mich. Irgendwie kann ich mir nicht vorstellen, dass die so was tun. Bei aller Emotion wäre das total übers Ziel hinausgeschossen. Die Mitglieder – inklusive Heribert Strenger – verhalten sich teilweise unangemessen, Gewalt traue ich ihnen allerdings nicht zu.«

»Im Moment spricht leider alles gegen die Gruppe. Und du weißt ja, das Thema spaltet nicht allein die Stadt und die Bürgerschaft, auch euch Landwirte. Andreas Bucher wettert inzwischen kräftig gegen die Befürworter.«

»Wegen des Klimawandels werden wir bald gar keine Landwirtschaft mehr haben, wenn wir nicht rasch reagieren«, sagt Anna. »Unser Spargel wird bei den langen, trockenen Monaten keine Chance haben. Und das nach über dreihundertfünfzig Jahren, die er bei uns angebaut wird. Bitter für uns Landwirte.«

»Das wäre wirklich schlimm für unsere Stadt und die Region. Schwetzingen ohne Spargel – kaum vorstellbar!«

»Und dabei haben wir Landwirte in den über hundert Jahren unseres Spargelanbaus genug erlebt und müssten es besser wissen«, sagt Anna. »Irgendwie lernen wir es wohl nie.«

»Was meinst du damit?«, frage ich.

»Als wir Landwirte mit dem Spargelanbau begannen, musste der badische Großherzog die bewirtschafteten Grundstücke neu aufteilen und zuweisen. Damals gab es viel böses Blut, weil sich Familien benachteiligt fühlten, da sie angeblich Äcker mit schlechtem Spargelboden bekamen. Teilweise wird das heute noch thematisiert. Dabei sollten wir an einem Strang ziehen, damit der Spargelanbau in Schwetzingen eine Zukunft hat.«

***

Im Rathaus reden am Tag danach alle über das Giftattentat auf Stadtrat Thibaut. Die Schwetzinger Zeitung greift das Thema ebenfalls auf, gerade habe ich länger mit dem zuständigen Redakteur telefoniert. Dabei habe ich mich nicht an Spekulationen über Täter und Tatmotiv beteiligt und stattdessen auf die Polizei verwiesen. An normale Amtsgeschäfte im Rathaus ist kaum zu denken. Am späteren Nachmittag ruft mich überraschenderweise Heribert Strenger an, der Vorsitzende der Bürgerinitiative gegen den geplanten Windpark.

»Kein so schöner Tag, auch nicht für mich und unsere Bürgerinitiative«, sagt er. »Ich war heute Mittag bei der Polizei in Heidelberg. Wie ich erfahren habe, soll Stadtrat Thibaut vergiftet worden sein, und wir zählen zum Kreis der Verdächtigen. Das trifft mich. Niemals käme ich selbst oder irgendeines unserer Mitglieder auf solch eine Idee. Das ist niederträchtig und völlig unangemessen. Man kann in der Sache streiten, Gewalt ist auf keinen Fall eine Lösung. Es tut mir sehr leid, was Stadtrat Thibaut passiert ist.«

»Das höre ich gerne, vielen Dank, dass Sie mich deswegen anrufen. Es fällt mir genauso schwer, so etwas zu glauben. Fakt ist, dass Stadtrat Thibaut während der Sitzung des Gemeinderats vergiftet worden ist. Insofern ist der Verdacht nicht ganz von der Hand zu weisen. Wir werden abwarten müssen, was die Polizei ermitteln wird.«

»Mir ist nur wichtig, dass Sie wissen, ich lehne jegliche Gewaltanwendung strikt ab. Das gilt ebenso für meine Mitglieder. Nichts läge uns ferner. Wir sind nicht wie Andreas Bucher, der beim Thema Windpark regelmäßig die Beherrschung verliert und bitter auf die Familie Thibaut schimpft. Ich wünsche mir nichts mehr, als dass der Stadtrat bald wieder gesund ist. Meine Gedanken sind bei ihm und seiner Familie.«

Nach diesem Telefonat bin ich noch ratloser und kann mir nicht vorstellen, dass Heribert Strenger tatsächlich etwas mit dem Giftanschlag zu tun hat. Er ist stets hart in der Sache, schlägt schon mal verbal über die Stränge, erweckte allerdings nie den Eindruck, radikalisiert zu sein. Über die rund fünfzig Mitglieder seiner Bürgerinitiative kann ich das nicht behaupten, dafür kenne ich sie zu wenig.

***

Auch diese Nacht war keine ruhige, zu vieles ging mir durch den Kopf. Da tat mir meine morgendliche Laufrunde durch den Schwetzinger Hardt gut. Jetzt sitze ich beim Kaffee.

Meine Gedanken schweifen ab zu meinem gestrigen Gespräch mit Anna. Ich kann ihre Sorge teilen, dass der Klimawandel den wenigen verbliebenen Landwirten zu schaffen machen wird. Spargel ist das Aushängeschild unserer Stadt. Schwetzingen ist das älteste noch bestehende Anbaugebiet für Spargel in ganz Deutschland.

Er wird in Schwetzingen seit dem Jahr 1668 angebaut, damals noch exklusiv im Schlossgarten für den Kurfürsten, seinen Hofstaat und seine Gäste, daher die Bezeichnung »königliches Gemüse«. Zuvor wurde Spargel – aus Frankreich stammend – ab 1565 nur im Stuttgarter Schloss angepflanzt. Da hatte Schwetzingen mehr Glück, was vor allem an Gartendirektor Johann Michael Zeyher lag. Er ließ im Jahr 1820 die Tradition wiederaufleben. Um 1850 hielt das Gemüse Einzug in die örtliche Landwirtschaft, auf kleinen Flächen züchteten insbesondere Handwerker Spargel zum Eigenbedarf.

Ökonom Max Bassermann legte ab 1870 erste Großkulturen an und verarbeitete den Spargel in seiner kurz darauf gegründeten Konservenfabrik, wodurch er für weite Bevölkerungsschichten ganzjährig verfügbar wurde. Der erste Schwetzinger Spargelmarkt fand 1894 statt, und die erste Spargel-Ordnung wurde niedergeschrieben.

Wenn Ende April die jährliche Spargelsaison beginnt, kommen die Menschen aus nah und fern in die Stadt, um den legendären Schwetzinger Spargel frisch vom Feld gestochen zu essen. Bis zum Johannistag im Juni blüht unsere Stadt im Zeichen des Spargels auf. Der Gedanke, dass dieses Stück Schwetzinger Lebenskultur enden könnte, ist furchtbar. Umso wichtiger ist es, dass wir etwas tun, um den Klimawandel aufzuhalten, das Windparkprojekt ist dafür von enormer Bedeutung. Bloß begreifen das leider nicht alle Menschen.

Im Büro widme ich mich am Vormittag der anstehenden Arbeit aus Unterschriften, Telefonaten, Rücksprachen und Sichtung von Unterlagen. Das Leben geht weiter, was erschreckend und beruhigend zugleich ist. Von Anna erfahre ich am Telefon, dass sich Peters Gesundheitszustand nicht verschlechtert hat, die Ärzte sind verhalten optimistisch. Immerhin.

Am Nachmittag bin ich unruhig und begebe mich auf den Weg ins städtische Archiv. Unser Stadtarchivar Clemens Kluge freut sich über meinen Besuch. Uns verbinden viele Projekte, vor allem zur Bewältigung der dunklen Schwetzinger Jahre während des Nationalsozialismus. Ich schätze sein profundes historisches Wissen und seine sachliche Art.

»Was wissen Sie über die Grundstücksneuordnungen, die in Schwetzingen Ende des 19. Jahrhunderts im Bereich des Spargelanbaus erfolgt sind?«, frage ich. »Anna Thibaut hatte das gestern erwähnt.«

»Ich weiß nur über den Umstand als solchen Bescheid und kenne keine Details. Da müsste ich erst mal im Archiv nachsehen, welche Unterlagen wir dazu dahaben. Möglicherweise müsste ich im Landesarchiv in Karlsruhe anfragen.«

»Darüber würde ich gerne mehr wissen. Interessant wäre außerdem ein Blick ins Archiv der Schwetzinger Zeitung zu dieser Zeit, vielleicht wurde damals darüber berichtet.«

»Mache ich gerne«, sagt Clemens Kluge.

* * *

Letzte Nacht konnte ich besser schlafen, meine Gedanken haben sich etwas beruhigt. Am Vormittag hatte ich diverse Besprechungen im Rathaus und bin gerade bei einem Jubilarbesuch zu einem neunzigsten Geburtstag. Es handelt sich um eine alteingesessene Schwetzinger Familie. Vereinsvertreter, Freunde, Familie, der Pfarrer und viele mehr schauen beim Jubilar vorbei. Ich liebe diese Anlässe, kann man doch viel über Stadt und Leute lernen.

Kurz darauf erscheint Andreas Bucher. Er ist Schwetzinger Haupterwerbslandwirt, baut vor allem Spargel an, und das mit seiner Familie seit bald hundertvierzig Jahren.

»Hallo, Andreas«, sage ich, als er sich neben mich setzt. »Wie geht es dir und deiner Familie?«

»Wie soll es mir denn gehen bei dem ganzen Mist, der gerade passiert?«, entgegnet er. »Diese Idee mit den Windrädern war von Anfang an Schwachsinn, und jetzt haben wir die Misere. Peter liegt im Krankenhaus, halb Schwetzingen wird verdächtigt, und das Image der Spargelbauern ist auch dahin. Das hätten wir uns ersparen können.«

»Na ja, übertreib mal nicht«, sage ich. »Das mit dem Giftanschlag ist fürchterlich, hat aber nichts mit euch Spargelbauern zu tun.«

»Wir sind die Fußabtreter in Schwetzingen«, murmelt Andreas vor sich hin. »Das war schon so, als damals die Spargelflächen aufgeteilt wurden. Und nun sollen wieder Einzelne vom Windparkprojekt profitieren, das unsere Landschaft verschandeln und unsere Landwirtschaftsflächen unwiederbringlich zerstören wird. Ich habe die Schnauze voll, für alle das Letzte zu sein. Jeder schwärmt in den höchsten Tönen vom Spargel, aber wir Landwirte zählen nichts.«

»Peter, wir schätzen eure Arbeit und wissen, wie wichtig ihr für unsere Stadt seid«, sage ich.

Am Nachmittag schaut Stadtarchivar Clemens Kluge mit einigen Unterlagen bei mir vorbei. »Hallo, Chef, ich habe wie vereinbart zur Zuteilung von Spargelflächen recherchiert und dabei einiges Interessantes zutage fördern können. Ich erläutere Ihnen gerne die Hintergründe.«

»Ich bin ganz Ohr«, sage ich.

»Tatsächlich fand Ende des 19. Jahrhunderts im Auftrag

des Großherzogs von Baden eine große Flurneuordnung der Ackerflächen in Schwetzingen statt«, sagt Kluge. »Grund waren die neuen veränderten Flächenanforderungen für den Spargelanbau, der seit rund zwanzig Jahren stark zugenommen hatte. Die Schwetzinger Landwirte hatten erkannt, dass die bisherige Flächenzuteilung damit nicht in Einklang stand. Die Flächenneuordnung erfolgte durch die großherzogliche Verwaltung in Karlsruhe und führte zu großem Unmut bei einigen Landwirten. Sie hielten die ihnen zugeteilten Flächen für den Spargelanbau für ungeeignet.«

Ich nicke.

»Besonders vehement wehrte sich Karl Bucher, der damals noch sehr junge Urgroßvater von Andreas Bucher, der den Großherzog und seine Verwaltung in der Schwetzinger Zeitung kurpfälzisch als ›Hasehirn‹, ›Linsespalter‹ und ›Riewedieb‹ bezeichnete. Er wurde wegen dieser Beleidigung durch das Amtsgericht Schwetzingen mit einer Strafe belegt. Der Großherzog sah keinen Anlass, seine Entscheidung zu ändern, und beließ es bei der Zuteilung.«

»Spannend, war mir bislang so nicht bekannt. Ich weiß nur, dass das Thema bei der Familie von Andreas Bucher bis heute präsent ist.«

***

Schwetzingen und der Spargel. Eine lange Geschichte, man muss aber auch wissen, dass die Stadt aufgrund ihrer Gemarkung mit der Hälfte an reinen Waldflächen nur ein kleines Spargelanbaugebiet mit wenigen Landwirten ist. Die Qualität ist durch den Sandboden der Rheinebene und das Klima besonders hoch, es wird keine Folie verwendet, der Spargel kann geerntet werden, wenn die Natur es vorsieht. Heutzutage verbindet man damit Regionalität und Saisonalität. Aufgrund der begrenzten Flächenressourcen ist ebenfalls klar, dass die Landwirte um ihre Flächen und Anbaurechte kämpfen. Der Spargel ist nicht irgendein Produkt, er ist Schwetzinger Identität.

Gegen Mittag klingelt das Telefon. Es ist Moritz Klinger.

»Hallo, Herr Paulus. Ich rufe noch mal wegen des Gifts an. Ohne Hilfe kann es niemand in die Colaflasche am Sitzplatz von Stadtrat Thibaut eingefüllt haben. Die Flaschen stehen in einem gesonderten Raum in einem Kühlschrank und werden von Ihrem Hausmeister kurz vor der Sitzung gerichtet. Der Ratssaal war unmittelbar davor zu keinem Zeitpunkt leer.«

»Vielleicht muss man in eine andere Richtung denken, ohne dass ich irgendeine Idee hätte. Wie sehen Sie das, Herr Kriminalhauptkommissar?«

»Oftmals hilft uns eine Erweiterung der Betrachtungsebenen, daran arbeiten wir gerade«, erwidert Klinger. »Sollte Ihnen irgendein Gedanke kommen, melden Sie sich bitte bei mir.«

Bevor ich in die Mittagspause gehe, erzähle ich meinen Assistentinnen von den Erkenntnissen der letzten beiden Tage.

»Die Beate Hausinger hat sich auch schon über dieses Spargelflächenthema aufgeregt«, sagt Stenja. »Sie ist erst seit zwei Wochen wieder im Dienst, sie war ja lange krankgeschrieben und war ganz schön ungehalten.«

»Wie das?«, frage ich.

»Sie stammt aus der Familie Bucher. Wusstest du das nicht?«

»Nein«, sage ich.

»Doch, doch. Sie ist eine geborene Bucher und hat den Mädchennamen abgelegt, als sie geheiratet hat. Ich meine, sie ist eine Cousine von Andreas Bucher. Sein Temperament hat sie in jedem Fall.«

»Da sieht man mal, wie wichtig es ist, dass waschechte Schwetzingerinnen mein Büro leiten.«

***

Nach der Mittagspause radele ich zurück ins Büro. Bei der Fahrt fasse ich einen spontanen Entschluss und mache einen Abstecher zum Hof von Andreas Bucher draußen beim Schwetzinger Schäferbuckel. Das ist eine besondere Ecke unserer Stadt, in wenigen Minuten ist man in der freien Natur und in einer anderen Welt.

Andreas Bucher und seine Kollegen betonen immer wieder,

dass die Bürokratie überbordend geworden und kaum mehr zu bewältigen sei, die Preise würden von den großen Lebensmittelhandelskonzernen massiv gedrückt werden. Die Politik stelle nur schwer zu erfüllende Forderungen an Ökologie und Nachhaltigkeit. Sie sorgen sich um ihre Zukunft.

Als ich auf den Hof einbiege, läuft mir der Bauer entgegen. Ich sende noch eine WhatsApp-Nachricht an meine Assistentin Stenja, schreibe, wo ich bin und dass ich rechtzeitig für meinen ersten Nachmittagstermin zurück sein werde.

»Hallo, Andreas!«, rufe ich ihm zu und stelle mein Fahrrad ab. »Ich dachte, ich schaue mal bei dir vorbei. Ich hoffe, ich störe nicht.«

»Kein Problem, Ron, ich habe gerade meine Mittagspause beendet und kann ein paar Minuten entbehren. Wir legen gerade eine neue Kultur ›Schwetzinger Meisterschuss‹ an.«

»Klasse«, sage ich. »Die Sorte ist ja wieder in.«

Ich weiß, dass der »Schwetzinger Meisterschuss« eine besondere Spargelsorte ist. Heutzutage kommt es beim Spargelanbau vor allem auf den Ertrag, das Aussehen und die Resistenz des Spargels gegen Schädlinge und Umwelteinflüsse an. Entsprechende Sorten wurden gezüchtet und werden heute fast ausschließlich eingesetzt. Sie heißen »Braunschweiger«, »Beelitzer« oder »Abensberger Spargel« und gehören zu den vor wenigen Jahrzehnten entstandenen Hybridsorten. Sie sind alle verfrühbar, reinweiß, geradwüchsig und ertragreich, nur leider im Geschmack recht flach.

Dagegen ist der »Schwetzinger Meisterschuss« eine legendäre historische Sorte, die mit der Sorte »Lucullus« aus Zuchtversuchen des Schwetzinger Hofgärtners Gustav Adolph Unselt, die er ab 1910 durchgeführt hatte, durch die Saatzuchtanstalt der Badischen Landwirtschaftskammer entwickelt wurde. Für die damalige Zeit waren beide neue, ertragreiche Spargelsorten, die sich im Anbau schnell durchsetzten und den Ruhm Schwetzingens als Spargelstadt mitbegründeten. Der Ertrag des »Schwetzinger Meisterschusses« ist geringer, der Geschmack ist dagegen deutlich intensiver, mit ausgeprägten Bitter- und Nussnoten. Eine Klasse für sich.

»Ich will dich nicht lange aufhalten«, sage ich. »Inzwischen ist klar, dass Peter vergiftet wurde. Mit Cadmium. Das Gift war in seiner Cola. Ziemlich perfide. Peters Zustand hat sich stabilisiert, er ist noch im Koma, aber die Ärzte sind zuversichtlich.«

»Das freut mich, wir machen uns deswegen alle Gedanken. Hoffentlich ist Peter bald wieder auf den Beinen. Eine schreckliche Sache ist das. Mannomann.«

»War bei euch in der Familie der Windpark in letzter Zeit eigentlich ein größeres Thema? Deine Cousine arbeitet ja bei uns im Rathaus.«

Andreas' Gesicht läuft rot an. »Sag mal, hast du sie noch alle? Klar ist der Windpark bei uns ein Thema, wir sind alle dagegen, das weißt du. Wir haben schlechte Äcker, und die mit den guten scheffeln jetzt auch noch Geld mit dem Windpark. Unfassbar. Aber niemand von uns würde deswegen jemanden vergiften. Was erlaubst du dir? Tauchst auf meinen Hof auf und beschuldigst mich. Es langt!«

Ich bin baff über seinen Ausbruch. »Sorry, Andreas, war nur eine Frage, ich wollte damit nichts in den Raum stellen. Vergiss es.«

»Sieh zu, dass du Land gewinnst! Ich muss weiterarbeiten.« Andreas steigt auf seinen Traktor und fährt weg.

Ich gehe zu meinem Fahrrad, das neben der Scheune steht, und will gerade aufsteigen, als ich aus den Augenwinkeln eine Bewegung bemerke. Dann wird alles um mich herum schwarz.

***

Als ich wieder zu mir komme, schmerzt mein Kopf, als wäre ich unter eine Dampfwalze geraten. Ich ertaste eine gewaltige Beule und eine offene Wunde an meinem Hinterkopf und fühle mich benommen.

Ich bin in irgendeinem abgedunkelten, fensterlosen, feuchten Raum. Ein wenig Licht fällt durch die obere Wandkante, auf der ein schräges Dach verläuft. Ich warte etwas und stehe wackelig auf. Die Tür ist verschlossen. Ich rufe laut, erhalte jedoch keine

Antwort. Na großartig. Wo immer ich bin, Hilfe ist nicht zu erwarten. Ich suche nach meinem Handy, kann es aber nicht finden.

Was ist passiert? Ich erinnere mich nur noch an das Gespräch mit Andreas, der mit dem Traktor weggefahren ist, und daran, dass ich am Fahrrad stand. Da endet meine Erinnerung. Ein Schlag auf den Kopf hat mich ausgeknockt. Doch warum und durch wen?

Es muss einen Zusammenhang mit dem Gespräch geben, das ich mit Andreas Bucher geführt habe. Ist er zurückgekehrt und hat mich niedergeschlagen? Wer sonst sollte es gewesen sein? Klar ist, dass ich unbewusst der Wahrheit über den Giftanschlag auf Peter Thibaut näher gekommen sein muss. Einen anderen Grund kann ich mir nicht vorstellen.

Als ich noch einmal aufstehe, wird mir schwindelig und schlecht, sodass ich mich übergeben muss. Ich setze mich hin und bin weg.

Als ich das Bewusstsein wiedererlange, bin ich nach wie vor in besagtem Raum. Auf mein Rufen hin reagiert noch immer niemand, ich höre keinerlei Geräusche von draußen. Ich entdecke auch nirgends einen Gegenstand, mit dem ich die Tür aufhebeln oder mich sonst wie befreien könnte. Keine Ahnung, wie lange ich mich bereits hier befinde. Ich tippe auf ein paar Stunden.

Ich muss wieder eingeschlafen oder bewusstlos geworden sein. Jedenfalls wache ich durch laute Geräusche auf. Ich höre meinen Namen, die Stimme einer Frau. Dann wird mir klar, wem sie gehört – meiner Assistentin Stenja, mit der ich seit dem ersten Tag meiner Tätigkeit als Oberbürgermeister zusammenarbeite. Mich durchströmt Erleichterung.

»Ich bin eingeschlossen!«, rufe ich.

»Alles klar, Herr Oberbürgermeister, wir sind da und holen Sie raus. Ich bin's, Klinger. Haben Sie etwas Geduld, wir öffnen die Tür gleich.«

Kurz darauf höre ich ein Geräusch aus Richtung der Tür. Herein stürmen Stenja und Kriminalhauptkommissar Klinger. Stenja und ich fallen uns erst einmal in die Arme. Den beiden folgen ein Notarzt und ein Rettungssanitäter, sie kümmern sich um mich.

***

Mein Ausflug zum Hof von Andreas Bucher liegt einen Tag zurück. Ich bin in der Universitätsklinik in Heidelberg auf derselben Station wie Peter Thibaut. Mir geht es gut, ich hatte mir neben einer Platzwunde, die mit sieben Stichen genäht werden musste, eine mittelschwere Gehirnerschütterung zugezogen, sodass ich zur Kontrolle über Nacht in der Klinik bleiben musste. Nun sitze ich in meinem Bett, zu Besuch sind meine Frau und meine beiden Assistentinnen. Da öffnet sich die Tür, und Klinger tritt ins Zimmer.

»Hallo, Herr Paulus, wie geht es denn dem Sturkopf des Oberbürgermeisters?«, fragt er. »Wieder besser?«

»Hallo, Herr Kriminalhauptkommissar, danke der Nachfrage, es wird. Im Lauf des Tages werde ich das Krankenhaus wieder verlassen können. Glück gehabt.«

»Ja, so könnte man es nennen. Wissen Sie, was passiert ist?«

Ich schüttele den Kopf.

»Na, dann werde ich Sie alle mal ins rechte Licht setzen«, sagt Klinger. »Zunächst einmal muss ich betonen, dass Sie nicht ohne vorherige Einbindung der Polizei hätten ermitteln dürfen. Das war leichtsinnig und hätte komplett schiefgehen können.«

»Da haben Sie recht. Allerdings wollte ich gar nicht ermitteln. Ich bin bloß spontan einem Gefühl gefolgt. Na ja, in diesem Fall wohl eher einem miesen.«

»Ihr Gefühl war vielleicht mies, aber am Ende richtig. Sie erinnern sich sicherlich an das Gespräch mit Andreas Bucher auf seinem Hof. So wie er es uns erzählt hat, wurde es am Ende emotional und laut.«

Ich lache. »Kann man so sagen.«

»Er fuhr mit dem Traktor weg …«

»… und ist zurückgekehrt.«

»Keineswegs«, erwidert Klinger und grinst. »Auf dem Hof befand sich zu dieser Zeit ein Mithörer, und diese Person wurde durch Ihr Gespräch in große Unruhe versetzt. Das führte dazu, dass Sie niedergeschlagen und mit einer Schubkarre in den entlegenen Hofraum verbracht wurden.«

»Was für ein Mithörer?«, frage ich.

»Ich muss mich wohl korrekter ausdrücken. Es war kein Mann, sondern eine Frau – Ihre Mitarbeiterin Beate Hausinger.«

»Was?«, rufe ich. »Beate Hausinger hat mich niedergeschlagen und eingesperrt? Im Ernst?«

»Ja, im Ernst. Und sie hatte sogar einen guten Grund dafür. Na ja, vielleicht keinen guten«, korrigiert sich Klinger, »aber einen aus ihrer Sicht nachvollziehbaren. Sie hat Peter Thibaut vergiftet.«

»Wie bitte?« Ich bin fassungslos. »Wie das?«

»Da müssen wir einen Sprung zurück machen«, sagt der Polizist. »Beate Hausinger gehört zur Familie Bucher, sie ist eine Cousine von Andreas Bucher. Wie Sie mittlerweile wissen, fühlte sich die Familie Bucher durch die Neuverteilung der Spargelackerflächen Ende des 19. Jahrhunderts benachteiligt. Dieses Thema ist wieder hochgekocht, als es um den geplanten Windpark ging. Peter Thibaut in seiner Funktion als Stadtrat befeuerte die Wut noch. Die Einschätzung war: Die kriegen alles und wir nichts. Dadurch hat sich Beate Hausinger legitimiert gesehen, ein Exempel zu statuieren und den Giftanschlag zu verüben.«

»Hat sie gestanden?«, erkundige ich mich.

»Ja. Für sie als Mitarbeiterin des Amts für Organisation und Personal war es kein Problem, die vergiftete Flasche kurz vor der Sitzung an Ort und Stelle zu bringen. Und als Sie auf dem Hof aufgekreuzt sind, sah sie keine andere Möglichkeit, um Sie aufzuhalten. Übrigens hatte Andreas Bucher nichts mit dem Giftanschlag zu tun, es war ein Alleingang seiner Cousine. Er ist geschockt.«

»Warum?«, frage ich. »Ich begreife nicht, dass Beate Hausinger zu so einem drastischen Mittel gegriffen hat.«

»Sie hat uns versichert, dass sie Peter Thibaut nicht umbringen, sondern ihm nur einen Denkzettel verpassen wollte. Die Gefährlichkeit des Cadmiums hat sie nicht erfasst«, erläutert Klinger. »Bei Beate Hausinger kamen in den letzten Monaten viele Dinge zusammen. Erst ist ihre Mutter verstorben, dann kriselte es in ihrer Ehe, die unerwünscht kinderlos geblieben ist. Sie war die letzten Wochen krankgeschrieben und in psychologischer Behandlung. Der Streit um den Windpark und die emotionalen Diskussionen in der Familie Bucher haben das Fass zum Überlaufen gebracht.«

»Was für eine Geschichte«, murmele ich. »Und wie ist Beate Hausinger an das Cadmium gekommen?«

»Ihr Ehemann ist in der chemischen Industrie tätig und war deswegen in der Lage, an eine geringe Menge Cadmium zu gelangen. Vielleicht war er angesichts der Ehekrise falsch motiviert, das wissen wir nicht. Er ist der Mittäterschaft durch Beihilfe verdächtig.«

***

»Was mir noch niemand verraten hat«, frage ich, nachdem sich Klinger verabschiedet hat, »wie bin ich eigentlich befreit worden?«

»Das hast du Stenja zu verdanken«, sagt meine Frau.

»Du hattest mir ja geschrieben, dass du bei Andreas Bucher auf dem Hof vorbeischauen und dann rechtzeitig zum ersten Nachmittagstermin wieder da sein würdest«, sagt meine Assistentin. »Warst du aber nicht, und als ich dich nach einer Stunde immer noch nicht erreichen konnte, habe ich Kriminalhauptkommissar Klinger informiert. Der hat dein Handy orten lassen. Der Rest ist Geschichte.«

In dem Moment geht die Tür auf, und Anna Thibaut betritt in Begleitung von Andreas Bucher das Krankenzimmer.

»Hallo, Anna. Wie geht es Peter?«, frage ich.

»Peter ist vor einer Stunde aus dem Koma aufgewacht und ansprechbar.« Anna strahlt. »Die Ärzte sind sehr zufrieden, und wenn alles so bleibt, darf er in wenigen Tagen wieder nach Hause.«

»Wie schön ist das denn!«, rufe ich und umarme Anna. Ihr stehen die Tränen in den Augen. »Das ist die beste Nachricht überhaupt!«

»Ich freue mich auch sehr«, sagt Andreas Bucher. »Das ist eine Schande für unsere Familie, und ich muss mich bei euch beiden und Peter für alles entschuldigen, was Beate euch angetan hat.«

»Andreas, du kannst nichts dafür, deswegen trifft dich keine Schuld«, sage ich, »obwohl wir daraus lernen sollten, dass Worte und Emotionen sehr gefährlich sein können.«

»Das stimmt.« Andreas blickt betroffen zu Boden. »Ich sollte mich künftig etwas mehr einbremsen.«

»Wirkt sicher lebensverlängernd.« Ich lache. »Wir sollten aber nicht die gute Nachricht von Peters Genesung schlechtreden und Trübsal blasen. Die Spargelsaison kann kommen, es sind nur noch wenige Tage, dann wird unser ›Schwetzinger Meisterschuss‹ wieder geerntet. Lasst uns das Leben feiern, wie wir es in Schwetzingen gerne tun!«

Moni Reinsch

In tiefer Trauer

Enttäuscht schaut sie sich um. Die Auswahl an schwarzen Röcken ist klein, in Größe achtunddreißig gibt es bloß drei Modelle: einen Wollrock, einen Faltenrock und einen sehr kurzen Rock, der bei ihren langen Beinen eine Handbreit über dem Knie endet. Verschämt stellt sie fest, dass er ihr hervorragend steht und sie nicht wie fast vierzig aussehen lässt. Kann sie das wagen? Sie war lange auf keiner Beerdigung mehr, aber sie hat nichts zu verlieren, es ist einen Versuch wert.

Sie würde hohe Schuhe dazu brauchen. Mit einem Meter achtundsiebzig hat sie Glück, Größe neununddreißig zu tragen, da ist das Angebot üppig. Sie wählt schlichte, dafür sehr hohe Pumps.

Bei den Oberteilen hat sie raschen Erfolg, gleich das zweite entspricht ihren Vorstellungen: ein dünner schwarzer Stoff, tief ausgeschnitten, dazu ein Überwurf aus schwarzer Spitze. Zufrieden betrachtet sie sich im Spiegel und ist überzeugt, dass ihr Vorhaben gelingen wird.

Sie stopft alles in ihre Handtasche und verlässt eilig den Kleiderladen des Roten Kreuzes.

Am Morgen wacht sie früh auf und kramt aus einem Karton, den sie unter ihr Bett geschoben hatte, die »Rheinpfalz« vom vergangenen Samstag. Inzwischen ist die Ausgabe ganz abgegriffen. Zum wiederholten Mal liest sie die Anzeige, obwohl sie den Text inzwischen auswendig kennt.

Robert Wegner ist plötzlich und unerwartet im Alter von nur neunundsechzig Jahren verstorben. Seine Witwe Marion, Julia und Martin mit Sohn, Thomas und Christine mit Tochter. Die Belegschaft der Wegner-Immobilien-Gruppe trauert um ihren Chef. Sie murmelt die Namen vor sich hin.

Um zehn Uhr muss sie in der Friedenskirche St. Bernhard

sein. Die liegt am Alten Friedhof, der inzwischen Adenauerpark heißt. Dort finden seit über hundert Jahren nur noch in seltenen Ausnahmen Beerdigungen statt. Die anschließende Beisetzung ist daher auf dem anderthalb Kilometer entfernten Friedhof, wohin es einen Busshuttle gibt. Statt Blumen wird um Spenden für eine Kinderhilfseinrichtung gebeten. Von Trauerbezeugungen am Grab bittet die Familie abzusehen.

Sie schnappt sich ihren Kulturbeutel und ist als Erste unter der Dusche. Heute muss sie richtig gut sein und braucht Zeit, um sich herauszuputzen.

Als sie am Grab des ehemaligen Bundeskanzlers Helmut Kohl vorbeiläuft, das nach all den Jahren nach wie vor keinen Grabstein hat, stehen schon zahlreiche Leute vor der imposanten Bernarduskirche. Wie erwartet, ist die Trauergemeinde bei einer stadtbekannten Persönlichkeit groß, daher wurde wohl diese geräumige Kirche für die Trauerfeier gewählt.

Das Klacken ihrer hohen Absätze durch den Mittelgang hallt von den Wänden wider. In den ersten drei Reihen liegen vorbereitete Sträußchen auf den leeren Plätzen. Sie nimmt eines und setzt sich in die vierte Reihe an den Gang. Die zitternden Hände klemmt sie zwischen die Knie. Die Trauernden suchen in dem kühlen Bau Schutz vor der Hitze. Zufrieden stellt sie fest, wie alle sie mustern. Sie hat vorsätzlich kein Gesangbuch am Eingang mitgenommen. Immer wieder dreht sie sich erwartungsvoll um.

Als die engste Familie durch den Mittelgang Einzug hält, lässt sie die Tasche auf ihrem Platz liegen und flüstert dem Mann neben ihr zu, sie sei gleich wieder da. Während sie langsam der Familie entgegenschreitet, sieht sie fest in die Gesichter der Witwe und ihrer Kinder, die sie rechts und links flankieren. Deren Mienen verhärten sich, und sie ist überzeugt, die Familie weiß, dass Robert Wegner nicht treu war. Das war ein Vabanquespiel, doch sie hat Glück gehabt. Jetzt bloß nicht wegsehen. Den Blicken standhalten. Sie dreht sich seitlich und lässt die Familie vorbeiziehen, wobei sie der Enkelin, gerade zu groß, um nicht mehr auf den Arm genommen zu werden, aber zu jung, um die Situation zu verstehen, zuwinkt. Die Kleine winkt schüchtern zurück, worauf der Vater ihre Hand ergreift und sie fortzieht.

Der Pastor spricht von Robert Wegners Mildtätigkeit und seinem Engagement. Sie starrt auf das Porträt mit dem schwarzen Trauerflor, das auf einer Staffelei neben dem schweren Eichensarg steht. Das Gesicht ist ein wenig aufgedunsen, die rote Nase recht großporig, der Mund ohne ein Lächeln. Nur ein dünner grauer Haarkranz ziert den Kopf und lässt den Verstorbenen deutlich älter als neunundsechzig aussehen. Ob das wirklich das beste Foto war, das die Familie finden konnte?

Ein großer Kranz mit dunkelroten Rosen bezeugt die Liebe der Witwe, wie sie auf der schwarzen Trauerschleife lesen kann. Hellrote Rosenblätter bilden einen Teppich vor dem Sarg. Ein gelbes Blatt hat sich dazwischengemogelt und zieht immer wieder ihre Aufmerksamkeit auf sich.

Die Lieder sind gut gewählt, sie ist allerdings kaum imstande mitzusingen, weil sie so laut weint. Als der Pastor die Gemeinde auffordert, den Toten zur letzten Ruhestätte zu begleiten, bleibt sie sitzen. Die Familie dreht sich zu ihr um. Die Witwe durchbohrt sie förmlich mit ihren Augen, bevor alle an ihr vorbei zum Hauptportal defilieren, wo der Sarg in einen Leichenwagen geschoben wird.

Sie erhebt sich und geht nach hinten zur Seitentür. Dort liegt auf einem Ständer ein Kondolenzbuch, daneben ein Kasten für die Trauerkarten. Ein junges Paar hastet zur Seitentür herein, während sie gerade die Seiten durchblättert.

»Tut uns leid, wir haben es heute erst per Post erfahren. Letzte Woche haben wir die Eigentumswohnung gekauft und sofort alle anderen Käufer verständigt. Entschuldigung, sind Sie die Tochter?«

Sie zieht erneut ein Taschentuch und schnieft laut, sodass ihr »Sozusagen« kaum zu verstehen ist.

Die Frau kramt in ihrer Handtasche und drückt ihr einen Umschlag in die Hand. »Dann kann ich den ja gleich Ihnen geben. Mein Beileid.«

Das Paar eilt durch den Mittelgang den letzten Trauergästen

hinterher, um den Busshuttle zu nutzen. Verblüfft sieht sie ihnen nach, zögert, was sie mit dem Umschlag machen soll. Die Tür öffnet sich abermals, und drei weitere Paare in den Dreißigern betreten die Kirche.

»Wir haben erst heute aus der Post …«, beginnt eine der Frauen.

Sie nickt und zeigt auf das Hauptportal, die Nase im Taschentuch versenkt. Ein Mann langt in sein Jackett und reicht ihr einen Umschlag, eine Frau tut es ihm gleich. Versunken blättert sie weiter im Kondolenzbuch.

»In Erinnerung an die vielen Stunden auf dem Golfplatz.«

»Danke für die gemeinsame Zeit, die wir in Südtirol verbracht haben.«

»Du wirst uns bei unseren Wanderungen fehlen.«

Sie öffnet die Karten, einmal zwanzig Euro, einmal fünfzig. Eine Karte enthält einen Überweisungsbeleg über sechzig Euro. Letztere wirft sie in den Kasten, die anderen steckt sie ein. Dann tritt sie ebenfalls durch die Seitentür in die grelle Frühlingssonne und steigt als Letzte in einen der bereitgestellten Busse, die die Trauernden, die nicht mit dem eigenen Wagen fahren, zum Friedhof bringen.

»Geht ihr anschließend mit zum Kaffee im ›Wartturm‹ an der Landwehrstraße?«, schnappt sie unterwegs auf.

Als sie sich dem Grab nähert, warten nur noch acht Leute vor ihr. Die Familie steht im passenden Abstand, der Trauer und Ehrerbietung ausdrückt, aber auch verdeutlicht, dass man sie in Ruhe lassen möge. Der Sarg ist zwischen zahllosen Blumen und hinabgeworfener Erde kaum mehr zu erkennen. Sie blickt hinunter auf den Sarg, wirft ihre mittlerweile schlappen Blumen in das offene Grab und bricht in lautes Schluchzen aus. Der Angestellte des Bestattungsinstituts fasst nach ihrem Arm, um sie zu stützen. Sie wendet sich ab und tritt in den Schatten einer Linde. Ein Mann mittleren Alters schiebt sich neben sie.

»Meine Schwiegermutter möchte Sie später gerne sprechen«, flüstert er scharf.

Sie zögert einen Moment, sammelt sich. »Sie müssen Martin sein. Es wird sich sicher eine Gelegenheit ergeben. Aber wir wollen sie doch jetzt nicht in ihrer Trauer stören«, murmelt sie und wischt sich eine Tränenspur von der Wange.

»Sie wird auf Sie zukommen«, zischt der Mann und beeilt sich, seiner Frau wieder zur Seite zu stehen.

Sie setzt sich an einen Tisch mit Menschen, die sich alle untereinander nicht zu kennen scheinen. Mit ihrer Tischnachbarin, die sie neugierig mustert, spricht sie über Roberts Wanderungen, vor allem in Südtirol. Sie erwähnt gegenüber dem Mann zur anderen Seite, wie sehr er Golf liebte. Dabei muss sie sich sehr konzentrieren, um die Pfälzer Mundart zu verstehen, und nickt bisweilen nur, als wäre sie tief in Gedanken.

Nachdem die Bedienung eine Spargelsuppe vor jeden gestellt hat, verstummt das Gespräch. Angenehm gesättigt, begibt sie sich anschließend für längere Zeit auf die Damentoilette. Als sie zurückkehrt, wartet ein Teller mit dampfenden Kartoffeln, Spargelstangen und Tafelspitz mit Remoulade an ihrem Platz. Sauce Hollandaise und Kännchen mit brauner Butter werden herumgereicht. Familie Wegner hat keine Kosten und Mühen gescheut. Sie bestellt einen großen Orangensaft und nach dem Essen einen Kaffee.

Die ersten Gäste verabschieden sich, viele davon wahrscheinlich Angestellte der Wegner-Immobilien-Gruppe, sie hat jedoch die Platten mit Streusel- und Apfelkuchen in der Küche gesehen und wird noch bleiben.

Als sie das zweite Stück isst, lichten sich die Reihen, bald sind einzig die engsten Angehörigen übrig. Rasch verabschiedet sie sich, läuft zum Ausgang und schließt die Tür lautlos hinter sich.

Sie kann gar nicht fassen, wie einfach es war, an ein paar Scheine und ein warmes Essen zu kommen. Lächelnd zieht sie die Zeitung hervor und überfliegt erneut die Traueranzeigen. Sollte sie es gleich noch einmal wagen?

Helmut Winkler, geboren 1943, konnte endlich ins Himmelreich aufsteigen, betrauert von den Söhnen Gerhard mit Frau, Horst und Reinhold mit Frau, Kindern und Enkelkindern. Die Trauerfeier beginnt um vierzehn Uhr wie üblich in der Trauerhalle auf dem Friedhofsgelände, anschließende Beisetzung.

Trauerhaus: eine Anschrift in Berlin, keiner der Söhne wohnt offenbar in seiner alten Heimat. Spenden für die Krebshilfe statt Blumen. Die Anzeige nimmt eine halbe Seite ein und ist für Speyerer Verhältnisse sicher zu groß, vermutlich steckt richtig Geld dahinter. Sie wirft einen Blick auf die Uhr, fast halb zwei. Die Namen hat sie sich schnell eingeprägt.

Sie hat sich vorher einen Plan des Friedhofs angesehen und weiß, wie sie durch den Eingang an der Landwehrstraße quer über den Friedhof zur Trauerhalle gelangt. Ein anderes Bestattungsunternehmen gestaltet die Beisetzung, ein anderer Ständer mit Kondolenzbuch und ein Ständer mit einem Briefkasten stehen im Eingang. Sie postiert sich so vor dem Kasten, dass die Trauernden den Einwurfschlitz nicht erreichen können.

»Oh, entschuldigen Sie bitte, ich war ganz in Gedanken. Darf ich Ihnen helfen?«, murmelt sie und nimmt einer alten Dame einen Umschlag ab.

Die Frau wendet sich ab, und sie lässt das Kuvert ungesehen in ihre Handtasche fallen. Dann besinnt sie sich, nimmt die inzwischen drei Umschläge aus ihrer Tasche, fächert sie in der Hand auf.

»Sie nemme die Umschläg entgege?«, fragt ein älterer Mann und reicht ihr ein Kuvert. Er nuschelt etwas auf Pfälzisch, was sie nicht versteht, und wischt sich die Nase am Jackettärmel ab.

Andere stecken ihr weitere Briefumschläge zu, die Anzahl wächst stetig. Ein Mitarbeiter des Bestattungsunternehmens nickt ihr aufmunternd zu.

Als die Söhne mit ihren Familien die Trauerhalle betreten, nimmt sie sich ein Liedblatt und fächelt sich wie viele andere Luft zu, sodass ihr Gesicht kaum zu erkennen ist. Sie dreht sich um, als würde sie die Umschläge in den Kasten werfen, lässt sie aber in ihrer großen Handtasche verschwinden. Sie schnieft laut und versteckt sich hinter einem Taschentuch. Der alleinstehende Sohn tritt an das Kondolenzbuch. Sie erinnert sich, dass das Horst sein muss. Sie legt eine Hand auf seine.

»Horst, ich weiß gar nicht, was ich sagen soll«, flüstert sie.

Er schaut sie lange an, dann sagt er: »Entschuldigen Sie, ich habe Ihren Namen vergessen.«

»Wir sind uns leider nie begegnet. Helmut und ich ...«, sie bricht ab und lässt den Satz unvollendet.

Sein Bruder, was man an den ähnlichen Gesichtszügen sofort erkennt, tritt neben ihn, er scheucht zwei jüngere Männer, die nur seine Söhne sein können und von zwei Kindern begleitet werden, mit einer ungeduldigen Handbewegung fort.

»Reinhold, ich ... Es ist so schrecklich«, sagt sie und schluchzt.

Auch Reinhold sieht sie verstört an. Jetzt tritt der dritte Bruder neben sie, Gerhard, der älteste und erste in der Anzeige.

»Ich möchte nicht, dass Sie das Ansehen meines Vaters beschmutzen. Wir möchten nicht, dass Sie an der Trauerfeier teilnehmen.« Er zieht seine Geldbörse aus der Tasche, reicht ihr zweihundert Euro. »Genügt das erst einmal?«

Sie zuckt mit den Schultern, Horst bemerkt Gerhards Blick und holt hundert Euro aus dem Portemonnaie.

»Wir hören noch voneinander. So einfach lasse ich mich nach all den Jahren nicht abspeisen, Gerhard«, zischt sie.

Als sie erhobenen Hauptes durch den Mittelgang dem Ausgang entgegenstrebt, entdeckt sie in der hintersten Ecke der Kirche eine graumäusige Frau in den Siebzigern, die vermutlich die wirkliche Geliebte von Helmut Winkler gewesen ist. Sie drückt ihr schweigend die Hand und eilt durch das Portal hinaus, als die Orgel einsetzt.

Draußen setzt sie sich an eine Haltestelle und wartet, denn für den Rückweg kann sie sich den Bus leisten. Sie knetet ihre schmerzenden Füße. Morgen müsste sie abermals in die Kleiderkammer gehen und sich flache Schuhe für den Weg besorgen. Für die Kirche braucht sie natürlich Schuhe, die ihre Beine zur Geltung bringen.

Im Bus reißt sie alle Umschläge auf. Zusammen mit dem Geld aus der ersten Beisetzung und dem Schweigegeld der Brüder Winkler kommt sie auf fast tausend Euro. Das übersteigt ihre Erwartungen bei Weitem. Fassungslos zählt sie die Scheine ein weiteres Mal.

Sie steigt nicht erst am Obdachlosenheim aus, sondern eine Station vorher. Da ist ein kleines Hotel, das ihr schon mehrfach aufgefallen ist, Einzelzimmer mit Badewanne für eine Nacht sechzig Euro, ab drei Nächten siebenundfünfzig Euro, steht draußen. Es sieht altmodisch aus, aber sie sollte ihre Einnahmen nicht für ein besseres Hotel verschwenden. Ins Obdachlosenheim würde sie mit so viel Bargeld nicht zum Schlafen zurückkehren, sondern bloß, um ihre Habseligkeiten zusammenzuraffen und vielleicht als Nächstes in Heidelberg oder in Mannheim ihr Glück zu versuchen. Oder sollte sie eine größere Entfernung wählen? Auch dort würde sie sich ein Hotel leisten können und könnte ein neues Leben anfangen. Ein neues Leben auf Kosten der Toten, im wahrsten Sinne des Wortes.

Bis die Bestattungshäuser den Angehörigen die Karten übergeben würden, würde einige Zeit verstreichen, und das Fehlen einiger Karten würde eine Weile unentdeckt bleiben.

»Ich würde gerne drei Nächte buchen. Das Gepäck muss ich erst holen«, sagt sie.

»Frühstück von sechs bis zehn, wir wünschen nicht, dass andere Gäste belästigt werden«, macht die Frau am Empfang deutlich.

»Keine Sorge, ich bin in Trauer und froh, wenn ich meine Ruhe habe«, haucht sie und lässt sich den Zimmerschlüssel geben. Sie lächelt die Hausherrin an. »Ach, entschuldigen Sie, darf ich mir die Tageszeitung ausleihen? Ich brauche nur den Teil mit den Traueranzeigen.«

Am nächsten Tag hat sie viel Zeit. Sie frühstückt ausgiebig und bummelt in die Stadt zum Shoppen, eine schwarze Bluse mit tiefem Ausschnitt und ein paar flache Schuhe nach ihrem Geschmack ergänzen ihr Traueroutfit. Als sie am frühen Mittag über den Friedhof schlendert, ist ihr eher nach Pfeifen und Hüpfen zumute, sie ermahnt sich aber, gemessenen Schrittes zur Trauerhalle zu gehen. Rechts des Wegs kommt sie am Grab von Helmut Winkler vorbei. Freundlich nickt sie einer alten Frau in einem lilafarbenen Blümchenkleid zu.

Heute ist die Beisetzung eines großen Gönners der Stadt, vor der Trauerhalle drängen sich die Leute. Als Erstes muss sie sicherstellen, dass es ein anderes Bestattungsunternehmen ist, damit niemand sie wiedererkennt. Einerseits ist sie erleichtert, als sie einen anderen Einwurfkasten und einen anderen Kondolenzbuchständer sieht, andererseits stellt sie fest, dass eine Mitarbeiterin die Trauerkarten entgegennimmt. Sie lässt den Stift vom Kondolenzbuch in ihre Tasche gleiten und tritt zu der Mitarbeiterin.

»Entschuldigen Sie bitte, da liegt kein Stift«, raunt sie und nickt zu dem Ständer. Die Frau entfernt sich, sucht eine Weile, eilt durch den Gang nach draußen.

Wenigstens drei Karten kann sie abgreifen, bis die Mitarbeiterin ihr mit einem verhaltenen Lächeln einen Kugelschreiber entgegenstreckt.

»Sehr freundlich, vielen Dank«, murmelt sie und hat keine Idee, wie sie ihre Nummer weiter durchziehen könnte. Sie hinterlässt mit verstellter Schrift einen Satz im Buch und liest, was die anderen geschrieben haben. Anschließend setzt sie sich wie immer ohne Gesangbuch in die vierte Reihe und legt ihre Handtasche auf die Ablage vor sich.

In Gedanken blickt sie auf ihre Hände, als jemand neben sie rutscht. Sehr nah. Zu nah.

»Ich habe Sie beobachtet«, flüstert die alte Dame im lilafarbenen Blümchenkleid, die eben noch an Helmut Winklers Grab gestanden hat.

Sie mustert sie genauer und erkennt die graumäusige Frau, die sie für Winklers Geliebte hält.

»Nicht nur heute, auch gestern«, wispert die Frau, schnappt sich ihre Handtasche und steckt sie in die eigene Einkaufstasche. »Ich schlage vor, wir gehen etwas essen.« Die Alte steht auf und zieht unmissverständlich an ihrem Ärmel.

Ihr bleibt nichts anderes übrig, als die Frau zu begleiten, wenn sie kein Aufsehen erregen möchte.

»Heute wird wohl nichts aus Schnittchen und Kuchen, Sie laden mich zum Spargelessen ein«, sagt die Alte resolut. »Sie müssen nicht, aber dann werde ich Sie anzeigen, die Winklers informieren und alle Bestattungshäuser in der Gegend warnen.«

Ergeben trottet sie neben der kleinen Frau her. Sie könnte weglaufen, doch sie überlegt krampfhaft, ob irgendetwas in ihrer Handtasche ihre Identität verrät.

Sie setzen sich in einem nahen Lokal etwas abseits in den Schatten eines Kastanienbaums. Die alte Frau bestellt sich ein überbackenes Schnitzel mit Spargel und einen Schoppen Weißweinschorle. Sie isst mit großem Appetit, während sie selbst nur in ihrem Salat stochert.

»Sie sollten etwas trinken, bei den Temperaturen bekommt man leicht einen Kreislaufkollaps, wenn man zu viel in der Sonne sitzt und zu wenig Flüssigkeit zu sich nimmt«, sagt die Alte laut, dass man es auch an den Nachbartischen versteht, und versucht anschließend im Flüsterton in Erfahrung zu bringen, wie lange sie diese Masche schon durchzieht und wie viel Geld sie damit ergaunert.

Sie kann nicht so tun, als würde die Alte völlig falschliegen, behauptet jedoch, das sei eine spontane Idee gewesen, als sie die verlogene Familie gesehen habe. Sie erklärt sogar, Helmut Winkler beruflich zu kennen, und zitiert ein paar Dinge, die ihr aus dem Kondolenzbuch im Gedächtnis geblieben sind, um ihre Behauptungen zu untermauern.

Die Alte löffelt ein Dessert in sich hinein und tupft sich mit der Serviette über den Mund. Dann wischt sie über ihr Besteck.

»Ich bin Diabetikerin, da muss immer alles sauber sein«, sagt die Frau und zieht eine Insulinspritze hervor.

Während sie die Alte beobachtet, durchzuckt sie ein heftiger Schmerz. Entsetzt blickt sie auf ihren Oberschenkel, in dem die Spritze unerwartet steckt. Ihr wird heiß, zugleich bildet sich kalter Schweiß auf ihrer Stirn. Sie möchte schreien, doch sie zittert am ganzen Körper, während ihr Herz so schnell schlägt, dass ihr schwarz vor Augen wird.

Blitzschnell reinigt die Alte ihr eigenes Glas mit der Serviette und lässt diese ebenfalls in ihre Einkaufstasche wandern.

»Mit Helmut ist meine wichtigste Einnahmequelle versiegt, aber deine Methode gefällt mir, Kindchen«, raunt sie und steht auf. »Die nächste Beerdigung wartet schon auf mich.«

Dieter Aurass

Seelentöter

Natürlich war es nicht angenehm, in absoluter Dunkelheit hinter einer Hecke zu lauern und darauf zu warten, bis die »Helden« des Sondereinsatzkommandos mit viel Getöse und wie kleine Rambos in ein Haus eingedrungen waren und dort für Sicherheit gesorgt hatten. Die angenehme Nachtkühle um vier Uhr morgens entschädigte ihn ein wenig für die ungewohnt hohen Temperaturen der letzten Tage, und es war erst Mitte Mai.

Aber so ist halt der Job, beruhigte sich Sattler und kontrollierte zum gefühlt hundertsten Mal die Vollständigkeit seiner Ausrüstung: Waffe, Fesseln, Schutzhandschuhe, Mobiltelefon auf lautlos, Taschenlampe, Durchsuchungsbeschluss. Alles war vorhanden, und er war so bereit zum Zugriff, wie man es nur sein konnte. Wie immer kurz vor einer Festnahme hatte ihn das Jagdfieber gepackt, und das Adrenalin zog so laut rauschend seine Bahn durch die Adern, dass er meinte, es in seinen Ohren hören zu können. Es ließ ihn aufgeregt auf den Moment warten, an dem es endlich so weit war.

»Objekt gesichert!«, drang es aus seinem Ohrhörer, über den er mit dem Leiter des SEK-Teams verbunden war. »Betreten gefahrlos möglich.«

Das war sein Stichwort. Alex Sattler, Kriminalhauptkommissar beim Sittendezernat und mit einundvierzig der absolute Star der erst vor drei Jahren aufgestellten Sondereinheit des Polizeipräsidiums Mannheim, sprang wie von einer Sprungfeder angetrieben auf die Füße und stürmte auf das Einfamilienhaus zu. Um diese Zeit war in der Wohngegend im Nordwesten von Schwetzingen, nur wenige Hundert Meter vom Schlossgarten entfernt, so gut wie kein Verkehr auf der Straße, und selbst die Bewohner der nahe gelegenen Häuser schliefen den Schlaf der Gerechten und hatten noch nichts von dem Polizeieinsatz mitbekommen.

Der SEK-Beamte an der Eingangstür erkannte ihn von der Einsatzbesprechung wieder und trat zur Seite. Sattler wartete nicht auf die drei Kollegen seiner Truppe, die im Gegensatz zu ihm gemächlich auf das nur von einer Person bewohnte Haus zugingen und die notwendigen Utensilien für eine Durchsuchung mitbrachten. Sie trugen Durchsuchungskoffer, einen Stapel mit unaufgefalteten Umzugskartons und die gesamte Foto- und Filmausrüstung zur Dokumentation bei sich und hatten es augenscheinlich nicht im Geringsten eilig.

Das alles interessierte Alex Sattler nicht, denn er war bereits im Haus und dort auf der Suche nach dem Beschuldigten, den er nun festnehmen wollte.

»Wo ist er?«, sprach er den nächsten SEK-Beamten an, der in voller Montur und mit quer vor der Brust gehaltener Maschinenpistole im Hausflur vor einer Tür wartete.

Der Mann, dessen Gesicht hinter einer Maske verborgen war, würdigte ihn keiner Antwort. Stattdessen wies er mit dem Daumen seiner behandschuhten Rechten auf die Tür hinter sich. Er trat einen Schritt zur Seite, um Sattler den Zutritt zu dem Zimmer zu ermöglichen.

Bedenken musste Sattler nicht haben, denn wenn das SEK fertig war, lagen alle Festgenommenen gefesselt und oft sogar mit einem Sack über dem Kopf auf dem Boden, und man konnte davon ausgehen, dass keine Gefahr mehr von ihnen drohte. Nicht dass er Angst gehabt hätte – von dem Gefühl der Angst hatte er sich lange gelöst, erst recht bei einem Typen wie Bruno Förster.

Ohne zu zögern, öffnete Sattler die Tür. Im Raum war es stockdunkel, und erst als er das Licht anschaltete, konnte er erkennen, dass es sich um das Schlafzimmer des Mannes handelte, von dem er seit Tagen nur noch als »die Drecksau« oder »das Schwein« dachte.

Auf dem Bett lag ein Kerl, der lediglich mit einer Feinrippunterhose und einem Unterhemd bekleidet war. Er trug keinen Sack über dem Kopf, aber seine Hände waren mit Kabelbinder auf dem Rücken gefesselt. Die Beine waren ebenfalls an den Knöcheln fixiert.

Als das Licht anging, ruckte er hoch und sah aus rot unterlaufenen Augen zur Tür, in der Sattler stand und die Lage peilte.

»Au, das tut weh! Die Dinger schneiden ins Fleisch ein! Helfen Sie mir!«, rief der Mann auf dem Bett mit weinerlicher Stimme.

Obwohl Alex Sattler bereits Observationsfotos des Kerls gesehen hatte, konnte er nicht fassen, dass es dieser Mensch – Unmensch? Monster? – gewesen sein sollte, der dieses unfassbare Verbrechen begangen hatte. Bruno Förster war durchschnittlich groß, etwas dicklich und blass wie eine Leiche.

Sie meiden das Tageslicht.

Auf seinen nackten Armen und Beinen klebte die starke dunkle Körperbehaarung schweißnass. Seine Frisur bestand lediglich aus langen Fäden an einem schütteren Kranz, die er sich wohl normalerweise in Spiralen über die Glatze legte.

Das Zimmer roch übel – muffig, nach altem Schweiß und als wäre hier vor Monaten das letzte Mal gelüftet worden. Angewidert näherte sich Sattler dem Bett und beugte sich über den Mann.

Seine Gedanken wanderten drei Tage zurück.

Am Morgen des 12. Mai hatten Touristen bei noch angenehmen Temperaturen einen Spaziergang durch den wunderschönen Schlossgarten entlang des Bachlaufs hin zur Begrenzung des Parks unternommen. Dort war Ende des 18. Jahrhunderts ein römisches Wasserkastell mit Aquädukt und an der Fundstelle frühmittelalterlicher Gräber ein Obelisk erbaut worden. Es war eines der vielen Highlights der jährlich von rund einer Dreiviertelmillion Touristen besuchten Attraktion »Schlossgarten Schwetzingen«. Dort mussten sie allerdings einen grauenvollen Fund machen. Am Fuß des Obelisken fanden sie die nackte Leiche des sechsjährigen Patrick, nach dem seit zwei Tagen unter Einsatz aller verfügbaren Polizei- und Einsatzkräfte gesucht worden war.

Sattler war unter den ersten Beamten, die vor Ort waren und die Kinderleiche in Augenschein nehmen mussten, während die Spurensicherung ihre Arbeit tat. Was er sehen musste, ließ keinen Zweifel daran, womit sie es in diesem Fall zu tun hatten. Und der Täter hatte sich weder die Mühe gemacht, die Leiche seines Opfers zu verstecken, noch ausreichend darüber nachgedacht, dass er seine DNA auf dem Kind hinterlassen hatte. Das hatte die Ermittlungsbehörden schnell auf die richtige Spur gebracht.

Und nun blickte Sattler auf das Häufchen Elend hinunter, das in seinem Schweiß und seiner dreckigen Unterwäsche auf dem Bett vor ihm lag und sich stöhnend hin und her wälzte.

Er konnte kein Mitleid mit diesem Unmenschen empfinden, der einen kleinen Jungen missbraucht und getötet hatte. Seit Patricks Obduktion war dem gesamten Team bekannt, dass sich Förster mehrfach an ihm vergangen und ihn anschließend mit einer Plastikschnur erdrosselt hatte. Danach musste er ihn wie Müll am Rand des Obelisken weggeworfen haben.

Verstörende Gedanken, die sich um Vergeltung, Rache und Mordlust drehten, gingen Alex Sattler unablässig durch den Kopf, aber er hatte seine Gefühle durch jahrelanges Training so weit im Griff, dass er nicht auf der Stelle seine Waffe zog und ein ganzes Magazin in den Körper dieses Ungeheuers entleerte.

»Bitte, helfen Sie mir. Das tut weh und schneidet ins Fleisch«, jammerte Förster erneut.

»Jaja, natürlich«, erwiderte Sattler und holte den Seitenschneider aus der Jacke. Seit bei der Polizei immer öfter mit Kabelbindern statt mit Handschellen gearbeitet wurde, war jeder Beamte gut beraten, ein entsprechendes Werkzeug bei sich zu haben, denn mit Scheren oder Messern war den kräftigen Bindern aus Nylon nur schwer beizukommen.

»Warten Sie, ich durchtrenne die Fesseln, dann wird es gleich besser.« Er knipste sowohl die Hand- als auch die Fußfesseln durch.

»Vielen Dank, Sie sind ein guter Mensch.« Dabei rieb sich Förster ausgiebig die Handgelenke und danach die nackten Fußgelenke, die deutliche Rötungen aufwiesen.

»Los, Herr Förster, ich helfe Ihnen auf. Wir sollten aufbrechen.« Er streckte dem Mann auf dem Bett eine Hand entgegen, die dieser dankbar ergriff. Im nächsten Augenblick zog Sattler den bestimmt hundert Kilo wiegenden Kerl mit einer solchen Kraft hoch, dass er ihm überrascht in die Arme fiel.

Gleichzeitig schrie Sattler so laut, dass ihn der Kollege des SEK vor der Tür mit Sicherheit würde hören können. »Bist du bekloppt, du Arschloch, mich anzugreifen! Hey, was soll das!«

Bevor Förster zu irgendeiner Reaktion fähig gewesen wäre, drehte er den Arm des Mannes, dessen Hand er keine Sekunde losgelassen hatte, mit einem Ruck auf den Rücken. Dabei riss er ihn so weit nach oben, dass der Arm mit einem deutlichen Knacken aus dem Schultergelenk sprang.

»Na«, flüsterte Sattler ihm ins Ohr, »tut das weh? Das ist noch gar nichts gegen das, was dir bevorsteht. Gib mir einen Grund, dich leben zu lassen, oder nein, besser, gib mir lieber einen Grund, dich auf der Stelle zu töten.«

Durch das Aufheulen des Mannes hindurch war das bösartige Knacken kaum zu hören, als er ihm den Daumen der rechten Hand brach. Das Jaulen steigerte sich, während die Tür aufflog und der SEK-Mann mit der Waffe im Anschlag hereinstürmte.

»Alles in Ordnung, Kollege!«, rief Sattler ihm entgegen. »Der Vollidiot hat mich angegriffen, nachdem ich ihn von seinen Fesseln befreit hatte. Aber keine Sorge, mir ist nichts passiert.«

Er war gezwungen, etwas lauter zu reden, denn Förster schrie wie am Spieß. Sattler stieß den Mann in Richtung des SEK-Beamten, nicht ohne ihm ein weiteres Mal den gebrochenen Daumen herumzudrehen.

»Denke, du musst ihn nicht mal fesseln«, sagte er. »Ich glaube, ich habe ihm die Schulter ausgekugelt. Der läuft uns nicht weg. Am besten schaffst du ihn hier raus, meine Kollegen draußen sollen ihn dir abnehmen.«

Ohne darauf zu warten, wie der SEK-Mann mit dem Festgenommenen weiter verfuhr, verließ Sattler in aller Ruhe das Schlafzimmer und machte sich auf den Weg zu seinen Kollegen, die inzwischen mit der Hausdurchsuchung angefangen haben mussten.

Nachdem er sich einen Überblick über das Einfamilienhäuschen verschafft hatte, traf er alle Kollegen im Keller, der zu etwas umgebaut war, das Sattlers unbändige Abscheu und Wut erneut aufkochen ließ.

Ein etwa sechs mal sechs Meter großer Raum war zu einer

Kammer des Grauens umgestaltet worden, die eine Computerecke, ein mit hellblauer Bettwäsche bezogenes Himmelbett, unzählige Aufnahmen von nackten Kindern in eindeutigen Posen an den Wänden und etwas enthielt, das wie ein improvisiertes Fotostudio anmutete.

Von der niedrigen Decke hing an einer Wand eine beigefarbene Stoffbahn herunter, die unten in einem leichten Bogen in die Waagerechte überging. Der Wand gegenüber standen zwei Stative mit jeweils einer Video- und einer Fotokamera, daneben eine professionelle Studioleuchte, die über Kabel mit den beiden Kameras verbunden war.

Es war ein Utensil vor den Kameras, das Alex Sattlers Armbehaarung dazu brachte sich aufzustellen. Gleichzeitig begann er zu frösteln. Er stand zornbebend hinter den Kameras und ballte und entspannte in raschem Wechsel seine Hände, als er das Bärenfell vor ihm anstarrte. Fantasie war angesichts der Fotos an den Wänden nicht erforderlich, um sich vorzustellen, was Förster hier mit seinen Opfern angestellt hatte.

»Packt den ganzen Scheiß ein und bringt alles aufs Präsidium«, knurrte Sattler an niemand Speziellen gerichtet. Damit drehte er sich auf dem Absatz um und eilte so schnell aus dem Keller, dass niemand bemerkte, wie ihm die Tränen aus den Augen liefen.

Ich brauche frische Luft – oder ich ersticke!

* * *

Als er mit seinen Kollegen im Mannheimer Polizeipräsidium auf den Hof fuhr, wunderten sie sich, dass der Transporter mit dem Festgenommenen noch nicht da war.

Sattler griff zu seinem Handy und rief in der Einsatzzentrale der Sondereinheit an, um sich zu erkundigen, ob Förster bereits in einem Vernehmungsraum saß. Seine Kollegen beobachteten ihn aufmerksam, während er sich nach dem Verbleib des Festgenommenen erkundigte. Nach mehreren Hms und Ahas trennte er die Verbindung und sah sich gezwungen, die Kollegen auf den aktuellen Sachstand zu bringen.

»Es gab, nun ja, eine Verzögerung. Der Wagen musste einen Umweg über das nächste Krankenhaus nehmen«, verkündete er und bemerkte, dass Wiczorek ihn beäugte.

»Hast du mal wieder zu hart zugelangt, oder was?«, fragte er ohne Missbilligung in der Stimme.

Alex Sattler war sich nicht sicher, ob seine Aktion nach dem Lösen der Fesseln der Grund für den Krankenhausbesuch war. Das wäre aus seiner Sicht nicht unbedingt notwendig gewesen.

»Eigentlich nicht, aber ich weiß noch nichts Genaues. So hart habe ich ihn nicht angefasst.« Er machte eine kurze Pause. »Ich habe ihm seine Schulter ausgekugelt, und der Typ ist ein ziemliches Weichei. Also hat er vermutlich so viel gewinselt, dass die Kollegen dachten, es wäre besser, ihn mal bei einem Arzt vorbeizubringen.«

***

Zwanzig Minuten später beobachtete er vom Fenster des Büros der Sonderkommission, wie im Innenhof des Präsidiums ein Krankenwagen vorfuhr, parkte und hinten ein Uniformierter ausstieg. In einer Hand hielt der Beamte die Schelle einer Handfessel, an der er Bruno Förster hinter sich her aus dem Wagen zog. Försters rechte Hand war bandagiert, den Arm trug er in einer Schlinge, weshalb es unmöglich gewesen war, ihn normal zu fesseln.

»Wollen Sie nicht zu der Vernehmung dazu?«, erklang in seinem Rücken die Stimme von Ralf Mussak, dem jüngsten Mitglied seines Teams.

Seufzend drehte sich Sattler um.

»Du sollst mich doch Alex nennen«, korrigierte er den schlaksigen Vierundzwanzigjährigen, der aussah, als käme er direkt von der Schulbank.

»Ach ja, Entschuldigung. Aber Sie, sorry, du ähnelst so sehr einem meiner Lehrer.« Er war tatsächlich ein wenig rot geworden.

Alex Sattler wusste, dass der Junge Jahrgangsbester auf der Fachhochschule bei der Ausbildung zum Kommissar gewesen war und sich freiwillig zu dieser Einheit gemeldet hatte, was mehr als ungewöhnlich war. Niemand, absolut niemand hatte das bisher in diesem Bereich getan, der so viel von der Psyche der Mitarbeiter verlangte, dass schon viele Kollegen vorzeitig das Handtuch geworfen hatten.

Alex Sattler selbst war die große Ausnahme, denn er war es gewesen, der damals dem Polizeipräsidenten den Vorschlag unterbreitet hatte, die Einheit als Sondereinheit vom Sittendezernat abzutrennen und mit besonders erfahrenen Todesermittlern und – so möglich – mit Freiwilligen auszustatten. Er fragte sich nun, warum sich der Junge ausgerechnet hierher gemeldet hatte. Er war überzeugt, dass es einen bestimmten Grund dafür gegeben haben musste, denn er hätte sich mit besten Chancen erfolgreich überallhin bewerben und dort Karriere machen können.

»Nein«, beantwortete er die Frage zu seiner Teilnahme an der Vernehmung, »ich habe da eine Maxime, die du noch nicht kennen kannst. Die anderen im Team wissen das.«

Ralf Mussak hob die Brauen. »Und wie lautet diese Maxime, wenn ich fragen darf?«

Sattler sah ihn nachdenklich an. Schließlich seufzte er schwer und legte dem jungen Kollegen eine Hand auf die Schulter. »Frag mich nicht, warum, meine Maxime lautet: Ich spüre die Schweine auf, sorge dafür, dass wir sie festnehmen können. Ihr könnt sie behalten und bearbeiten. Nach der Festnahme will ich nichts mehr mit denen zu tun haben.«

***

»Sie müssen eine Ausnahme machen, Sattler, wenigstens dieses eine Mal!« Der Polizeipräsident sah ihn flehentlich an.

»Warum?«

»Wir haben Hinweise darauf, dass Förster Teil eines international agierenden Rings von Kinderhändlern ist und uns essenzielle Informationen geben kann, die es uns ermöglichen könnten, die Gruppe zu infiltrieren. Bitte, Sattler, springen Sie über Ihren Schatten.«

Alex Sattler rang mit seinen widerstreitenden Gefühlen und seinen Dämonen. Zusagen? Ablehnen? Helfen? Verhindern? Retten? Kaputtgehen?

Würde er Schlimmeres verhindern können, wenn er Förster vernahm und ihm die Informationen entlocken konnte? Was würde es mit ihm anstellen, wenn er gezwungen war, sich mit dem Monster zu unterhalten? Mindestens zehnmal entschied er sich für eine der beiden Varianten, verwarf sie wieder, entschloss sich für die Alternative, nur um im nächsten Moment erneut alles über den Haufen zu werfen.

Der Gedanke, dass weiterhin unschuldige Kinder in diesen zerstörerischen Mahlstrom aus Missbrauch und Gewalt geraten und am Ende sogar ihr Leben lassen mussten, gab den Ausschlag.

***

Förster trug einen grauen Overall, war im Krankenhaus offensichtlich geduscht und gereinigt worden. Seine Haare waren ebenfalls gewaschen und, vermutlich auf seinen Wunsch hin, in leichten Wellen über die kahle Mitte seines Kopfes gekämmt worden.

Er trug keine Handfesseln und saß vornübergebeugt auf einem Metallschemel an dem Tisch, bei dem es sich außer einem Stuhl auf der anderen Seite um das einzige Möbelstück handelte. Sattler blickte durch das Sichtfenster in der Tür und versuchte, sich für das bevorstehende Gespräch zu wappnen. Er hatte es stets vermieden, festgenommene Pädophile zu vernehmen, und es damit begründen können, dass er zwar ein erfolgreicher Ermittler war, jedoch seine Emotionen mangels ausreichender Impulskontrolle nicht im Griff hatte. Der Umstand, dass er bei Festnahmen bereits mehr als einmal die verdächtigen Personen härter angefasst hatte, als die Vorschriften es erlaubten, hatte dafür gesorgt, dass man ihn nicht dazu zwang.

Dieses eine Mal musste er eine Ausnahme machen, seine Gefühle und die Abscheu im Griff halten und Förster am besten davon überzeugen, dass es für ihn von Vorteil war, wenn er ihm die gewünschten Informationen lieferte.

»Ich brauche Sie da drinnen nicht«, raunte er dem Justizbeamten zu, der ihn begleitet hatte. »Sie können gerne hier draußen warten, aber ich muss allein mit ihm sprechen, okay?«

Der Beamte zuckte ergeben mit den Schultern und postierte sich breitbeinig mit dem Rücken zur Wand.

Alex Sattler atmete ein letztes Mal tief durch und öffnete die Tür. Der Vernehmungsraum wies keine Überwachungskamera auf, weshalb Sattler alle Möglichkeiten offenstanden, den Pädophilen auch mit rechtlich unzulässigen Drohungen zu bearbeiten.

Als Förster aufsah, dauerte es lediglich einige Sekunden, bis er begriff, wer da gerade den Raum betreten hatte. Er riss die Augen auf, Sattler erkannte die Furcht darin.

»Sie?«

Sattler zog stumm den freien Stuhl heran und setzte sich Förster gegenüber.

»Ich möchte vorausschicken«, sagte er in gefährlich leisem Ton, »dass dieser Raum nicht überwacht wird und ich den Justizbeamten weggeschickt habe. Schreien ist also zwecklos.«

Die Angst in Försters Augen nahm zu, der Schweiß brach ihm aus, und er begann, hektisch nach rechts und links zu schauen, als suchte er einen Fluchtweg.

»Keine Angst, ich habe nicht vor, dich hier und sofort umzubringen, das wäre mir ja nachzuweisen.« Sattler lachte auf und wusste, dass er Förster bestens auf das vorbereitet hatte, was nun folgen würde.

So kalt und emotionslos, wie es ihm möglich war, schilderte er, was einem Pädophilen im Knast drohte, sobald bekannt würde, wer er war. Auch Mörder, Totschläger, Zuhälter, Vergewaltiger und Bankräuber hatten Kinder, und bei aller Bereitschaft zu Gewalttaten liebten sie ihre Nachkommen und konnten sich nichts Schlimmeres vorstellen, als dass ihnen etwas derart Schreckliches passieren könnte.

Seine Schilderungen waren in ihrer Kälte und Nüchternheit so realistisch, dass sie ihr Ziel erreichten. Die Todesangst hatte sich in einem starken Zittern manifestiert, und es dauerte einige Minuten, bis Sattler den Mann davon überzeugt hatte, dass das alles nicht würde passieren müssen, wenn er rückhaltlos kooperierte.

Also berichtete Förster bereitwillig, was er wusste, einfach alles, von den einmal zu benutzenden Telefonnummern, wie man an diese kam und von dem Legitimationssatz, mit dem man sich als Mitglied der Pädophilenszene ausweisen konnte.

»Und wie geht es danach weiter? Du hast den Kontakt hergestellt, und was passiert dann?«

»Wozu wollen Sie das alles wissen?«

»Das kann dir egal sein, Förster, beantworte nur meine Frage.«

Förster sah Alex einen Moment lang mit zusammengekniffenen Augen an, die sich mit einem Mal unnatürlich weiteten. Sein Mund formte ein lautloses O. Dann grinste er unverschämt.

Sattler lief ein eiskalter Schauer über den Rücken. Er hatte das Gefühl, als wäre die Temperatur im Raum innerhalb weniger Sekunden um zehn Grad gefallen.

»Ich glaub's ja nicht«, stieß Förster hervor, »aber ich hab recht! Ich kann's in deinen Augen sehen!« Er hatte den gesunden Arm ausgestreckt und deutete mit dem Zeigefinger auf Sattler. »Du ... bist ... einer von uns!«

Er klatschte freudig mit der Hand auf den Tisch, wie ein kleines Kind, das zum ersten Mal den Nikolaus erwischte, als er Geschenke brachte.

»Ich sehe es, ich sehe es, da kannst du sagen, was du willst, ich sehe es!«, rief er, da Sattler nicht reagierte.

Genau das hatte er befürchtet. So wie er sich besser in Pädophile hineinversetzen konnte als jeder seiner Kollegen und deshalb ihr Verhalten oder ihre Vorgehensweise vorhersagen konnte, war zu befürchten gewesen, dass ein Pädophiler mit einer irgendwie gearteten Antenne erkennen könnte, was er so erfolgreich vor seiner gesamten Umgebung verborgen hatte.

»Lass den Quatsch, Förster, so einen Blödsinn wird dir niemand glauben. Beantworte gefälligst meine Frage, oder ich stehe auf, wir vergessen den Deal und werden erleben, wie lange du ohne unseren Schutz im Knast überlebst.«

Sofort kehrte die Angst in Försters Blick zurück.

Fünf Minuten später hatte Alex Sattler alle Informationen, die er brauchte, sämtliche Zugangsdaten, Kontakte und Abläufe, die es nun erlauben würden, in diesen Kinderhändlerring einzudringen und ihn von innen heraus zu bekämpfen.

Aber die Sache barg einen Wermutstropfen in sich. Sein Geheimnis war zum ersten Mal in Gefahr, öffentlich zu werden. Wäre er nicht Kriminalbeamter, hätte er den Rat seines Psychotherapeuten längst befolgt und sich geoutet. Die Folge wäre gewesen, dass er seinen Beruf unweigerlich verloren hätte.

Niemand glaubte einem Pädophilen!

Niemand glaubte wirklich, dass es Pädophile gab, die ihrer Neigung nicht nachgingen, weil ihnen das Kindeswohl wichtiger war, als ihre Triebe auszuleben!

Niemand wollte glauben, dass ausgerechnet ein Pädophiler der größte Feind derer sein könnte, die nicht bereit waren, sich Hilfe zu holen und sich deshalb nicht im Griff hatten!

Und niemand, wirklich niemand ahnte etwas von seiner inneren Zerrissenheit – außer seinem Psychotherapeuten, der ihn aufbaute, bestärkte, beruhigte, wenn er verzweifelt war.

Inzwischen hatte er seinem ansonsten meist erbärmlichen Leben eine neue und einzige Aufgabe gegeben, eine moralische Richtschnur, an der er sich entlanghangelte und die ihm gleichzeitig Sicherheit gab: kämpfen, kämpfen, kämpfen!

Und er würde bis zum Tod kämpfen, das hatte er sich vor langer Zeit geschworen.

Gegen seine Triebe, die er sich nicht ausgesucht hatte, und für das Wohl aller Kinder, indem er alle Seelentöter jagte und ausschaltete, die so waren, wie er nie hatte sein wollen und mit absoluter Sicherheit nie werden würde.

Eher würde er sein Leben beenden.

Claudia Schmid

Brühl sehen und sterben

Beim letzten Mal wäre sie beinahe aufgeflogen, sie muss unbedingt vorsichtiger sein. Otto war schuld daran, dass der letzte Coup den Bach hinunterging. Das wird nicht noch mal geschehen. Darauf kann er Gift nehmen. Alles, was sie von ihm erwartet, ist Respekt. Das ist nicht zu viel verlangt von solch einem Loser wie ihm. Ihr neuer Plan ist absolut wasserdicht, er muss unbedingt gelingen.

Wenn es nach ihr ginge, kann sich Otto schon mal eine Grabstelle aussuchen. Den Schubs hinein verpasst sie ihm. Genauso wie die Schippe Erde. »Denn Staub bist du, und zum Staub wirst du zurückkehren!« Noch nie hat dieser Spruch auf jemanden besser gepasst als auf diesen Volltrottel namens Otto. Ein Typ, der einen Namen trägt, den man auch rückwärts lesen kann, wobei sich ihr die Frage stellt, ob ihm selbst das bereits aufgefallen ist.

***

»Reizend, wirklich reizend. Und Häppchen gibt es auch?«

Wir sind von Schwetzingen aus, wo unser Hotel liegt, unterwegs nach Brühl. Die »Villa Meixner«, in die heute zur öffentlichen Vernissage inklusive Büfett eingeladen wird, befindet sich an einem Kreisverkehr. An unserer Rezeption lag ein Flyer, der sofort meine Neugierde weckte.

»Edelgard, du bist jetzt dreimal auf dem Kreisverkehr gefahren. Willst du nicht endlich abbiegen?« Norberts Miene ist in Erwartung des Essens Ungeduld abzulesen.

»Wenn du mir sagst, welche die richtige Abfahrt ist, um einen Parkplatz zu finden!« Eigentlich wäre es seine Aufgabe gewesen, die Adresse ins Navi zu klopfen. Das hat er verpennt, und ich bin wohl oder übel so wie früher den Schildern gefolgt, was in diesem Fall nicht weiter schwierig war.

»Aber du siehst doch das Haus!«, entgegnet er empört.

»Und wo können wir parken?«

»Bieg einfach direkt bei der Villa ab. Ich steige schon mal aus, und du suchst in Ruhe einen Parkplatz.«

Auf diesen Vorschlag gehe ich nicht ein, denn unsere Vereinbarung für heute Abend beinhaltet, dass Norbert uns zum Hotel zurückfährt. Da sind zwei oder drei Gläschen Sekt für mich drin. Lasse ich ihn unbeaufsichtigt, vergisst er das womöglich und gönnt sich ein Bier, bevor ich nachgekommen bin.

»Was ist, wenn du mich auf dem Parkplatz einweisen musst?«

Prompt knickt er ein und fügt sich grummelnd. Ich weiß nämlich Bescheid über sein Misstrauen gegenüber der elektronischen Einparkhilfe unseres Autos.

Norbert trägt einen hellblauen Leinenanzug, zu dessen Kauf ich ihn kürzlich überredet habe. Seit er dank einer Diät nicht mehr aussieht wie ein Michelin-Männchen, das für Traktorreifen wirbt, macht er optisch viel mehr her. Auch seinen Kollegen ist die Runderneuerung positiv aufgefallen.

Wir sind derzeit mal wieder auf Urlaub in der Kurpfalz. Weshalb sollten wir auf die Malediven fliegen, wenn es beinahe vor unserer Haustür derart angenehm ist? Zwei Wochen untätig auf einer Sonnenliege zu verbringen, entspricht außerdem überhaupt nicht meinen Vorstellungen von einem interessanten Urlaub. Und Norbert würde die heimische Küche vermissen, so viel ist klar. Unsere Interessen verhalten sich hierbei durchaus verschieden. Norberts Neigung, die er seit einiger Zeit zu zügeln versucht, entsprechen eher deftige Speisen, meiner hingegen eher Leichteres wie Salat und Fisch.

Als wir die Parkplatzsuche beendet haben und auf die Villa zugehen, bin ich sofort von dem pittoresken Backsteinbau begeistert.

»Für wen wurde denn dieses Haus gebaut?«, fragt Norbert.

Selbstverständlich habe ich mich bei Schlaumeierin Tante Google kundig gemacht. »Für einen Herrn Eder, der war Ziegelfabrikant. Im Jahr 1899, nach Plänen des Schwetzinger Architekten Ludwig Jahn.«

»Die ist ja älter als du.« Er kichert.

»Und du bist älter als ich«, kontere ich. Norbert kam nämlich damals in der Oberstufe als Sitzenbleiber zu uns in die Klasse, so haben wir uns kennengelernt.

»Aber warum heißt sie dann nicht Villa Eder?«

»Dieser Herr Eder konnte die Villa nicht halten und verkaufte sie schon nach wenigen Jahren an die Gebrüder Meixner.«

»Ah, daher also der Name.« Er versucht, seinen misslungenen Witz auszubügeln, indem er das Gartentor für mich öffnet und mir galant den Vortritt lässt.

»Bezaubernd, nicht wahr?« Über Kies gehe ich zu einer terrakottafarbenen Treppe, die im erhöhten Halbrund um ein Beet liegt.

Akkurat geschnittene Buchsbaumhecken prägen das Bild des Gartens. Diensteifrige Menschen tragen das Büfett vor der Remise auf. Im sich links neben der offen stehenden Eingangstür befindlichen Wintergarten lässt es sich bestimmt angenehm verweilen. Diese Villa gefällt mir wirklich ausgesprochen gut.

»Hoffentlich ist im Garten keine Leiche vergraben, die du finden wirst. Für gewöhnlich stolperst du in unseren Urlauben ja darüber.«

»Ich interessiere mich lediglich für mein Umfeld. Dabei fällt mir eben das ein oder andere auf.«

Mein Mann spielt mit seiner Bemerkung darauf an, dass ich gelegentlich in Urlauben als leidenschaftliche Hobbyermittlerin an der Aufklärung von Morden beteiligt bin. Schließlich lese ich für mein Leben gerne Krimis und verfüge deshalb über ein außerordentliches Maß an Wissen.

Wir sind keine Minute zu früh gekommen, denn kaum haben wir den Saal betreten, begibt sich eine Frau aus dem Rund der versammelten Gäste nach vorne. Eine kurze Einschätzung der Anwesenden bestätigt mir, mit meinem kleinen Schwarzen die richtige Kleiderwahl getroffen zu haben. Ich habe es extra im Hotel aufbügeln lassen.

»Ich darf Sie alle herzlich im Namen der Gemeinde Brühl begrüßen. Mein Name ist Stefanie Brommer. Bevor Sie sich das jetzt fragen, sage ich es gleich dazu: Ich wurde tatsächlich nach der weltberühmten Tennislegende benannt, die viele Jahre lang in Brühl lebte. Meine Eltern waren wie so viele andere ihre absoluten Fans, und so bekam ich diesen Namen.«

Ich erinnere mich daran, denn meine Mutter war ebenfalls ihr Fan, aber ich war längst geboren und hatte zu meinem Bedauern den altertümlichen Namen ihrer Tante erhalten, die meine Mutter dann auch noch als meine Patentante einsetzte. Über hundertjährig lebt sie quietschfidel in einer Seniorenresidenz und fordert zu ihren Geburtstagen unsere Besuche ein. Wobei sich meine Mutter meist davor drückt und mir allein die zweifelhafte Ehrung zuteilwird, bei diesen Anlässen die Familie zu vertreten.

Während mir diese Gedanken durch den Kopf spuken, stellt Stefanie Brommer den Kurator vor. Einen hageren Herrn mit ausgeprägten Geheimratsecken, dessen Erscheinungsbild ein Monokel trefflich komplettieren würde. Die Ärmel seines Smokinghemds lugen aus dem Sakko hervor, sie sind mit blauen Manschettenknöpfen versehen. Außerdem trägt er eine karierte Hose.

»Mit Otto von Haltern ist es uns gelungen, einen profilierten Kurator zu gewinnen, der weit über unsere Region hinaus bekannt ist. Herr von Haltern hat sein Studium an der Universität Cambridge abgeschlossen.«

Anerkennendes Raunen ist zu hören. Dabei lächelt dieser Otto von Haltern für mein Dafürhalten mit einer lediglich zur Schau gestellten und viel zu dick aufgetragenen Bescheidenheit.

»Besonders stolz sind wir auf das Highlight unserer Ausstellung, ein absolutes Schmuckstück!« Stefanie Brommer zeigt auf ein rechteckiges Bild, auf dem eine Frau abgebildet ist. Ihr Oberkörper ist dargestellt, das Gesicht ist nach unten geneigt. Sie hält mit den Fingerspitzen ihrer Linken ein besonders prächtiges Exemplar eines weißen Spargels, während sie es mit der Rechten sorgsam schält. Auf dem Tisch, an dem sie frontal zum Betrachter sitzt, steht ein Teller des Gemüses. »›Die Spargelschälerin‹, eine echte Entdeckung! Das Werk einer bislang unbekannten Künstlerin. Doch das wird sich nun ändern. Zur Zeit der Entstehung des Bildes war die Kunst fest in Männerhand. Es handelt sich hierbei um einen seltenen Beitrag einer Frau.

Das Gemälde ist hundert Jahre alt und seine Provenienz belegt. Otto von Haltern hat die Echtheit durch eine international anerkannte Gutachterin bestätigen lassen. Werte Gäste, genießen Sie diese ganz besondere Ausstellung und diesen Abend. Bedienen Sie sich gerne an unserem Büfett, das ich hiermit für eröffnet erkläre.«

Bevor ich es mich versehe, hat sich Norbert in den Garten verdrückt, in dem vor der Remise unter einem weißen Zeltdach die Speisen aufgebaut sind. Ich für meinen Teil schaue mir lieber zunächst die Bilder der Ausstellung an und beginne mit dem soeben vorgestellten Hauptwerk.

»Interessiert?« Stefanie Brommer lächelt mich an. Zu ihrem ärmellosen roten Kleid trägt sie keinen anderen Schmuck als einen breiten messingfarbenen Armreif. »Wir haben allerdings bereits einen Interessenten dafür. Dieses Bild ist ihm einiges wert.«

Von mir unbemerkt hat sich Otto von Haltern von hinten angeschlichen. »Es ist eine Sensation! Das Bild wurde auf einem Brühler Dachboden entdeckt.«

Ein Dachbodenfund? Für wie bekloppt hält der mich denn?

Als ob er meine Gedanken lesen könnte, erläutert Otto von Haltern: »Das haben Sie vermutlich schon hin und wieder gelesen, nicht wahr? Gemälde werden auf den Markt geschwemmt, die angeblich auf einem Dachboden gefunden wurden und in Wahrheit von einem Fälscher stammen. Da kann ich Sie aber vollumfänglich beruhigen. Wir haben für unser Bild eine erstklassige Expertise erwirken können. Eine anerkannte Expertin auf dem Gebiet der Neuen Sachlichkeit hat die Echtheit zweifelsfrei bestätigt.«

»Neue Sachlichkeit? Das habe ich schon mal irgendwo gehört.«

»Dann waren Sie sicherlich in der Mannheimer Kunsthalle zu Besuch. Sie wirken sehr kunstinteressiert.«

Otto von Haltern weiß wohl, wie man Mäuse fängt. Ich fühle mich direkt geschmeichelt. Natürlich war ich bereits mehrfach in Mannheim, habe jedoch nicht vor, ihm das auf die Nase zu binden.

»Vor genau hundert Jahren, nämlich 1925, gab es in der dortigen Kunsthalle eine Ausstellung unter Federführung des damaligen Direktors Gustav Friedrich Hartlaub. Der Titel der Ausstellung, ›Neue Sachlichkeit‹, wurde zum prägenden Begriff einer kunstgeschichtlichen Epoche.«

»Und das Spargelbild gehört dazu?«

»Sehen Sie, das Sujet weist eindeutig darauf hin. Beachten Sie außerdem den Pinselstrich, auch er ist exemplarisch. Frau Dr. Mayer, unsere internationale Expertin, hat die Echtheit zweifelsfrei anerkannt. Der Käufer«, er lächelt und blickt mir dabei direkt in die Augen, »oder die Käuferin erhält die Expertise selbstverständlich mit dazu. Sie ist im Kaufpreis enthalten.«

»Für so ein Bild braucht man den entsprechenden Platz, nicht wahr?« Ich schenke Otto von Haltern ein Lächeln und überlege, wie ich ihn loswerde. Ganz sicher will ich nicht dieses Gemälde kaufen. Spargel auf dem Teller ist mir allemal lieber als gemalt an der Wand. »Soweit ich weiß, haben Sie bereits einen Käufer.«

»Es gibt einen Interessenten. Wenn Sie das Bild noch länger bestaunen, wird er sicher ungeduldig werden.«

»Verstehe. Ich erhöhe durch mein Verhalten den Kaufpreis.« Nichts liegt mir ferner.

Otto von Haltern zupft an seiner Manschette. Auf den blauen Knöpfen befindet sich tatsächlich ein Siegel. »Ich schaue mal nach dem Büfett und nehme eine Kleinigkeit zu mir.«

Ich nicke ihm zu. Aus irgendeinem Grund, den ich nicht genauer definieren kann, ist mir dieser Mensch unsympathisch. Nach einer Betrachtung der weiteren Bilder wende ich mich schließlich dem Garten zu, wo eine heitere Stimmung herrscht. Etliche Gäste halten Sektgläser in den Händen und lassen sich Häppchen munden. Das Wetter spielt hervorragend mit und unterlegt den frühen Abend mit angenehm lauer Wärme. Eine Inspektion des Büfetts lässt den für mich erfreulichen Schluss zu, hier fündig zu werden, und ich entscheide mich für ein Schälchen mit marinierten Spargelspitzen auf Erdbeerbett. Norbert futtert bereits belegte Baguettescheibchen.

»Echt lecker«, meint er zu mir und kaut mit vollen Backen.

Ein öliger Fleck ziert sein helles Sakko auf Brusthöhe. Meine Gedanken kreisen um Gallseife, die ich zu Hause zum Einsatz bringen muss. Norbert deutet auf kleine Hufeisen aus Marzipan. »Wusstest du, dass Brühl die Hufeisengemeinde genannt wird?«

Mein Mann hat das sicher mithilfe seiner mobilen Daten gecheckt, bevor er mit seinem Wissen bei mir angibt.

»Haben die hier so viele Reiterhöfe?«

»Das ist historisch, Edelgard. Es ist schon seit über hundert Jahren das offizielle Zeichen von Brühl. Die älteste Darstellung wird allerdings bedeutend früher datiert, die ist über fünfhundert Jahre alt.«

»Aha.« Die Begeisterung meines Mannes für Historisches ist bei mir nicht im selben Umfang ausgeprägt. Ich interessiere mich mehr für die Gegenwart. Während ich eine Spargelspitze mit einer Gabel an den Mund führe, wobei ich sorgfältig darauf achte, mich nicht wie mein Gatte zu bekleckern, bemerke ich Otto von Haltern am Büfett, neben ihm eine brünette Mittdreißigerin in einem fabelhaft geschnittenen schulterfreien Seidenkleid. Das knallige Grün steht ihr vorzüglich.

»Schmeckt die Spargelsuppe?« Er deutet vor der Frau eine leichte Verbeugung an.

Die nickt, bevor sie die Suppe kostet.

»Sie ist eine Hommage an die Küche Carl Theodors«, fährt er fort.

»Ich weiß, in der Sommerresidenz des Kurfürsten in Schwetzingen wurde Gemüse für den Mannheimer Hof angebaut.«

Der Mann grinst. »Auch Spargel, genau.«

»Lieber Himmel, Otto, das ist plattes Allgemeinwissen. Damit brillierst du nicht.«

»Immer noch Vegetarierin?«

»Klar. Fühlt sich ziemlich gut an.«

Otto von Haltern greift seinerseits nach einem der handlichen Pöttchen aus cremefarbenem Porzellan. »Das Catering wurde angewiesen, sich an traditionelle Rezepte zu halten.«

Die Frau senkt die Hand, in der sie den Löffel hält, dessen Inhalt gerade in ihrem Mund verschwunden ist. Sie blickt fragend.

»Ein richtig guter Suppenfond entsteht durch das Auskochen von Markknochen. Meine Großmutter wusste das noch.« Otto von Haltern hebt lachend seinen Löffel an den Mund. »Vorzüglich. Ich tippe auf Markknochen vom Rind.«

Die Wangen der Frau vollführen blitzartig ein Farbenspiel. Unter ihrer Schminke wird sie sichtlich blass. Überhaupt nicht ladylike, wie das zu ihrem Aussehen passen würde, spuckt sie die Suppe in das Pöttchen, stellt es mit dem Löffel auf dem Tisch ab und greift nach einer Serviette, die sie an ihre Lippen presst.

»Ich würde mir an deiner Stelle den Mund ausspülen!«, ruft Otto von Haltern ihr spottend hinterher, als sie zur Toilette hastet.

»Musste das sein?« Stefanie Brommer ist neben Otto von Haltern getreten. Offenbar hat sie wie ich den Dialog belauscht.

»Meine Güte, Steffi, das war ein Scherz. Die Spargelsuppe besteht komplett aus Gemüse. Alma ist ein wenig dünnhäutig geworden, findest du nicht? Vor allem um die Augen herum. Viel zu straff gespannt. Hätte es nicht auch ein wenig Botox getan?«

»Ich mag es nicht, wenn du so über sie sprichst.«

Ich für meinen Teil beschließe, genug gehört zu haben, und greife nach einem Glas Sekt. Das »von« in seinem Namen ist sicherlich genauso wenig echt wie sein Abschluss in Cambridge, sagt mir mein Bauchgefühl. Er hat nämlich überhaupt keinen Stil. In meiner Vorstellung verfügen Cambridge-Absolventen durchaus darüber und sprechen ganz bestimmt nicht derart abfällig über Damen. Seinen sogenannten Scherz mit der Suppe finde ich überaus geschmacklos.

Ich wandere mit meinem Sektglas in der Hand ein wenig durch den Garten, vorbei an aufgestellten Kunstwerken. Schade, dass ich von den anderen Gästen niemanden kenne. Ein Pläuschchen würde mich auf angenehme Art von dem soeben Mitgehörten ablenken. Mir entgeht nicht, wie Norbert am Büfett nach einer Butterbrezel greift. Morgen wird er von mir höchstpersönlich wieder auf Diät gesetzt! Seine alten Klamotten habe ich längst in einem Altkleidercontainer entsorgt, wobei ich auf eine Transformation in Putzlappen hoffe. Ich habe jedenfalls keineswegs vor, Norberts Garderobe demnächst durch größere Teile zu ersetzen. Ein optisch ansprechender Mann macht sich schließlich weitaus besser an meiner Seite.

Aus dem Augenwinkel heraus sehe ich erneut die Dame im grünen Kleid. Offenbar hat sie sich nach Otto von Halterns peinlichem Scherz erholt. Zumindest wirkt sie frisch geschminkt. Sie unterhält sich angeregt mit einem Paar und gestikuliert dabei. Die beiden hören ihr interessiert zu.

Ich überlege, mir ein Töpfchen, gefüllt mit Avocado auf heller Paste und Lachsstreifen, zu gönnen. Als ich mich zurück ans Büfett begebe, entdecke ich Norbert auf einer der Bänke mit einem Weizenbierglas in der Hand. Denkt der etwa, er kann hier heimlich Bier trinken? Ich eile zu ihm, um ihn zur Rede zu stellen.

Mein Göttergatte lächelt mir entgegen. »Zum Wohle, Edelgard. Dein Glas ist ja schon leer. Soll ich dir ein neues holen?«

Er meint wohl, mich mit dieser Geste beschwichtigen zu können.

»Wer fährt uns denn heute ins Hotel zurück?«, frage ich betont freundlich.

»Na, ich natürlich. Stell dir vor, es gibt sogar alkoholfreies Weizenbier. Hältst du mein Glas solange?«

Als er kurz darauf mit meinem gefüllten Glas und einem Teller belegter Baguettescheibchen zurückkommt, ist mein Ärger verflogen. Während ich überlege, etwas nachsichtiger mit ihm zu sein, da er ja durchaus auch seine guten Seiten hat, nehme ich ein leuchtendes Grün wahr.

Die Dame in ihrem schulterfreien Kleid hat sich zu uns gesellt und nickt aufmunternd. »Welch ein schöner Abend, nicht wahr? Sind Sie von hier?«

Ich übernehme die Antwort, da Norbert mal wieder den Mund voll hat. »Wir machen hier Urlaub. Diese Villa ist ein Traum. So etwas sieht man nicht alle Tage.«

»Sie ist ein ganz besonderes Schmuckstück«, pflichtet sie mir bei. »Darf ich mich vorstellen? Alma Waasen.«

»Buchmann, Edelgard und Norbert.«

»Wir könnten sogar erwägen, hier zu wohnen.«

Norberts Statement überrascht mich. Wir waren zwar schon oft in der Kurpfalz, sprachen aber nie darüber, hierherzuziehen.

Alma Waasens Mimik wird noch eine Spur freundlicher. Sie beugt sich mit verschwörerischem Blick vor. »Ich sage Ihnen jetzt etwas, das Sie bitte vertraulich behandeln.«

Ich habe keine Ahnung, was uns diese Frau Vertrauliches mitteilen will. Etwa einen Racheakt gegen Otto von Haltern? Dafür hätte sie auf jeden Fall meine Billigung.

»Die Villa steht zum Verkauf. Nicht ganz freiwillig, wenn Sie verstehen, was ich meine.«

»Der Eigentümer kann sie nicht mehr halten?«, frage ich.

»So ist es. Die Renovierung war nicht billig.«

»Und Handwerker sind ja auch so schlecht zu kriegen. Da können die einem die Preise ganz schön diktieren.« Norbert hat endlich seinen Teller leer gefuttert.

»Es ist wirklich ein wundervolles Haus.« Ich blicke versonnen und sehe mich vor meinem geistigen Auge an einem warmen Frühlingsabend von meinen Lieblingsbüchern umgeben im Wintergarten sitzen.

»Dieses Sahnestück wird aufgrund der Umstände zu einem absoluten Schnäppchenpreis auf den Markt gehen. Ich bin befugt, Interessenten ein Vorkaufsrecht anzubieten.«

»Dafür muss man doch zum Grundbuchamt«, wendet Norbert ein. »Wir reisen bald ab.«

»Das schuldrechtliche Vorkaufsrecht muss nicht im Grundbuch eingetragen werden.« Sie lächelt. »Wissen Sie denn, dass Heidelberg Europäische Kulturhauptstadt werden will? Was denken Sie, wie sich das auf die Immobilienpreise auswirken wird? Das steigert die Werte im gesamten Umkreis!«

»Was soll denn die Villa kosten?«, frage ich.

Der Preis, den sie uns zuflüstert, ist tatsächlich für dieses Prachtstück lächerlich gering.

»Bis wann müssten wir uns denn das mit diesem Vorkaufsrecht überlegen?« Ich überschlage im Kopf den Wert unseres eigenen Hauses, immerhin könnten wir quasi einen Tausch vornehmen.

Alma Waasen strafft die Schultern.

»So rasch es geht. Die Summe für den privilegierten Erwerb beträgt zwanzigtausend Euro, bevorzugt in bar.« Sie zieht eine Visitenkarte aus ihrem Täschchen. »Entscheiden Sie sich möglichst heute Abend. Und sprechen Sie bitte mit niemandem darüber. Das würde den Preis in die Höhe treiben, und das wäre dem Käufer gegenüber unfair.«

»Ich weiß nicht«, sagt Norbert, als Alma Waasen weitergegangen ist, »der Garten ist ziemlich groß. Um den muss man sich ja kümmern. Und dann die Aufteilung, dieser Saal im Erdgeschoss. Keine Ahnung, ob da überhaupt ein modernes Bad drin ist. Obwohl ich mir allerdings vorstellen kann, dass Mutti uns hier sehr gerne besuchen kommen würde, öfter als in unserem jetzigen Haus. Das Klima ist mild, das ist bestimmt gut gegen ihre Arthrose. Der Wintergarten gefällt ihr bestimmt.«

Ich verschlucke mich beinahe an meinem letzten Schluck Sekt. Wie in einem Film, der in meinem Inneren abläuft, sehe ich Gustava, deren Verhalten mir gegenüber immer schon als frostig zu bezeichnen ist, wie festgeklebt in meinem Wintergarten residieren. Aus der Traum!

»Weißt du was? Ich hole mir noch ein Glas Sekt«, sage ich, obwohl mir eher nach einem Gläschen Hochprozentigem zumute ist. »Soll ich dir etwas mitbringen?«

»Ach was, ich komme mit, dann musst du nicht so viel tragen.«

Als wir etwas später den Garten verlassen, ist Alma Waasen in ein Gespräch mit zwei Herren vertieft. Ich hoffe sehr, bei einem der nächsten Besuche in der Gegend etwas über die Käufer zu erfahren.

***

Der eventuelle Hauskauf ist kein Thema zwischen uns, auch nicht am nächsten Tag, den wir mit einem Bummel durch Heidelbergs sehenswerte Seitengassen verbringen. Abends fahren wir zu einem Restaurant, das wir in Brühl auf dem Rückweg zu unserem Auto entdeckt haben und wo uns die ausgehängte Speisekarte sehr zusagte. Der Gastraum ist hell eingerichtet, die

Tische sind mit frischen Blumensträußchen geschmückt. Ein Kellner eilt herbei und führt uns an einen Zweiertisch.

Ich habe mich gerade in die Speisekarte vertieft, als am Nebentisch eine spitznasige Frau lautstark ihre Bestellung aufgibt. Ihr aschfarbenes Haar trägt sie im Nacken zusammengebunden, vor den Ohren baumeln zwei herausgezupfte Strähnen. Sie bestellt eine Pizza und äußert derart viele Sonderwünsche zum Belag, dass der Wirt prompt ein neues Gericht auf die Karte setzen könnte. Mich wundert, dass diese hagere Person abends überhaupt etwas zu sich nimmt. Sie könnte gut in einem englischen Landhauskrimi mitspielen, in dem sich während eines heftig ausgetragenen Gartenwettbewerbs sehr dünne, schmallippige Ladys gegenseitig mit der Blüte ihrer Hortensienbüsche zu übertrumpfen versuchen.

Da gerät ein neues Paar in den Fokus meiner Aufmerksamkeit. Tatsächlich betritt Otto von Haltern in Begleitung einer Frau das Lokal. Ihr kluges Gesicht will nicht so recht zu seinem passen. Was die beiden wohl zusammengeführt hat? Womöglich handelt es sich um ein Geschäftsessen, das wäre eine Erklärung. Die Frau trägt ein blaues Kleid, um ihre Schultern liegt ein leichter Schal. Leider führt der Kellner sie in ein Nebenzimmer, sodass die zwei aus meinem Blickfeld verschwinden und mein weiteres Interesse ins Leere läuft.

»Edelgard, weißt du schon, was du nimmst?«, fragt Norbert, als der Kellner auf uns zusteuert.

»Das Omelette gefüllt mit grünem Spargel.« Ich strahle ihn in Vorfreude an.

»Ich bestelle Lasagne.«

Während wir gemeinsam unseren Tag Revue passieren lassen, werde ich in meiner Meinung über das Essverhalten von Frau Spitznase bestätigt, als die auf ihrem Teller zwei Drittel der von ihr kreierten Pizza liegen lässt. Ihre Begleitung, dessen Teller wie geleckt aussieht, scheint das nicht zu verwundern. Der Mann zückt die Kreditkarte. Welch eine Verschwendung, denke ich.

***

Am übernächsten Tag ist bereits unser letzter Urlaubstag. Wir fahren nach einem ausgiebigen Brunch zum Rhein, die Rezeptionistin unseres Schwetzinger Hotels hat uns eine Route über Ketsch empfohlen. Ein wenig Bewegung kann Norbert schließlich nicht schaden. Der Fluss führt Hochwasser, was ihm eine imposante Breite verleiht. So viele Etappen in unterschiedlichen Kulissen hat das Wasser bereits zurückgelegt, von der Quelle im Gotthardmassiv bis hierher, wo die Reise noch lange nicht zu Ende ist.

»Hier ist es richtig schön, nicht wahr, Norbert?« Ich lege eine Hand auf seinen Arm.

Eine Gänsefamilie schwimmt schnatternd ans Ufer. Mama Gans schnäbelt nach etwas Rotem im kniehohen Gras. Mit ihrem Körper drückt sie die Halme zur Seite. Da scheint etwas zu sein, was da nicht hingehört. Ich reiße die Arme nach oben, um mich für das Tier größer wirken zu lassen, und stoße unartikuliert Laute aus, so wie ich es einmal in einem Film gesehen habe. Mein Verhalten hat Erfolg, denn die Gans mit ihrem imposanten Schnabel treibt ihre Schar von mir weg und zurück aufs Wasser.

»Edelgard, was hat dir das Tier denn getan?«

»Nichts, Norbert. Aber die hat etwas Komisches gefunden.«

»Deine obligatorische Urlaubsleiche?«

»Quatsch. Hier liegt ein Schminktäschchen.«

»Lieber Himmel, das wird jemand verloren haben.«

»Und ein Schuh, Norbert. Den verliert man nicht so leicht.«

Norbert seufzt. »Dieser Urlaub kann nicht einfach zu Ende gehen, ohne dass du über etwas stolperst, was?«

Als ich mich über die Utensilien beuge, nehme ich verräterische Flecken wahr. »Norbert, auf dem Täschchen ist Blut. Ich bin mir sicher. Das Ganze ist total seltsam, findest du nicht?«

Hinter Norbert nähert sich ein Rennradfahrer. Er hat offensichtlich unseren Disput mitgekriegt und verlangsamt seine Fahrt.

»Norbert, wir müssen die Polizei verständigen!«, rufe ich und schiebe mit der Spitze meines Schuhs den Gegenstand ein klein wenig zur Seite. »Da liegt noch etwas! Ein dünner Schal!«

Der Mann im Sportdress und mit einem weißen Helm steigt von seinem Rad ab, kommt zu mir und überblickt die Szenerie. »Das brauchen Sie nicht, ich rufe die Kollegen.«

»Sie sind Polizist?«

»Ja. Am Wochenende fahre ich oft Fahrrad.« Schon hält er sein Smartphone in der Hand und dreht sich beim Telefonieren von mir weg. »Andreas Stenger«, meldet er sich. »Ich bin privat am Rhein unterwegs. Eine Passantin hat einen Fund gemacht, den solltet ihr euch anschauen. Die Taucher sollen sich bereithalten. Vermutlich werden die gebraucht.« Nachdem er unseren Standort durchgegeben hat, wendet er sich an mich. »Ein Streifenwagen, der sich in der Nähe befindet, kommt gleich. Bleiben Sie bitte hier und warten?«

»Klar«, sage ich.

Norbert, der hinter dem Mann steht, guckt unglücklich. Die Aufnahme seines Nachmittagskuchens wird sich zeitlich verschieben.

Es dauert nicht lange, bis zwei Uniformierte eintreffen. Sie begrüßen ihren Kollegen, der ihnen bekannt zu sein scheint, mit einem Antippen ihrer Mützen.

»Müller und Schneider, Revier Schwetzingen.«

»Schön, dass ihr so schnell da seid. Die Dame hier«, er zeigt auf mich, »hat den Fund gemacht. Wenn ihr mich nicht mehr benötigt, würde ich mal weiterradeln. Viel Erfolg bei den Ermittlungen. Tschüss!«

Herr Schneider wendet sich freundlich mir zu, während sein Kollege den Fund mustert, ohne ihn anzufassen. »Ihr Name ist?«

»Buchmann, Edelgard Buchmann. Wir sind hier spazieren gegangen, da habe ich diese seltsamen Sachen entdeckt. Dieser Herr mit dem Fahrrad, er heißt, glaube ich, Stenger, hat Sie gerufen. Der kam gerade zufällig vorbei.«

»Unser ehemaliger Präsident.«

Ich blicke verständnislos.

»Herr Stenger war unser Polizeipräsident für die Region, jetzt leitet er das Landeskriminalamt in Stuttgart«, erklärt Herr Schneider.

»Aber das ist doch ein Stück weit weg?«

»Für einen Rennradfahrer ist diese Entfernung ein Klacks, glauben Sie mir.« Er zwinkert mir zu.

Natürlich weiß ich Bescheid über die Mitnahmemöglichkeit von Fahrrädern in Zügen, schweige mich jedoch über mein Wissen aus.

»Jetzt zeigen Sie mir bitte die Fundstelle, und dabei erzählen Sie mir ganz genau, wie Sie die Entdeckung gemacht haben.«

Nach einer Weile erscheinen die Spurensicherer in ihren weißen Anzügen, wie ich sie von meiner Lieblingssendung her kenne, die jeden Sonntagabend durch unser Wohnzimmer flimmert. Gerne hätte ich ihnen zugeschaut, doch Herr Schneider erklärt meine Anwesenheit für beendet.

»Frau Buchmann, vielen Dank, wir haben ja Ihre Kontaktdaten.«

Ich recke mich ein wenig, um über seine Schulter einen Blick auf die Szenerie zu erhaschen. Die Spurensicherer haben ihre Koffer abgestellt und streifen sich gerade Latexeinweghandschuhe über.

»Also dann, auf Wiedersehen, Frau Buchmann. Vielen Dank für Ihre Unterstützung.«

Norbert zupft an meinem Ärmel. »Edelgard, los, wir gehen.«

Missmutig wende ich mich ab. Vor allem interessiert mich, wem die Sachen gehören. Der leichte Sommerschal kommt mir irgendwie bekannt vor. Vielleicht fällt es mir noch ein, wo ich den gesehen habe.

Als ich mich dann später, als wir längst wieder in unserem Hotel sind, erinnere, tippe ich mit zittrigen Fingern die Nummer auf der Visitenkarte, die mir der Polizist gegeben hat, in mein Smartphone. Ich hege schlimme Befürchtungen bezüglich der schönen Frau, die im Restaurant in Begleitung dieses Otto von Haltern gewesen ist. Dem traue ich alles zu.

Herrn Schneiders Stimme tönt an mein Ohr.

Ich nenne meinen Namen. »Ich weiß jetzt, wo ich so einen Schal schon mal bemerkt habe. Die ganze Zeit habe ich drüber nachgedacht, nun ist es mir endlich eingefallen.«

Herr Schneider stößt den Atem hörbar aus. Ich spüre sogar

durch das Telefon eine gewisse Ungeduld. Dabei will ich lediglich mit meiner Schilderung ganz genau sein.

»Also, da war eine Frau mit einem Herrn, den ich bei einer Vernissage in der ›Villa Meixner‹ kennengelernt habe. Ein richtiger Flegel, was seinen Umgang mit Damen angeht, also, meiner Meinung nach. Die hatte genauso einen Sommerschal um ihre Schultern gelegt. Leider sind die ins Nebenzimmer, sodass ich Ihnen nichts weiter dazu sagen kann. Der Mann heißt Otto von Haltern, er wurde uns als Kurator einer Ausstellung in der ›Villa Meixner‹ vorgestellt.«

Ich nenne Herrn Schneider auch den Namen des Restaurants. Beim Namen der Frau muss ich passen. Vielleicht hat er Glück und die Dame hat den Tisch reserviert. Ich verrate Herrn Schneider noch, dass sich unser Urlaub hier dem Ende zuneigt und wir morgen abreisen, was niemand so sehr bedauert wie ich.

Je mehr ich allerdings darüber nachdenke, desto sicherer bin ich mir, über das Vorgefallene Bescheid zu wissen. Dieser Otto von Haltern hat seine Begleiterin ermordet und sie dann in den Rhein gestoßen. Ich gehe davon aus, demnächst aus der Zeitung von der Richtigkeit meiner Annahmen zu erfahren.

***

Alma oder vielmehr Eleanor, wie sie neuerdings laut ihrem wirklich gut gemachten Ausweis heißt, räkelt sich auf dem Liegestuhl. Sie blickt auf die Weite des Meeres, das am Horizont von der untergehenden Sonne optisch in glühende Lava verwandelt wird. In ihrer linken Hand hält sie einen Drink, ihre rechte ruht auf dem Arm ihrer Geliebten. Von den nahe gelegenen Palmen sind Papageien zu hören.

»Wie lange bleiben wir hier?«, fragt ihre Freundin, während ihr Zeigefinger um Eleanors Bauchnabel kreist.

»So lange du willst.«

»Wie viel hast du eigentlich mit dem vermeintlichen Vorkaufsrecht verdient?«

»Ein schönes Sümmchen auf jeden Fall. Du musst den Leuten

einfach nur Geschichten erzählen, die sie glauben wollen. Dann kannst du sie richtig abzocken. Die Aussicht auf einen exorbitanten Gewinn lässt sie jede Vorsicht vergessen. Ich habe noch bei mehreren anderen Events Interessenten abgezockt, äh, ich meine natürlich akquiriert. Die werden schön dumm aus der Wäsche gucken, sobald sie bemerken, dass die ›Villa Meixner‹, die der Gemeinde gehört, überhaupt nicht zum Verkauf steht und ihr Vertrag wertlos ist.«

»Ich habe vorhin die Nachrichten aus unserer alten Heimat gecheckt. Otto von Haltern wird ein Indizienprozess gemacht. Alles deutet darauf hin, dass er eine Kunstsachverständige namens Dr. Mayer ermordet haben soll. Die Leiche der Frau ging im Rhein verloren. Blutspuren am Ufer und von ihr zurückgelassene Gegenstände, die seine DNA aufweisen, reichen laut Staatsanwaltschaft jedoch für eine Anklage aus, da die Frau spurlos verschwunden ist. Für die Blutspuren habe ich seitlich in meinen großen Zeh gepiekt. Außerdem spielt ein Sommerschal eine wesentliche Rolle.«

»Wie hast du Otto zu der Stelle gebracht?«

»Er war gar nicht vor Ort. Ich habe alles allein abgelegt.«

»Ähm?«

»Ich habe ihn auf einen abgelegenen Platz im Wald bestellt. Dort hat er auf mich gewartet. Deshalb hat der Arme kein Alibi. Ich will gar nicht wissen, wie lange er da stand.« Sie kichert. »Nach dem Essen im Restaurant habe ich ihm bei der Verabschiedung auf dem Parkplatz glaubhaft Leidenschaft vorgespielt und ihm, als ich ihn umarmte, meine Fingernägel in den Hals gegraben. Das hat den richtig angetörnt, und es war ein Leichtes, mich erneut mit ihm zu verabreden. Neben seiner DNA unter meinen Nägeln gelangte ich so an zwei Haare von seinem Hemdkragen. Dabei wurden wir von mehreren Restaurantbesuchern beobachtet. Nachdem er weg war, habe ich laut mit einem erfundenen Geliebten telefoniert. Zeugen können eine Dreiecksgeschichte belegen. Otto von Haltern fand das wahrscheinlich ebenfalls heraus und reagierte ziemlich eifersüchtig, als er mich tags darauf am Rhein zur Rede stellte. Die Spurenlage ist eindeutig.«

»Die zurückgelassenen Gegenstände am Ufer?«

»Genau. So wie es sich darstellt, löste er den Schal nach dem Erdrosseln, um ein Ertrinken vorzutäuschen. An dem Schal finden sich neben Abrieben von meiner Haut zusätzlich Hautschüppchen von Otto und seine Haare. Nachdem er die Leiche ins Wasser geschubst hat, kam vermutlich eine Horde Feiernder vorbei, sodass er überstürzt zu seinem Auto eilte und wegfuhr. Das wird sich bestimmt so ermitteln lassen.«

»Wird die Polizei nicht nach Reifenspuren suchen?«

»Der Trottel hat mir am Vortag sein Auto geliehen, und ich bin die Route bis zum Parkplatz gefahren. Es gibt also auch Spuren von mir in seinem Auto. Fingerabdrücke, zum Beispiel.«

»Ganz schön clever, meine Liebe.«

»In dem Zeitungsartikel steht, in der Pension der bedauernswerten Frau fanden sich persönliche Sachen. Sie war nach Angaben ihrer Wirtin nach vielen Jahren im Ausland dabei, sich in Brühl niederzulassen. Dabei wird als besonders tragisch vermerkt, dass die südamerikanische Universität, an der die Frau ihre Abschlüsse gemacht und an der sie einige Jahre lang gelehrt hat, in einem unsicheren Gebiet liegt und bei einem Brand nach einem Anschlag sämtliche Unterlagen verloren gingen. Es ist nicht bekannt, wo sie sich in den Jahren davor aufhielt. Sie selbst konnte sich ins Ausland retten und gelangte über Umwege nach Deutschland.«

»Du warst richtig gut als Frau Dr. Mayer. Beinahe hätte ich dir selbst geglaubt, ›Die Spargelschälerin‹ wäre echt.«

»Klar ist sie das. Es ist doch ein echtes Gemälde, oder nicht? Du musst zugeben, die junge Frau, die ich im letzten Urlaub kennengelernt habe, ist talentiert. Welch fabelhafter Zufall, dass sie im selben Haus wie Ottos Mutter wohnte. Und natürlich musste er das Bild entdecken, als er das neben ihrem liegende Speicherabteil seiner dementen Mutter ausräumte. Die Abtrennungen sind altertümlich aus Latten, zwischen denen man durchsehen kann. Linda hat ihm als Eigentümerin des Bildes einen Bonus bei einem etwaigen Verkauf in Aussicht gestellt, den sie ihm selbstverständlich nicht überwiesen hat. Linda hat übrigens akribisch auf jedes Detail geachtet. Leinwand, Rah-

men, alles von 1925. Und sie hat nur Farben verwendet, die es damals schon gab.«

»Wie hat sie die Patina hinbekommen?«

»Mittels Abrieb mit einem Beutel Schwarztee.«

»Hat der Käufer bereits überwiesen?«

Gesa, wie die Frau, die im Ruhrpott aufgewachsen ist und ihren ausländischen Akzent mit unzähligen YouTube-Videos aufpoliert hat, in Wahrheit heißt, nickt. »Zwei Komma drei Millionen, das haben wir uns geteilt. Das Gemälde hängt jetzt über dem Sofa in einer Milliardärsvilla. Die neuen Eigentümer wollen dran glauben, dass ihr Bild tatsächlich diesen Wert hat, und werden ganz sicher keine Nachforschungen anstellen, die zu einem anderen Ergebnis führen könnten.«

Eleonore nickt.

»Das Geld ist längst auf den Kaimaninseln. Linda kann ohnehin nichts passieren. Sie hat das Kunstwerk der offiziellen Version nach lediglich auf dem Speicher aufbewahrt. Dass es ihr Urgroßvater vor Jahrzehnten gekauft und sie es geerbt hat, ist bloß eine kleine Flunkerei. Richtig wertvoll wurde es erst durch Ottos Fund und mein Gutachten. Der hat wirklich geglaubt, unser Kennenlernen bei einem Konzert im Schwetzinger Schloss wäre dem Zufall geschuldet gewesen. Ein sensationelles Dekolleté bei einem weiteren Treffen trug dazu bei, dass er mir die Echtheit meiner Zeugnisse abnahm, die ich ihm flüchtig gezeigt habe.«

Eleonore lacht. »Dieser Otto ist dermaßen blöd, der hat wahrscheinlich noch immer nicht gerafft, dass man seinen Namen auch rückwärts lesen kann.«

Gesa stimmt in das Lachen ein. »Das ist ihm zuzutrauen. Zumindest fand er meine gefälschten Abschlüsse glaubhaft.«

»Es geschieht Otto recht, im Knast zu verrotten. Auf jeden Fall ist es besser, als sich selbst die Hände an ihm schmutzig zu machen.«

»Brühl sehen und sterben. Sie ruht in Frieden, die Frau Dr. Mayer.«

Jennifer B. Wind

Dein letzter Tanz

Du reibst mit beiden Daumen über den Spann deines Fußes. Kreisende Bewegungen. Jeder Zentimeter der Haut, die Muskeln und Knochen darunter schmerzen. Zeugnisse der Torturen der letzten Wochen. Die Proben haben ihnen viel abverlangt. Es ist einerlei, wie viele Tänze und Aufführungen du zeit deines Lebens absolviert hast. Der Körper gewöhnt sich nicht daran, es gibt keinen Punkt, an dem er sich fügt, damit seine Gliedmaßen ihren Dienst versehen, er duldet vielmehr.

Als dein Daumen über den großen Zeh streift, verschiebt sich der Nagel. Schwarz ist er seit Tagen. Darunter klebt eine gelbe Flüssigkeit in pastenartiger Konsistenz. Dort wo vorgestern noch Blut austrat, hat sich Schorf gebildet. Mit zusammengebissenen Zähnen hältst du den Nagel zwischen Daumen und Zeigefinger. Dann beißt du in den Rücken deiner anderen Hand und reißt die Nagelplatte mit einem Ruck heraus. Reflexartig umschließt du den Zeh mit der Hand, als könntest du so das Unvermeidliche verhindern.

Das vertraute Pochen setzt ein. Es ist stets dasselbe. Als wärst du in einer Zeitschleife gefangen.

Du legst den Zehennagel in das Holzkästchen, das geöffnet neben dir steht. Dort liegt der neue inmitten anderer Zehennägel, die du im Laufe deines Lebens gesammelt hast. Nägel in verschiedenen Größen und Farbschattierungen.

Die Ballerina am Rand des Holzkästchens tanzt auf einem Bein. Das zweite befindet sich schon lange zwischen den Zehennägeln. Deine beste Freundin hat die Spieluhr einst fallen gelassen. Bevor sie dich hat fallen lassen. Der Kreislauf des Lebens.

Eine Pirouette nach der anderen dreht die Porzellanballerina zur Musik von Tschaikowsky. Ihre Augen sind zerkratzt. Sie trägt ein schwarzes Tutu. Ursprünglich ist es weiß gewesen, als dein Vater dir das Kästchen geschenkt hat. Doch nachdem sie das Bein verloren hat, schien es dir paradox. Die Ballerina war nicht mehr glücklich. Also hast du ihr Kleid bemalt. Schwarz. Wie das dumpfe Gefühl in deinem Herzen und das Loch in deiner Seele. Nun tanzt ein schwarzer Schwan über einem trüben See aus Keratin zu dem Lied, das sich im Sechzig-Sekunden-Turnus wiederholt. Und nur du weißt, welche Nägel deiner ehemaligen Freundin gehören. Die Spieluhr ziehst du noch einmal auf.

Du tauchst das Tuch in warmes Wasser und wäschst den Fuß. Danach wickelst du den Gazestreifen fest um deine Zehen und den Knöchel. Du wiederholst die Prozedur mit dem anderen Fuß. Ein weiterer Nagel in einem Blaulilaton fliegt ins Kästchen.

Die Ballerina tanzt.

Deine Spitzenschuhe warten auf dich. Kein Ausruhen. In drei Tagen ist dein großer Tag. Die Hauptrolle, auf die du so lange gewartet hast. Die du dir erkämpft hast. Der Schwan wirst diesmal du sein, auch wenn es noch niemand weiß. Du streichst über die Stoffstreifen. Jede Falte wäre eine Plage. Du biegst beide Füße mehrmals am Rist in alle Richtungen. Dann am Knöchel. Dehnst die Beine im Sitzen nach links und rechts, beugst den Oberkörper nach vorne, bis du komplett am Boden liegst. Kälte durchdringt den zarten Stoff an deinem Bauch. Du atmest ein, atmest aus. Der Geruch nach Bienenwachs steigt in deine Nase. Die Dielen sind frisch gewienert. Du liebst diesen Duft. Geschmeidig richtest du dich wieder auf.

Aus der Flasche trinkst du einen Schluck Wasser. Bloß einen. Gerade genug, um die Rauheit in deiner Kehle zu vertreiben. Damit du beim Auftritt nicht zu viel wiegst. Wie eine Feder sollst du schweben. Diese Leichtigkeit, die das Publikum zum Staunen bringt. Dafür tust du alles, was nötig ist, verzichtest auf Nahrung, Wasser und Schlaf. Und auf Kinder. Denn Tanzen ist alles für dich. Wenn du auf der Bühne stehst, ist das Licht dein Wasser, der Applaus deine Mahlzeit und die Musik dein Traum.

Vorsichtig streifst du die Spitzenschuhe über, wickelst die

Seidenbänder um deine Waden und bindest sie fest. Der erste Schritt lässt dich taumeln. Der Schmerz zieht bis in deine Hüften. Ein Rinnsal aus Schweiß bildet sich unter deinen Achseln ob der Anstrengung. Dabei gehst du nicht auf den Spitzen und tanzt nicht.

An der Stange dehnst du deine Glieder erneut. Wie in Trance spulst du die Positionen ab. Ignorierst das Pochen in den Zehen, bis es abebbt wie ein weit entferntes Echo. Dein Körper erinnert sich an jede Bewegung, auch wenn du nicht daran denkst: Attitude, Demi Plié, Arabesque penché, Allongé, Battement enveloppé …

Du lässt die Stange los. Im Geiste spielt das Orchester die ersten Takte. Du schließt die Augen und siehst die Bühne vor dir. Du stellst dir das Publikum vor.

Entrée.

Écarté.

Glissé.

Du bist eine Ballerina. Die Klänge der Spieluhr vermischen sich mit der Musik des Orchesters in deinem Kopf.

Die Ballerina tanzt.

***

Anna-Luisa läuft die Collinistraße entlang, am Wasserspielplatz vorbei über den Maschinenweg bis zum Schlossgartenzugang in der Lindenstraße. Sie hat noch viel Zeit und genießt es, bei schönem Wetter im Schwetzinger Schlossgarten und der Umgebung zu spazieren. Ihr gefällt es, vom Römischen Wasserkastell aus über den Tempel der Botanik in Richtung »Ende der Welt« zu gehen. Dabei kann sie ihren Gedanken freien Lauf lassen, sich entspannen. Darüber hinaus ist es ein leichtes Aufwärmen vor den Ballettproben. Heute hat sie zwar weder eine Ballettprobe noch eine Aufführung, trotzdem erfreut sie sich an den Sonnenstrahlen, die ihre Haut wärmen.

Erst in drei Tagen wird sie bei »Schwanensee« die Solotänzerin sein. Momentan spielt noch Mozarts »Don Giovanni«. Anna-Luisa saugt die Luft ein. Sie liebt den Geruch nach frisch gemähtem Gras. Auch die Büsche sind vor Kurzem gestutzt worden. An einem arbeitet noch ein Gärtner mit seiner Heckenschere. Bunte Blumen in kunstvollen Ornamenten arrangiert, säumen die Wege. Bienen und Schmetterlinge fliegen emsig herum. Anna-Luisa sieht ihnen beim Treiben zu, und es erinnert sie an einen Walzer. Leise summt sie eine Melodie von Johann Strauss, während sie weiterschlendert.

Beim Tempel der Botanik begutachtet sie einen Baumstumpf, auf dem Pilze wachsen. Es riecht nach Moos und Holz. Im Teich daneben schnattert eine Entenfamilie. Aus der Rocktasche fingert sie ein Säckchen getrockneten Mais und wirft den Schwimmvögeln ein paar Körner zu. Die Vögel müssen schnell sein, denn die Fische wirbeln ebenfalls um die Nahrung herum. Lachend läuft sie weiter. Beim Springbrunnen an den kurfürstlichen Volieren mit Sicht zum »Ende der Welt« verweilt sie und lässt die Finger durch das kühle Nass gleiten. Eine Wohltat! Danach geht sie durch einen mit Efeu bewachsenen Drahtbogen zum Badhaus. Zuletzt tanzt sie die Treppen zum Apollotempel hinauf. Dreht oben ein paar Pirouetten um die Statue herum und tanzt wieder hinunter. Zwei Schritte vor, einen Schritt zurück.

Ein Blick in den Himmel. Eine Drehung. Sie fühlt sich unendlich frei und froh. Zum Flanieren in der Orangerie reicht die Zeit nicht. Dazu braucht sie gar keine Uhr. In der Orangerie verliert sie immer jegliches Zeitgefühl. Das kann sie sich heute nicht leisten. Schnurstracks läuft sie zum Theater, obwohl sie nicht tanzen wird, hat sie dort zu tun.

Eine halbe Stunde später lugt Anna-Luisa gespannt durch den Spalt der Vorhänge in den Zuschauerraum. Das imposante Theater in Schwetzingen ist bereits gut gefüllt. Der Kristalllüster bestrahlt den hellen Saal. Anders als die meisten Theatersäle ist das Rokokotheater seit 1770 samt Inneneinrichtung in dezenten Beige- und Grautönen gehalten. Vergoldungen rundherum an den Rängen, Logen, der Bühne und der Decke erzeugen nach wie vor einen gewissen Prunk. Hinter dem vergoldeten Gitterwerk seitlich des Orchestergrabens meldeten früher Fanfarenspieler den Einzug des Kurfürsten vor der Vorstellung. Roten

Samt auf Stühlen oder an Wänden sucht man vergeblich. Das macht den besonderen Charme dieses Theaters aus. Die Helligkeit lässt alles erstrahlen.

Aus dem zur Bühne geneigten Parterre schallt Stimmengewirr hinüber, das durch den Vorhang gedämpft auf der Bühne zu hören ist. Sowohl die Stühle im ersten als auch im zweiten Rang sind besetzt. Nur hinter dem Parkett in den Logen sind noch Plätze frei, doch diese Zuschauer lassen sich meist mehr Zeit, bevor sie sich setzen.

Anna-Luisa zupft an ihrer Robe. Es ist nicht das erste Mal, dass sie hier steht. Heute findet die vorletzte Vorstellung von »Don Giovanni« statt. Sie hat eine kleine Rolle als Komparsin in dem Stück, weil ihr Liebster keinen Tag von ihr getrennt sein will und es in der Oper keine Ballettszene gibt. Sie ist aufgeregt, da sich ihre Familie angekündigt hat, ihre beste Freundin will ebenfalls zusehen.

Mit ihr ist sie des Öfteren auf der Bühne, denn sie gehören beide zum Corps de Ballet eines großen Staatstheaters und sind seit einiger Zeit Solotänzerinnen. Gemeinsam gehen und tanzen sie seit der Schulzeit durch dick und dünn. Vor drei Monaten begann die Freundschaft zu bröckeln, auch wenn Anna-Luisa nicht weiß, wieso ihre Freundin auf einmal so distanziert zu ihr ist. Ob sie tatsächlich wütend darüber ist, dass Anna-Luisa die Hauptrolle im aktuellen Ballett erhalten hat? Das behaupten zumindest die vier kleinen Schwäne. Aber was wissen die schon von einer jahrelangen Freundschaft? Die Schwänchen fangen gerade erst an, die Bühne zu erobern. Kein Vergleich! Umso mehr freut sie sich auf eine Versöhnung. Die Zeichen stehen gut dafür.

Mit zusammengekniffenen Augen sucht sie den Saal ab. Da! In der fünften Reihe wird sie fündig. Anna-Luisa atmet auf. Sie ist da. Eilig verschließt sie den Vorhang ganz und läuft nach hinten in die Garderobe. Dort fällt sie ihrem Liebsten um den Hals und küsst ihn.

»Du wirst die Damen im Saal mit deinem Bariton betören, Liebster«, flüstert sie in sein Ohr.

Er lacht. Seine Plauze bebt dabei. »Anders wäre es auch nicht gut. Was wäre ich bloß für ein schrecklicher Don Giovanni, wären die Damen nicht entzückt von mir, mein Herz?«

Sie zieht ihn sanft am Ohrläppchen. »Dennoch sollen sie nicht zu verzückt sein.«

Er reibt sich die Stelle. »Du bist meine ganze Welt, mein Herz, das weißt du doch.«

Mit dem Zeigefinger streicht er über ihren Unterarm. Ein wohliges Gefühl breitet sich in Anna-Luisas Bauch aus. Warm und prickelnd wie ein Bad in einer heißen Quelle. Natürlich weiß sie das. Den Frauenverführer spielt er einzig auf der Bühne. Bestimmt! Danach gehört er ihr allein. Und bald für immer. Gedankenverloren dreht sie den Ring an ihrem Finger, den er ihr zum Geburtstag geschenkt hat. Das Symbol ihrer Liebe und süße Verheißung. Ein stilles Versprechen, sie zu seiner Ehefrau zu machen.

Es läutet zum dritten Mal. Sie drückt ihm einen flüchtigen Kuss auf die Wange, bevor er zu seinem Platz hinter der Bühne hastet. Nur wenige Sekunden später spielt das Orchester die Ouvertüre.

***

»*... Se trovi in Piazza Qualche ragazza, Teco ancor quella cerca menar ...*«, singt Don Giovanni inbrünstig seine Arie auf der Bühne.

Du weinst, als du seine Stimme hörst. Die Akustik im Theater ist durch die Schräge phänomenal. Sein Bariton klingt weich und warm. So wie er in deinen Ohren klang, als er dir beim Liebesspiel etwas zuraunte. Du hast ihm geglaubt, als er dir versprach, mit dir nach Paris zu gehen. Alle Muscheln aus dem Meer wollte er dir zu Füßen legen. Du, die stets allein war, träumtest zum ersten Mal von der Wärme eines Zuhauses und der Geborgenheit zweier starker Arme.

Bis du eines Tages aus dem Wolkenschloss vertrieben wurdest. Zu früh kamst du zur Probe. Als du die Tür öffnetest, hast du sie gesehen. Anna-Luisa. Mit ihm.

Ein doppelter Verrat.

Du hast sie nicht zur Rede gestellt, weder ihn noch sie. Sie wusste von deiner Liebe zu ihm und davon, dass du seine Frau werden wolltest. Sie hat dir nie erzählt, dass auch sie mit ihm zusammen war. Eine Freundschaft stellst du dir anders vor.

Schweigend gingst du an diesem Tag nach Hause.

Dir fiel wieder ein, warum es besser ist, allein zu sein.

Und zu tanzen.

Tanz ist ehrlich. Niemals hinterhältig.

Die Spieluhr in deinen Händen tröstete dich.

Die Ballerina tanzt immer.

Tränen tropften in das Kästchen.

Du wischst die Erinnerung im Geiste weg und hörst Don Giovanni zu. Es wird das letzte Mal sein, dass du ihn singen hörst.

***

Ein Raunen geht durch die Sitzreihen, als Don Giovanni dem Komtur die Hand reicht und mit einem erstickten Schrei auf den Boden fällt und liegen bleibt.

Diesmal kostet er den Applaus regelrecht aus. Anna-Luisa lächelt zwischen den anderen Komparsen, die auf ihren Einsatz warten, hinter der Bühne. Natürlich! Es gibt nur noch eine Vorstellung, und in Schwetzingen zu spielen und zu singen, ist besonders. Das ganze Ambiente des Theaters und der Umgebung, in der es steht, ist einzigartig.

Don Giovanni rührt sich eine gefühlte Ewigkeit nicht. Je länger sie auf die Bühne sieht, umso unruhiger wird sie. Der Applaus verebbt. Und Don Giovanni liegt nach wie vor am Boden. Der Komtur schaut sich suchend um. Die anderen Darsteller stehen oder knien je nach Rolle steif da, unwissend, wann es weitergeht. Das Publikum beugt sich neugierig vor oder zückt das Opernglas. Anna-Luisa stutzt, als eine Frau aus dem Chor flüstert: »Hat der Regisseur die Inszenierung geändert?«

Eine berechtigte Frage. Das kommt durchaus vor. Ein Blick auf die Souffleusenkammer zeigt ihr, dass die Einsagerin an ihrem Platz ist und verzweifelt die nächsten Zeilen flüstert.

Don Giovanni muss aufstehen, sein Part ist noch nicht zu Ende. Die Souffleuse wiederholt seinen Text. Doch er reagiert nicht auf sie. Die Techniker warten hinter der Bühne und darunter auf ihren Einsatz, das Höllentor zu öffnen, in das er gezogen werden soll. Die Bühne des Theaters ist so kunstvoll gestaltet, dass rasche Szenenwechsel möglich sind.

Sekunden verstreichen und werden zu Minuten, Minuten gefühlt zu Stunden. Die Zeit fließt zäh, bis langsam jeder realisiert, dass Don Giovanni nicht aufstehen wird, um seine letzten Worte zu sagen, bevor der König der Unterwelt ihn holt.

Leporello rüttelt an seinem Arm. Nichts. Don Ottavio läuft handwedelnd hinter die Bühne.

»Der Vorhang! Der Vorhang!«, ruft er.

Während sich der Vorhang senkt, hört man hysterische Schreie aus dem Publikum. Das Licht geht an. Der Komtur verlangt nach einem Arzt. Anna-Luisa läuft auf die Bühne und wirft sich auf ihren Liebsten. Sie legt ein Ohr an seine Brust. Kein vertrautes Pochen. Sie sieht hoch und in sein bleiches Gesicht. Mit der flachen Hand schlägt sie ihm auf die Wange. Sie küsst ihn auf die blauen Lippen. Ein seltsamer Geruch, der seinem Mund entströmt, lässt sie würgen.

»Wach auf!« Sie schluchzt, greift mit beiden Händen in seine Locken und zieht seinen Kopf an ihre Brust. »Verlass mich nicht, Liebster!«

»Don Giovanni«, eine Oper in zwei Akten.

Am Ende wird der Frauenheld stets von der Hölle verschlungen. Nur dieses Mal nicht. Don Giovanni hat bereits seine letzte Ruhe gefunden.

Das Höllentor bleibt an diesem Tag verschlossen.

***

Zwischen all den erschrockenen Menschen kämpfst du dich aus dem Parterre. Du eilst nach vorne zur Bühne, wo sie über ihm liegt. Ihr Körper zittert. Ein Schluchzen nach dem anderen entweicht ihr. Du kniest dich zu ihr und redest beruhigend auf sie ein, ziehst sie von ihm weg. Noch einmal streicht sie über seine

Wange. Der Ring an ihrem Finger funkelt im Bühnenlicht. Er ist identisch mit dem, den er dir vor einem halben Jahr geschenkt hat. Als du den Schmuck wütend in die Ecke geworfen hast, zerbrach der Stein in tausend Stücke. Bloß Glas. Kein Diamant.

Du wettest, dass auch ihr Ring eine Fälschung ist, genauso wie Don Giovanni selbst und seine Liebesschwüre. Du musterst deinen ehemaligen Geliebten. Mehr als einen Blick ist er nicht wert.

Du umarmst sie und spendest ihr Trost. Streichelst ihren Rücken. Sie weint in dein Kleid. Der Stoff saugt ihre Tränen auf und kühlt deine Haut. Er ist es nicht wert, dass sie weint. Doch das sagst du ihr nicht.

Stattdessen begleitest du sie in die Garderobe und bettest sie auf den Diwan.

»Kopf hoch«, flüsterst du in ihr Haar. »In zwei Tagen tanzt du. Denk nur daran. Du bist der Schwan.«

Sie nickt und wischt mit dem Handrücken ihre Wangen ab. »Darauf haben wir beide hingearbeitet.«

Das Gesagte sticht wie ein Messer in deiner Brust, nein, in deinem Rücken. Deine Hände ballen sich zu Fäusten. Du drückst so fest zu, dass die Fingernägel in deine Handflächen schneiden. Du schluckst deine Gedanken herunter. Sie soll deine Wut nicht sehen. Du verziehst die Mundwinkel nach oben zu einem Lächeln, von dem du weißt, dass es deine Augen nicht erreicht. Das hat sie ohnehin nie bemerkt.

In zwei Tagen wird sie tanzen.

Und du wirst vom Parterre aus zusehen.

Ein Kribbeln läuft über deinen Rücken bis in die Haarspitzen. Du kannst es kaum erwarten.

***

Später läufst du allein durch den Regen über das Kopfsteinpflaster. In der Hebelstraße öffnest du deine Tasche, um dich zu vergewissern, dass du das verräterische Objekt noch dabeihast. Das Trinkglas liegt zwischen Taschentuch und Portemonnaie. Es war so leicht. Genauso lautlos wie du hineinkamst, um das

Glas zu platzieren, schlichst du wieder hinaus. Da du zum Corps de Ballet gehörst, fand es niemand seltsam, dich hinter der Bühne anzutreffen. Du hast die Oper oft genug gesehen, dir genau die Zeitabfolgen gemerkt und wie die Bühnenbeleuchtung an- und ausgeht. Niemand nahm dich wahr, als du das Glas vom Tisch entferntest. Du wusstest, wann die reich gedeckte Tafel auf die Bühne geschoben und wo Don Giovannis Getränk platziert wird.

Ein Kostüm zu finden, das dir passt und das niemand vermisst, stellte kein Problem dar. Du bist Tänzerin. Anmutig und leicht schwebst du über die Bühne. Unsichtbar, wenn du willst. Der Tumult auf der Bühne und im Saal war die perfekte Ablenkung. Das Vernichten des Todesgrals, der lautlos in deine Tasche glitt, als du das Theater über den Hintereingang verließest, ein Kinderspiel.

Das Wetter passt zu deiner Stimmung. Du blickst hoch und lässt das Wasser auf dich prasseln. Es vermischt sich mit deinen Tränen. Du hast ihn geliebt.

Doch Don Giovanni war in Wirklichkeit wie der Charakter, den er spielte. Es geschieht ihm recht. Der Chor, der heute nicht erklungen ist, singt in deinem Kopf.

Questo è il fin di chi fa mal! E de' perfidi la morte alla vita è sempre ugual! – Dies ist das Ende dessen, der Böses tut. Und der Tod der Hinterhältigen gleicht stets ihrem Leben!

Kurz lässt du deine Trauer zu. Dann hüpfst und tanzt du über das Kopfsteinpflaster vom Museum weg. An der Kreuzung biegst du in die Dreikönigsstraße ein. Rechts von dir erhebt sich die St. Pankratius Kirche. An die wunderbaren Deckengemälde kannst du dich gut erinnern. Du bist nicht das erste Mal in Schwetzingen. Du bist die Einzige aus dem Corps de Ballet des Staatstheaters, die hier aufgewachsen ist. Ganz in der Nähe des Schlosses.

Schon als Kind hast du davon geträumt, im Rokokotheater aufzutreten. Du warst in Schwetzingen in der Ballettschule. Und so war dein erster Auftritt in diesem Theater als junges Mädchen. Als das Staatsballett die Einladung bekam für einen Gastauftritt hierher, warst du voller Freude und konntest es gar nicht erwarten, hier dein Solo zu tanzen. Bis du feststelltest, dass du nichts weiter als die Zweitbesetzung sein wirst. Immer die Zweite, nie die Erste. Auch bei Don Giovanni nicht. Das hat jetzt ein Ende. Schwetzingen ist deine Stadt. Du hast es verdient, hier die Hauptrolle zu tanzen.

Du lachst in den Himmel und fängst Regentropfen mit der Zunge. Du bist noch nicht fertig.

Du musst weitermachen. Ein Sprung nach dem anderen.

Die Ballerina tanzt.

***

Anna-Luisa fliegt förmlich über die Bühne. Eine Pirouette nach der anderen dreht sie, als hätte sie nie etwas anderes getan. Und so ist es irgendwie auch. Alles in ihrem Leben führte sie zu diesem Punkt. Sie tanzt nicht nur für sich selbst. Sie tanzt ebenso für ihren Liebsten, der sie nun nicht mehr beobachten kann. Eine einzelne Träne löst sich. Sie blickt hinauf. Später wird sie ihn unter all den Sternen am Nachthimmel suchen. Jetzt muss sie stark bleiben.

Die Musik schwillt an. Crescendo!

Grand Jeté.

Assemblé.

Fouetté.

Ihr Kopf fühlt sich leicht an. Jede Bewegung gelingt. Für die Zuschauer sieht es aus, als schwebte sie mit Leichtigkeit über die Bühne. Allein sie weiß, wie schwierig es ist. Noch eine Kombination aus Sprüngen. Sie landet gekonnt auf dem rechten Bein und will das linke nachziehen, um zu einer Drehung anzusetzen, als der Schuh wegrutscht und sie einknickt und umknöchelt. Sie tritt fest auf, in dem Glauben, sie könnte sich noch einmal hochdrücken.

Und fällt.

Tränen laufen über ihre Wangen. In ihren Händen hält sie den schmerzenden Fuß, an dem der Spitzenschuh nur noch halb hängt. Das Seidenband in Stücken auf der Bühne verteilt.

Was ist passiert?

Anna-Luisa muss die Strumpfhose gar nicht ausziehen, um zu wissen, dass sie diese Saison nicht mehr tanzen wird.

Verzweifelt blickt sie ins Publikum. Sucht die Augen ihrer Freundin. Findet sie. Doch sie spenden keinen Trost.

Was sie in ihrem Gesicht erkennt, ist ein Lächeln.

Kälte legt sich um ihr Herz. Sie hat alles missverstanden.

Und wieder einmal fällt der Vorhang des Theaters, bevor das Stück zu Ende ist.

***

Du steigst aus dem Tutu. Ehrfürchtig fährst du über jede einzelne Stofflage und betrachtest dich im Anschluss im Spiegel. Du frisierst dein Haar erneut eng an den Kopf und legst die Enden zu einem Dutt zusammen. Du befestigst das weiße Netz darüber. Aus der Tube drückst du eine klebrige Masse und verteilst sie in den Handflächen. Mehrfach streichst du über deine Frisur, bis selbst das kürzeste Härchen anliegt. Die Krone ruht auf dem Schminktisch der Garderobe neben dem Kopfschmuck, den du im dritten Akt getragen hast.

Schwarze Federn. Wie oft hast du dir vorgestellt, sie zu tragen. Heute ist es so weit gewesen. Das Publikum tobt immer noch. Du hörst es von draußen und lächelst. Der dritte Akt ist vorbei. Odiles schwarzes Tutu verschwindet nun wieder. Fein säuberlich hängst du es auf den Bügel und sprühst es ein. Tutus werden so gut wie nie gewaschen. Zu kostbar ist der Stoff. Du holst das weiße Tutu hervor. Es glitzert. Wie oft hast du davon geträumt, in diesem Tutu zu tanzen.

Und darin auf der Bühne zu sterben.

Jeden Abend wieder und wieder.

Zum Schluss setzt du die Zauberkrone auf und ziehst die Spitzenschuhe an. Noch ein Schluck Wasser aus der Flasche. Noch ein Blick in den Spiegel. Obwohl du das weiße Tutu trägst, erscheint dir im Spiegel der schwarze Schwan. Du blinzelst. Im Spiegel lächelst du nicht. Du bist voller Zorn. Deine dunkle Seite sieht dich an. Du schluckst. Schaust weg und streichst über den weißen Tüll, den du trägst.

Als du leichtfüßig zur Bühne läufst, hüpft dein Herz. Du hast es geschafft. Du bist der Schwan. Du bist beide Schwäne. Die helle Seite in dir tanzt zusammen mit der dunklen. Schon lange kannst du beide Persönlichkeiten nicht mehr trennen. Ihr seid Schwestern.

Hinter der Bühne wartest du, bis die Musik wieder erklingt und die Scheinwerfer auf der Bühne aufflammen.

Siegfried wird am See warten. Du liebst diese Szene. Der vierte Akt ist nach dem dritten deine Lieblingsstelle.

Als du hinausgehst und dich bereitstellst, verschwimmt das Bühnenbild kurz vor deinen Augen. Vielleicht hast du zu wenig getrunken. Vielleicht ist es die Aufregung. Du schließt die Lider. Atmest tief ein. Zählst bis drei. Atmest aus.

Du nickst dem Bühnenarbeiter zu. Der Vorhang hebt sich.

Entrée.

Deine Füße tanzen wie von selbst. Du hast jeden Schritt so oft geübt, jede Armbewegung so oft wiederholt und sogar im Schlaf die Choreografie getanzt. Jegliche Zweifel fallen von dir ab.

Jeder Verzicht, jede Niederlage, jeder Schmerz war es wert.

Lächelnd biegst du dich Siegfried entgegen. Lässt dich von ihm führen, drehen und heben. Ihr tanzt um den See, als wäre es das letzte Mal.

Der See verblasst vor deinen Augen.

Deine Arme greifen ins Leere.

Siegfried fängt dich auf und ändert die Choreografie geringfügig. Sicher bemerken es nur die Wissenden im Publikum.

Etwas stimmt nicht. Deine Knie knicken ein, du fällst in dich zusammen. Viel zu früh. Das Pas de deux ist noch nicht zu Ende.

Siegfried nimmt dein Bein, schleift dich über die Bühne und hebt dich wieder hoch. Für Kenner muss dieser Tanz verzweifelter aussehen als sonst. Der schwarze Schwan in dir schreit. Ungehört.

Contenance!

Du streckst den Hals wieder durch, blickst zur Decke. Siegfried lässt dich vertrauensvoll los. Eine Pirouette. Dein Fuß entgleitet dir.

Deine Arme baumeln einer Marionette gleich an dir.

Siegfried hebt dich hoch, tanzt mit dir schräg die Bühne entlang hinaus, legt dich ab und schwebt mit der Zweitbesetzung an dir vorbei wieder hinein.

***

Du liegst im Dunklen.

Da siehst du sie auf dich zukommen.

In der Hand hält sie deine Spieluhr.

Sie hockt sich vor dich hin, stellt das Kästchen vor dir auf und öffnet den Deckel.

Die Spieluhr ist aufgezogen.

Die Ballerina tanzt.

Dann nimmt Anna-Luisa ein Glas aus ihrer Tasche und platziert es daneben.

»Das hab ich vor deinem Haus im Müll gefunden. Giovannis Glas aus dem zweiten Akt.« Über ihrer Nase bildet sich eine steile Falte. »Zuerst wusste ich nicht, was es damit auf sich hat. Doch der Ermittler war sich sicher, dass mein Liebster vergiftet wurde. Und du warst frenetisch in ihn verliebt. Aber er hat mich geliebt! Wieso hast du das nicht verstanden? Wir hätten für immer Freundinnen bleiben können.«

Sie erzählt dir nichts Neues. Nicht alles stimmt. Er hat sie sicher genauso wenig geliebt wie dich. Du versuchst zu lächeln, deine Gesichtsmuskeln sind allerdings seltsam eingefroren. Sie nimmt ein Fläschchen aus dem Kästchen und hält es dir dicht vor die Augen. Ist das Wasser vergiftet gewesen?

Sie runzelt die Stirn und flüstert dir ins Ohr.

»Deine Schuhe«, sagt sie, als hätte sie deine Gedanken gelesen. »Schlaf gut, Odette.«

Sie drückt dir einen Kuss auf die Stirn und steht auf. Erst jetzt siehst du die schwarzen Federn auf ihrem Kopf wippen. Mit dem vergipsten Fuß kickt sie gegen das Holzkästchen. Die Zehennägel verteilen sich auf dem Boden. Noch einmal steigt sie fest auf das Kästchen und lacht.

Das Porzellan bricht.

Der Kopf der Ballerina rollt und bleibt vor deinem Gesicht liegen. Du blickst in zerkratzte Augen.

Das Lied aus dem Schmuckkästchen verklingt. Der letzte Ton aus dem Saal folgt. Applaus ertönt.

Du greifst nach dem Porzellankopf und umschließt ihn fest. Der Hals sticht in deine Haut wie eine Glasscherbe.

Blut tropft.

Deine Lider flattern.

Dein Hals verengt sich.

Die Ballerina tanzt.

Nicht mehr.

Mathias Aicher

Die Auserzähler

11. Mai 1983
Eppelheim, Parkplatz Rhein-Neckar-Halle

Sein Drecksbackenzahn, der eigentlich seit Wochen, wenn nicht sogar Monaten hätte rausmüssen, killte ihn. Es gab bessere Tage, dann wieder welche, an denen er sich zwei Ibu 600 reinpfeifen musste, um halbwegs zu funktionieren und seinen Job erledigen zu können. Die unangenehme Folge der 600er war Dünnpfiff, was noch übler war als Zahnschmerzen. Ibu 400 gingen dünnpfifftechnisch klar. Leider nicht schmerztechnisch. Ein schier unlösbares Problem. Wobei er das recht leicht hätte lösen können, und zwar durch einen Zahnarztbesuch. Das war keine Option. Nur im äußersten Notfall würde er sich einem Zahnarzt anvertrauen. Zahnärzte waren Ausgeburten der Hölle, die nur von einem Wunsch beseelt waren: ihm Schmerzen zu bereiten. Nur weil die Teufel es konnten und vor allem weil es Geld auf ihre Konten spülte.

Donald Gutberlet lehnte mit vor der Brust verschränkten Armen an seinem Wagen mit dem FD-Kennzeichen. Ein Mercedes-Benz-Coupé der Baureihe W114 aus 1972, in Fachkreisen als Strich-Acht bekannt, das jetzt elf war, sich seit drei Jahren in Gutberlets Besitz befand und noch immer wie ein Kätzchen schnurrte. Aktuell schnurrte es nicht, sondern stand auf dem vollen Parkplatz der Rhein-Neckar-Halle in Eppelheim.

Gutberlet steckte sich eine Kippe an und ließ den Blick über die Masse an Menschen schweifen, die in kleinen Gruppen herumlungerten, grölten, Bier tranken und Heavy-Metal-Musik aus Ghettoblastern und Autoradios hörten. Langhaarige Kuttenträger, kurzhaarige, stiernackige GIs der US-Army mit Bandshirts, von denen die Ärmel abgeschnitten waren, um die muskulösen, wild tätowierten Oberarme ihrer Träger besser zur Geltung zu bringen, Mädchen mit langen gefärbten Haaren, zumeist schwarz und blond, in Stretchjeans und noch engeren Bandshirts. Gutberlet glaubte zu erkennen, dass der Großteil der Besucher T-Shirts einer Gruppe namens Rush trug, was vermutlich bedeutete, dass die heute Abend in der Rhein-Neckar-Halle auftreten würde.

Er hatte noch nie von Rush gehört, da Musik ihn nicht interessierte. Eigentlich interessierte ihn gar nichts. Außer seinem Job und sich ab und an gepflegt das Hirn rauszuvögeln. Hirn-Rausvögeln war heute keine Option, heute hatte er einen Job zu erledigen, wobei er massig Zeit damit vergeudet hatte zu recherchieren, wo genau sich diese verschissene Rhein-Neckar-Halle befand.

In seinem Briefingfax war ihm Heidelburg genannt worden, wobei es sich um einen Schreibfehler handelte und Heidelberg gemeint war. Aber es war der Zusatz Schwetzingen, der ihn – wie sein Backenzahn – killte. Es gab keine Rhein-Neckar-Halle in Heidelberg-Schwetzingen. Er hatte sich durchfragen müssen. Das war normalerweise keine Option, da Durchfragen extrem riskant war, denn Leute könnten sich daran erinnern, dass er sie nach dem Weg gefragt hatte. Und vor allem könnten sie sich an sein Gesicht, seine langen blonden Haare, seine hünenhafte Figur und seinen imposanten blonden Schnurrbart, den selbst die verspiegelte Pilotenbrille nicht verdecken konnte, erinnern.

Irgendwann war es ihm dank der Hilfe einer auskunftsfreudigen Rentnerin, die mit ihrem Rollator allein an einer Bushaltestelle stand und sich seiner Meinung nach im Fall der Fälle nicht als glaubwürdige Zeugin eignen würde, gelungen, ebenjene Rhein-Neckar-Halle zu finden. Die befand sich in Eppelheim, einem kleinen Kaff südwestlich von »Heidelburg«.

Er zog an seiner Kippe und schob sich die Sonnenbrille in die Mähne. Die Halle sah nicht gerade nach einer glamourösen Konzerthalle aus, sondern war eher eine zweckmäßige Sporthalle, die auch noch mitten in einem Wohngebiet lag.

Er griff durch die offene Scheibe der Beifahrertür, klappte das Handschuhfach auf und entnahm ihm eine Flasche Jack

Daniel's. Dachte dabei darüber nach, woher der Begriff Handschuhfach stammte, denn in Fächern dieser Art wurden seiner Erfahrung nach eher selten bis gar nicht Handschuhe deponiert. Dafür umso mehr Waffen und Drogen. Und natürlich Jack-Daniel's-Flaschen.

Er trank einen Schluck und versuchte, den Whisky irgendwie an seinem Backenzahn vorbeizuschleusen, was ihm nur halb gelang. Er schmatzte gequält und sah sich erneut auf dem Parkplatz um, in der Hoffnung, den braunen VW T3 Multivan mit dem Nummernschild F-UK-666 zu entdecken, dessen Foto ihm gefaxt worden war.

11. Mai 1983
Bruchhausen

Sylvie Cross passierte am Steuer ihres VW T3 Multivan mit dem Nummernschild F-UK-666 gerade das Ortsschild von Bruchhausen. Sie warf einen Blick auf die Straßenkarte auf dem Beifahrersitz und musste sich eingestehen, dass sie sich verfranzt hatte. Ihr war klar, dass sie sich jetzt zu dieser Rhein-Neckar-Halle durchfragen musste, weshalb sie derbe fluchte, wobei Worte wie Dreck, Fuck, Pissscheiße und Kombinationen wie arschverfickte, fotzenverkackte fucking Pissdrecksscheiße zum Einsatz kamen, was einen krassen Gegensatz zu ihrer fast schon überirdisch zu nennenden Schönheit darstellte. Und jeder und jede, die sie nach dem Weg fragen würde, würde sich an die Erscheinung mit den langen schwarzen Haaren, die von weißen Strähnen durchsetzt waren, erinnern. Weshalb das Fluchen ihrer Meinung nach berechtigt war, denn Durchfragen war extrem riskant. An eine sich durchfragende Frau wie sie würde man sich erinnern. Immer.

In einiger Entfernung entdeckte sie eine Gruppe von langhaarigen Teenagern, die auf der gegenüberliegenden Straßenseite an einer Bushaltestelle Bier tranken, rauchten, lachten. Alle trugen T-Shirts und mit Patches bestickte Jeansjacken einer Band namens Rush, von der Sylvie noch nie gehört hatte. Das war auch komplett egal, denn ihr war klar, dass die Teenies auf dem Weg zu einem Konzert waren, das vermutlich in der von ihr gesuchten Rhein-Neckar-Halle stattfinden würde. Sie wägte ab, ob es das Risiko wert war, die Teenager anzuquatschen. Beschloss dann, dass es kein Risiko war. Weil: Die Teenies wirkten schon rechtschaffen angetrunken, würden im Laufe des Abends richtig besoffen sein und sich nach dem Konzert an nichts mehr erinnern. Außer vielleicht an die ersten beiden Songs dieser Rush-Band.

Sie hielt gegenüber der Bushaltestelle auf dem Bürgersteig und kurbelte das Seitenfenster runter.

»Hey!«, rief sie den Teenagern zu, bei denen es sich um sechs Jungs und zwei Mädchen handelte. »Ich suche die Rhein-Neckar-Halle.«

Einer der Jungs, der ein Shirt anhatte mit dem Schriftzug »Signals« – darunter das Foto eines Dalmatiners, der auf einem Rasen an einem knallroten Hydranten schnüffelte –, antwortete ihr auf Kurpfälzisch. »Ah jo, do wolle mer ah hie!«

Sylvie verstand kein Wort. »Äh …«

»Er mähnt, dass mir do ah hiemisse«, erklärte ein Kumpel des Signals-Guy. Er trug ein schwarzes Shirt, auf dem ein nackter Mann, der von hinten zu sehen war, eine abwehrende Geste gegen eine Art Pentagramm machte. Darüber stand »2112«.

»Ihr wollt mit?«, hakte Sylvie nach, die noch nie in Kontakt mit Kurpfälzern und deren Dialekt gekommen war.

»Ah jo«, erwiderten Signals-Guy und 2112-Guy im Chor und gaben sich amüsiert High Five.

»Keine Ahnung, ob ich euch alle in den Bus kriege«, sagte Sylvie.

»Ha, is jo net so weit«, erwiderte 2112-Guy, während Signals-Guy grinste und zustimmte. »Des krigge mir schunn hie!«

Sylvie entschied spontan, dass sie das *hiekrigge* würde, und winkte die Gruppe zu sich rüber. Johlend und lachend rannten die Jugendlichen über die Straße, wobei einer von ihnen – ein Junge mit einem schwarzen T-Shirt, auf dem »Moving Pictures« stand – fast von einem orangefarbenen Audi 100 erwischt worden wäre, dessen Fahrerin wild hupte und durch die runtergelassene Seitenscheibe den Stinkefinger zeigte. Die Gruppe stinkefingerte zurück, riss die Schiebetür des VW auf und enterte grölend den Multivan, dessen Seitenscheiben mit blickdichten knallbunten Siebziger-Jahre-Vorhängen abgedunkelt waren.

»Quetscht euch rein«, sagte Sylvie vom Fahrersitz aus und nickte zur Rückbank, die sie im Vorfeld umgeklappt und dadurch eine große Liegefläche geschaffen hatte, die die Rush-Fans augenblicklich in Beschlag nahmen. Signals-Guy warf sich auf den Beifahrersitz und hielt Sylvie seine Bierflasche hin.

»Thanks«, lehnte sie das Angebot ab. »Ich muss nüchtern bleiben.«

»Du gehsch net uffs Rush-Konzert? Des is des erschte Rush-Konzert do seit zwee Johr!«

»Do?«

»Ha, do halt. In Germoney.«

»Aha«, murmelte Sylvie.

»Unn?«

»Was und?«

»Käh Luscht? Mir henn noch e Kard!«

»Nee, sorry. Ich muss da wegen eines Jobs hin.«

»Was fer en Job?«

»Ich bin Auftragskillerin«, sagte Sylvie, ohne zu lächeln.

Der Signals-Guy kicherte. »Cool! Unn was kriegsch für so'n Job?«

»Zwanzig Mille.«

»Zwanzisch Millione? Wahnsinn!«

»Äh, nein. Mille bedeutet tausend.«

»Ah so. Heww isch ned gwisst. Egal. Konnsch mich vielleischt bei doim Chef empfehle?«

»Bist du qualifiziert?«

»Nee, is er ned«, mischte sich Moving-Pictures-Guy ein, der nach vorne gekommen war. »Der is für gar nix qualifiziert. Außer fers Saufe un fers Kotze.«

Signal-Guy und Moving-Pictures-Guy wieherten und stießen mit ihren Bieren an, während Sylvie den ersten Gang einlegte.

»Wohin?«, fragte sie.
»Gradeaus erschtmol«, erklärte Signals-Guy.
»Kommt mir entgegen«, sagte Sylvie. »Ich bin eher der geradlinige Typ.«

11. Mai 1983
Eppelheim, Parkplatz Rhein-Neckar-Halle

Gutberlet lehnte immer noch an der Beifahrertür seines Benz, als ein brauner VW Multivan auftauchte und am äußersten Ende des Parkplatzes hielt. Er konnte zwar das Nummernschild nicht erkennen, war sich aber ziemlich sicher, dass es sich um den Bulli handelte, auf den er wartete. Er nahm einen weiteren Schluck aus der Jack-Daniel's-Flasche, legte sie durch die offene Seitenscheibe zurück ins Handschuhfach und griff sich seine Knarre und den Schalldämpfer.

Unauffällig schraubte er den Schalldämpfer auf, steckte sich die Waffe in den Hosenbund und schlenderte betont gelangweilt auf den VW zu, als er bemerkte, wie plötzlich massig Teenager in Bandshirts aus dem Bus stürmten und grölend auf die Rhein-Neckar-Halle zurannten. Dann wurde die Schiebetür des Busses von innen zugezogen.

Gutberlet blieb stehen, zögerte. Sah sich um. Die Besucher waren mit sich selbst und ihrer Euphorie beschäftigt, niemand nahm Notiz von ihm. Er entschied, nicht länger zu warten, und ging weiter auf den VW zu.

Sechs Wochen zuvor
Eppelheim, Gewerbegebiet Nord

Der Imbisswagen am Rand des Gewerbegebiets hieß »Die heilige Wurst« und war seit drei Jahren im Besitz von Martin Schüller. Stammgast seit Tag eins war Schüllers Freund Roland Moog, mit dem er nach dem Krieg in Heidelberg die Schulbank gedrückt hatte. Auch heute stand Moog an einem der

Stehtische vor dem Imbiss und genoss seine Currywurst. Dazu trank er ein Bier. Sie hatten in den sechziger Jahren komplett unterschiedliche Wege eingeschlagen und waren erst wieder bei der Eröffnung von Moogs erstem Autohaus in Schwetzingen Anfang der Siebziger aufeinandergetroffen.

Moog, der lange in Frankfurt gelebt und dort sein »Handwerk« gelernt hatte, besaß inzwischen eine Menge Autohäuser in der Umgebung, die letztlich nur Fassade für seine wahren Geschäfte waren: Drogen, Menschenhandel und Prostitution. Schüller wusste das, wollte aber mit dem Geschäftsmodell seines alten Freundes nichts zu tun haben, obwohl Moog ihm mehrmals einen Job angeboten hatte. Für Schüller als Althippie und ehemaligen linken Aktivisten mit dichtem Vollbart und wirrem langen Haar, das er zu einem Zopf gebunden hatte, war das keine Option. Sein Credo war: keine Abhängigkeiten. Von niemanden. Dennoch war er dankbar, dass Moog ihm die Kohle für den Imbisswagen geliehen hatte.

»Noch eins?«, fragte Schüller.

»Kann nicht schaden«, erwiderte Moog.

»Die einen sagen so, die anderen so.«

Sie lachten. Schüller reichte Moog eine Flasche Bier über den Tresen.

»Hallöchen, die Damen.«

Moog und Schüller blickten in die Richtung des Mannes, der sich unbemerkt angepirscht hatte und jetzt grinsend an Moogs Stehtisch lehnte.

»Alter …« Roland Moog verdrehte die Augen.

»Ich freue mich auch, dich zu sehen, Herr Moog«, sagte der Mann und nickte Schüller zu. »Herr Schüller …«

»Hi, Luigi«, murmelte Schüller.

Moog stutzte. »Ihr kennt euch?«

»Klar«, sagte Luigi D'Ambrosio. »Ich bin seit ein paar Monaten Stammgast, und zwar an den Tagen, an denen du nicht da bist. Und wann du da bist, weiß ich dank meiner gut unterrichteten Greise.« Er kicherte. »Montag und Mittwoch. Jeden Montag und jeden Mittwoch. Immer um vierzehn Uhr.«

Moog warf Schüller einen grimmigen Blick zu.

Der zuckte mit den Schultern. »Ist es verboten, einen Konkurrenten von dir zu bedienen?«

»Nur den«, knurrte Moog und musterte D'Ambrosio finster. »Was willst du, Luigi?«

»Bier«, sagte D'Ambrosio.

Schüller reichte ihm aus dem Imbisswagen eine Flasche über den Tresen, die D'Ambrosio mit einem Feuerzeug öffnete.

»Prost.« Er hielt Moog seine Pulle hin.

Moog zögerte, stieß dann mit ihm an. Beide nahmen einen Schluck.

»Was willst du?«, wiederholte Moog. »Ich hab nicht alle Zeit der Welt.«

»Ich will dir eine Art von, nun ja, Anekdote erzählen.«

»Eine Art von Anekdote? Und deshalb tauchst du nach Jahren der Funkstille auf? Ich fasse es nicht.« Moog stöhnte.

»Ja, die Funkstille ... Es gab damals ein paar Missverständnisse zwischen uns«, sagte D'Ambrosio.

»Missverständnisse?« Moog starrte ihn perplex an. »Du hast damals in Frankfurt ...«

»Jaja, ich weiß, was ich damals in Frankfurt getan habe«, unterbrach D'Ambrosio ihn. »Und es tut mir leid. Ehrlich. Aus tiefstem Herzen.«

Moogs Augen verengten sich zu Schlitzen.

»Dauert nicht lange«, sagte D'Ambrosio. »Hör dir einfach an, was ich zu erzählen habe. Könnte sein, dass es mit dir zu tun hat.«

Moog fixierte ihn misstrauisch.

D'Ambrosio nahm einen Schluck von seinem Bier und atmete tief durch. »Es geht um meinen aktuellen Problemlöser. In diesem Fall eine Problemlöserin, wenn du verstehst.«

Moog verstand ganz offensichtlich.

»Sie wurde mir von einem Geschäftsfreund empfohlen, so wie es halt immer läuft. Er kannte sie schon länger und vertraute ihr. Und ich vertraute meinem Geschäftsfreund. Ich kannte sie nicht, wusste weder ihren Namen noch, wie sie aussieht. Der Kontakt, die Bezahlung und alles wurden ausschließlich über einen Mittelsmann abgewickelt. Auch alles wie immer. Was dann aber letzten Monat passierte, war ganz und gar nicht wie immer.«

»Komm zum Punkt, Mann!«, knurrte Moog.

»An dem Abend tauchte eine wunderschöne Frau mit langen schwarzen Haaren, die von weißen Strähnen durchzogen waren, in der Pizzeria auf. Sie wollte explizit den Chef sprechen, also mich. Sie stellte sich als Sylvie Cross vor und ließ mich wissen, dass sie wusste …«

»Dass sie *was* wusste?«, hakte Moog nach.

»Dass ich ihr Auftraggeber war.«

Moogs Gesicht entgleiste, er schien kurz die Fassung zu verlieren.

»Und weiter?«, fragte er stockend.

»Tja, und so wie es sich darstellte, hatte diese Sylvie Cross, meine Problemlöserin, sogar irgendwelche Beweise dafür«, antwortete D'Ambrosio. »Behauptete sie jedenfalls. Und sie wollte ab sofort für jeden Job die doppelte Kohle. Sonst …« Er brach ab.

»… würde sie dich auffliegen lassen«, ergänzte Moog, woraufhin D'Ambrosio nickte.

»Damit würde sie sich selbst auffliegen lassen.«

»Du kennst doch Problemlöser«, erwiderte D'Ambrosio. »Die sitzen in so einem Fall ganz schnell in einem Flieger Richtung Dominikanische Republik oder sonst wohin. Die sind autark, die haben keine Wurzeln, keine Verpflichtungen, keine Familie. Die haben nicht das geringste Problem damit, von jetzt auf gleich alles hinzuwerfen und irgendwo neu anzufangen.«

Moog schwieg, dann räusperte er sich. »Und was hat diese Art von Anekdote jetzt mit mir zu tun?«

D'Ambrosio lächelte spöttisch.

»Was?«, zischte Moog gereizt.

»Meine Vögelchen haben mir was Interessantes gezwitschert. Angeblich soll dein aktueller Problemlöser, dein Mann fürs Grobe, ebenfalls wissen, dass du sein Auftraggeber bist. Und dass auch er das Doppelte für seine Jobs will«, sagte D'Ambrosio. »Und falls du dazu nicht bereit bist, will er dich auffliegen lassen.«

Moog schwieg.

»Sieht so aus, als hätten wir beide aktuell das gleiche Problem«, stellte D'Ambrosio sachlich fest.

»Und du bist hier, weil du eine Idee hast, wie wir das Problem lösen könnten?«

»Oh, das Problem können wir lösen«, sagte D'Ambrosio. »Und das werden wir.« Er erklärte Moog seine Idee.

»Das wird nur funktionieren, wenn sich die beiden nicht kennen«, gab Moog zu bedenken.

»Die kennen sich nicht.«

»Woher willst du das wissen?«

»Ich weiß es einfach. Vertrau mir.«

»Vertrauen? Dir?« Moog lachte auf.

»Wir haben keine andere Wahl, Moog.«

Moog schwieg.

»Und wir brauchen Heidegger.«

11. Mai 1983
Eppelheim, Parkplatz Rhein-Neckar-Halle

Sie hieß Heide Eggers, wurde von Luigi D'Ambrosio aber von Anfang an nur Heidegger genannt, weshalb sie seitdem für alle Heidegger war. Sie war zweiundfünfzig und in ihren aktuellen Job irgendwie reingerutscht. Über Luigi. In Frankfurt. Vor über zehn Jahren, als sie nicht mehr so ganz knackig war und auch keine zehn Freier pro Tag mehr hatte. Sie war dankbar, dass Luigi ihr damals einen Job außerhalb der Rotlichtszene angeboten hatte. Was ihr erst viel später klar geworden war: Ihr neuer Job war unmoralischer als alles, was sie während ihrer Zeit als Prostituierte erlebt hatte.

Und nun saß sie hinterm Steuer ihres orangefarbenen Audi 100, der genau wie der Benz von Gutberlet und der Multivan von Sylvie Cross auf dem Parkplatz der Rhein-Necker-Halle stand. Gutberlet war irgendwann im Bus von Sylvie verschwunden und bis jetzt nicht wieder rausgekommen, was Heidegger stresste. Ihr Auftrag war zu checken, ob sich die beiden wirklich gegenseitig weggemacht hatten. Und im Idealfall war das bereits der Fall. Um das zu checken, müsste sie nur aussteigen und den Parkplatz überqueren. Doch sie traute sich nicht auszusteigen. Weil: das Gesocks, das auf dem Parkplatz herumlungerte. Für Heidegger stellten die Teenager eine Gefahr dar. Satanistische Symbole, wohin sie schaute. Rätselhafte Zahlenkombinationen und nackte Männer vor einem Pentagramm. Oder was auch immer dieses seltsame Sechseck darstellte. War es ein Vorzeichen, dass sie auf dem Weg hierher fast einen dieser Teufelsanbeter überfahren hätte?

Sie stöhnte, nahm einen Schluck aus ihrer Wasserflasche und entschied sich, erst mal nichts zu tun und nichts zu entscheiden, was ja auch eine Entscheidung war.

***

Gutberlet lag ausgeknockt auf dem Matratzenlager im VW von Sylvie Cross. Seine Hände waren mit Kabelbindern auf dem Rücken gefesselt, Blut tropfte aus seinem Mundwinkel auf die Matratze, und seine Lippen waren inzwischen auf die dreifache Größe angeschwollen.

Sylvie stupste ihn mit dem Lauf ihres Smith & Wesson an, woraufhin Gutberlet grunzte, sich schüttelte, hustete und Blut spuckte. Dann öffnete er schwerfällig die Augen.

»Sylvie? Heilige Scheiße!«, röchelte er. »Was zum …?«

»Hey, Gutberlet. Long time no see«, sagte Sylvie. Sie saß auf dem Beifahrersitz, den sie nach hinten gedreht hatte, während sie den Smith & Wesson auf den ausgeklappten kleinen Tisch in der Küchenzeile des Busses neben Gutberlets Knarre mit dem Schalldämpfer legte. In der Ecke lehnte ein Baseballschläger.

»Was … was ist passiert?«, wollte Gutberlet wissen.

»Du hast die Schiebetür aufgerissen«, erklärte Sylvie. »Mit einer Knarre in der Hand. Weshalb ich dir mit meinem Baseballschläger ein paar Zähne ausgeschlagen habe. Wobei … eigentlich nur einen, wenn ich das richtig mitbekommen habe. Sah nach einem Backenzahn aus. Den hast du noch ausgespuckt, bevor du umgekippt bist.« Sie griff nach einem Plastikbecher auf der

Ablage hinter der Küchenzeile und schüttete den Zahn auf den Tisch.

Gutberlet lachte auf, röchelte. »Danke, Baby. Danke! Danke! Danke!«

Sylvie betrachtete ihn mit schief gelegtem Kopf, als wäre er ein kompletter Psycho, dem gerade zwei Hörner aus dem Kopf wuchsen.

»Längere Geschichte«, murmelte Gutberlet und drehte ihr seine auf dem Rücken fixierten Hände hin. »Mach mich los.«

»Äh, nein. Erst sollten wir klären, warum du mich auserzählen wolltest.«

»Auserzählen?«

»Wegmachen, eliminieren, um die Ecke bringen.« Sie zuckte mit den Schultern. »Ich nenne das auserzählen.«

Gutberlet musterte sie irritiert.

»Figuren in einem Buch, in einem Film, bei denen nichts mehr Neues kommt, kein Wendepunkt, keine Überraschung und erst recht keine Aussicht auf ein Happy End. Auserzählte halt«, erklärte Sylvie.

»Und wir sind dann quasi die Auserzähler?«

»Korrekt.«

»Aha«, brummte Gutberlet.

»Also?«

»Ich hatte einen Auftrag«, sagte er. »Wusste aber nicht, dass es sich um dich handelt. Und du?«

»Hatte auch einen Auftrag. Und wusste ebenfalls nicht, um wen es sich handelt.«

Sie schwiegen einen Moment.

»Mach mich los, Sylvie«, wiederholte Gutberlet. »Ich denke, wir sind uns einig, dass wir beide unseren Auftrag nicht zu Ende bringen.«

»Sind wir uns einig?«, hakte Sylvie nach.

»Also ich bin mir einig.« Gutberlet brachte ein schiefes Lächeln zustande. »Ich meine, wir kennen uns ja schon ein bisschen länger. Wir hatten mal was am Laufen, wir haben uns vertraut, und ich habe dich nie verarscht. Daran hat sich nichts geändert. Ich wusste nicht, dass du mein Target bist.«

Sylvie zögerte. Schließlich öffnete sie eine Schublade in der Küchenzeile und brachte eine Zange zum Vorschein, mit der sie die Kabelbinder an seinen Händen durchtrennte. Gutberlet stöhnte und rieb sich die Handgelenke. Griff sich eine Rolle Küchentücher, die in der Nähe lag, riss zwei Blatt ab und spuckte hinein. Zum größten Teil Blut.

»Ich könnte dir ein Wattepad anbieten«, sagte Sylvie. »Für deine Wunde.«

Gutberlet nickte und schob sich kurz darauf ein zusammengeknülltes Wattepad in die Lücke, die sein Backenzahn hinterlassen hatte. Sylvie reichte ihm eine Flasche Wasser. Gutberlet trank gierig.

»Warum sollten wir auserzählt werden, Sylvie?«, fragte er.

»Ich bin zu weit gegangen, und das konnte mein Auftraggeber offensichtlich nicht zulassen«, erwiderte sie. »Aber ich teste nun mal supergerne Grenzen aus, du kennst mich.«

»Oh, ich kenne dich«, sagte Gutberlet. »Und Grenzen auschecken liebe ich auch.«

»Ich weiß.«

Sie lächelten und sahen sich tief in die Augen.

Dann räusperte sich Sylvie. »Das heißt, du bist auch zu weit gegangen und hast eine Grenze überschritten?«

Gutberlet nickte und nahm erneut einen Schluck Wasser. »Der Plan der Scheißkerle war, dass wir uns gegenseitig wegmachen.«

Sylvie nickte. »Hätte durchaus funktionieren können.«

»Das heißt, die Scheißkerle haben sich abgesprochen, um uns auszuerzählen. Wer hat dich für den Job engagiert?«

»Heidegger«, erwiderte Sylvie. »Wie meistens in den letzten Jahren.«

»Mich auch, obwohl ich mit der Dame zum ersten Mal zu tun hatte.«

Sie brüteten eine Weile vor sich hin.

»Und jetzt?«, fragte Sylvie irgendwann.

»Du kennst die Antwort.«

Sylvie nickte.

»Problem: Wo finden wir die Scheißkerle?«, fragte Gutberlet.

»Ich bin mir sicher, Heidegger weiß das«, sagte Sylvie. »Sie wurde hundertpro angewiesen, den beiden Bericht zu erstatten, sobald wir uns gegenseitig auserzählt hätten.«

»Du glaubst, sie ist in der Nähe?«, fragte Gutberlet.

Sylvie nickte und reichte Gutberlet seine Knarre mit dem Schalldämpfer, die er sich in den Hosenbund steckte. Sie tat es ihm nach. Anschließend stiegen sie aus dem Bus. Gleichzeitig wurden die Türen der Rhein-Neckar-Halle geöffnet. Tausendfache Jubelschreie schallten über den Parkplatz, alle setzten sich Richtung Halle in Bewegung, was Sylvie und Gutberlet entgegenkam, denn so wurden sie Teil der Masse und konnten unauffällig nach Heidegger Ausschau halten.

»Weißt du, was sie für ein Auto fährt?«, fragte Gutberlet.

»Audi 100, orange«, erwiderte Sylvie.

***

Heidegger saß hinterm Steuer ihres Audi und beobachtete panisch, wie die aufgeputschte Masse von Satanisten auf die Eingänge der Rhein-Neckar-Halle zuströmte, als die Beifahrertür aufgerissen wurde, gleichzeitig mit der Tür hinter ihrem Fahrersitz.

»Heidegger, schön, dich zu sehen«, sagte Sylvie lächelnd und ließ sich auf den Beifahrersitz fallen.

Heidegger blickte angespannt über die Schulter: Gutberlet.

»Ich, äh, ja, bitte?«, stammelte sie.

»Take us to your leader«, sagte Sylvie.

»Was meinst du? Ich … ich verstehe nicht.«

Sylvie drückte Heidegger den Lauf ihres Smith & Wesson gegen die Stirn, Gutberlet den Lauf seiner Knarre mit dem Schalldämpfer gegen ihre rechte Schläfe.

»Du verstehst ganz genau, Mädchen«, sagte Sylvie eisig. »Bring uns zu den beiden. Jetzt!«

Heidegger lief es eiskalt den Rücken runter.

»Gibt es ein Problem mit der Umsetzung dessen, was meine Kollegin gerade gesagt hat?«, fragte Gutberlet und drückte Heidegger den Schalldämpfer fester gegen die Schläfe.

»Nein. Gibt. Kein. Problem«, stammelte Heidegger.

»Dann ab dafür.« Sylvie deutete mit dem Lauf ihres Smith & Wesson auf den Wagenschlüssel, der im Zündschloss steckte.

12. Mai 1983
Autobahn A 6, Frankreich

»›Eppelheim. An einem Imbisswagen im Gewerbegebiet Eppelheim Nord kam es gestern Abend kurz nach zwanzig Uhr zu einem Schusswechsel zwischen zwei Männern, deren Identität noch unbekannt ist. Laut Informationen der zuständigen Staatsanwaltschaft handelte es sich vermutlich um eine Auseinandersetzung im Rotlichtmilieu, in dessen Verlauf sich die beiden Männer gegenseitig erschossen haben sollen. Die Tatwaffen konnten am Tatort sichergestellt werden und werden aktuell kriminaltechnisch ausgewertet. Der einzige Zeuge, der Inhaber des Imbisses, erlitt einen Schock und war bis jetzt noch nicht vernehmungsfähig.‹«

Die Rhein-Neckar-Zeitung, aus der Sylvie vorlas, hatten sie kurz nach Sonnenaufgang an einer Tanke vor der Auffahrt auf die A 5 bei Walldorf besorgt, wo sie sich mit Proviant eingedeckt hatten.

»Die wissen genau, wer die Männer waren«, sagte Sylvie, zerknüllte die Zeitung und warf sie in den Fußraum. »Und dass sich der Althippie vom Imbiss verpisst hat, als wir aufgetaucht sind, und nichts mitbekommen hat.«

»Na ja, ein Zeuge unter Schock liest sich halt besser als ein Zeuge, der sich verpisst hat«, sagte Gutberlet, der seit ein paar Stunden hinter dem Steuer des T3 saß und dessen dank Sylvies Baseballschläger geschwollene Lippen Mick Jagger alt aussehen ließen.

»Und kein Wort von Heidegger.«

»Klar, dass die sich nicht bei den Bullen gemeldet hat. Die will ihren eigenen Arsch retten.«

»Echt nett, dass sie uns danach noch zurück zur Rhein-Neckar-Halle gefahren hat«, sagte Sylvie.

»Total nett.«

»Und dass sie uns wissen ließ, dass sich der Aktenkoffer mit ihrem Honorar im Kofferraum des Audi befand«, sagte sie amüsiert.

»Obwohl ihr Honorar im Vergleich zu unserem, das wir für diesen Job hätten bekommen sollen, Peanuts waren.«

»Besser fünf Mille als null Mille«, sagte Sylvie.

Sie lachten.

Vor knapp fünf Stunden hatten sie ohne Probleme auf Höhe von Mülhausen die Grenze nach Frankreich überquert. Aktuell befanden sie sich auf der A6 knapp vor Lyon. Ihr Ziel war Vaison-la-Romaine, wo Gutberlet ein Paar kannte, das in einer riesigen Villa außerhalb des Mittelalterstädtchens wohnte und bei dem er immer willkommen war.

»Was haben die Bullen?«, fragte Sylvie.

»Außer den Tatwaffen, also unseren Ex-Knarren mit den Fingerabdrücken von Moog und D'Ambrosio drauf, nichts«, antwortete Gutberlet. »Wir sind safe. In Frankreich sowieso.«

»Klingt super«, sagte Sylvie.

»Klingt nicht nur so, isso«, sagte Gutberlet.

Sylvie küsste ihn auf die Wange und legte sich auf dem Matratzenlager des Busses ab. Das Matratzenlager, auf dem sie die letzte Nacht verbracht hatten, wobei der Bus auf dem Parkplatz eines Supermarkts in Schwetzingen gestanden hatte. Viel Schlaf hatten sie nicht gekriegt, dazu waren sie zu aufgedreht und immer noch voll auf Adrenalin gewesen. Das gemeinsame Leeren der Jack-Daniel's-Flasche aus Gutberlets Benz hatte geholfen, runterzukommen. Der Sex natürlich auch.

Als die A6 zur A7 geworden war und sie gerade Valence hinter sich ließen, erwachte Sylvie, kletterte nach vorne und setzte sich auf den Beifahrersitz. »Wo sind wir?«

»Auf der L'autoroute du soleil.« Gutberlet bekam das Grinsen nicht aus dem Gesicht. »Heißt übersetzt: weniger als hundert Kilometer bis Vaison.«

»Cool«, sagte Sylvie und nahm einen Schluck Wasser.

»Warum hast du dich damals eigentlich von mir getrennt?«, fragte Gutberlet. »Ich meine, wir waren doch ein super Team.«

»Ich habe mich nicht getrennt«, stellte Sylvie klar. »Ich habe mich einfach nicht mehr gemeldet und bin untergetaucht.«

Sie lachten.

»Und jetzt?«, fragte Gutberlet. »Wie geht's weiter?«

»Wir werden sesshaft?«

»Niemals«, erwiderte Gutberlet. »Einmal Auserzähler, immer Auserzähler.«

»Bien sûr«, sagte Sylvie, beugte sich zu ihm und küsste ihn auf den Mund.

Franziska Franz

Der Wille des Herrn

1.

Anna Junker zog es wie jeden Morgen kurz nach Öffnung des Schlossgartens zur Moschee. Besser gesagt, zu den orientalisch anmutenden Wandelgängen, die die Moschee malerisch umgaben. Sie empfand die Gänge schon immer als Quelle der Kraft, denn ihre fortgeschrittene Myasthenie machte ihr von Jahr zu Jahr mehr zu schaffen. Vor allem ihre Sehnerven waren beeinträchtigt, sodass sie ihren Beruf als Grafikerin nicht mehr ausüben konnte und sich mittlerweile, mit Mitte vierzig, im vorzeitigen Ruhestand befand.

Heute war sie, wie es schien, um diese Zeit weit und breit die einzige Besucherin des Geländes, denn es war der 4. Mai, der Tag des legendären Schwetzinger Spargelfests, und die Schwetzinger versammelten sich schon jetzt am und um den Schlossplatz herum. Nicht allein wegen des Fests, denn genau vor dreihundert Jahren wurde Kurfürst Carl Theodor geboren, der später dafür sorgen sollte, dass das Schloss und der Schlossgarten mit seinen imposanten Bauwerken in Europa bis heute zu den schönsten gehörte.

Zu ebendiesem Geburtstag würde kein Geringerer als der bekannte Schauspieler Frieder Hofmann in die Rolle des Kurfürsten schlüpfen und im barocken Gewand auf dem Schlossplatz stehen, um den Schwetzingern die Geschichte des Kurfürsten zu erzählen. Das wollte sich Anna keinesfalls entgehen lassen. Vielleicht würde sie endlich ein Autogramm ihres Fernsehidols nach Hause tragen, der mit seiner Familie in Schwetzingen zwar ansässig war, den man aber nur selten zu Gesicht kriegte.

Hofmann spielte seit Jahren die Hauptrolle der im Südwestrundfunk ausgestrahlten Fernsehserie »Der Wille des Herrn«.

Als Pastor Claudius Wille löste der attraktive Schauspieler mit den gewellten dunklen Haaren unkonventionell die Probleme seiner fiktiven Schäfchen.

Schwetzingen war stolz auf seinen prominenten Einwohner, der jedoch seines Berufs wegen mehr Zeit beim SWR in Baden-Baden verbrachte als in seinem Heimatort. Nur die Ehefrau und seine drei kleinen Kinder sah man hin und wieder beim Einkaufen.

Bevor sich Anna ins Getümmel stürzen würde, musste sie Energie tanken, die sie so dringend benötigte. Tief inhalierte sie die frische Morgenluft und streckte die Arme im sonnendurchfluteten Wandelgang dem Himmel entgegen. Im Licht der Sonne, die die Säulen des Gangs wie Bilderrahmen erscheinen ließ, meinte sie von Ferne eine rote Chaiselongue erkennen zu können. Das irritierte sie kaum, denn ihre Augen spielten ihr die eigentümlichsten Streiche. Als die Sonne hinter einer Wolke verschwand, blieb das Gebilde bestehen. Was konnte das sein?

Sie beschloss, der Sache auf den Grund zu gehen. Neugierig näherte sie sich der vermeintlichen Sitzgelegenheit, bis sie abrupt stehen blieb und sich ans Herz griff. Auf den ersten Blick wirkte die Puppe, die dort lag, fast lebensecht. Anna kniff die Augen zusammen und öffnete sie wieder. Nun erschien ihr die Puppe sogar doppelt. Es musste sich um ein Kunstwerk handeln, drapiert für das Spargelfest. Die Künstler von heute verfielen auf die eigenartigsten Ideen. Ein Korb, gefüllt mit dicken Spargelstangen, stand neben der Puppe. Das barocke rote Gewand passte zum Anlass des Fests.

Die blau-weiße Schärpe, die die Frau diagonal über dem Kleid trug, glaubte Anna zu kennen. Sie kniete nieder und berührte sie. Ihr lief ein eisiger Schauer über den Rücken, denn sie begriff, dass sie bei ihrer Entdeckung falschgelegen hatte. Sie drehte sich entsetzt um und bemerkte augenblicklich einen dunklen Schatten nicht weit entfernt durch den Gang huschen. Sekunden später schrie sie, wie sie nie zuvor geschrien hatte.

2.

Erster Kriminalhauptkommissar Konrad Zähke war ein erfahrener Ermittler und derzeitiger Leiter der Schwetzinger Kriminalpolizei. Von den Kollegen wurde er Zecke genannt, und das nicht nur wegen seiner Liebe zu Schalke 04, sondern auch wegen seiner verbissenen Ermittlungsarbeit, bei der er den Tatverdächtigen förmlich jeden Gedanken aus dem Hirn saugte.

Gerade verdrehte Zähke die Augen. »Das kann nur eine üble Posse sein. Jemand, der mir den Ruhestand nicht gönnt. Jetzt stehe ich so kurz vor der Pensionierung und dann das! Mord im Schwetzinger Schlossgarten. Wenn ich den erwische!«

»Freu dich doch, dass es zum Zeckenfinale noch mal spannend wird«, sagte sein Kollege Müller. »Du weißt ja, die Zecke fällt erst ab, wenn sie sich vollgesogen hat.«

Zähke seufzte und fuhr den Rechner hoch. »Mal sehen, was wir da haben. Bei der Toten handelt es sich um die einundzwanzigjährige Spargelkönigin Juliane I. Mit Klarnamen Juliane Hacker vom Spargelhof Hacker.«

»Die haben wirklich gute Qualität, die Hackers, hab neulich erst …«

»Jaja, Juliane war am 4. Mai morgens zum Spargelfest unterwegs gewesen, denn da sollte sie auf dem Schlossplatz gemeinsam mit unserem prominenten Schnulzenschauspieler Frieder Hofmann …«

»Dem einzigen Promi, den wir haben, Schnulze hin oder her«, unterbrach Müller ihn noch einmal.

»Sie sollte auf dem Schlossplatz die Gemahlin von Kurfürst Carl Theodor, nämlich Elisabetha Auguste mimen. Der Hofmann hat dafür ein kleines Theaterstück geschrieben. Jedenfalls kam sie auf dem Schlossplatz nicht an, sehr zum Ärger von Carl Theodor, der nun improvisieren musste.«

»Du meinst, Hofmann.«

Zähke nahm zum wiederholten Mal die Ausdrucke der Tatortfotos in die Hand. »Eindeutige Würgemale am Hals.«

»Wer tut so etwas? Ein verschmähter Liebhaber? Und wieso hatte sie einen Korb mit Spargel bei sich?«

»Was weiß denn ich? Weil sie die Spargelkönigin war, nehme ich an.«

Müller betrachtete ein Foto genauer. »Was ist denn das für eine blutige Kruste da links am Hals?«

»Eine Verletzung, die beim Würgen entstanden sein könnte, vielleicht durch einen Fingernagel oder durch einen derben Ring.«

»Also war es eine Frau? Was ist mit derjenigen, die sie entdeckt hat, Zecke?«

»Anna Junker? Die fällt aus. Hat fortgeschrittene Myasthenie, also Muskelschwäche. Da kann sie die Kraft niemals aufgebracht haben. Sie hat angeblich eine Person bemerkt, die davongelaufen ist. Sie kann aber keine näheren Auskünfte geben, denn sie sieht nicht mehr so gut. Die ist halb blind, wie sie sagt. Leider gibt es momentan keine weiteren brauchbaren Spuren. Ich warte händeringend auf die Ergebnisse der Rechtsmedizin und der Spurensicherung.«

»Welches Motiv könnte der Täter deiner Meinung nach gehabt haben?«

»Ist zu früh, jetzt Schlüsse zu ziehen«, sagte Zähke. »Doch die Spargelkönigin hat kürzlich aus heiterem Himmel mit ihrem Freund Oscar Glaser Schluss gemacht. Das hat dem gar nicht gepasst. Außerdem ist da noch Alina Röder vom Spargelhof Röder, die ebenfalls Spargelkönigin werden wollte. Sie und Juliane kannten sich gut. Die Röder muss ziemlich geschluckt haben, als die scheidende Königin und der Hofmann Juliane gekrönt haben und nicht sie, der die Krone zugesichert war.«

»Der Hofmann hatte da seine Finger im Spiel? Interessant!«

Zähke nickte. »Ausnahmsweise, sagte man mir. Weil er eben zum dreihundertsten Geburtstag den Kurfürsten spielen sollte.«

»Ist ein attraktiver Mann, der Hofmann. Der lässt bestimmt nichts anbrennen. Meinst du, der hatte was mit ihr?«

»Nun ja, sie war eine ansehnliche junge Frau.«

»Vielleicht ist Hofmanns Frau durchgedreht, als sie davon Wind kriegte.«

»Die ist raus. Befindet sich mit den Kindern zur Kur an der

Ostsee, hat also ein fettes Alibi. Lies dir noch mal in Ruhe die Aussagen durch.«

3. Die Zeugenaussagen

Alina Röder

Ich war stinksauer auf Juliane. Aber ich bin keine Mörderin. Oh Gott, ich könnte niemals einem Menschen auch nur ein Haar krümmen. Klar habe ich nicht glauben können, dass Juliane die neue Spargelkönigin wurde. Die Krone war mir versprochen! Juliane behauptete sogar erst kürzlich, sie gönne sie mir. Das war eine Lüge. Ihr ganzes Leben bestand aus Lügen. Ich war lange genug Spargelprinzessin, da hätte mir die Krone eindeutig zugestanden.

Juliane und ich kennen uns seit der Grundschule. Früher wollte ich immer so sein wie sie. Das Mädchen mit den goldblonden Haaren hat schon als Kind die Aufmerksamkeit aller auf sich gezogen. Damals war ich sehr stolz auf sie. Als wir in die Pubertät kamen, waren wir unzertrennlich, obwohl sich unsere Familien als konkurrierende Spargelbauern nicht besonders nahestanden. Das war uns egal. Dann hatte ich einen Freund und erzählte es ihr voller Freude. Wie dumm ich gewesen bin. Denn nun machte sie sich an ihn ran. Sie wollte ihn und kriegte ihn im Handumdrehen, wie sie immer alles kriegte, was sie wollte. Er hat mich ihretwegen abserviert. Das hat verdammt wehgetan.

Irgendwann habe ich ihr verziehen. Er war nicht der Richtige für mich, redete ich mir ein, sonst hätte er mich nicht verlassen. Seit sie mit Oscar zusammen war, war sie beinahe wie zu unseren besten Zeiten, richtig nett. Er tat ihr gut. Vor einiger Zeit lernte sie Frieder Hofmann kennen, wie sie mir unterjubelte. Er habe sich in sie verliebt, prahlte sie. Erst wollte ich ihr das nicht abnehmen. Sie behauptete, sich regelmäßig mit ihm in einem kleinen Hotel in Wachenheim zu treffen. Oscar hatte sie fallen lassen. Dabei ist der Schauspieler doppelt so alt wie sie und noch dazu verheiratet.

Ich warnte sie vor den Konsequenzen. Aber wie durch ein

Wunder schien Hofmanns Frau es nicht bemerkt zu haben. Jedenfalls hat Juliane den Hofmann um den Finger gewickelt. Er hat zu ihren Gunsten seine Beziehungen spielen lassen. Nur deshalb wurde sie mir als Königin vorgezogen. Ich war unglaublich wütend auf sie. Ich habe sie trotzdem nicht ermordet.

Frieder Hofmann

Das erste Mal begegnete ich Juliane auf dem Marktplatz. Besser gesagt, am Gemüsestand. Sie bat mich um ein Autogramm. Ich hatte keinerlei Interesse an ihr, falls Sie das denken, obwohl sie ganz offensichtlich mit mir flirtete. Unser Gespräch blieb einsilbig, jedenfalls von meiner Seite aus. Ich verabschiedete mich schnell. Einige Tage später trafen wir uns wieder. Heute glaube ich nicht, dass das Zufall war. Ich kaufte im REWE-Markt an der Südtangente ein. Sie rannte mir in den Einkaufswagen und stürzte. Ich half ihr auf. Sie konnte kaum stehen und behauptete, sie habe sich den Knöchel verstaucht. Ob ich sie zum Arzt fahren solle, wollte ich wissen. Sie verneinte, bat mich jedoch, sie in ein Café zu begleiten, bis der Schmerz nachließe.

Ich brachte sie zu meinem Auto und fuhr mit ihr zum »Bistro Point« auf der Mannheimer Straße. Vom Auto bis ins Café legte ich ihren Arm um meine Schulter, um ihren Fuß zu entlasten. Ich hoffte, dass diese Geste auf Beobachter nicht missverständlich wirkte. Ich lud sie zum Essen ein. Sie begann von sich zu erzählen, und ich erfuhr, dass sie die designierte Spargelkönigin sei. Da sei noch eine Konkurrentin, die ihr die Pest an den Hals wünsche, Alina.

Ich stellte ihr meine Hilfe in Aussicht, da ich an der Krönung teilnehmen würde und glaubte, etwas gutmachen zu müssen. Außerdem teilte ich ihr mit, dass ich im Angedenken an Carl Theodors dreihundertsten Geburtstag ein Theaterstück inszenieren wolle, ein Zweipersonenstück zum Spargelfest am 4. Mai. Sie dürfe meine Gemahlin spielen. Juliane strahlte mich an. Wir müssten das alles ein paarmal proben, erklärte ich ihr. Da sie bis dahin Spargelkönigin sei, würden wir das weiße Gold auch in Szene setzen. Das würde dem Schwetzinger Spargelfest die Würze geben. Einen Korb, prall gefüllt mit dem Spargel aus der

Ernte des Hofs ihrer Familie, solle sie tragen, schlug ich vor. Sie fiel mir um den Hals und behauptete, ihr Fuß bereite ihr schon gar keine Schwierigkeiten mehr.

Von diesem Tag an trafen wir uns in einer gewissen Regelmäßigkeit, natürlich nur, um zu proben. Für mich liegt auf der Hand, dass die Spargelprinzessin Julianes Mörderin ist. Es stimmt mich traurig, dass ein so junger Mensch nur wegen einer eifersüchtigen Widersacherin einem Verbrechen zum Opfer fallen musste. Ich hätte alles getan, um es zu verhindern.

Oscar Glaser

Ich habe nie geglaubt, was sich die Frauen über Juliane erzählten. Sie ist ganz und gar nicht leicht zu haben. Das behaupten die meisten nur aus Eifersucht. Weil sie besser aussieht als die anderen. Und ich hatte das Glück, sie kennenzulernen. Ich bin Student und wollte mir beim Spargelstechen auf dem Hacker'schen Hof, der bekanntermaßen an der badischen Spargelstraße liegt, etwas Geld verdienen. Julianes Vater war sofort einverstanden und stellte mich ein.

Etwa eine Woche später begegnete ich Juliane zum ersten Mal. Sie sah umwerfend aus in ihrer engen Jeans und mit den langen, seidig glatten Haaren, die sie zum Pferdeschwanz gebunden trug. Sie bemerkte mich nicht, als sie über den Hof schwebte. Ihr Handy fiel ihr aus der Hosentasche. Ich eilte ihr entgegen und hob es auf. Sie lächelte mich an, bedankte sich und fragte, ob ich auf dem Hof arbeite. Ich brachte kein Wort heraus, war wie vom Donner gerührt.

Von da an ließ ich keine Möglichkeit aus, ihr zu begegnen. Dennoch dauerte es lange, bis ich ihre Aufmerksamkeit auf mich gezogen hatte. Dann begannen die glücklichsten Wochen meines Lebens – bis sie mich aus heiterem Himmel eiskalt und, ohne mir einen Grund zu nennen, abblitzen ließ. Sie beendete unsere Beziehung. Da ich es nicht verstehen konnte, folgte ich ihr unauffällig, wenn sie abends das Haus verließ und mit dem Bus in die Stadt fuhr.

Ich konnte es kaum fassen, sie traf sich mit diesem drittklassigen Schauspieler, der Schmalzlocke Hofmann. Aber wo ein

»Claudius Wille« ist, ist auch ein Weg. So heißt es in Schwetzingen zu Ehren der Filmrolle, nicht wahr? Die beiden trafen sich ein paarmal im »Brauhaus zum Ritter«. Und einmal fuhren sie am Abend zusammen fort. Das letzte Mal beobachtete ich sie am 3. Mai. Sie trafen sich am Eingang des Schlossgartens, leider war ich der einzige Zeuge. Sie hatten eine heftige Auseinandersetzung, die ich im Gebüsch verborgen belauschte. »Überleg es dir gut, Juliane, ich werde das Kind nicht anerkennen. Schieb es deinem Freund in die Schuhe.« Die Worte haben mich hart getroffen. Sie antwortete ihm darauf, dass sie mit mir Schluss gemacht habe und eine Abtreibung nicht infrage komme. Er konterte, sie würde ihm das Leben nicht ruinieren. Sie solle darüber nachdenken und ihn am 4. Mai morgens früh im Wandelgang vor der Veranstaltung treffen, um ihm ihre Entscheidung mitzuteilen. Die Kosten der Abtreibung würde er übernehmen.

Ich war entsetzt und verletzt von dem, was ich gehört hatte. Am nächsten Morgen schlich ich mich wieder zu den Wandelgängen. Ich war zu spät dran und sah gerade noch, wie Hofmann davonlief. Dann entdeckte ich Juliane, sie lag reglos am Boden. Ich wollte zu ihr und bemerkte eine Frau im Wandelgang, die bereits auf sie aufmerksam geworden war. Es mag feige klingen, aber ich rannte davon. Ich wollte nicht, dass der Verdacht auf mich fiel, denn ich habe sie nicht getötet. Warum meine Fingernägel so lang sind, wollen Sie wissen? Ich spiele Gitarre.

***

Nachdem Müller die Aussagen gelesen hatte, blickte er auf. »Für mich liegt der Fall klar auf der Hand. Der verschmähte Liebhaber schiebt dem Hofmann die Schuld in die Schuhe! Und dann hört er auch noch, dass sie schwanger war. Der Glaser hat den Mord begangen, wer sonst? Die Verletzung ist ebenfalls erklärbar. Es waren die langen Fingernägel, die sich in ihr Fleisch gebohrt haben.«

»Müller, du bist zu voreilig. Ich bin mir da nicht sicher. Es könnte genauso gut die Spargelprinzessin gewesen sein. Sie trug gleich mehrere Ringe. Das macht sie dreimal so verdächtig.«

Zähke blickte grinsend von seinem Laptop auf. »Ich habe gerade die Ergebnisse der Rechtsmedizin erhalten.«

»Und?«

»Die Hacker war schwanger.«

»Nicht dein Ernst. Etwa von dem Glaser?«

»Das finde ich raus.«

4. Bei Zähkes daheim

»Muss sich der Köter auf dem Sofa rumfläzen? Der hat ständig Blähungen. Das kommt, weil er zu fett ist«, sagte Zähke angewidert und ließ sich neben seine Frau auf die Couch plumpsen.

Gertrud tätschelte vielsagend grinsend Zähkes hervorquellenden Bauch, während ihr Blick auf dem Bildschirm haftete.

»Was schaust du?«, wollte Zähke wissen.

»›Der Wille des Herrn‹. Streame ich.«

»Das hat mir gerade noch gefehlt. Den Hofmann habe ich erst kürzlich als Zeugen vernommen.«

Gertrud blickte auf. »Ach, der arme Mann. Ausgerechnet er wird durch diesen Mord in einen Skandal verwickelt.«

»Steht schon wieder was in der Zeitung?«

»Natürlich. Die Reporter sind wesentlich aufgeschlossener als du, lieber Konrad.«

Zähke seufzte. »Ich darf nun einmal nicht reden, auch nicht über meinen letzten Fall. Sag mir Bescheid, wenn die Sendung zu Ende ist. Ich erspare mir das lieber.«

»Bleib ein bisschen bei uns. Dauert nur noch fünf Minuten.«

Gerade erschien Pastor Wille alias Hofmann im Bild und legte eine Hand segnend auf das Haupt einer jungen Frau.

»Was für ein Kitsch«, kommentierte Zähke.

»Hör auf. Er sieht so gut aus. Da guckt man gerne mal hin. Sieh nur, wie braun er ist, wirklich sexy. Vielleicht ein bisschen zu sehr gebräunt für einen Pastor, das mag sein.«

»Er ist wahrscheinlich gerade aus dem Urlaub zurückgekehrt. Kann er sich leisten bei seinem Gehalt.« Zähke winkte ab, stutzte plötzlich. »Kannst du die Folge anhalten, Gertrud?«

»Wieso?«

Zähke sprang auf. »Ich muss die Szene noch mal sehen!«

Gertrud schnappte sich kopfschüttelnd die Fernbedienung. »Du kannst einem auch alles vermiesen, gerade wo es so spannend ist. Wie soll das bloß werden, wenn du pensioniert bist?«

Er schubste den dicken Pudel unwirsch vom Sofa, was zu einer Fanfare und einem heftigen CO_2-Ausstoß führte.

»Das kommt davon, dass du Paulchen erschreckt hast«, empörte sich Gertrud.

»Kannst du das jetzt bitte zurückspulen? Ich brauche die Stelle mit der Segnung.«

Gertrud spulte.

Zähke konzentrierte sich. »Wenn ich Stopp sage, hältst du die Aufnahme an. Stopp! Zu weit, wieder nach vorne! Und jetzt Stopp!«

Nun lag des Pastors Hand unbeweglich auf dem Haupt der Frau.

Zähke ging ganz nah dran und nickte zufrieden. »Das hat sich gelohnt, danke, Gertrud.«

5. »Brauhaus zum Ritter«

»Schön, dass Sie die Zeit gefunden haben, Herr Hofmann.« Zähke saß seit einer halben Stunde im »Brauhaus zum Ritter« und hatte sich ein Bier vom Fass bestellt, als Hofmann endlich auftauchte.

»Ich war nach dem Dreh nur schnell zu Hause, um mich frisch zu machen. Tut mir leid, dass ich zu spät bin.« Hofmann winkte der Bedienung, die nickte und auch ihm ein Bier brachte.

»Na dann, auf die Fortschritte!« Zähke hob sein Glas.

»Gibt es denn welche?«, fragte Hofmann, nachdem er seines abgestellt hatte.

»Ich denke, wir befinden uns in der finalen Phase.« Zähke deutete auf Hofmanns rechte Hand. »Schönen Ring tragen Sie da.«

Hofmann drehte die Rechte, betrachtete seinen Siegelring

und rückte ihn gerade. »Ja, den trage ich so gut wie immer, nur nicht vor der Kamera. Ist seit Generationen im Familienbesitz. Später erbt ihn mein Sohn. Ist ein bisschen zu groß und verrutscht oft, deshalb habe ich ihn rechts an der stärkeren Hand. Ich möchte ihn nicht ändern lassen, er ist nie geändert worden.«

»Wirklich einzigartig. Darf ich ihn mal sehen?«

»Na klar.« Hofmann streifte den kantigen Ring vom Finger und reichte ihn Zähke.

Er musterte ihn von allen Seiten. »Ziemlich scharfe Kanten. Da kann man sich leicht verletzen.«

»Ja, er kratzt etwas.«

»Durften Sie den in der Rolle des Carl Theodor tragen?«

»Natürlich, wer sollte mir das bei meiner eigenen Inszenierung verbieten?«

Zähke ließ den Ring unvermittelt in seine Tasche gleiten.

»Sind Sie verrückt? Geben Sie mir den Ring zurück!«

»Ich denke, das werde ich nicht tun, Herr Hofmann. Lassen Sie mich das erklären. Meine Frau schaute gestern eine Ihrer Folgen, als ich nach Hause kam. Ich sah nur kurz, wie Sie Ihre Hand auf den Kopf eines Ihrer Gemeindeschäfchen legten. Da machte es in meinem Schädel plötzlich klick.«

»Was soll das alles? Rücken Sie sofort den Ring wieder raus, sonst zeige ich Sie wegen Diebstahls an!«

»Und ich verhafte Sie wegen Mordes, Herr Hofmann.«

Dem Schauspieler klappte die Kinnlade runter.

»Lassen Sie mich nun ausreden? Danke. Wo waren wir stehen geblieben? Ach ja, Sie legten die Hand auf den Kopf der Dame. Meine Frau stellte fest, dass Ihre Hände stark gebräunt waren, sie hat ein unglaubliches Gespür fürs Detail, müssen Sie wissen. Mir fiel auf einmal ein großer weißer Fleck am Ringfinger Ihrer rechten Hand auf. Sie schienen dort also üblicherweise einen Ring zu tragen. Ist mir beim letzten Gespräch mit Ihnen glatt entgangen. Ihr Maskenbildner hat den Fleck auch übersehen, das tröstet mich ein wenig.«

»Was wollen Sie damit beweisen? Muss ich mir das wirklich anhören?«

»Ihnen wird nichts anderes übrig bleiben. Und gleich werden

Sie verstehen. Mir liegen nämlich die Ergebnisse der Rechtsmedizin vor. Die Person, die Juliane Hacker tötete, trug einen Ring, mit dem sie das Opfer links am Hals verletzte. Also muss der Ring an der rechten Hand getragen worden sein. So wie Sie ihn tragen. Außerdem war er offensichtlich kantig wie Ihrer. Sie sagten eben, dass Sie ihn am Tag des Mordes trugen. Ich bin überzeugt, dass wir an dem prächtigen Stück noch DNA von Julianes Blut finden werden.«

»Das ist völliger Blödsinn, aber selbst wenn es so wäre, hätten Sie die Spuren soeben mit Ihren Fingern verwischt. Das weiß jedes Kind.«

»Keine Sorge, Blutspuren lassen sich da schon rausfiltern. Außerdem ...« Zähke zog ein Foto hervor. »Diese Aufnahme ist in Originalgröße. Es ist ein Foto vom Hals des Opfers. Erkennen Sie die Verletzung? Der Ring scheint Ihnen verrutscht zu sein wie gerade. Deshalb hat sich ein Teil der Fassung in Julianes Hals gebohrt. Wir werden das im Präsidium genau überprüfen, doch die Aufnahmen sprechen bereits für sich.«

»Das ist völlig an den Haaren herbeigezogen. Sie sind verrückt. Viele Menschen tragen Ringe. Vornehmlich Frauen. Muss ich Ihnen das als Laie erklären? Und außerdem hätte ich gar keinen Grund gehabt, Juliane zu töten!«

»Das sehe ich ein klein wenig anders. Denn die junge Dame war von Ihnen schwanger.«

Hofmann lachte. »Jetzt wird's richtig drollig. Hören Sie, ich bin verheiratet. Ich kann mir keine Affäre leisten.«

»Das ist genau das Dilemma. Juliane wollte das Kind behalten. Unglücklicherweise gibt es einen Zeugen, der Sie beide belauscht und am Morgen des Mordes beobachtet hat. Sie glaubten, Sie wären wegen des bevorstehenden Fests allein im Schlosspark gewesen, nicht wahr? Sie hatten ihr am Abend zuvor noch eine Chance eingeräumt. Über ihre Entscheidung wollten Sie am folgenden Morgen sprechen. Nachdem sie stur geblieben ist und das Kind nicht abtreiben wollte, womit Sie wahrscheinlich nicht gerechnet haben, da sahen Sie rot und haben die Spargelkönigin erwürgt. Sie scheinen ein recht impulsiver Mensch zu sein.«

»Das reicht!« Schlagartig sprang Hofmann auf und stürzte zum Ausgang.

Dort versperrte Müller ihm behände den Weg und legte Hofmann Handschellen an.

***

»Dieses Mal hast du gezeigt, was in dir steckt, Müller. Du hast ihn ohne Hilfe überwältigt. Ich bin mir sicher, irgendwann wirst du mich würdig vertreten. Nicht sofort vielleicht, aber du schaffst das.«

»Zecke, mach dich nicht lustig. Dieses Mal hast du nämlich verdammt hoch gepokert. Du konntest nicht wissen, ob Glaser die Wahrheit sagte. Und dem Mann einfach den Ring abzunehmen? Typisch Zecke. Du hättest richtig Ärger kriegen können.« Müller stand mit verschränkten Armen neben Zähke und sah ihm dabei zu, wie er seine persönlichen Dinge in einen Schuhkarton packte. »Und dass der Ring Blutspuren von Juliane aufwies, wusstest du auch nicht.«

»Ich ahnte es und hatte ohnehin so kurz vor meinem Abtritt nichts mehr zu verlieren. Ich habe noch das Hotel ermittelt, in dem sich die beiden des Öfteren getroffen haben.«

»In Wachenheim?«

»Da brachte uns Alina Röder drauf.«

»Du hattest wie immer den richtigen Riecher. Ich wäre nicht auf den Hofmann gekommen.« Müller räusperte sich. »Jedenfalls nicht so schnell. Das Ende der Geschichte stimmt mich fast ein wenig traurig. Denn unsere Kultserie wird nun mit ziemlicher Sicherheit abgesetzt, und Schwetzingen verliert seinen einzigen Promi.«

Zähke lachte. »Ich betrachte das als reinen Glücksfall. Meine Frau wird zwar wieder eine Serie streamen, die kann allerdings nur besser werden. Vielleicht sollte ich aus lauter Dankbarkeit dafür mal wieder in die Kirche gehen. Denn ich behaupte, das war der Wille des Herrn.«

Arnold Küsters

Schrecken im Schloss

Ich bin diesem Geruch der Räume regelrecht verfallen, dem Hauch Möbelpolitur und Bohnerwachs, wie auch dem kaum hörbaren edlen Knarren der Dielen, den filigranen Möbeln, den Tapeten aus Frankreich. Es sind ja regelrechte Zimmerfluchten hier oben im zweiten Stock. An Tagen wie diesem bade ich förmlich im erlesenen Geschmack *meiner* Reichsgräfin Luise Karoline von Hochberg. Meine Gräfin, ich darf das wohl so sagen. Ich stamme zwar nicht in direkter Linie von ihr ab, aber fast. Meine Familie lebt quasi seit Generationen Tür an Tür mit der zurückhaltenden Eleganz der von Hochberg.

Von meinen Vorfahren ist ein großer Schatz an Geschichten aus jener Zeit überliefert, in der das Schloss den pfälzischen Kurfürsten Carl Philipp und Carl Theodor als Sommerresidenz diente.

Die beiden Carls waren echte Kerls.

Hach, ich kann stundenlang in den Geschichten schwelgen, die über die Generationen hinweg zum festen Bestandteil meines eigenen Stammbaums geworden sind.

All diese romantischen bis tragischen Liebeshändel, der ewig gleiche Streit um Macht und Geld. Ein echtes Sittengemälde. All das eben, was zu einem adeligen Alltag dazugehört. Dazu manch schaurige Begebenheit, die sich in den klammen Kellergewölben zugetragen hat, in die ich mich ehrlicherweise selten hinabtraue.

Ja, ich weiß, ich bin ein Romantiker.

Und ich weiß, ich neige dazu, mich zu verplaudern. Auch so ein Erbe, das mir mein Ururururgroßvater mütterlicherseits mitgegeben haben soll. Wobei ich zugeben muss, dass ich nicht genau weiß, wie viele Ur- es tatsächlich sind. Jedenfalls genoss der Gute jede Gelegenheit, im damals frisch angelegten Schlossgarten zu lustwandeln.

Nun gut. Also, wie gesagt, ich bin wieder mal dabei, mich zu verplaudern. Der Blick zur Kaminuhr sagt mir, ich sollte schleunigst das Feld räumen, sprich den zweiten Stock und die Beletage. Für den Abend ist nämlich eine große Sause inklusive Besichtigungstour angekündigt.

Der höfische Glanz aus der Zeit Voltaires, Mozarts, eines Schillers oder Ifflands ist zwar längst passé, doch die Präsentationsabende dieses Sportartiklers kommen der damaligen Pracht schon nahe. Na ja, ein bisschen. Mir fehlt die höfische Tafelkultur, das Mannheimer Hofservice, Silber und Kerzen. Nur denen geht es ja nicht um Spargel, eher um Proteinpulver.

Gut. Also, mein Platz ist bei solchen Anlässen natürlich in den eigenen vier Wänden. Die sind zwar nicht so feudal wie die meiner Reichsgräfin nebenan. Die Möblierung ist eher dem Zufall überlassen. Dafür ist es hell, geräumig und im Winter warm. Und ich bin ihr allzeit nah.

Man könnte nun schnöde sagen, es ist ja bloß die Wohnung des Hausmeisters. Das würde mir tatsächlich ein wenig Schmerz bereiten. Nennt mich ruhig einen Schöngeist.

Ich bin kaum unten und will auf dem Sofa die Stille genießen, will meinen Gedanken nachhängen, über die Gräfin, will in Ruhe über das Abendessen nachdenken, da passiert etwas, von dem es später heißen wird, seither ist für ihn nichts mehr, wie es vorher war. Von einem Augenblick auf den anderen ist meine beschauliche Welt auf den Kopf gestellt.

Ich denke also gerade darüber nach, ob auch *meine* Gräfin so gerne Rohkost mag, als plötzlich diese Stimme da ist. Wie aus dem Nichts. Und ich rede nicht von meiner inneren. Die Stimme ist kaum zu verstehen, aber sie ist da. Und sie ist merkwürdig. Sie klingt etwas dünn und verwaschen.

Ich lausche in den Raum hinein. Woher dringt sie? Und wer spricht da? Hat sich gar wer verlaufen? Ich rekapituliere, die Festspiele stehen erst an. Es wird also kein charmant hilfloser Cellist aus dem chinesischen Wuhan sein oder eine verirrte Bratsche aus Südkorea.

Mir kommt die Oper von Haas in den Sinn, die Uraufführung großes Kino damals in unserem Rokokotheater. Mir fällt sogar der Titel ein. »Bluthaus« heißt das Stück. Warum denke ich ausgerechnet jetzt daran?

Ich habe doch nichts vergessen? Nein. Ich erwarte keinen Besuch, schon gar nicht aus Fernost. Die Erkenntnis macht mir unvermittelt Angst. Tausend Fragen. Tausend Sendungen »Aktenzeichen XY… Ungelöst«. Und ich hätte gestern Abend auf den Fernsehthriller verzichten sollen. Der kalkulierte Horror. Er hat mich nur ganz schlecht einschlafen lassen.

Ist da ein Einbrecher in der Wohnung? Oder sogar Schlimmeres? Und überhaupt, ist es ein Er oder eine Sie?

Bevor ich missverstanden werde, ich weiß, ich neige ab und an zu einer zugegebenermaßen leicht übertrieben nervösen Fantasie. Ein Familienerbe. Manchmal lästig. Eine Art Leiden, das sich vor allem in der männlichen Linie findet.

Aber das hier, das ist echt. Mein Gott. Diese Stimme. Auch kein ausgebildeter Sopran. Mehr ein Murmeln. Dafür klingt sie lockend, gefährlich und drohend. Irgendwie und tatsächlich nach, nun ja, roten Lampions, nach Glückskeksen – und Triaden.

Das Murmeln ist ganz nah. Dieser Jemand hält sich in einem der hinteren Räume auf.

Oh. Mein. Gott. Sehr hässliche Bilder rasen durch mein Gehirn. Ich kann mich nicht dagegen wehren. Ich fürchte unversehens um mein bisschen Leben. Die Situation lässt keinen anderen Schluss zu. Mein Denken steckt in einem Tunnel. Mir wird erschreckend klar, werde ich entdeckt, bin ich – ja, was? – so gut wie tot. In mir glimmt die Angst wie ein Buchenscheit in einem unserer Kamine.

Ich drücke mich fest gegen die Wand. Dieser unbekannte Jemand – hm, ich entscheide mich für eine Sie. Hört und liest man ja immer wieder, mittlerweile arbeiten mehr und mehr Frauen als Killer. Wenn die Lage nicht so ernst wäre, man könnte glatt darüber lachen. Ich meine das ernst. Todernst. In dieser Branche gibt es keine Genderdiskussion. Auftrag. Kohle. Ergebnis. Die kausale Kette ist so logisch, effektiv und kurz wie geschlechtsneutral.

Ich verhalte mich still. Leichter gesagt als getan. Wer kann schon ruhig bleiben, wenn sich das eigene brutale Ende abzeichnet? Ich nicht. Es können nur Minuten sein, bis sie mich erwischt.

Ich ducke mich hinter einen Sessel. Lege mich flach auf den Boden. Jetzt bloß nicht panisch werden. Aber nein, der Sessel gibt mir keine Deckung. Die Killerin wird mich in dem Augenblick bemerken, in dem sie auf das Möbel stößt.

Das kann nicht das Ende sein. Nicht heute, nicht hier. So hilflos ausgeliefert. Die Gedanken fahren Achterbahn. Mein Gehirn erlaubt sich Späße wie: Bitte lass meine Mörderin wenigstens hübsch sein. Ich will nicht durch eine hässliche Hand sterben.

Ich muss raus aus dieser Ecke. Meine einzige Chance ist die offene Fläche. Nein, sie bietet keine Sicherheit. Die Mörderin wird mich jagen, bis ich erschöpft und am Ende bin. Und dann – ich wage nicht weiterzudenken.

Gibt es Hoffnung? Eine winzige? Sie hat das Wohnzimmer noch nicht erreicht. Sie ist ja so was von clever. Bewegt sich nahezu lautlos von Raum zu Raum. Ha, ich höre sie dennoch, wenn sie irgendwo leise anstößt. Ich kann spüren, wie sie die Richtung ändert.

Was war das gerade? Ein unterdrücktes Fluchen? Jede Faser meines Körpers ist nur noch Überlebenswille. Und mir bleibt einzig diese eine furchtbare Erkenntnis: Ich bin hilflos.

Ich bewege mich lautlos, soweit möglich. Suche Schutz unter dem Sideboard mit den hohen, dünnen Beinen. Fünfziger Jahre. Das sperrige Geschenk einer Tante. Breit und tief. Also, das Sideboard, nicht die Tante. Mächtig viel Platz. Der klare Schattenwurf des Möbels verspricht Sicherheit.

Nein, nein, halt, ich gaukele mir etwas vor. Mein Gott! Wie soll ich je diesem Ungeheuer entkommen?

Dass die Killerin ein Ungeheuer ist, daran besteht für mich kein Zweifel mehr. Sie ist mit Sicherheit ein so unerbittliches wie eiskaltes Muskelpaket auf leisen Sohlen. Schwarze Leggins, dazu schwarze Turnschuhe, enges schwarzes T-Shirt, in der Hand eine schwere schwarze Wumme. Oder ein Messer.

Schwert! Die Waffe wird ein Schwert sein. Ein japanisches.

Dünne und sehr scharf geschliffene Klinge. Fährt durch Melonen wie durch Butter. Mit einer beinahe beiläufigen Bewegung.

Ich taste erschrocken nach meinem Kopf.

Still jetzt! Ich höre – nichts.

Stille.

Ist sie weg?

Ich spüre einen Anflug von Sicherheit.

Jedoch nur für kurze Zeit.

Für sehr kurze Zeit.

Ich zweifle. Sie wird mich finden. Die Schrankbeine sind ja viel zu hoch. Wie absurd. Ich sehe förmlich ihre geduckten und kreisenden Bewegungen, mit denen sie mich in die Enge treibt.

Asiatische Kampfkunst. Ich habe viel darüber gehört: in sich ruhen, die Kraft auf diesen einen Punkt bündeln, diesen einen Augenblick, auf diese eine Bewegung fokussieren. Danach langsam die Luft aus der Lunge entweichen lassen. Grundstellung.

Ich bemerke erst jetzt, ich halte die Luft an. Flach gegen den Boden gedrückt, stößt mein Atem gegen das Parkett. Das ist nicht so edel und glänzend wie das *meiner* Gräfin. Ich drücke den Kopf aufs feuchte Holz und spüre den feinen Nebel meiner Atemluft. Angestrengt versuche ich, etwas zu erkennen, eine Bewegung, einen Schatten. Nichts. Einzig dieses unbestimmte Rumoren. Sehr leise. Kommt es von ihr? Ich weiß, nebenan üben um diese Uhrzeit gerne mal ein paar Angestellte der Schlossverwaltung für ihren Tanzkurs. Nein, das hört sich anders an.

Ich sondiere die Lage. Um mich herum Möbel, Vorhänge, ein paar Topfpflanzen auf der Fensterbank. Auf dem Sofa zwei Decken. Ob ich vielleicht …? Nein. Das ist wie bei Kindern. Die halten sich die Hand vor die Augen und denken, sie wären nicht mehr zu sehen.

Entsetzte Erkenntnis – hier kann ich nicht bleiben. Ich scharre unwillkürlich mit den Füßen. In mir tobt rauschend ein wilder Bergbach. Ohrenbetäubender Lärm in dieser bedrohlichen Stille.

Halt. War das gerade ein Scheppern? Die Küche. Ja klar. Der

alte Eimer. Nein. Die Achterbahn in meinem Kopf kreischt ohne Unterlass.

Ich verändere ganz vorsichtig meine Position. Bloß kein unnötiger Krach jetzt.

So. Nun habe ich einen viel besseren Blick auf meine Lage. Misslich ist das falsche Wort. Sie ist auch alles andere als rosig, glaubt mir. Die Erkenntnis wie Beton. Es wird kein Entrinnen geben. Andererseits, ich könnte versuchen, mich unters Sofa zu quetschen. Allerdings reicht der Spalt sicher nicht. Ich versuche es erst gar nicht.

Flucht. Ha, Flucht! Unmöglich! Gefangen. Unabänderliche Wahrheit, die tief in mein Herz schneidet.

Mein Atmen ist nur noch ein unterdrücktes Zischen. Um mich herum nur noch Staub und Leere.

Was wird sein, wenn sie mich erwischt? Wird mich jemand vermissen? Hat mich überhaupt schon mal jemand vermisst? Sieht man mal von der kleinen Tochter des Schlossgärtners ab, die früher regelmäßig mittags an der Haustür klingelte, um mit mir zu spielen. Bis sie einen Besseren fand. Das ist zum Heulen. So schonungslos brutal.

Und was wird dann aus meiner Reichsgräfin? Sie kann mich ja nicht vermissen, weil lange tot. Werde ich sie auf der anderen Seite treffen? Sie mit ihrer anmutigen Art und in ihrer tief dekolletierten Robe. Was wird sie von mir denken? Will ich sie überhaupt treffen?

Die Gedanken schweigen. Im Augenblick herrscht absolute Stille.

Lauert die Mörderin bereits hinter der Tür da? Wartet sie darauf, dass ich in einem Akt letzter Verzweiflung meine Deckung aufgebe, in der fatalen Annahme, ihr entkommen zu können? Meine Angst stopft mich unbarmherzig unter dieses elende Sideboard. Ich bin wie festgetackert.

Die Jägerin – oder was auch immer sie ist – spielt mit mir.

Ja, nur so kann es sein. Aber den Gefallen tue ich ihr nicht. Niemals werde ich kopflos in mein Verderben rennen. Soll *sie* doch den ersten Schritt tun! Ha, im offenen Kampf habe ich eine Chance. Hm, na ja, vielleicht.

Ich prüfe vorsichtshalber die Gliedmaßen auf Elastizität. Unter diesen Umständen ist Strecken nahezu unmöglich. Im Gegenteil, ich spüre, wie meine Muskeln verkrampfen. So werde ich nie zu der alles entscheidenden Bewegung ansetzen können, geschweige denn zu einem Sprint um mein Leben.

Ich werde langsam irre und muss ein Kichern unterdrücken. Gefangen unter diesem Klotz von Sideboard. Mein dünnbeiniges Grab.

Es ist so schrecklich: verkrampft ihrem Schwert, ihrer Glock ausgeliefert zu sein, diesem tödlichen Großkaliber aus glänzendem Metall mit dem klobigen Schalldämpfer oder ihrem tödlichen Handkantenschlag – Luise Karoline, stehe mir bei.

So müssen sich Delinquenten auf dem Weg zur Hinrichtung fühlen. Schafott, elektrischer Stuhl, Giftspritze. Wäre es bloß schon vorbei.

Ich habe mittlerweile jegliches Zeitgefühl verloren. Der erste Schritt auf mein Ende zu. Sie, die Killerin, muss bereits eine gefühlte Ewigkeit in der Wohnung sein. Mörder haben ja bekanntermaßen viel Zeit. Vor allem Auftragskiller. Viel zu viel davon. Diese Kreaturen, die allein im kalten Töten ihre Befriedigung finden, egal wen sie wann wie vom Leben ins Jenseits befördern. Die Gazetten sind voll davon. Kohorten von Schundheftautoren saugen ihren kümmerlichen Honig aus diesem Fakt. Garstiges Personal!

Mein Blick wendet sich gegen die Unterseite des Schranks. Ich sehe grobe Bretter. Mein Sarg. Hier also werde ich mein Leben aushauchen. Im Angesicht billigen Holzes. Dabei hatte ich es mir anders vorgestellt. Nicht das Sterben. Das Leben!

Unbeschwert wollte ich die Zeit genießen. Die Tage nehmen, wie sie kommen. Die wärmende Sonne, das Zwitschern der Vögel im Schlosspark, die aufblühende Natur, die vergehende Natur. Am Arionbunnen den Reigen der Jahreszeiten spüren. Oder in Gedanken bei meiner Gräfin. Wohl geschützt vor Kälte und der Achtlosigkeit der Welt. An meinem Lieblingsplatz in ihrem Apartment über die Schönheit des Lebens nachdenken. Bis in alle Ewigkeit. Um dann vielleicht sogar den Zeitpunkt für das Ende selbst zu bestimmen.

Welch ein Hohn. Stattdessen stehe, nein, liege ich kurz vor meinem unfreiwilligen Ende.

Keine Ahnung, warum ausgerechnet ich dran glauben soll. Mir ist nicht bewusst, dass ich jemandem derart geschadet haben könnte, dass er mir nach dem Leben trachtet und einen Killer auf mich ansetzt. Zu den Schlossbesuchern bin ich allzeit höflich bis unsichtbar. Zu allen pflege ich eine achtsame Distanz.

Auch wenn ich mir das Gehirn zermartere, ich weiß wirklich nicht, wer mich umbringen will. Und soweit ich mich erinnere, gibt es in der langen Geschichte meiner Familie keine offene Rechnung.

Niedertracht ist mir fern. Mein Motto war und ist: leben und leben lassen. Kein Streit mit dem Schlosspersonal, erst recht nicht mit Fremden. Auseinandersetzungen bin ich stets aus dem Weg gegangen. Alles, was ich vom Leben will, war und ist Ruhe.

Ruhe – Ruhe?

Ich höre mit einem Mal nichts mehr.

Sie will mich provozieren. Aus dem Versteck locken. Sie lässt mir keine Wahl. Ihr Plan ist ja so perfide und so effektiv. Ich werde meine Deckung verlassen müssen, um meine winzige Chance zu nutzen. Ich muss mich damit abfinden. Wenn schon das Ende da ist, will ich es nicht länger hinauszögern. Lieber ein Ende mit Schrecken als ein Schrecken ohne Ende. Heißt es nicht so?

Aber ist es nicht auch so, dass das Leben hin und wieder unverhoffte Wendungen nimmt? Ich werde, ich muss die Chance nutzen! Weg von diesem Schrank.

Ich *werde* die Chance nutzen. Und mit dem Gedanken sterben, dass ich es am Ende – ha, am Ende! – wenigstens versucht und nicht starr vor Angst wie das Kaninchen auf die Schlange gewartet habe.

Mein Gott, wenn ich schon sterben muss, hier und jetzt, dann mit Selbstachtung. Mein letzter Fluchtversuch will indes sorgfältig geplant sein. Überstürztes Handeln bedeutet auf jeden Fall den sicheren Tod.

Ich brauche einen Plan.

Bloß einen winzigen.

Und dennoch einen Plan.

Wie viel Zeit mag mir bleiben?

Egal.

Also, Grundstellung einnehmen. Mein stämmiger Körper ist jetzt ganz asiatische Kampfkunst. Sammeln. Alle Konzentration auf diesen einen Sprung. Er wird mich bis weit in die Küche hineintragen. Wenn er gelingt, müsste ich es bis zum Schrank schaffen. Der wird mir Deckung geben.

Nee, nee, ich bin nicht länger verzweifelt. Es ist nur, ich muss an mein viel zu kurzes Leben denken. An die weithin unbeschwerte Zeit vor diesem Schicksalstag. Deshalb die feuchten Augen.

Draußen ist es warm. Blauer Himmel. Aber ich werde die Sonne morgen nicht mehr sehen.

Ich spanne alle Muskeln an. Vor dem inneren Auge läuft mein Leben in Zeitraffertempo. Das Phänomen gibt es also wirklich. Ehe ich weiter darüber nachdenke, setze ich zum Sprung an. Ich mache mich klein. In der Luft erwarte ich die Wucht der Kugel. Dass sie mich zurückreißt und damit aus meinem Leben.

Nichts dergleichen geschieht.

Nichts.

Absolut nichts.

Rein gar nichts.

Ich lande tatsächlich in Höhe des Schranks. Verharre wie gelähmt. Bin ich tot? Oder warum höre ich nichts mehr? Ich öffne und schließe die Augen. Rhythmisches Blinzeln. Nichts ändert sich. Ich bin tatsächlich in der Küche. Kann mich bewegen. Richtig bewegen. Beine, Schultern.

Die Angst ist besiegt! Der Triumph des Körpers über den Geist.

Wo ist die Mörderin hin?

Wo hat sie sich versteckt?

Zielt sie aus ihrem Versteck heraus bereits auf meinen Kopf? Der Schalldämpfer verlängert den Blick?

Mir egal, denn ich habe die Angst besiegt. Yes. Allein das zählt. Wenn ich hier sterben muss, dann soll es wohl so sein.

Erst allmählich registriere ich, dass ich allein in der Küche bin. Hat sich die Mörderin etwa zurückgezogen? Streift sie längst durch die Beletage? Hat durch den engen Flur die Wohnung verlassen? Weil sie mich weder gehört noch gesehen hat?

Welch eine Dilettantin!

Ich bin einer Dilettantin aufgesessen. Ha. Unfassbar. Ich bringe tatsächlich ein überlegenes Lächeln in mein Gesicht.

Und bleibe dennoch vorsichtig.

Der Ruhe ist nicht zu trauen. Ich halte den Atem an und lausche in die Küche hinein. Jaja, sie ist leer. Hastig überschlage ich die Optionen. Im Wohnzimmer ist sie nicht. Bleiben also Schlafzimmer und Flur. Ja, das Bad nicht zu vergessen.

Wellenartig schwappt Panik in mein Gehirn. Was, wenn sie mir im Flur auflauert, mich ins Bad zieht, in die Wanne drängt und mir die Kehle durchschneidet? Keine Glock neun Millimeter, nein, ein Rasiermesser. Ein Dolch aus der fürstlichen Waffensammlung. Oder ein japanisches Langschwert. Blitzende Klinge. Schneller Schnitt. Der jähe Gedanke rinnt eiskalt den Rücken hinunter.

Ich kann dieser Ruhe nicht trauen.

Ich darf ihr nicht trauen.

Vertrauen kann tödlich sein.

Was heißt schon Ruhe bewahren?

Ich höre deutliche Geräusche. Ein Schaben wie Socken über Parkett. Wie hinterhältig. Der Tod kommt auf Socken. Das schabende Schlurfen dringt aus Richtung Schlafzimmer. Mein Gott, das Kissen vor die Waffe, Daunenfedern wirbeln, Blut spritzt, mein Körper sackt gegen das frisch bezogene Boxspringbett.

Die anfängliche Erleichterung ist einem Horror gewichen. Er ist mit nichts zu vergleichen, was ich bisher durchgemacht habe. Wenn ich es nur bis zur Wohnungstür schaffen könnte! Die Stufen hinunter in den Schlosshof, im Barockgarten untertauchen. Im Tempel der Botanik Zuflucht suchen. Für einen Augenblick denke ich an den See. Können mir dort die weißen Skulpturen der Flussgötter Rhein und Donau Schutz bieten? Nein, gewiss nicht.

Ich muss mich auf das Hier und Jetzt konzentrieren. Hm.

Dummerweise führt der rettende Weg in die Freiheit an der Schlafzimmertür vorbei. Sie steht ein Stück offen.

Ich habe keine Wahl. Taste mich voran. Aus dem halb dunklen Raum vor mir vernehme ich ein Surren, überlagert von einem Gemurmel. Spricht sie etwa leise in ihr Smartphone? Informiert sie ihren Auftraggeber?

Ist gleich vorbei.

Ich will es nicht wissen, ich will es bloß bis zu dieser verdammten Tür schaffen.

Showdown. Es ist so weit.

Ich bin auf mich allein gestellt. Mit einer Killerin in der ansonsten leeren Wohnung. Es gibt jetzt nur noch sie und mich. Angst? Ich habe keine Angst mehr. Einzig Todesmut. Ade, du schöne Welt, die du mich doch nicht schützen konntest.

Gefühlt endlos lange lauere ich neben der Tür. Zögere schweißgebadet den letzten entscheidenden Schritt hinaus. Ein kleiner Schritt für mich, ein großer Schritt auf dem Weg ins Nichts.

Ich zögere. Ich atme. Ich zögere. Ich atme. Zögern, atmen, zögern, atmen, zögern, atmen.

Dann passiert es.

Ich bin gerade halbwegs an der Tür vorbei, als – als das Killermonster vor mir auftaucht. Es stutzt unvermittelt, wie von Geisterhand gestoppt.

Ich begreife mühsam, was ich sehe.

Vor mir ein flaches, rundes Etwas. Surrend, blinkend. Ein helles, hohes Stimmchen faselt irgendetwas, als führe dieses Ding gedankenverloren Selbstgespräche in einer mir fremden Sprache.

Ich verstehe kein Wort.

Und begreife lange Sekunden nichts.

Kein Schwert.

Kein Dolch.

Schon gar keine Neun-Millimeter-Hochgeschwindigkeitsmunition.

Der neue Saugroboter!

Das also war in dem Karton, der gestern hier ankam und so begeistert ausgepackt wurde. Ein Roboter für den Boden.

Ich fasse es nicht.

Schwarze Hülle, Kunststoff, Borsten, schwarze Sensoren wie die Fühler eines mutierten Insekts. Die Sprache, vermutlich Chinesisch, ist noch nicht umprogrammiert. Nix Feuer speiendes Monster. Keine Triaden, Lampions, kein Kampfschwert Katana. Bloß ein wenig größer als einer der wertvollen Teller aus dem kurfürstlichen Geschirr.

Er wartet darauf, dass ich den Weg freimache.

Ich, der Hamster.

Okay, eigentlich Graf Frederick von Hamster II., aber für meine Freunde einfach nur Hamster.

Kathrin Heinrichs

Mieses Bauchgefühl

Leonie ist baff, so viele Menschen! Der ganze Schlossplatz ist voll. Grüppchen sitzen zusammen und lachen. Männer haben lässig einen Pullover über die Schultern gelegt. Hunde warten, dass ihr Frauchen den Kaffee ausgetrunken hat. Wann war sie selbst zuletzt einfach nur so in der Stadt, ohne irgendetwas Dringendes erledigen zu müssen? Merles Kieferorthopäde ist in der Marstallstraße, die Sparkassen-Filiale in der Mannheimer und die Schuheinlagen für Artur wurden in der Nähe gefertigt. Für so etwas fährt sie in die Stadt, schnell hin, schnell zurück, so läuft das. Einfach hier sitzen, sie kann sich nicht erinnern, wann sie das jemals gemacht hat.

Sind das alles Touristen? Oder Berufstätige, die am Freitag um fünf mit einem Glas Aperol ins Wochenende starten? Die Szenerie ist so weit weg von Leonies Leben, sie hat schlichtweg vergessen, dass es so etwas gibt. Instinktiv schaut sie auf ihr Handy. Bisher keine Nachricht von Len. Er wollte sich melden, wenn er zu Hause ist. Sie sollte sich melden, wenn sie mit ihrer Freundin zusammensitzt und sagen kann, wie lange es dauert. Freundin! Während der Schulzeit sind sie ziemlich eng gewesen, doch nach dem Abi ist Wibke ins Ausland gegangen, und bei ihr ist auch alles Mögliche passiert. Passt der Ausdruck noch, wenn man sich über zehn Jahre nicht gesehen hat?

Leonie lässt den Blick über die Tische des Kaffeehauses schweifen. Erkennt sie Wibke überhaupt? Erkennt Wibke sie?

Da steht eine Frau auf und winkt mit beiden Armen so heftig, als müsste sie dringend von einer Insel gerettet werden. Eine Frau mit sehr kurzem Haar. Wibke? Tatsächlich, Wibke. Sie sieht mit dieser Frisur anders aus als früher. Aber nach wie vor tough. Sprühend. Lebendig. Leonie fühlt sich uralt.

»Wie schön, dich zu sehen!« Wibke umarmt sie und hält

sie danach auf Armeslänge fest, um sie in Ruhe zu betrachten. »Mensch, Leo, ich freue mich so!«

Leonie schluckt. Nie hat sie sich auf irgendwelche Kontaktversuche hin gemeldet. Nicht bei Wibke, nicht bei irgendwem sonst aus ihrer Stufe. Alle haben Grund, sauer zu sein. Und Leonie hätte auch auf Wibkes Nachrichten nicht reagiert, wenn die ihr nicht ansonsten auf die Pelle gerückt wäre. Sie hatte Lens Firma im Internet entdeckt und gemeint, das sei ja großartig, dass sie in Schwetzingen wohnten, sie schaue einfach mal vorbei. Das war Leonie nicht recht bei ihrem Chaos zu Hause, dann lieber ein Treffen in der Stadt.

Und tatsächlich bemerkt sie in diesem Moment ein Gefühl in ihrem Bauch, das sie lange nicht gespürt hat. Freude. Aufregung. So etwas wie ein heimliches Vergnügen. Als hätten sie und Wibke sturmfreie Bude und wüssten vor lauter Aufgekratztheit nicht, ob sie zuerst die Musikanlage aufdrehen oder Telefonstreiche aushecken sollten.

»Was trinkst du?«, holt Wibke sie in die Gegenwart zurück. »Einen Wild Berry Lillet?«

»Einen was?«

Wibke lacht auf. »Kennst du den echt nicht? Dann müssen wir den trinken, allein damit du weißt, was dir entgeht.«

»Ich nehme lieber ein Wasser.«

Wibke stutzt. »Verstehe, du musst fahren. Ich auch, ich dachte nur, wenn wir am Anfang etwas trinken, ist es nicht so schlimm.«

Leonie könnte sagen, dass sie mit dem Bus gekommen ist, doch das lässt sie lieber weg. »Okay, ich probiere den mal.«

»Ich will dich nicht überreden …«

»Nein, nein, dieses Wild-Ding klingt super.«

Wibke lacht. »Fühl dich heute eingeladen. Ich will meinen Umzug mit irgendwem feiern.«

Leonie will protestieren, Wibke ist jedoch so überzeugend, dass sie sich nicht traut. Außerdem ist es eine verdammt gute Nachricht, dass sie kein Geld ausgeben muss.

Wibke schafft es in kurzer Zeit, ihre Bestellung aufzugeben. Anschließend schaut sie sich um. »Was für eine fantastische Stadt! Warum habe ich mir in Heidelberg eine überteuerte Butze gesucht, wenn ich von Schwetzingen aus jeden Tag hätte reinfahren können?«

Leonie folgt ihrem begeisterten Blick. Das berühmte Karree von historischen Gebäuden, im Hintergrund das Schloss, natürlich, das ist einzigartig. Tatsächlich hat das damals auch Lennart gesagt. Er wollte nicht in Heidelberg bleiben, wenn die Zwillinge kommen, sondern raus in eine idyllische Kleinstadt. »Wir bauen uns ein Nest«, hat er gemeint, »irgendwo, wo es schön ist und man sich ein Haus leisten kann.«

Dieses Haus steht etwas abseits Richtung Eppelheim. Dieses Haus war erschwinglich, weil in einem miserablen Zustand. Dieses Haus haben sie zur Hälfte renoviert, was bedeutet, dass die andere Hälfte völlig unfertig ist.

»Ja, es ist toll«, sagt Leonie. »Und dich hat es jetzt nach Heidelberg verschlagen?«

»Ja, erst vor ein paar Wochen. Ich habe mich riesig gefreut, weil ich wusste, dass du hier irgendwo lebst.«

Wieder so ein Freundschaftsbeweis. Leonie ist beinahe beschämt.

»Mensch, Leo, wie geht es dir? Und warum warst du nicht auf unserem zehnjährigen Abitreffen?«

Plong! Mit so etwas hat Leonie gerechnet. Nachfragen, Vorwürfe, Ratschläge. »Ich habe drei Kinder, da ist es nicht so leicht, für zwei Tage zu verschwinden. Bremen ist ja nicht um die Ecke.« Ihre Antwort klingt patzig.

»Sorry, ja klar«, lenkt Wibke ein. »Es ist nur, du hast mir gefehlt. Erzähl mal von deinen Kindern.«

Sie berichtet von Artur und Ella, die in der Kita »St. Maria« sind, eine Riesenentlastung. Und von Merle, ihrer Großen, die die dritte Klasse der Grundschule besucht.

»Dritte Klasse«, staunt Wibke. »Klar, du bist damals ziemlich schnell schwanger geworden.«

Viertes Semester, denkt Leonie, sie weiß es noch genau.

»Wahnsinn, wie du das alles geschafft hast.« Wibke schüttelt beeindruckt den Kopf, was ein sichtbarer Widerspruch ist. »Ich meine, so ganz allein … Inzwischen bist du ja verheiratet, hab ich gehört.«

Klingt da bei Wibke etwas mit? Oder bildet sie sich das nur ein?

»Ja, seit vier Jahren«, antwortet sie, »als sich die Zwillinge angekündigt haben. Aber jetzt erzähl mal von dir.«

Wibke berichtet von ihrem Job. Von den Schwierigkeiten, in Heidelberg eine Wohnung zu finden. Von den Männern, mit denen es vorher in Bremen nicht funktioniert hat.

Irgendwann wird der Wild Berry Lillet serviert, irgendwann ziehen sie zum Essen ein Lokal weiter, irgendwann kommt eine Nachricht von Len. Leonie liest sie sofort.

Sorry, dass ich dich in deiner Wellnesszeit störe. Wolltest du nicht schreiben, wenn du bei deiner Freundin eingetroffen bist?

Ihr wird heiß und kalt.

Oh Mist, schreibt sie zurück, *hab ich verschwitzt, tut mir echt leid. Bei mir alles okay. Und bei dir?*

Hab mich abgehetzt, um die Kinder abzuholen, aber muss ja irgendwie gehen. Wie lange dauert es bei dir?

Sofort wird der Kloß in ihrem Magen größer, der Kloß, der da fortwährend liegt und ihr so oft das Atmen erschwert.

Tut mir leid, dass es hektisch bei dir ist, tippt sie wie wild auf ihr Smartphone ein. *Ich melde mich, wenn ich hier wegkann.*

»Alles okay?« Wibke blickt sie nachdenklich an.

»Ist halt immer viel Organisiererei mit drei Kindern. Lennart tut, was er kann. Wenn man selbstständig ist, ist das allerdings nicht so einfach.«

»Kann ich mir vorstellen. Läuft denn sein Betrieb?«

Der Kloß weitet sich aus, wird ein richtiger Klumpen. Diese Fragerei! Genau deshalb hat sie beim Abitreffen Bedenken gehabt. Hingefahren ist sie letztlich nicht, weil Artur damals krank geworden ist und Lennart ihr die Hölle heiß gemacht hat.

»Photovoltaik ist schwieriger geworden«, sagt sie, »der Markt ist überschwemmt, trotzdem sind wir zufrieden.«

Wibke sieht sie aufmerksam an, möglicherweise weil ihre Stimme ein klein wenig kippelt. Sicherheitshalber räuspert sich Leonie. Und jetzt plingt es schon wieder, Lennart hat geschrieben, hundert Prozent.

Wibke schaut auf das abgelegte Handy. »Du kannst wohl niemals abschalten, was?«

»Die Kinder müssen abgeholt und weggebracht werden«, erklärt Leonie möglichst gelassen. »Lennart macht das nicht so oft.«

Was stellst du dir vor?, hat Lennart geschrieben. *Ich sitze hier nicht auf Abruf! Ich bin um sieben da, um dich zu holen.*

Der Klumpen in ihrem Bauch will sie erdrücken, zieht sie nach unten. Trotzdem schafft Leonie es, ihrem Mann einen erhobenen Daumen zu schicken.

»Alles okay?«, wiederholt Wibke.

»Ja. Nein.« Was soll sie sagen? »Es scheint irgendetwas mit Artur zu sein. Er hat sich übergeben.«

»Oje, hat er was Falsches gegessen?«

»Weiß nicht, ich muss auf jeden Fall gleich zurück. Lennart holt mich um sieben ab.«

Wibke scheint etwas sagen zu wollen, hält sich jedoch im letzten Augenblick zurück und guckt auf die Uhr. »Wunderbar, ist nicht mal sechs. Zeit genug, um in Ruhe zu essen.«

Wibke hält die Stimmung hoch, auch während des Essens, bis sie auf einmal innehält.

»Wir werden bald dreißig, bist du eigentlich glücklich?«, fragt sie.

Leonie verschluckt sich, sie merkt, dass ihr die Tränen kommen.

»Du stellst Fragen!« Sie zwingt sich zu einem Lächeln. »Mit drei Kindern hinterfragt man das nicht dauernd, und das ist okay.«

Wibke beobachtet sie mit messerscharfem Blick, das ist unangenehm. »Aber das große Ganze stimmt?«

»Es ist anstrengend«, gibt sie zu, »da stößt man manchmal an seine Grenzen.« Nach ihrer Erfahrung ist es besser, das nicht komplett zu bestreiten. Genauso handhabt sie es, wenn die Erzieherin fragt.

»Gern würde ich dich mal besuchen.« Wibke hat ihre Gabel beiseitegelegt, das hat etwas Intensives.

»Ich weiß nicht, ob das eine gute Idee ist.« Leonie stochert in ihrem Spargel herum. »Wir renovieren gerade unser Haus, da herrscht ein ziemliches Chaos. Guck mal.« Sie streckt eine Hand aus, die Haut ist rissig und wie weiß getüncht. »So sieht es aus, wenn man Wände frisch verputzt.«

Wibke scheint wirklich beeindruckt. »Das machst du selbst?«

»Weißt du, wie teuer Handwerker sind? Außerdem tue ich das gern.« Der letzte Satz klingt beinahe trotzig.

»Hast du Fotos davon?«

»Oh ja, alles dokumentiert.« Eifrig greift Leonie nach ihrem Handy, eine Nachricht ist eingegangen, nicht von Lennart, sondern von Maike, der Mutter von Marie. Die hat sie stummgeschaltet, deshalb hat es nicht geplingt.

Merle hat ihr Turnzeug bei uns vergessen, nur damit ihr es nicht unnötig sucht.

Warum hat Lennart Merle schon abgeholt? Die Mädchen wollten bis neunzehn Uhr spielen. Kein Wunder, dass es hektisch wurde für ihren Mann.

Egal, sie klickt in der Galerie den Bau-Ordner an und zeigt Wibke ein paar Bilder. Die nimmt das Telefon selbst in die Hand und zoomt die Aufnahmen groß.

»Wahnsinn.« Sie schaut unvermittelt hoch. »Trotzdem, hast du mal dran gedacht, dein Studium zu Ende zu bringen?«

Dieser Hieb sitzt. Leonie greift energisch nach ihrem Telefon und legt es auf den Tisch.

»Versteh mich nicht falsch. Ich habe größten Respekt. Du managst eine Familie, du renovierst ein uraltes Haus. Allerdings bleibst du selbst auf der Strecke. Ich bin mir sicher, du könntest das schaffen, auch jetzt noch! Erinnerst du dich, wie wir uns damals beim Volleyball angefeuert haben? Nicht zu weit nach vorne gucken, immer Punkt für Punkt.«

Wieder Tränen. Leonie möchte aufstehen, dieses Treffen tut ihr nicht gut. Lennart hat das vorhergesagt.

»Nun bist du sauer. Das wollte ich nicht.« Wibkes Miene zeigt echtes Bedauern. »Es ist nur so, nach meiner Erfahrung sollte man sich nicht zu abhängig machen. Aber gut, mich geht das nichts an. Bitte verzeih!« Sie nimmt Leonies Hand und lächelt sie an. »Lass uns ein Dessert bestellen, bitte, es ist so schön, dich endlich wiederzuhaben. Ich möchte nicht streiten.«

Leonie überlegt. Was ist zu tun?

»Okay, aber danach muss ich gehen.«

Wibke dreht sich sofort um, schafft es, die Aufmerksamkeit der Bedienung zu gewinnen. Sie wollen eine Crème brûlée bestellen, allerdings sind so laut Martinshörner zu hören, dass die junge Frau nichts versteht. Es klingt, als wären da gleich mehrere Polizei- oder Feuerwehrautos unterwegs. Der halbe Platz reckt den Kopf, doch zu sehen ist nichts. Irgendwann beruhigt sich die Lage, und die Bedienung zieht ab mit der Nachtischbestellung.

»Erzähl mir ein bisschen über Schwetzingen«, schneidet Wibke ein unverfänglicheres Thema an. »Das rosafarbene Gebäude da drüben, was ist das?«

Leonie sieht sich um, woher soll sie das wissen, sie ist nie in der Stadt. Dann erkennt sie das Haus, und zwar an der comichaften Hirschdarstellung über dem Eingang.

»Das ist das ›Palais Hirsch‹«, haut sie raus, »da hat ein Jesuitenpater gewohnt, der Beichtvater von Carl Theodor. Um den Kurfürsten dreht sich alles in der Stadt.«

»Hammer!« Wibke schlägt sich begeistert aufs Knie. »Ich hab dich unterschätzt!«

»Nee, hast du nicht. Ich weiß es nur, weil Merle in Sachkunde genau über dieses Gebäude ein Referat gehalten hat. Ich hab mit ihr geübt. Dritte Klasse, da kann ich so eben mithalten.«

»Das beruhigt mich.« Wibke grinst. »Weißt du noch, wie wir beim Referat über Irland mangels Vorbereitung Guinness-Dosen ausgeteilt haben?«

Sie prustet los, und Leonie kann nicht anders, auch sie muss lachen. Sie schütten sich aus, bis die Bedienung mit der Crème brûlée anrückt und ganz komisch schaut. Und selbst dann kriegen sie sich nicht wieder ein.

»Leo«, Wibke wischt sich hilflos durchs Gesicht, die Lachtränen haben ihr Make-up ruiniert, »zum ersten Mal habe ich dich gerade wiedererkannt!«

Danach ist nichts mehr wie vorher. Sie giggeln wie früher. Reden über Lehrerinnen, Mitschüler und Fahrten mit der Volleyballmannschaft. Sie sind laut, übertönen sich mit alten Geschichten, geiern vor sich hin wie ausgelassene Teenagerinnen, bis sich Leonie fragt, wie lange sie nicht mehr so gelacht hat. Es muss Jahre her sein! Im selben Moment plingt ihr Handy auf dem Tisch.

Die Nachricht ist von Len, das war zu erwarten. Es klappt bei ihm nicht um sieben, liest sie ihrer Freundin vor.

Wibke ist begeistert. »Umso besser! Schreib ihm, dass ich dich bringe. Ich verspreche, nicht ins Haus zu gehen und eure frisch verputzten Wände zu kommentieren. Ich setze dich ab, und gut ist.«

Leo ist hin- und hergerissen. Das ist irgendwie verlockend, aber Lennart wird sauer sein, definitiv. Eigentlich will sie das nicht riskieren.

»Was ist das Problem?«, will Wibke wissen. »Kommt dein Mann nicht mit den Kindern zurecht?«

Am Ende ist es Wibkes lauernder Blick, der sie die Entscheidung fällen lässt. Sie will keinen falschen Eindruck erwecken.

Nur keinen Stress!, schreibt sie an Lennart. *Wibke ist so nett, mich zu bringen, damit du dich nicht abhetzen musst. Bis später! Hdgdl!*

Und dann tut sie etwas, was sie sonst nie tut. Sie stellt ihr Handy auf stumm. Und das, obwohl sie weiß, dass Lennart darüber nicht nur sauer sein wird. Lennart wird toben!

Wibke überredet sie zu einem Absacker – »Du Glückliche musst ja nicht fahren!« – und noch zu einem zweiten, es wird lustig und ausgelassen, vor allem als Wibke gesteht, dass sie heimlich in Henning verliebt war, den geleckten Typen aus dem Tanzkurs.

»Wie kann man nur?« Leonie rastet aus. »In diesen Schnösel mit den Lackschuhen?«

»Man kann sich mal vertun«, Wibke versteckt dramatisch ihr Gesicht in den Händen, »aber irgendwie hat sich die Serie fortgesetzt. Ich hab kein gutes Händchen bei Männern. Wie ist es bei dir? Hast du den richtigen gefunden?«

»Ja klar!« Leonie hat zu schnell geantwortet, sie merkt es sofort. »Lennart und Leonie«, schiebt sie deshalb hinterher und versucht sich an einem Lächeln, »L & L, wir gehören zusammen.«

Wibke springt nicht darauf an. »Wo habt ihr euch kennengelernt?«

»In Heidelberg an der Uni. Als Merle im Kindergarten war, habe ich dort wieder ein paar Kurse belegt.«

»Er hat also auch Bio studiert.«

»Nee, er ist Informatiker. Hat sich damit ursprünglich selbstständig gemacht. Aber dann wollte er lieber praktisch arbeiten, so kam das mit dem Solarstrom.«

Wibke sieht sie aufmerksam an, irgendwann legt sie den Kopf schief. »Täusche ich mich oder verspannst du dich jedes Mal, wenn du von Lennart erzählst?«

Sie möchte wieder abblocken, losmotzen, wegschieben, doch irgendetwas hält sie davon ab, der Alkohol, den sie nicht gewohnt ist, oder die vertraute Atmosphäre. Der Klumpen in ihrem Bauch sorgt dafür, dass sie keinen Ton herausbringt. Dabei gäbe es so viel zu sagen.

Dass ihr Leben ein ständiger Kampf ist. Dass es immer darum geht, alles im Lot zu halten. Der Alltag mit den Kindern. Die Finanzen. Die Stimmung bei Len. Die ist eigentlich das Schlimmste, die Stimmung bei Len. Vor allem, wenn er sich kritisiert fühlt. Als wegen der BAföG-Rückzahlung herauskam, dass er sein Informatikstudium gar nicht abgeschlossen hat, das war die Hölle. Dabei hatte sie dafür volles Verständnis, sie hatte ja ebenfalls nicht zu Ende studiert. Trotzdem ist Len ausgerastet. Und dieses Ausrasten ist etwas, was in der Familie niemand braucht.

Ständig erreicht sie Geschäftspost, die ihm schlechte Laune bereitet und die Leonie deshalb auf keinen Fall anfassen darf. Sie wäre sogar bereit, an Merles Erbe zu gehen, an die dreißigtausend Euro, die ihr Vater, der sonst für nichts gut war, für seine Enkeltochter bereitgestellt hat. Davon will Lennart nichts wissen, da hat er seinen Stolz.

Sie wurschteln sich so durch, doch seit ihr altes Auto den Geist aufgegeben hat, ist es richtig schwer, denn Lennarts Transporter darf sie nicht nehmen. Leonie hat für nächste Woche einen Termin bei der Bank, bei dem sie Merles Geld vorzeitig abrufen will.

Von alldem hat sie nichts gesagt, jetzt spürt sie, Tränen laufen über ihr Gesicht. Wibke sieht sie sorgenvoll an.

»Man merkt es sofort«, flüstert sie, »und deine Mutter sowieso.«

Mit einem Schlag ist Leonie auf hundertachtzig. »Was hat meine Mutter damit zu tun?«

»Ich habe sie nach deiner Nummer gefragt. Die hat sie mir gegeben, mit dem Hinweis, dass du den Kontakt zu ihr abgebrochen hast.«

»Weil sie sich in mein Leben einmischt!«

»Leo«, Wibke beugt sich vor und macht damit alles noch intensiver, »würdest du das nicht auch tun, wenn deine Tochter mit einem Mann zusammen wäre, der ihr nicht guttut?«

Leonie kann es nicht fassen, das ist ein abgekartetes Spiel.

»Du bist nur da, weil meine Mutter dich geschickt hat!« Ihre Stimme ist zu schrill und zu laut. Die Leute an den Nachbartischen drehen sich zu ihr um.

»Nein, Leo, es ist andersherum.« Wibke scheint das Getuschel nicht zu stören. Sie spricht leise, aber bestimmt. »Ich habe mich an deine Mutter gewandt und mich nach dir erkundigt. Weil mir an dir liegt!«

Leonie greift nach ihrem Handy, packt ihre Tasche, sie muss hier weg.

»Leo«, Wibkes Stimme ist unerbittlich, da sie offenbar noch etwas loswerden will, »wenn du nichts mit deiner Mutter zu tun haben willst, warum lebst du dann exakt ihr Leben?«

Der Satz wirft sie um.

Der Satz entzieht ihr die Kraft.

Der Satz drückt sie tief in den Stuhl.

Wibke merkt das und tut alles, um sie noch tiefer zu drücken. »Leo, ich habe tiefe Hochachtung vor deiner Mutter. Sie war alleinerziehend, während alle anderen Mütter aus unserer Clique treu und brav verheiratet waren. Doch – und das sagt sie heute selbst – sie hat sich immer die falschen Typen gesucht. Rücksichtslose Narzissten, denk nur an deinen Vater. Und genau deshalb kann sie nicht mitansehen, dass du dieselben Fehler begehst!«

Leonie ist wie paralysiert. Die klumpige Masse in ihrem Inneren droht sie zu ersticken. Wibke nimmt darauf keine Rücksicht.

»Merles Vater scheint die totale Pfeife zu sein. Nun bist du mit diesem Lennart zusammen. Deine Mutter sagt, dass er dich total manipuliert. Leo, du warst eine so starke Frau, warum lässt du das zu?«

Sie kann nicht mehr. Nicht sprechen. Nicht denken. Nicht atmen. Sie will, dass all das nie stattgefunden hat. »Ich muss nach Hause«, murmelt sie, »die Kinder brauchen mich.«

Wibke schaut sie an.

»Okay«, sagt sie schließlich, »nur versprich mir, dass du darüber nachdenkst. Es gibt immer eine andere Möglichkeit. Du schaffst das mit den drei Kindern auch allein. Du schaffst es sogar besser als mit einem Mann, der dich nicht respektiert.«

Leonie ist aufgewühlt. Während Wibke zahlt, checkt sie ihr Handy. Drei Anrufe von Len, zweimal hat er auf die Mailbox gesprochen, was sie jetzt besser nicht abhören will.

Als Letztes eine schriftliche Nachricht, die bedrohlich viele Großbuchstaben enthält.

20 Uhr Parkplatz Eiskiosk zwischen Karlsruher und Friedrichstraße. DU! KOMMST!

Der Klumpen in Leonies Magen ist übermächtig, sie schluckt, schaut hektisch auf die Uhr. Zehn vor acht, Gott sei Dank, das müsste funktionieren!

»Alles okay?« Wibke hat wieder etwas bemerkt.

»Alles super. Len holt mich ab, du musst mich nicht fahren.«

Wibke nickt ein bedächtiges Nicken, sie stehen auf, verabschieden sich.

»Pass auf dich auf«, flüstert Wibke bei der Umarmung in Leonis Ohr.

»Ja klar«, sagt sie stocksteif, »ich bin ja schon groß.«

***

Ein dumpfer Schmerz. Am Kopf. Am ganzen Körper. Ein Schlaganfall vielleicht, denn sie kann sich nicht bewegen. Nur da ist dieser metallische Geschmack in ihrem Mund. Ist sie gestürzt?

Ruhig bleiben. Atmen. Das geht. Wenn auch nur mäßig. Irgendwas ist da im Weg, an ihrer Nase, an ihrem Mund. Kann sie das wegmachen? Sie muss Kontakt zu ihren Händen kriegen. Zumindest kann sie sie spüren, aber bewegen? Etwas schneidet in ihre Handgelenke. Sie ist gefesselt! Und endlich kapiert sie, was da an ihrem Mund ist. Klebeband. Ihr Mund ist mit einem Tape versiegelt.

Eine Welle der Panik überfällt sie. Sie bekommt kaum noch Luft. Atmen, einfach nur atmen. Durch die Nase. Halbwegs funktioniert das, doch irgendwas ist da geschwollen.

Sie ist zum Parkplatz gelaufen, daran erinnert sie sich. Sie hat im hintersten Winkel den Sprinter entdeckt. Leicht zu erkennen wegen seiner Größe und der auffälligen Beschriftung »Solar kompakt«.

Sie ist hin und hat sofort gemerkt, dass er außer sich war. Er schwitzte und war aggressiv. In dem Moment hat sie furchtbare Angst gekriegt. Wo waren die Kinder?

Ihretwegen hätten sie jetzt den Salat, hat er gemeint, sie solle sich den Schlamassel selbst anschauen, hinten im Wagen. Sofort ist sie zur Hecktür gelaufen und hat sie geöffnet. Und dann, dann? Sie erinnert sich nicht, stattdessen schießt ihr ein Schmerz in den Kopf, ein bohrender Schmerz, den sie kaum aushalten kann. Sie hat … hat sie? Sie hat etwas gesehen. Ja, sie hat ihre Kinder gesehen! Sie lagen da, alle drei, sie lagen gefesselt im Wagen und schliefen. Sie schliefen doch, oder?

Bei der Erinnerung wird sie erneut von Panik erfasst. Wo ist sie? Wo sind die Kinder? Was hat er mit ihnen gemacht? Sie hyperventiliert … Atmen, nur atmen, sonst kann sie nicht denken. Und sie muss denken, unbedingt, sie muss sich erinnern, was ist als Nächstes passiert?

Bloß da ist nichts, ihre Erinnerung endet an diesem Punkt. Oder nicht? Da ist etwas. Ein Schlag. Sie verliert das Bewusstsein.

Und nun ist sie hier. Sie liegt. Eingequetscht irgendwie. Ihre Beine haben nicht genug Raum, sie stoßen an etwas an. Der Wagen! Sie ist hinten im Sprinter. Das riecht sie. Den Geruch kennt sie. Das heißt, dass auch die Kinder hier sind!

Hektisch bemüht sie sich, etwas zu erkennen. Alles ist dunkel.

Der Laderaum hat keine Fenster. Sie versucht sich zu bewegen trotz der Fesseln. Die Beine. Die Arme. Den Kopf. Aber sie ist wie gelähmt. Nein, nicht *wie*. Sie *ist* gelähmt. Was hat er mit ihr angestellt? Sie lauscht. Ihre Ohren funktionieren. Jemand spricht. Ein Mann. Er! Er scheint in der Fahrerkabine zu sein. Oder draußen. Sie hat keine Orientierung. Sie will die Stimme ausblenden, um ihre Kinder zu hören. Ihr Atmen, ihr Schnarchen, irgendetwas, das ihr sagt, dass sie noch leben. Sie hört jedoch nichts. Stattdessen seine Stimme. Mit wem spricht er?

»... es ist nicht gewollt«, hört sie ihn sagen, »es ist nicht gewollt, dass diejenigen, die sich mühen, auf einen grünen Zweig kommen. Ich weiß nicht, wie viele Steine mir in den Weg gelegt wurden ...«

Sie kennt diese Sätze. Er klagt viel über seine Situation. Diesmal klingt er anders. Gepresst. Und dennoch leiernd. Sie kann es nicht beschreiben, doch alles daran macht ihr Angst. Mit wem, verdammt noch mal, spricht Lennart da, er scheint ja zu telefonieren, allerdings mit jemandem, der nicht viel sagt.

»... dass ein Familienvater zu diesem Schritt gezwungen wird, soll die ganze Welt aufrütteln. Alle sollen sehen, wie Behörden und Konzerne mich ausgepresst haben. Zuletzt war ich gezwungen, das Erbe meiner Frau anzuzapfen, die Folgen möchte ich uns allen ersparen ...«

Leonies Gedanken überschlagen sich. Wovon redet Lennart da? Er hat übers Finanzamt geklagt, das angeblich Steuern eintreiben wollte für Umsätze, die er gar nicht gemacht hatte. Er hat sich über die Bank beschwert, die keine neuen Kredite bewilligte. Über den Autokonzern und sein halsabschneiderisches Leasingmodell. Alle anderen waren schuld an seiner Misere, das hat auch ihre Mutter gesagt. Sie war bei ihrem letzten Besuch in sein Arbeitszimmer gerauscht, ohne Ankündigung, das war unter Strafe verboten. »Merkst du es gar nicht«, hat sie anschließend zu Leonie gemeint, »dass der Kerl nichts anderes tut, als Ballerspiele am Computer zu spielen? Leo, willst du das nicht sehen?«

Willst du das nicht sehen? Ihr platzt der Kopf. Sie muss hier raus! Sie muss ihre Kinder befreien! Lennart ist außer Kontrolle!

Sie versucht erneut sich zu bewegen, diesmal hat sie Erfolg. Sie kann mit den gefesselten Füßen gegen die Wand des Laderaums tippen. Nur, was soll das bringen?

»... es ist Zeit, das Ganze zu beenden. Einen Schlussstrich zu ziehen.«

Leonie bricht der Schweiß aus. Lennart telefoniert nicht, er nimmt etwas auf. Eine Nachricht, ein Abschiedsvideo, eine Botschaft an die Welt. Sie muss etwas tun! Ihn aufhalten! Ihn ablenken! Hilfe organisieren!

Sie hat wieder eine Panikattacke, schnappt hektisch nach Luft, trotzdem schafft sie es, fester gegen die Wand des Transporters zu treten. Und tatsächlich scheint Lennart irritiert, er verstummt.

Trotz Klebeband will Leonie einen Laut herausbringen. Ein Summen, ein Stoßen, irgendwas. Und dann hört sie die Tür. Tatsächlich. Die Fahrertür. Damit kann sie sich orientieren. Sie liegt am Ende des Sprinters. In der Nähe der Hecktür. Klar, er hat sie nicht durch den kompletten Innenraum geschleift. Kann sie etwas tun, wenn er öffnet? Ihn anfallen? Ihn stoßen? Ihn beißen? Die Wahrheit ist: Sie kann gar nichts. Sie kann lediglich ein bisschen ihre Beine bewegen.

Die Hecktür öffnet sich, fahles Licht fällt herein. Ein Fetzen Himmel. Es ist noch nicht dunkel. Oder haben sie schon einen anderen Tag? Ein Stück Gebäude ist zu erkennen. Alt und verfallen. Irgendwas mit Industrie. Ist das das ehemalige Eisenbahn-Ausbesserungswerk? Wenn ja, was tun sie hier?

»Jetzt bist du doch wach geworden.« Lennarts Satz klingt wie ein Vorwurf. Sie kennt diesen Tonfall. Er sagt ihr, dass sie wieder etwas falsch gemacht hat.

»Mmmm«, will sie sich artikulieren.

»Wir müssen das nicht ausdiskutieren. Ich habe alles bedacht, es ist das Beste für uns.«

»Mmmm!«, protestiert sie.

»Muss ich dich noch einmal tasern?«, will er wissen. »Oder können wir es einfach hinter uns bringen?« Unvermittelt beugt er sich zu ihr. »Leo, ich tue das für uns.«

Der Satz klingt unheilvoll nach. Denn er geht. Er geht! Zur Fahrerkabine. Scheint dort etwas herauszuholen. Etwas Schweres. Was ist das? Klingt, als würde er es ziehen. Er zieht etwas Großes aus der Kabine. Ist das Merle? Zieht er Merles Körper da raus? Dann ein anderes Geräusch. Ein Plätschern. Das ist ein Kanister! Er will den Wagen abfackeln. Er will sie alle verbrennen! Ein Fiepen entweicht ihr. Und sie merkt selbst: Das ist das panische Wimmern eines Tiers, bevor es stirbt.

Und dann denkt sie etwas anderes. Ella!, denkt sie. Artur! Merle! Neeeeeiiiiiiin!

***

»Weißt du noch?«, fragt Wibke.

Natürlich weiß Leo noch. Sie erinnert sich an jeden Satz, den sie auf dem Schwetzinger Schlossplatz ausgetauscht haben, an dem Tag, als alles geschah. Jetzt sind sie wieder hier und warten auf Merle, die beim Spargellauf mitgelaufen ist und sich gerade ihre Teilnehmerurkunde abholt.

Ohne Wibke würden sie alle nicht leben, eine Tatsache, mit der Leonie irgendwie zurechtkommen muss. Damals ist die Freundin ihr zu Fuß gefolgt – aus einem Bauchgefühl heraus, weil sie befürchtete, dass Lennart sie schlägt. Aus der Ferne hat sie beobachtet, dass Leonie zwar hinter dem Sprinter verschwand, jedoch nicht mehr zurückkam. Als der Transporter an Wibke vorbeifuhr, war Leonie nirgends zu sehen. Trotzdem war es etwas anderes, was die Freundin alarmierte. Für den Bruchteil einer Sekunde hatte sie beim Vorbeifahren Lennarts Ausdruck in den Augen gesehen – getrieben und zu allem bereit.

Danach zögerte sie nicht, sprang bei einer fremden Frau in den Wagen und schaffte es, sie zum Verfolgen des Sprinters zu überreden. Vor allem war es wohl Wibkes Anruf bei der Polizei, der die Autofahrerin überzeugte.

Als sie auf einem Wegweiser »Eppelheim« las, dachte Wibke kurz, sie hätte falschen Alarm ausgelöst, Lennart führe nach Hause. Doch als er plötzlich in einen schmalen Weg einbog, überkam sie ein mieses Gefühl. »Das ist eine Industriebrache, da fahr ich nicht rein«, soll die Frau am Steuer gesagt haben.

Und so ähnlich riet es ihr wohl auch der Polizist am anderen

Ende der Leitung. Es hatte anonyme Bombendrohungen gegen Finanzamt und Sparkasse gegeben. Dass das alles auf Lennart zurückging, konnte niemand wissen, aber man war extrem alarmiert. Wibke jedenfalls gehorchte, ausnahmsweise.

Dass die Polizei eine andere Zufahrt nahm, über das Logistikzentrum eines Sportausstatters in der Nähe, dass sich ein Kollege auskannte, weil er als Jugendlicher an diesem Lost Place herumgestrolcht war, dass eine Polizistin vom Dach des Nebengebäudes aus Lennart zum Kanister greifen sah, all das konnte Wibke nicht wissen. Sie kam erst hinzu, als zig Spezialfahrzeuge, darunter ein Leichenwagen, das Gelände befuhren und man sie durchließ »als Angehörige der betroffenen Frau«. Leonie muss schlucken, wenn sie daran denkt.

Das ist jetzt fast ein Jahr her. Und es wird lange dauern, bis all das halbwegs verarbeitet ist. Vieles wird sich unauslöschlich in ihre Familien-DNA eingebrannt haben, und dennoch: Wibke bescheinigt Leonie immer wieder, wie gut sie sich hält. »Wie damals beim Volleyball: nicht zu weit nach vorne gucken, einfach Punkt für Punkt.«

Die ersten Monate hat Wibke praktisch bei ihr gewohnt, inzwischen ist auch ihre Mutter oft da, um zu helfen. Leonie hat eine Ausbildung begonnen. Das ist realistischer, als ihr Studium zu Ende zu bringen. Den Kindern geht es ganz gut. Vielleicht ist es eine Befreiung, ohne einen Vater wie Lennart zu sein.

Worauf Leonie fast ein bisschen stolz ist: Sie hat angefangen, beim »TV Schwetzingen« Volleyball zu spielen, in einer Hobbymannschaft, bei der die Gaudi im Vordergrund steht. Nur so lässt sich der Mannschaftsname »Blutwurst« erklären.

»Irgendwann stoße ich dazu«, hat Wibke letztens gesagt, »dann machen wir gemeinsam die Gegner zu Blutwurst.«

»Au ja«, Leonie musste bei der Bemerkung fast ein wenig grinsen, »etwas Erfahrung damit haben wir ja schon.«

Mathias Aicher, geboren im tiefsten Winter in der Südwestpfalz. Abitur. Zivildienst. Plattenverkäufer. Danach hauptberuflich Rockmusiker. 1990 Umzug nach Berlin. Weiterhin hauptberuflich Rockmusiker. CD-Veröffentlichung mit seiner Band »Eggmen Five« 1992. Danach Produzent von Musikvideos. Ab 1999 Quereinstieg ins TV-Geschäft und Neuerfindung als Drehbuchautor. Krimis für ARD und ZDF. Seit 2014 vier Romanveröffentlichungen (unter anderem Knaur und Piper). Der aktuelle Roman »Über die Flügel«, eine Road Novel, harrt der Veröffentlichung.
www.mathiasaicher.de

Isabella Archan lebt nach vielen Jahren als Schauspielerin an Staats- und Stadttheatern in Österreich, der Schweiz und in Deutschland freiberuflich in Köln. Hier begann auch ihre Karriere als Autorin. Ihre Krimireihen um die MörderMitzi, Dr. Leo Kardiff und Willa Stark sind sehr erfolgreich wie auch der aktuelle Gardasee-Krimi mit der neuen Ermittlerin Edwina Teufel. Neben dem Schreiben ist die gebürtige Grazerin immer wieder im TV zu sehen, unter anderem im »Tatort« und in ZDF-Produktionen. Die MordsTheaterLesungen zu ihren Krimis erfreuen sich großer Beliebtheit.
www.isabella-archan.de

Dieter Aurass, Jahrgang 1955, wurde in Frankfurt am Main geboren und war einundvierzig Jahre lang Kriminalbeamter beim BKA und bei der Bundespolizei. 2016 wurde sein erster Kriminalroman veröffentlicht. Zwischenzeitlich sind neunzehn Krimis und Thriller aus seiner Feder in verschiedenen Verlagen sowie über dreißig Kurzkrimis in diversen Publikationen erschienen. Was er am Schreiben am meisten liebt, sind Lesungen und der Austausch mit dem Publikum.
www.dieter-aurass-autor.de

Marlene Bach, geboren 1961, wuchs mit viel Grün und viel Vieh nahe der niederländischen Grenze auf. 1997 zog die promovierte Psychologin nach Heidelberg, wo sie als begeisterte Krimileserin begann, selbst Romane zu schreiben. Im Emons Verlag erschienen von ihr bislang neun Romane, davon acht Krimis, die überwiegend in Heidelberg spielen. Für ihre Kurzgeschichten erhielt sie verschiedentlich Preise, unter anderem den Walter-Kempowski-Literaturpreis.
www.marlene-bach.de

Franziska Franz lebt in Frankfurt am Main. Seit 2018 ist sie im Genre Krimi beheimatet und schreibt für mehrere Verlage. Seit März 2023 betreibt sie außerdem mit Professor Dr. Marcel A. Verhoff, dem Direktor der Frankfurter Rechtsmedizin, den True-Crime-Podcast »SpurenElemente«. Alle vierzehn Tage sprechen die beiden über wahre, meist historische Verbrechen, die sich in Frankfurt und Hessen zugetragen haben. Dabei legen sie neben der Fallbeschreibung Wert auf rechtsmedizinische Gutachten und Experten- oder Zeitzeugengespräche. Ein Sachbuch zum Podcast ist im Juni 2024 unter dem Titel »SpurenElemente« bei der edition krimi erschienen.
www.podcasts.apple.com/de/podcast/spurenelemente/id1669506088

Gina Greifenstein treibt ihr Unwesen in der wunderschönen Südpfalz. Angefangen hat alles mit Pixi-Büchern (Carlsen Verlag), aber dank ihrer Liebe zum guten Essen und ihrer Ausbildung zur Hauswirtschafterin schreibt sie auch sehr erfolgreich Kochbücher (GU & TZ-Verlag). Als Krimiautorin hat sie sich ebenfalls einen Namen gemacht. Aus ihrer Feder stammen jede Menge Kurzkrimis und die inzwischen neunteilige Pfalz-Krimireihe um die junge Kommissarin Paula Stern, die bei Emons erscheint. Ihre »Frauen-Romane« schreibt sie für den Piper Verlag.
www.gina-greifenstein.de

Jürgen Heimbach, geboren 1961 in Koblenz, studierte nach einer kaufmännischen Ausbildung Germanistik und Philoso-

phie, betrieb in Mainz ein Off-Theater, organisierte Festivals und war Mitbegründer der Künstlergruppe »V-I-E-R«. Heute arbeitet Heimbach als Redakteur für 3sat. Sein Werk umfasst Romane, darunter einen Jugendroman, und Kurzgeschichten. Sein Kriminalroman »Die Rote Hand« wurde 2020 mit dem GLAUSER des SYNDIKATS für den besten deutschsprachigen Kriminalroman ausgezeichnet, die beiden zuletzt veröffentlichten Kriminalromane »Vorboten« (2021) und »Waldeck« (2024) standen auf der Longlist des Crime Cologne Award. Heimbach lebt mit seiner Familie in Mainz.
www.juergen-heimbach.de

Kathrin Heinrichs wurde 1970 in einem kleinen sauerländischen Dörfchen geboren und studierte Germanistik und Anglistik in Köln. Neben zwei Krimireihen verfasste sie unzählige Kurzkrimis und Alltagssatiren, außerdem mehrere Theaterstücke und Kabarettprogramme. 2022 gewann sie mit der Geschichte »Freier Fall« den GLAUSER des SYNDIKATS für den besten deutschsprachigen Kurzkrimi. Kathrin Heinrichs hat drei erwachsene Kinder und lebt mit Mann und Hund in Menden.
www.kathrin-heinrichs.de

Franziska Henze ist in Hamburg geboren. Die promovierte Rechtsanwältin schreibt Kurzgeschichten, Romane und Thriller. Sie lebt in ihrer Geburtsstadt Hamburg und ist ihrem Stadtteil, dem Bahnhofsviertel St. Georg, bis heute treu. Wenn es sie doch in die Ferne zieht, dann am liebsten in die engen Gassen Venedigs oder in die Einsamkeit der schwedischen Wälder, wo sie die Ideen für ihre Geschichten sammelt. Sie handeln von scheinbar alltäglichen Begegnungen, die Menschen an ihre dunkelsten Abgründe treiben. Franziska Henze ist Mitherausgeberin mehrerer Krimianthologien und engagiert sich bei den Mörderischen Schwestern. 2024 gewann sie den GLAUSER des SYNDIKATS in der Kategorie Kurzkrimi.
www.franziskahenze.com

Uwe Ittensohn, in Landau/Pfalz geboren, ist vielseitig engagiert: Krimischriftsteller, Autor für Weinliteratur, anerkannter Berater für deutschen Wein, Kultur- und Weinbotschafter sowie Hochschuldozent. Er lebt in Speyer, wo er ein denkmalgeschütztes Stiftsgebäude sanierte und sich um den historischen Klostergarten kümmert. In dessen schattigen Winkeln findet er die Muße zum Schreiben. Ittensohn veröffentlicht neben Krimis, deren Handlungsorte in der Pfalz und im Rhein-Neckar-Raum liegen und bei denen nicht selten das Thema Wein im Vordergrund steht, auch Vinothekenführer. Uwe Ittensohn ist Mitglied der Schriftstellervereinigung SYNDIKAT.
www.ittensohn.de

Arnold Küsters, geboren in Breyell, Niederrhein. Journalist für Hörfunk, Fernsehen (WDR, ARD und andere) sowie Print. Sein erster Roman »Der Lambertimord« erschien 2005. Seit 2006 Mitglied im SYNDIKAT e. V., dem Verein für deutschsprachige Kriminalliteratur. Verschiedene Jurytätigkeiten für den GLAUSER in den Kategorien bester Roman, bester Kurzkrimi. Bisher hat er mehr als ein Dutzend Romane veröffentlicht, etwa bei Penguin, Piper und KBV. Außerdem sind von ihm mehr als drei Dutzend Kurzkrimis erschienen, wie bei Grafit und ars vivendi. Arnold Küsters ist Teil der Blues-Pop-Rock-Band »Hier geht was«. Weitere Infos auf Facebook und als **Ian Bray** auf Instagram.

Paul Lascaux, geboren 1955 als Paul Ott, aufgewachsen in Goldach am Bodensee und in St. Gallen, seit 1974 wohnhaft in Bern. In den letzten vierzig Jahren neben journalistischen Arbeiten für verschiedene Zeitungen und Zeitschriften zahlreiche literarische Veröffentlichungen. Schreibt unter dem Pseudonym Paul Lascaux Kriminalromane und kriminelle Geschichten. Die meisten spielen in der Stadt Bern oder in Dörfern und Gegenden im Kanton Bern. Die Reihe um die Detektei Müller & Himmel bildet das Kernstück. EHRENGLAUSER des SYNDIKATS (2024). Paul Lascaux: »Berner Revolte« (2025), »Berner Gerechtigkeit« (2024), »Berner Strategie« (2023). Paul

Ott: »Mord im Alpenglühen. Die Geschichte des Schweizer Kriminalromans« (2020).
https://paul-lascaux.ch

Sunil Mann wurde als Sohn indischer Einwanderer im Berner Oberland geboren und lebt in Zürich. Er hat Psychologie und Germanistik studiert, beide Studiengänge hat er erfolgreich abgebrochen. Nach dem Abschluss der Hotelfachschule heuerte er als Flugbegleiter bei der nationalen Airline an, seit 2018 ist er freischaffender Autor. Er schreibt Kriminalromane, Romane, Kinder- und Jugendbücher sowie Hörspiele. Für sein Werk wurde er vielfach ausgezeichnet.
www.sunilmann.ch

René Pöltl, geboren 1967 in Heidelberg, dort Abitur, Studium der Rechtswissenschaften und Promotion zum Dr. jur. utr. an der Ruperto Carola. Tätigkeiten als Bauhelfer, Papiertester, Rohrmuffenmontierer, Limoabfüller, Heidelbergs erster Nachttankwart, Garderobier, Bibliothekar und Covermusiker. 1995 bis 2006 Justitiar und Ordnungsamtsleiter bei der Stadt Heidelberg. 2006 bis 2024 Beigeordneter und sechzehn Jahre lang Oberbürgermeister der Stadt Schwetzingen. Seit November 2024 unter anderem Tätigkeit als Dozent an der SRH University.

Moni Reinsch kann sehr gut zuhören. Und sehr gut beobachten. Ob sie auch gut schreiben und vorlesen kann, müssen Sie selbst beurteilen. Sie schreibt Regionalkrimis rund um ihre Heimat Trier und ihre zweite Heimat Südtirol sowie Kurzgeschichten, Menübücher und vieles mehr.
www.reinschrift.eu

Claudia Schmid ist Germanistin sowie Ehren-Kriminalkommissarin der Polizei Mannheim-Heidelberg, schreibt sowohl Historisches als auch Kriminelles und gibt Schreibworkshops. Dabei hat sie sechzig Kurzgeschichten veröffentlicht, für die sie mehrere literarische Preise erhielt. Bislang sind dreizehn Bücher von ihr erschienen. Hin und wieder läuft sie bei einem Film

der Reihe »Tatort« durchs Bild. Sie ist Mitglied der GEDOK Heidelberg sowie im SYNDIKAT, dem Verein für deutschsprachige Kriminalliteratur, und hat gemeinsam mit ihrem Mann eine Tochter ins Erwachsenenleben begleitet. Claudia Schmid ist Redakteurin des Onlineportals »Kriminetz.de«.
www.claudiaschmid.de

Tina Seel wurde 1965 in Landau/Pfalz geboren. Zwanzig Jahre war sie kreativer Kopf und Mitinhaberin einer Werbeagentur in Karlsruhe, bis sie 2007 nach Berlin kam. Dort entfacht sie mit ihrem Laden »smilla – Dein kreatives Universum« die Leidenschaft rund ums Nähen und hat außerdem das Schreiben von Kriminalromanen für sich entdeckt. Ihre Geschichten leben weniger von Mord und Totschlag als vielmehr von ihrem Erzählstil und den Charakteren, die sich vor dem Auge des Lesers entfalten und einen besonderen Unterhaltungswert bieten.
www.tinaseel.de

Jennifer B. Wind lebt mit ihrer Familie in Niederösterreich. Die ehemalige Flugbegleiterin mit Gesangs- und Schauspielausbildung schreibt Krimis, Romane, Gedichte, Songtexte, Theaterstücke, Drehbücher und Kurztexte, die bereits mit zahlreichen Preisen ausgezeichnet wurden. Unter dem Pseudonym Jaane Janssen veröffentlicht sie historische Romane. Ihre Bücher sind regelmäßig auf den Bestsellerlisten im DACH-Raum vertreten. »Als Gott schlief« war für den Wiener Kriminachwuchspreis, »Die Maske der Schuld« für den Fine Crime Award nominiert. Die von ihr herausgegebene Anthologie »Einmal kurz die Welt retten« gewann 2023 den Skoutz Award für die beste Anthologie des Jahres. In ihrer Freizeit setzt sie sich aktiv für Umwelt- und Tierschutz ein, zeichnet, malt und macht Musik. Sie ist auch als Jurorin diverser Literaturwettbewerbe und als Schreibcoach tätig. Darüber hinaus ist sie Mitglied bei verschiedenen Autorenvereinen wie dem SYNDIKAT, den Mörderischen Schwestern und A. I. E. P.
www.jennifer-b-wind.com

Die Herausgeberin und der Herausgeber

Klaus Maria Dechant ist Autor von Kriminalromanen, Hörbuchproduzent und -sprecher und Verleger. Nach den Schwetzinger Regionalkrimis »Mordslust« und »Mordseier« sowie dem Heldentauschprojekt »Anleger 511« ist »Fahr nicht fort, stirb am Ort!« sein vierter Roman und der erste unter dem Pseudonym Til Petersen. Im Anschluss an Studium und Zeitungsvolontariat führte es den Autor zunächst als Reporter und Moderator zum Süddeutschen Rundfunk, später Südwestrundfunk, und schließlich in die PR und ins Marketing. Heute betreibt der gebürtige Mannheimer den Verlag Early Bird Books. Dechant ist Kommunikationsvorstand im SYNDIKAT e. V.
www.tilpetersen.de

Brigitte Glaser lebt als freie Autorin in Köln. Beginnend mit »Leichenschmaus« hat sie acht Krimis mit ihrer Detektivin wider Willen, der Köchin Katharina Schweitzer, fünf Krimis für Jugendliche und viele Kurzgeschichten veröffentlicht. Ihr Roman »Bühlerhöhe« stand 2016 wochenlang auf der SPIEGEL-Bestsellerliste. Die literarische Erkundung der jungen Bundesrepublik setzte sie mit den Romanen »Rheinblick«, 2019, und »Kaiserstuhl«, 2022, erfolgreich fort. Von 2018 bis 2023 war sie die stellvertretende Vorsitzende des SYNDIKATS, des Vereins für deutschsprachige Kriminalliteratur.
www.brigitte-glaser.de